PETER BOND

milla

ROMA

W0322188

SWB
Verlag

Umwelthinweis:
Dieses Buch wurde auf chlor- und
säurefreiem Papier gedruckt

1. Auflage 2013

Lektorat: Maria Konstantinidou, Stuttgart
www.lektorat-und-korrektorat.de

Titelfoto:
Andrey Arkusha / www.shutterstock.com

Umschlaggestaltung:
Sig Mayhew / mayhew edition

Autorenfoto: Axl Klein

Satz: Julia Karl, Oberrot / www.juka-satzschmie.de

Druck und Verarbeitung:
CPI – Clausen & Bosse, Leck

ISBN: 978-3-942661-30-0

www.swb-verlag.de

Dieses Buch widme ich meinen Eltern
&
meinem Sohn Robert

1

1

Kiew, Sommer 1916. Die kleine Milla Bellasowa hüpfte freudig die Treppen hinauf. Sie hatte das Schuljahr in der Stadt hinter sich und wusste, sie durfte in den großen Ferien aufs Land zu ihren Großeltern, zu ihren geliebten Wäldern – und sie würde Alexej wiedersehen! Sie hatte den ein Jahr älteren Sohn des Grafen Nikolai ins Herz geschlossen. Milla warf die Wohnungstür hinter sich zu. Mit einer für ein elfjähriges Mädchen erstaunlich hellen Glockenstimme rief sie nach ihrer Mutter.

»Mama, Mama, wann fahren wir zu Oma und Opa?«

Lydia saß gedankenverloren am Esstisch in der großen Küche. Sie hatte dunkelblondes Haar, tiefblaue Augen und eine anmutende Figur. Wehmütig dachte sie an Nikolai, auf dessen Gut sie bis vor drei Jahren als Gouvernante gearbeitet hatte. Er war ihre große Liebe ...

Muss ich ein schlechtes Gewissen meinem Ehemann gegenüber haben?, fragte sie sich. Nein! Milla haben wir in aufrichtiger Liebe gezeugt. Ich bereue nichts.

Anatol, ein kaltherziger, grober Klotz, passte so gar nicht zu Lydia. Tiefe Gespräche konnte man mit ihm nicht führen. Er war besserwisserisch und arbeitsscheu, aber durchaus bauernschlau. Er spürte, dass Lydia und den Grafen mehr verband als nur ein Arbeitsverhältnis. Deshalb kam es ihm sehr zupass, als ihm eine Stelle und eine Dienstwohnung in der Stadt angeboten wurden. Eine Verbesserung der Lebensverhältnisse war das nicht – im Gegenteil! Die Wohnung war zu klein, schlecht geschnitten und nur die gute Stube war beheizbar. Zudem verdiente Anatol sehr wenig.

Nikolai, um das Wohl seiner Geliebten besorgt, verschaffte ihnen dank seiner Kontakte die Wohnung, in deren Küche Lydia jetzt saß. Nikolai wollte sich auch um die Einrichtung kümmern, aber das wäre dann doch zu auffällig gewesen. Auch die Stellung als Näherin bei einer Modefirma, bei der sich die Damen der besseren Gesellschaft die Klinke in die Hand gaben, verdankte sie ihrem Geliebten.

Lydia war so begabt und zuvorkommend, dass sie mit Trinkgeldern mehr verdiente als ihr Mann. Da sie es verstand, sparsam zu wirtschaften, vertraute Anatol ihr seinen Lohn an. Von den Trinkgeldern dürfte er niemals erfahren, sonst würde er sie sofort erschlagen ...

Lydia wurde durch das Zupfen an ihrem Rock aus ihren trüben Gedanken gerissen. Mit weit aufgerissenen Augen stand Milla vor ihrer Mutter.

»Mama, Mama«, sprudelte es aus ihr heraus, »ich habe gestern Abend schon alles gepackt, wann fahren wir zu Oma und Opa?«

Vom Anblick ihrer Tochter war Lydia Bellasowa immer wieder fasziniert. Diese leuchtenden grünen Augen, die edlen Gesichtszüge, die rotblonden Locken, die ihr jetzt in die Stirn fielen. Sie nahm Millas Kopf in beide Hände und küsste ihren Kindermund.

Milla liebte ihre Mutter abgöttisch, entzog sich jedoch ungeduldig dieser Liebesbekundung. »Mama, so sag doch was!«

»Milla, mein Liebes, komm, setz dich zu mir.«

Milla spürte sofort, dass etwas nicht stimmte. »Mama, was ist los?«

Ihre Mutter tat sich schwer: »Hör zu, mein Kleines! Es tut mir unendlich leid, aber du kannst dieses Jahr nicht zu den Großeltern ...«

Milla löste sich aus der Umarmung und sah ihre Mutter mit einer Mischung aus Vorwurf und Trauer an. Ihre Augen verdunkelten sich und füllten sich mit Tränen, die langsam über ihre Wangen kullerten.

Lydia nahm ihre kleine Tochter liebevoll in die Arme und drückte sie fest an sich.

Schluchzend sagte sie ganz leise: »Du hast es mir versprochen, Mama.«

Lydia versuchte, es Milla so behutsam wie möglich zu erklären. »Ja, ich weiß, mein kleiner Liebling, aber Papa ist krank, und ich muss arbeiten. Es ist niemand da, der dich zu den Großeltern bringen kann. Es sind sechs Stunden Zugfahrt, dann noch zwei Stunden mit dem Bus, und du musst zweimal umsteigen. Du bist zu jung, um eine solche Reise allein zu machen.«

Milla fühlte, dass sie noch eine Chance hatte. Sie löste sich von ihrer Mutter und sah sie durchdringend an. Sie zitterte noch ein wenig, und ihre Locken klebten an ihrer Stirn. Ihr Willen, zu dem Ort zu kommen, an dem sie viele glückliche und unbeschwerte Tage erlebt hatte, war so groß, dass sie auch zwei Ozeane überquert hätte, um dorthin zu gelangen. Sie fühlte sich unendlich wohl dort, konnte mit den Bäumen sprechen, stundenlang barfuß durch den Wald laufen und immer wieder etwas Neues entdecken. Es war schön, die Erde zu spüren. Am liebsten legte sie sich in Getreidefelder, schaute in den Himmel und träumte.

»Mamotschka, bitte, bitte«, sagte sie. »Ich bin ja schon so groß. Ich kann schon allein einkaufen und auch für mich kochen.«

Ihre Mutter lächelte sie an.

Schnell fügte Milla hinzu: »Du nennst mich immer ›mein großes Mädchen‹. Ich muss doch zu meinem Baum! Ich muss ihn doch umarmen und sehen, ob er noch lebt! Er ist schon so alt, und Opa hat jedes Jahr gesagt: ›Der Baum wird das nächste Frühjahr nicht erleben ...‹«, Milla holte tief Luft, »... aber jedes Mal, wenn ich zu ihm kam, war er noch grün. Die ganzen Jahre, Mamotschka. Und nur, weil ich mit ihm rede!«

Milla stand da und rieb sich aufgeregt die Hände an ihrem türkisfarbenen Kleidchen, das ihre Mutter aus Reststoffen genäht hatte. Sie sah herzzerreißend süß darin aus.

Lydia flüsterte kaum hörbar: »Milla, meine große Kleine, du bist ein ganz besonderes Kind. Du bist der Inhalt meines Lebens. Gott beschütze dich.«

Milla gab ihrer Mutter einen Schmatzer auf den Mund und rief: »Mama! Sag?? Darf ich allein fahren?! Bitte, bitte!«

Lydia schaute sie sorgenvoll, doch voller Verständnis an. Wie gern würde sie mitfahren, allein um Nikolai und die Großeltern zu sehen. »Ich werde mit Papa darüber reden, ja?! Und ich werde mich bei der Bahn erkundigen, ob sie dich wenigstens aufwecken, damit du nicht zu weit fährst, und vielleicht finden wir ja jemanden, der dich für die Busfahrt abholt ...«

»Oh, Mamotschka!«, jauchzte Milla und warf sich ihrer Mutter um den Hals, »ich hab dich lieb, von hier ...«, sie streckte ihre Ärmchen auseinander, »... bis ans Ende der Welt!«

Auf dem Bahngleis herrschte reges Treiben – Menschen eilten schwer bepackt zu ihren Zügen, andere standen gelangweilt auf dem Perron und rauchten. Lastenträger boten Reisenden ihre Dienste an. Lydia und Milla mussten sich beeilen – der Bahnhofsvorsteher hatte ihnen den Namen des Schaffners genannt, der sich – so gut es ging – während der Reise um Milla kümmern wollte.

Milla trippelte ihrer Mutter hinterher und blieb neugierig vor der riesigen schwarzen Lokomotive stehen. Im gleichen Moment zischte und dampfte diese so laut, dass sie vor Schreck einen markerschütternden Schrei ausstieß: »Aaaaah!«

Lydia fuhr erschrocken herum. »Milla?« Als sie sah, dass ihrer Tochter nichts passiert war, rief sie erleichtert. »Milla, komm, wir müssen uns beeilen!«

Milla nahm ihr Reiseköfferchen aus Pappmaschee in beide Arme, schloss zu ihrer Mutter auf, nahm sie bei der Hand und versuchte, das Tempo im Doppelschritt mitzuhalten. Der Schaffner hieß Dimitri und war ein etwas knorriger, doch freundlicher alter Mann.

»Machen Sie sich keine Sorgen, gute Frau, wir werden Ihre Tochter wohlbehütet an den Zielort bringen.« Dabei sah er Milla augenzwinkernd an.

Lydia lächelte dankbar. Sie spürte, sie konnte Milla diesem Mann anvertrauen.

»Nun gib deiner Mutter einen Kuss«, knurrte Dimitri. »Wir müssen gleich losfahren, und vorher zeige ich dir dein Abteil!«

Milla umarmte ihre Mutter und drückte ihren Kopf gegen deren Bauch. »Danke, Mamotschka!«

Lydia küsste sie zärtlich auf die Stirn, direkt zwischen die Augenbrauen, das hatte Milla gern. »Gott beschütze dich, mein Kind. Pass gut auf dich auf.«

Dimitri riss die Tür des Abteils auf und nahm Millas Hand. »Das ist Milla Bellasowa. Sie steht während der Fahrt unter meiner Obhut«, sagte er in die Runde.

Im Abteil saßen vier Erwachsene und ein Mädchen in Millas Alter.

Nur der Platz neben der Tür war noch frei. Die Reisenden schauten abwechselnd auf den Schaffner und Milla und blieben mit ihren Blicken letztlich bei dem Mädchen hängen. Sie sah aus wie eine kleine Prinzessin mit ihrem fliederfarbenen Sommerkleidchen und dem farblich passenden Hütchen dazu, eine Kinderhandtasche um ihre Schulter. Den Koffer trug Dimitri. Das Mädchen im Abteil starrte neidvoll und mit offenem Mund auf Milla. »Hmhm«, Dimitri räusperte sich in Richtung des Mannes, der am Fenster saß, und bedeutete ihm mit den Augen, er möchte doch bitte das Kind ans Fenster lassen. Der Mann stand auf, nahm seine Reisetasche aus der Gepäckablage und setzte sich auf den Gangplatz. Milla entdeckte ihre Mutter, die auf dem Bahnsteig stand, und winkte ihr freudig zu. Die Mitreisenden schauten zu Lydia Bellasowa und waren ob dieser schönen Frau beeindruckt.

Dimitri zeigte auf den frei gewordenen Platz. »Hier darfst du sitzen während der Reise.« Sanft stubste er Milla in Richtung Fenster.

»Danke, Herr Dimitri.« Sie legte ihre Händchen auf die halb heruntergeschobene Scheibe: »Mamotschka, schau mal, ich habe einen Fensterplatz.« Lydia lächelte und zwinkerte ihr zu. Der Laut einer Trillerpfeife ertönte, und der Zug setzte sich mit lautem Getöse in Bewegung. Milla winkte ihrer Mutter aufgeregt mit beiden Händen und erwiderte deren Kusshand.

Lydia sah dem Zug so lange nach, bis er aus ihrem Blickfeld verschwunden war.

Milla blickte freundlich in die Runde. Eine Frau nahm ihr Strickzeug aus der Tasche, die andere las ein Buch. Der Mann ihr gegenüber hatte die Beine so weit von sich gestreckt, dass seine Füße fast die ihren berührten. Er döste vor sich hin. Als Millas Blick dem Mädchen begegnete, streckte es ihr die Zunge raus: »Bäääh.« Sie stieß ihre Mutter an und plärrte: »Warum darf die am Fenster sitzen und ich nicht!?«

Der Mann gegenüber Milla öffnete seine Augen. »Verdammt, Tanja, warum schreist du hier herum?«

»Ich will auch am Fenster sitzen, so wie die da!« Dabei zeigte sie mit dem Finger auf Milla.

»Ist das ein Grund, so zu keifen?«, fragte er laut und drohend. Seine

Frau sah ihn bittend an. Er nahm seine Tochter hoch, rutschte auf den Mittelplatz herüber und setzte sie ans Fenster.

Milla fixierte das Mädchen freundlich, obwohl es ihr erneut die Zunge herausstreckte. »Ich heiße Milla, wollen wir etwas spielen?«

»Was hast du denn?«, fragte Tanja schnippisch.

»Hm, vielleicht ›Rate mal, an welches Tier ich gerade denke‹?«

»Das ist doof, ich schau lieber aus dem Fenster!«

»Na gut«, sagte Milla gleichmütig, »die Reise ist ja noch lang! Fährst du auch bis Schepetovka?«

Tanja schürzte die Lippen und sah unsicher zu ihrer Mutter.

»Ja, Milla, da fahren wir auch hin, du musst also keine Angst haben, dass du verschläfst, falls der Schaffner dich vergisst«, sagte die Frau, ohne von ihrem Strickzeug aufzuschauen.

»Danke«, antwortete Milla. Sie lehnte sich zurück, schloss ihre Augen und träumte von Plugnoe, dem Ort, an dem ihre Großeltern lebten.

2

Lydia Bellasowa stieg langsam die Treppen zu ihrer Wohnung hinauf, in beiden Händen schwere Einkaufstüten. Sie hatte nach Feierabend noch schnell eingekauft und wollte ihren kranken Mann Anatol mit seinem Lieblingsessen überraschen. Anatol hatte sich beim Fußballspielen einen Bänderriss zugezogen und war seit zwei Wochen bettlägerig. Als sie den Flur betrat, sah sie den Mantel ihrer besten Freundin Marina über dem Stuhl liegen. Oh wie schön, dachte sie, dann kann sie mir beim Kochen helfen. Sie setzte die schweren Tüten auf dem Küchentisch ab.

»Marina, wo bist du?«, rief sie. Sie erhielt keine Antwort, hörte aber seltsam bekannte Geräusche aus dem Schlafzimmer.

Lydia stand vor der Tür und wusste genau, was dahinter passierte. Sie empfand keinen Schmerz, sondern fast so etwas wie Erleichterung. Seit vielen Jahren betrog sie ihren Mann mit Graf Nikolai und ging sogar davon aus, dass Milla nicht einmal Anatols Tochter war. Sie überlegte, ob sie die Wohnung wieder verlassen sollte, doch sie war wütend auf ihre beste Freundin. So geht das nicht, in meinem Bett, in meiner Bettwäsche, in meiner Wohnung. Sie dachte nur kurz darüber nach, ob sie nicht wenigstens einem von beiden den Höhepunkt gönnen sollte. Doch dann stieß sie die Tür auf und blieb, ohne ein Wort zu sagen, im Rahmen stehen.

Ihre Freundin Marina grinste dümmlich. Anatol zuckte zusammen und verharrte noch einen Moment auf dem Frauenkörper. Während er sich löste, schlug er Marina brutal mit der flachen Hand ins Gesicht.

Lydia stand immer noch regungslos im Türrahmen.

Anatol sah sie flehend an. »Lydia«, sagte er beschwörend, »diese Schlampe hat mich verführt. Bitte, versuch, mich zu verstehen!« Er fing an zu stammeln. »Ich, ich – sie stand direkt vor meinem Bett. Ihre Scham direkt vor meinen Augen. Ich, sie, sie sagte, du kommst später …« Er wurde weinerlich. »Lydia«, er streckte den Arm nach ihr aus, »Lydia, es tut mir unendlich leid. Bitte, Lydia, du, du musst versuchen, das zu verstehen. Bitte, du musst! Bitte, Lydia, ich flehe dich an, bitte verzeih.«

Marina sammelte währenddessen winselnd ihre Kleiderstücke zusammen. Als sie das Schlafzimmer verlassen wollte, versperrte Lydia ihr den Weg. Sie sah ihre Freundin mit einer Mischung aus Mitleid und Verachtung an. Marina, die Kleider vor den nackten Körper gepresst, ließ den Kopf hängen wie ein Häufchen Elend, das Gesicht geschwollen und blutunterlaufen von dem harten Schlag Anatols, ihre Knie zitterten. Lydia machte keine Anstalten, sie vorbeizulassen. Sie spuckte ihrer Freundin mit einem »Pfui« mitten ins Gesicht, dann drehte sie sich wortlos um, ging in die Küche, nahm die beiden Einkaufstüten und verließ die Wohnung.

Noch am selben Abend erhielt Anatol durch einen Boten einen Brief von Lydia. Er war betrunken und machte eine einladende Geste, der Bote möchte doch eintreten. »Komm, Brüderchen, trink einen mit«, lallte er, doch der Mann drehte sich kommentarlos um und verschwand in der Dunkelheit des Flurs. Mit einem schmerzvollen Stöhnen knallte Anatol die Wohnungstür zu. Er schwankte in die Küche und setzte sich an den Tisch. Mit zittrigen Händen goss er sich einen Wodka ein, zündete sich eine Zigarette an und leerte dann das Glas in einem Zug. Hektisch zog er an der Zigarette. Als er versuchte aufzustehen, fiel er zu Boden. Er rappelte sich auf und schwankte zur Spüle. Er spürte das kalte Wasser in seinem Gesicht kaum, trocknete sich mit einem Küchentuch oberflächlich ab. Zurück am Tisch nahm er einen kräftigen Schluck aus der fast leeren Pulle und zündete sich noch eine Zigarette an. Langsam ließ er sich nieder und öffnete umständlich den Briefumschlag. Er fing an, laut zu lesen.

Lieber Anatol, erinnerst Du Dich an die Zeit, als wir uns kennen und lieben lernten? Was warst Du für ein schöner, stolzer und zärtlicher Mann. Die Frauen auf der Straße drehten sich nach Dir um.

Du hast mich sehr geliebt, wie auch ich Dich geliebt habe. Unsere Gefühle waren rein und ehrlich. Wie viele Stunden, Tage, Monate und Jahre waren wir glücklich in unserer Zweisamkeit. Du wolltest immer der ganzen Welt erzählen, wie sehr Du mich liebst und was für eine wunderbare Frau ich bin, und Du wolltest die Welt für mich, für uns erobern.

Doch dann bliebst Du immer häufiger weg und kamst von Mal zu Mal betrunkener nach Hause. Du hast Dich zu einem Tyrannen entwickelt. Auf einmal war Dir nichts mehr gut genug.

Wir haben unsere Liebe verloren. Warum? Nur wir können die Frage beantworten. Ich habe viel geweint in dieser Zeit, habe mich einsam und verlassen gefühlt. Ich habe versucht, um unsere Beziehung zu kämpfen. So viele Menschen waren begeistert von uns. Viele waren auch neidvoll, so wie jetzt Marina. Ich kann Dir nicht wirklich böse sein. Du warst zu schwach, zu schwach, um Nein zu sagen und deine Frau vor diesem Betrug zu beschützen.

Auch ich habe gefehlt in dieser schweren Zeit. Ich habe mich lange gewehrt, doch ich habe mich zu lange nach Zuspruch gesehnt. Selbst während der Schwangerschaft oder danach hast Du Dich nicht geändert, im Gegenteil. Du hast mich nur noch benutzt und warst sehr verletzend. Trotzdem bin ich Dir in die Stadt gefolgt. Aus Mitleid und der immerwährenden Hoffnung, dass sich alles wieder zum Guten wendet.

Ich weiß, dass Du mit Deiner Arbeit unzufrieden bist. Du tust allerdings auch nichts dafür, die Situation zu ändern. Wir hätten auch ein einfaches, schönes Leben führen können, doch Deine Ansprüche konntest Du niemals an die Wirklichkeit angleichen. Jetzt bin ich von zwei geliebten Menschen enttäuscht worden und habe keine Kraft mehr weiterzukämpfen. Ich möchte meine ganze Energie und Liebe für meine geliebte Milla und meinen Beruf einsetzen, darum bitte ich Dich, wenigstens Größe zu zeigen und meinen Wunsch und meine Entscheidung zu akzeptieren. Ich möchte nicht, dass Du nach mir suchst. Bitte verzeih, lass uns Freunde bleiben, allein um Millas Willen. Ich umarme Dich.

Lydia

Anatol las den letzten Teil des Briefes mit tränenerstickter Stimme und konnte die Zeilen nur noch verschwommen sehen. Flüsternd und schluchzend nannte er immer wieder Lydias Namen. Nach und nach wurde ihm die Tragweite seines Verhaltens bewusst. Er weinte hemmungslos, bis er schließlich nur noch hysterisch »Lydia« schrie.

3

Das monotone Klackklack des fahrenden Zuges hatte Milla in einen tiefen Schlaf versetzt. Die beiden Männer im Abteil schnarchten synchron vor sich hin, und auch die Frauen schliefen fest. Als Milla die Augen aufschlug, sah sie in das freundliche Gesicht Dimitris.

»So, kleine Bellasowa, wir sind in Schepetovka! Schau mal da rüber!« Er deutete aus dem Fenster. Milla rieb sich mit beiden Handrücken die Augen. »Siehst du dort«, knurrte Dimitri, »dort drüben ist die Busstation. Da musst du den Bus nach Isjaslavl nehmen und dort …«

»Ich weiß, ich weiß!«, rief Milla jetzt hellwach. »Den Bus nach Plugnoe zu meinen Großeltern! Danke, Herr Dimitri!« Milla machte einen Knicks.

»Braves Mädchen«, brummte Dimitri, »deinen Koffer musst du selbst rübertragen. Wir fahren gleich weiter.«

Erst jetzt fiel Milla auf, dass das Abteil leer war. Dimitri half ihr noch bis zum Bahnsteig. »Nun lauf, Kleines! Nicht dass du deinen Bus verpasst!«

Milla kramte in ihrer Handtasche, entnahm ihr ein Päckchen Zigaretten und reichte es dem Schaffner mit den Worten: »Das soll ich dir von meiner Mama geben!«

Er nahm die Papirossi, schaute sich dabei um, als täte er etwas Verbotenes, und schob sie dann in seine Rocktasche. »Oh, danke sehr«, murmelte er.

Milla nahm ihren Koffer und ging Richtung Bushaltestelle. »Auf Wiedersehen, Herr Dimitri!« Sie winkte dem Mann zu.

Er winkte zurück. »Hm, ein ganz besonderes Mädchen«, sagte er zu sich selbst.

Milla quälte sich durch den schmalen Gang des Überlandbusses, weil sie hoffte, ganz hinten auf der letzten Bank noch einen Platz zu bekommen. Niemand machte Anstalten, ihr zu helfen, bis sie etwa in der Mitte des Ganges angelangt war.

»Na Kleine, willst du dich zu mir setzen?«, fragte eine gemütlich aussehende ältere Frau. »Der Bus ist ziemlich voll, wie du siehst, und hier wäre für dich noch ein Platz frei!«

Milla stellte erst mal ihr Köfferchen ab.

»Du darfst auch am Fenster sitzen«, sagte die Frau freundlich.

»Ähm, vielen Dank«, erwiderte Milla höflich und setzte sich.

Die Frau neben ihr war eingenickt. Der Bus fuhr über Land, und Milla freute sich über den Anblick der saftigen, mit bunten Blumen überhäuften Wiesen. Sie träumte mit offenen Augen, während die Zeit verflog.

»Na, geht es dir gut, mein Kleines?«, fragte die Nachbarin, die wieder aufgewacht war.

Milla nickte wortlos und schaute sie dankbar an.

»Bald sind wir in Isjaslavl. Wo musst du denn hin?«

»Nach Plugnoe, ich besuche meine Großeltern!«, sagte Milla.

Die Frau kramte in ihrer Tasche und zog ein Brot hervor. »Hier, du hast doch bestimmt Hunger?«

Erst jetzt spürte Milla, dass sie lange nichts mehr gegessen hatte, und beim Anblick des Brotes lief ihr das Wasser im Mund zusammen. »Oh ja, danke! Ich habe auch etwas dabei! Willst du ein Brot von mir haben?«

Die Frau lächelte. »Nein, nein, iss nur, ich bin bald zu Hause, und du hast noch eine kleine Reise vor dir: Du wirst mindestens eineinhalb Stunden warten müssen, bis es weitergeht!«

Milla biss herzhaft in die köstliche Stulle, die mit Gänseschmalz und Ei belegt war.

Als der Bus in Isjaslavl hielt, traute Milla ihren Augen nicht. Nahe der Haltestelle stand ein Pferdewagen, der alte Mann auf dem Bock trug einen großen Schlapphut mit einem Lederband. Milla wusste, dass dies der Hut ihres geliebten Großvaters war.

»Opi, Opi!«, rief sie aufgeregt und schlug mit der flachen Hand ein paar Mal gegen die Fensterscheibe. »Mein Großvater holt mich ab!«, strahlte sie.

Die Frau neben ihr freute sich mit ihr. »Das ist ja schön! Komm, ich helfe dir mit deinem Koffer nach! Lauf nur zu!«

Milla lief die wenigen Meter Richtung Pferdewagen. »Großvater, Großvater!«, rief sie laut.

Der alte Mann stieg von seinem Bock und breitete seine Arme aus, in die Milla vor Freude taumelnd hineinsprang. Er drückte sie fest an sich und küsste sie über das ganze Gesicht. »Mmh! Meine goldige kleine Milla!« Er stellte sie vor sich und bückte sich freudestrahlend zu ihr herunter. »Du bist ja in dem einen Jahr eine richtige kleine Dame geworden!«, rief er mit heiserer Stimme.

Milla umschlang ihn mit ihren kleinen Armen und wollte ihn gar nicht mehr loslassen. So fest, dass er sich wunderte, wie viel Kraft in so einem kleinen Menschenkind steckte. Milla flüsterte in sein Ohr. »Opi, lebt der große alte Baum noch? Sag, dass er noch lebt!«

Lachend hob der Großvater sie auf den Bock. »Oh ja, Milla! Er lebt noch! Jetzt fahren wir los, damit du ihn noch vor Einbruch der Dunkelheit begrüßen kannst! Außerdem wartet Großmutter mit dem Abendessen.«

Doch Milla sprang auf ihrer Seite wieder herunter. »Warte, Opi! Ich muss doch erst noch Wotan begrüßen!«

Sie legte die Hand an die Nüstern des Braunen und flüsterte ihm etwas ins Ohr. Der schnaubte und wieherte, als würde er sie erkennen.

»Danke, Großvater, wie schön, dass du mich mit Wotan abholst!«

In dem Moment brachte die Frau Millas Koffer. »Oh vielen Dank, gute Frau! Ich wollte Milla gerade fragen, ob sie denn ohne Gepäck gekommen sei«, sagte der Großvater.

»Gerne«, erwiderte die Frau. »Sie ist solch ein braves Mädchen! Sie haben bestimmt viel Freude an ihr.«

»Oh ja, die haben wir wirklich!«, stimmte der Großvater zu.

»Vielen Dank für alles!«, rief Milla.

»Gern geschehen!«, sagte die Frau und strich Milla über das Haar. »Habt noch eine gute Reise!«

»So, nun aber rauf mit dir!«, mahnte der Großvater. »Nicht, dass Großmutter sich Sorgen macht!«

Die Fahrt mit dem Pferdewagen dauerte noch einmal zwei Stunden. Am Anfang sprudelte es aus Milla heraus, sie löcherte ihren Großvater mit allen möglichen Fragen. Wie geht es den Kühen, wie geht es den Schafen, den Ziegen, was machen die Tiere im Wald, was machen die anderen Kinder im Dorf, wie geht es Alexej?

Der Großvater beantwortete alle Fragen geduldig. Nach etwa dreißig Minuten legte Milla glücklich ihr Köpfchen auf seinen Schoß und schlief vor Erschöpfung ein. Es war ein sehr aufregender Tag für sie gewesen. Da es am Abend im Frühsommer noch abkühlte, legte der Großvater fürsorglich seinen Janker über Milla. »Hoh, Wotan, ein bisschen schneller, damit wir nach Hause kommen!«, trieb er den Braunen an. Als sie endlich ankamen, dämmerte es bereits.

Die Großmutter stand schon erwartungsvoll am Eingang des kleinen, bescheidenen Bauernhauses, als der Großvater den Wagen auf den Hof lenkte.

»Brrr, Wotan, gut gemacht, alter Junge!«

Milla schlug die Augen auf, und als sie sah, dass die Großmutter auf den Wagen zulief, war sie sofort hellwach. Sie sprang vom Bock und lief ihr entgegen. »Großmama, Großmama!« Sie schlang ihre Ärmchen um die alte Frau.

»Milla, meine kleine Prinzessin! Bin ich froh, dass alles gut gegangen ist, mein Goldkind!« Sie küsste Milla auf die Augen.

»Ich bin so glücklich, wieder bei euch zu sein, Großmama!«, rief Milla.

Die Großmutter hatte Bratkartoffeln mit Schweinesülze vorbereitet. Milla aß mit Heißhunger zwei Portionen und erzählte ihren Großeltern, was sie alles auf ihrer Reise erlebt hatte. Nach dem Essen ließ die Großmutter ein warmes Bad für sie ein, »damit der Reisestaub richtig runterkommt und du gut schlafen kannst!«

Als Milla im Nachthemd in ihrem frisch bezogenen Kinderbett lag, dauerte es nicht lange, bis sie einschlief. Großmutter Sofia saß noch lange bei ihr und strich ihr immer wieder sanft übers Haar.

4

Milla wollte immer geweckt werden, wenn die Großeltern frühmorgens in den Stall gingen. Sie mochte so gern die letzten gemolkenen Tropfen als warmen Morgentrunk. Die Großmutter hatte ihr erklärt, dass darin die meisten Mineralstoffe und Vitamine enthalten seien; ja, sie liebte die euterwarme Milch. Doch an ihrem ersten Ferientag ließen die Großeltern Milla ausschlafen.

Die Großmutter war gerade dabei, das Frühstück zu richten, als ein zwölfjähriger Junge durch das Fenster lugte. »Guten Morgen, Oma Sofia!«, sagte er fröhlich.

»Ah, guten Morgen, junger Mann! Deine Prinzessin schläft noch, aber du kannst sie wecken, wenn du magst, denn es gibt gleich Frühstück!«

Das ließ sich Alexej, der Sohn des Grafen Nikolai, nicht zweimal sagen.

»Danke!«, rief er und flitzte Richtung Schlafstube.

Vorsichtig drückte er die Klinke herunter und schob die alte Tür langsam auf. Sie quietschte und knarrte. Er ließ sie halb offen, damit sie nicht noch mehr Lärm verursachte, aber der alte Holzfußboden knarzte dennoch bei jedem Schritt. Milla blinzelte unter ihrem Arm. Sie war schon wach gewesen, doch es war so gemütlich im Bett. Die Sonne schien warm herein und tauchte das Zimmer in bernsteinfarbenes Licht. Nun wollte sie Alexej nicht die Freude nehmen, sie zu wecken, wo er sich doch so viel Mühe gab. Er stellte sich zunächst neben das Bett und beobachtete Milla. Sie konnte ihre Freude kaum unterdrücken, doch wollte sie wissen, wie er es anstellen würde. Alexej setzte sich auf den Bettrand und streifte leise seine Schuhe ab, dann hob er die Decke hoch und legte sich neben Milla. Sie wandte ihm mit einem wohligen Laut ihr Gesicht zu, konnte sich jedoch ein Lächeln nicht verkneifen. Plötzlich prusteten beide gleichzeitig los, und das Zimmer war erfüllt von fröhlichem Kinderlachen.

Bei Tisch erzählten sich die beiden abwechselnd, was sie alles seit den letzten Sommerferien erlebt hatten. Die Großeltern hörten schmunzelnd zu, ohne die Kinder zu unterbrechen.

»Und du hast die lange Reise hierher ganz alleine gemacht?«, fragte Alexej ungläubig und bewundernd zugleich.

»Aber ja!«

Doch bevor Milla sich anschickte, von ihrer Reise zu erzählen, sagte die Großmutter: »Ihr Lieben, draußen ist das herrlichste Wetter, da könnt ihr weiterschwatzen! Ich muss auch langsam hier aufräumen und das Mittagessen vorbereiten!«

»Die anderen Kinder sind am See, wollen wir auch dahin?«, fragte Alexej.

»Ja! Später!« Milla stand auf. »Aber zuerst möchte ich euch die Geschenke geben, die ich für euch mitgebracht habe. Und dann muss ich doch erst in den Stall, alle Kühe und Schweine begrüßen, damit sie wissen, dass ich wieder da bin!«

Alle lachten.

Milla verschwand, und als sie wieder in die Küche kam, verteilte sie freudig ihre Mitbringsel. Dann setzte sie sich auf die Ofenbank und wartete gespannt auf die Reaktionen. Alexej hatte sein Päckchen am schnellsten aufgerissen. Stolz präsentierte er eine knallrote Badehose, die Millas Mutter für ihn genäht hatte. »Oh, danke, Milla! Da werden die Jungs aber schauen!«

»Und die Mädchen erst!«, witzelte Milla.

Der Großvater freute sich über einen Beutel Tabak. »Mmh, da kann ich heute Abend genüsslich ein Pfeifchen schmauchen!«, schmunzelte er.

Die Großmutter hielt zwei handgemachte Topflappen in die Höhe. »Milla, mein Goldkind, die kann ich gleich gegen meine alten tauschen!«

»Die Herzen habe ich selbst gestickt, Omi«, sagte Milla, die vor Freude rote Bäckchen bekommen hatte. Dann nahm sie Alexej bei der Hand: »Komm, wir gehen in den Stall!«

»Unsere Katze hat zwei Junge geworfen«, sagte der Großvater.

»Oh, wie schön!«, rief Milla. »Die müssen wir begrüßen!«

»Ach, Jakov, was haben wir für eine Freude mit unserer Enkelin!«, schwärmte die Großmutter.

Der alte Mann nickte: »Ja, die haben wir!«

Da Milla, wenn sie auf dem Land bei ihren Großeltern war, fast immer barfuß lief, streifte auch Alexej vor dem Stall seine Schuhe ab. Milla wollte eigentlich zuerst zu den jungen Kätzchen, aber sie konnte einfach nicht an ihren geliebten Kühen vorbei, ohne sie zu begrüßen. Sie liebte den Geruch im Stall. Jeder Kuh hatte sie im Laufe der Jahre einen Namen gegeben. Nun umarmte sie die Köpfe der Tiere und begrüßte jede namentlich und mit einem »Muuuh«.

»Wie kannst du dir nur all die Namen merken?«, wunderte sich Alexej. »Die sehen doch alle gleich aus!«

»Aber nein, Alexej. Sieh doch! Lexa zum Beispiel hat einen weißen Fleck direkt hinterm Ohr! Du kannst doch eure Pferde auch alle unterscheiden?!«

»Ach, das ist ja etwas ganz anderes!«

»Das glaubst du, weil du die Kühe nur im Sommer siehst, wenn ich da bin! Komm, wir gehen in den Schweinestall! Da bringt Leila immer ihre Jungen zur Welt.« Die Kühe veranstalteten ein Muh-Konzert, als wollten sie Milla zeigen, dass sie sich über ihren Besuch freuten.

Im Schweinestall krabbelten die Kinder über eine kurze feste Leiter auf den Dachboden. Da lagen zwei niedliche junge Kätzchen und spielten miteinander.

»Oh, schau, mal, wie süß«, flüsterte Milla.

Die Katzenmutter fauchte ein wenig, unten grunzten die Schweine.

Milla beruhigte Leila sofort mit Streicheleinheiten. Die Katze schien Milla wiederzuerkennen und streckte sich wohlig.

»Wir wollten doch nur deine Jungen begrüßen!«, sagte Alexej.

»Und Namen für die Babys aussuchen!«, lachte Milla.

Vorsichtig nahmen sie eines der Kätzchen, die sich ohne Weiteres streicheln ließen. Plötzlich krachte und ächzte es unter ihren Füßen. Der schon etwas morsche erste Balken hielt dem Gewicht der Kinder nicht mehr stand und gab nach. Beide stürzten schreiend zwischen die Schweine in die stinkende Gülle.

Der markerschütternde Schrei von Milla war bis in die Küche zu hören. Der Großvater erschrak und sah von seiner Arbeit auf. Die Großmutter, die gerade Zwiebeln schnitt, ließ das Messer fallen.

»Jesses, Jakov, hoffentlich ist dem Kind nichts passiert!«

Die beiden Alten eilten Richtung Stall, doch kaum waren sie auf dem Hof, hörten sie herzerfrischendes, erlösendes Lachen.

Nach dem ersten Schock stellten Milla und Alexej erleichtert fest, dass sie sich beim Absturz nicht verletzt hatten. Nun suhlten sie sich im Mist und verfielen in einen regelrechten Lachkrampf. Die Schweine quiekten und rieben sich vor Angst an der Holzwand. Nur ein Ferkel schnupperte neugierig an den jungen Kätzchen, die hilflos und mit weit aufgerissenen Augen rücklings im Dreck lagen. Als die Großeltern den Stall erreichten und sahen, was passiert war, fielen sie in das Lachen der Kinder mit ein.

Während die Großmutter Alexejs Kleidung wusch und in der Sonne zum Trocknen aufhängte, standen die Kinder nackt vor dem Brunnen und ließen sich von Jakov immer wieder einen Eimer voll Wasser überschütten. Eigentlich waren sie längst sauber, doch die Wasserspiele machten ihnen und dem Großvater große Freude. Milla liebte den von ihm gebauten Brunnen und hatte immer das Bedürfnis, in dieses dunkle Loch hineinzusingen. Sie war jedes Mal erstaunt, wie tief die Töne nach unten reichten und als Echo zurückkamen. Glockenhell sang Milla ein Kinderlied und wartete nach jedem Satz auf den Schall, um erst dann weiterzusingen. Es hörte sich fast wie ein Kanon an. Großvater und Alexej lauschten fasziniert. Sofia kam hinzu, setzte sich auf den Rand und murmelte zu sich selbst: »Mein Gott, vielleicht sollte das Kind singen lernen ...«

Als Milla ihr Lied beendet hatte, klatschten ihre Zuhörer Beifall.

»Toll, wie du singen kannst, Milla!«, rief Alexej.

»Ach«, sagte Milla, »das ist doch nichts Besonderes ...«

5

Schon nach der ersten Nacht bei Freunden war Lydia entschlossen, sich in einer Pension in der Nähe ihrer Arbeitsstelle einzuquartieren. Die beiden Eheleute hatten sie zwar herzlich zum Bleiben aufgefordert, bis sich die Situation wieder beruhigt habe, doch Lydia wusste, dass sie nicht mehr zu Anatol zurückkehren würde. Sie war sich aber auch nicht sicher, wie es weitergehen sollte. Sie saß in dem sauberen, karg eingerichteten Zimmer und beobachtete die untergehende Sonne.

Sie zündete eine Kerze an und begann zu schreiben. Sie wollte Rat von Nikolai und schilderte ihm das Geschehene. Ihr war klar, dass sie Entscheidungen treffen musste, und sie hatte dafür nur drei Monate Zeit, denn so lange dauerten Millas Schulferien. Sollte sie in der alten Wohnung bleiben, die zu groß für sie und Milla war? Wäre Anatol überhaupt bereit, die gemeinsame Wohnung zu verlassen? Wie sollte sie das alles ihrer Tochter beibringen? Während des Schreibens der Zeilen stützte sie immer wieder ihren Kopf auf eine Hand und schaute gedankenverloren in den Schein des Kerzenlichtes. Ihre Gedanken schweiften zu Milla. Was wäre das Beste für sie? Insgeheim wünschte Lydia sich, Nikolai würde sie bitten zurückzukommen. Aber was dann? Ein Zusammenleben war unvorstellbar. Aber wäre es für Milla nicht ideal, in ihrer gewohnten Umgebung, bei den Freunden und den Großeltern aufzuwachsen? Lydia verbrachte die folgenden Tage voller Ungewissheit und Unruhe. Bei der Arbeit war sie unkonzentriert, doch das fiel niemandem wirklich auf, weil sie ihre Aufgaben trotz allem erledigte. Sie sagte alle Einladungen ab und verbrachte die Abende allein in der Pension, getragen von der Hoffnung, bald von Nikolai zu hören.

Als sie am neunten Tag wie immer zu Fuß von der Arbeit kam und in ihre Straße einbog, blieb sie abrupt stehen. Sie sah die Silhouette eines Mannes, der auf einem Kutschbock saß und zur Pension starrte. Im ersten Moment dachte sie an Anatol, doch dann zitterten ihre Knie, und ihr Herz schlug mit einem Mal schneller. »Nikolai!« Ihre Stimme klang gleichermaßen nach Erlösung und Flehen.

Der Mann, der im Licht der Abendsonne wie ein Scherenschnitt aussah, drehte sich ruckartig um, sprang auf die Straße und lief auf sie zu. »Lydia!«

»Nikolai!«

»Lydia!«

Die letzten Meter gingen sie bedächtig aufeinander zu, als wollten sie sich ihrer Gegenwart vergewissern. Nikolai nahm Lydia zärtlich in seine Arme. Er war einen Kopf größer als sie, dunkelhaarig, mit markanten Gesichtszügen und glutvollen braunen Augen, ein attraktiver Mann. Sie standen eine ganze Weile eng umschlungen da. Für den Augenblick eines Wimpernschlages berührten sich ihre Seelen. Nikolai nahm Lydias Gesicht behutsam in seine großen gepflegten Hände. Mit Tränen in den Augen sahen sie einander an, gerührt und ergriffen zugleich. Seit ihrem Wegzug vom Land in die Stadt hatten sie sich nicht mehr gesehen.

»Lydia«, flüsterte Nikolai, »wie haben wir das nur so lange ohne einander ausgehalten ...?« Er spürte ihren warmen, weichen und doch festen Körper durch das dünne Sommerkleid.

Lydia gaben die Beine nach. »Ich weiß nicht«, schluchzte sie, »ich weiß es nicht.«

Nikolai nahm sie auf seine Arme und trug sie das kurze Stück zur Kutsche zurück.

»Zum Hotel, bitte!«, wies er den Kutscher an.

»Aber Nikolai«, sagte sie schwach, »ich muss doch ...«

Er legte den Finger auf ihren Mund. »Du musst gar nichts, Liebes«, raunte er zärtlich. »Hast du etwa eine Badewanne auf deinem Zimmer?«

Sie sah ihn verwirrt an.

»Hast du eine Küche?«, fragte er liebevoll.

»N... nein ... aber ...«

»Siehst du! All das und noch mehr erwartet dich in meinem Hotel.«

Lydia genoss den lauen Fahrtwind in der offenen Kutsche. Nikolai legte seinen Arm um sie und zog sie an sich. Sie lehnte ihren Kopf an seine Schultern, schloss die Augen, und ein Gefühl der Geborgenheit überkam sie. Zärtlich streichelte er ihre Stirn. Das rhythmische Klappern der Hufe klang für sie wie eine Sinfonie. Während der gesamten Fahrt sprachen sie kein Wort, obschon sie sich so viel zu erzählen hatten. Es war wie früher, sie verstanden sich ohne Worte.

Nikolai wohnte im Grandhotel standesgemäß in einer Suite. Er hatte wie immer alles perfekt arrangieren lassen. Im Salon stand ein großer Obstkorb, daneben Champagner, Kaviar auf Eis und natürlich ihre Lieblingsblumen: ein riesiger Strauß prachtvoller weißer Rosen.

Lydia war überwältigt. »Oh, Nikolai, wie wunderschön …« Sie legte ihre Arme um seinen Hals und spürte seine Schenkel zwischen ihren Beinen.

»Was hältst du davon, wenn ich dir ein Bad einlasse?«

»Eine deiner wunderbaren Ideen, Liebster. Gerne.«

Während das Bad einlief, öffnete Nikolai den Champagner. Das erste Glas tranken sie in einem Zug leer. Nach ein paar Blinis mit Kaviar auf Sauerrahm erhob sich Lydia leicht schwankend, um ins Bad zu gehen. Sie hatte den ganzen Tag fast nichts gegessen und spürte den Alkohol sofort.

»Oh, là, là …«, lachte sie, »du musst mitkommen und aufpassen, dass ich nicht ertrinke.«

Nikolai hatte im Badezimmer Kerzen angezündet. Auch hier wartete ein Strauß weißer Rosen.

Lydia streifte Schuhe und Kleid ab. Wie so oft an heißen Tagen trug sie nichts darunter. Sie empfand es als angenehm, barfuß auf dem kalten Marmorboden zu stehen. Nikolai beobachtete sie – im Rahmen der Badezimmertür stehend – mit einem Glas Champagner in der einen und einer Zigarette in der anderen Hand.

»Wie schön du bist …«, sagte er heiser.

Lydia drehte sich langsam um. »Kommst du mit in die Badewanne …?«

Nikolai küsste ihre Brustwarzen, die sich durch die Liebkosung sofort aufrichteten. Er ließ von ihr ab: »Nein, ich möchte, dass du dich allein entspannst, genieße das Bad, Liebste. Ich warte im Schlafzimmer auf dich.« Als sie in die Badewanne stieg, gab er ihr einen Klaps auf den wohlgeformten Po.

Lydia schloss die Augen und genoss das warme wohltuende Wasser, das nach einer Mischung aus Vanille und Pfirsich duftete. Zunächst schossen ihr tausend Gedanken durch den Kopf, nach einer Weile entspannte sie sich. Die Kombination aus Alkohol und warmem Wasser tat ihr gut. Sie ließ das Badewasser ab und brauste sich eiskalt ab. Sie fühlte sich frisch wie schon lange nicht mehr.

Als sie das Schlafzimmer betrat, traute sie ihren Augen nicht. Nikolai lag nackt bäuchlings auf dem Bett, sodass er sie sehen konnte. Um das Bett herum lagen Hunderte von weißen Rosenblättern, es sah aus wie ein Blütenteppich. Am Fußende des Bettes lagen drei Cocktailkleider auf einer Récamiere. Sie erkannte ihre eigenen Entwürfe sofort, Nikolai musste sie im Atelier besorgt haben.

»Oh, Nikolai«, hauchte sie, »das kann doch alles nicht wahr sein, sag, dass ich träume …«

»Aber, nein, Liebes, du brauchst doch etwas zum Anziehen, wenn wir später essen gehen, und du sollst dich doch wohlfühlen!« Er setzte sich auf. »Jetzt schau noch ins Ankleidezimmer, und dann komm zu mir ins Bett, damit du spürst, dass du nicht träumst!«

Auf einem Tischchen in der Ankleide lagen ein komplettes Perlenensemble und eine passende Abendtasche. Davor standen drei paar Schuhe. Über dem Stuhl daneben lag eine Seidenstola, die Lydia vor Glück an ihr Gesicht drückte. Sie roch nach ihrem Lieblingsparfüm, ein Hauch von Orangen und Mandelblüten. Sie schlang die Stola um ihre Hüften und ging zurück ins Schlafgemach.

Nikolai lag wieder auf dem Bauch. Lydia setzte sich auf den Rand des hohen Himmelbettes und streichelte zärtlich seinen Rücken; er begann, wohlig zu brummen. Ihre Hand wanderte über seine festen Hinterbacken und die Innenseiten seiner geöffneten Schenkel zu seinen Hoden. Nikolai stöhnte vor Erregung. Sie vermied es, seinen Penis zu berühren und kniete sich zwischen seine Beine. Lydias Zunge leckte zärtlich seine Hoden, während sie mit einer Hand sanft an ihnen zog. Sie brachte ihn zur Ekstase. Nikolai zog sie zu sich hoch. Sie lagen eng umschlungen und küssten sich leidenschaftlich, dann drehte Nikolai sie auf den Rücken und liebkoste ihre Brüste. Er biss zärtlich in ihre steifen Brustwarzen, um dann langsam zwischen ihre Beine zu tauchen.

»Mein Gott, schöner als jede Rose …«, keuchte er.

»Sie gehört dir, dir ganz allein …«, flüsterte Lydia erregt.

Nikolai labte sich an ihren Körperflüssigkeiten, immer wieder stieß seine Zungenspitze rhythmisch an ihre Klitoris. Lydias Atem wurde immer kürzer, immer schneller, sie war kurz vor dem Höhepunkt.

»Komm!«, schrie sie. »Komm, nimm mich!« Sie versuchte, sich ihm zu entwinden, doch Nikolais kräftige Arme hielten sie in der Position.

Lydia bäumte sich auf und flehte: »Bitte! Bitte, steck ihn mir rein!«

Obwohl sein Glied zu bersten drohte, erhörte er sie nicht. Seine Zunge glitt nun mit leichtem Druck über ihren Punkt. Lydia ergab sich voller Inbrunst seiner Leidenschaft, unter zuckenden Bewegungen entlud sich ihre Spannung. Sie schrie und weinte gleichzeitig. Nikolai legte sich neben sie und küsste sie zärtlich auf ihre Augen. Sie drehte ihm behutsam ihren Rücken zu.

»Komm zu mir …«, flüsterte sie immer noch erregt.

Sie spürte seine Härte zwischen ihren Beinen. Er drang langsam und gefühlvoll in sie ein und bewegte sich kaum. Sie spürte, dass er jeden Moment kommen würde. Sie lagen wie verschmolzen da, als er sich mit einem animalischen Schrei in sie ergoss. Sie spürte jeden einzelnen Ausstoß seiner Lenden. Erschöpft und ohne sich voneinander zu lösen, schlummerten sie ein, bis es dämmerte.

6

Ein Raunen ging durch den voll besetzten Speisesaal, als Nikolai und Lydia auf der Bildfläche erschienen. Lydia sah hinreißend aus. Sie spürte die Blicke der Gäste, während der Oberkellner sie zu einem durch Palmen abgegrenzten Tisch in der Ecke des Saales geleitete. Die Kerzen in den mehrarmigen Leuchtern tauchten das Restaurant in ein anheimelndes Licht. Kurz bevor sie ihren Platz erreichten, erhob sich ein Offizier und grüßte Graf Nikolai, indem er seine Hand an die Stirn hob. Dieser erwiderte den Gruß, ohne stehen zu bleiben.

»Ist es dir unangenehm, dass du erkannt wirst?«, wollte Lydia wissen.

»Nein, Liebes, nicht im Geringsten. Lass uns das Essen genießen, ich habe Heißhunger …«

Während sie auf die Vorspeise warteten, erzählten sie sich ihre Erlebnisse, die seit der Trennung in Plugnoe ihr Leben bestimmt hatten. Immer wieder nahm Nikolai ihre Hände und küsste sie, so auch jetzt. Er schaute ihr tief in die Augen.

»Komm zurück nach Plugnoe«, bat er. »Es ist das Beste für Milla, für dich und für uns. Ich habe alles in die Wege geleitet. Du könntest deine Entwürfe auf meinem Gut fertigen und weiter für das Atelier tätig sein, wenn du das willst. Ich würde eine kleine Wohnung für uns einrichten, und falls du nicht bei deinen Schwiegereltern leben möchtest oder könntest, dann eben noch eine Bleibe für dich und Milla.«

Lydia standen die Tränen in den Augen. »Oh Gott, Nikolai, ich habe es mir gerade in den letzten Tagen so gewünscht. Niemals hätte ich dich gefragt, ob es möglich ist.«

»Ich weiß, mein Liebes, ich weiß. Ich habe alles genau überlegt. Natürlich wird die Situation nicht einfach sein für uns, aber immer noch weitaus besser als jede andere Lösung«, sagte er beruhigend und tupfte ihre Tränen mit seiner Serviette ab.

Nach einem delikaten Fünf-Gänge-Menü mit Borschtsch und anderen Köstlichkeiten nahm sie dankbar seine Hand und küsste die Innenfläche. Obwohl diese Geste nicht erotisierend gemeint war, durchlief ihn ein wohliger Schauer direkt in seine Lenden. Er hatte die richtige Entscheidung getroffen.

»Lass es uns bei ein bisschen Musik feiern, was meinst du? Nebenan spielen sie heute zum Tanz auf.«

»Sehr gern, Liebster ... ich habe so lange nicht mehr getanzt. Du musst aufpassen, dass ich dir nicht dauernd auf die Füße trete!«, lachte sie.

Erst als sie den Speisesaal verließen, merkten sie, dass er bereits leer war.

Lydia lag wie eine Feder in Nikolais Armen und strahlte vor Glück. Der festlich dekorierte Ballsaal war überfüllt. Sie tanzten ausgelassen noch etwa eine Stunde und zogen sich dann in Nikolais Suite zurück. Die körperliche Anziehungskraft war zu groß, und sie wollten sich der Menschenmasse entziehen. Sie liebten sich noch einmal und schliefen entspannt ein.

Lydia und Nikolai saßen im lichtdurchfluteten Frühstücksaal und ließen sich deftige Rühreier und dampfenden Milchkaffee schmecken. Zufrieden schmiedeten sie Pläne.

»Ich schlage vor, wir bleiben noch zwei Nächte und fahren dann gemeinsam mit einem Tageszug zurück, oder möchtest du lieber nachts fahren? Könnte sehr romantisch werden im Schlafabteil?«, lächelte Nikolai.

»Mmh, wie verlockend«, schnurrte Lydia, »aber lass uns tagsüber fahren, oder?«

»Ja!« Nikolai streichelte ihre Wange. »Ich kann deine persönlichen Sachen von zwei Mitarbeitern eines Freundes abholen lassen und bis zu unserer Abreise hier im Hotel deponieren.«

»Hm, das ist eine große Hilfe, danke, Liebster ... Aber ich glaube, ich sollte lieber dabei sein, wenn sie die Sachen aus der Wohnung holen. Stell dir nur mal vor, Anatol taucht plötzlich hier auf ... Da ist es doch besser, ich bin in der Nähe. Was meinst du?«

Nikolai pflichtete ihr bei. Sie verabredeten sich zum Fünfuhrtee in der Lobby.

Mit einem mulmigen Gefühl stieg Lydia die Treppen zu ihrer Wohnung hinauf. Wie würde Anatol reagieren? Würde er eine Szene machen vor den beiden Männern, die hinter ihr her stampften? Würde er sich gar mit ihnen schlagen oder sie wegjagen? Was würde passieren, wenn er sich an ihr vergriff? Vor ihrer Wohnungstür im Hochparterre angekommen, überlegte sie kurz, ob sie klopfen oder einfach aufsperren sollte.

»Na gut, dass Sie nicht weiter oben wohnen, Frau Bellasowa!«, freute sich einer der beiden Männer und nahm ihr die Entscheidung ab, indem er kräftig gegen die Tür klopfte.

Lydia kramte mit Herzklopfen nach ihrem Schlüssel.

»Scheint niemand da zu sein«, meinte der andere Mann.

Lydia schloss die alte Holztür auf und ließ sie weit offen, als wollte sie sich einen Fluchtweg freilassen. Auf den ersten Blick konnte sie keine persönlichen Sachen von Anatol entdecken. Instinktiv spürte sie, dass er nicht anwesend war. Trotzdem rief sie »Anatol, Anatol?« und ging weiter in die Küche. Dort fand sie einen Brief ihres Mannes auf dem Tisch. Sie öffnete alle Schränke und Kommoden, und ihr Verdacht bestätigte sich. Nirgends gab es einen Hinweis darauf, dass bis vor Kurzem noch ein Mann in diesem Haushalt gelebt hatte. Sie hieß die beiden Männer, alle persönlichen Sachen von ihr und Milla einzupacken. Erst jetzt bemerkte sie, dass Anatol die Wohnung wie desinfiziert hinterlassen hatte, er musste eine Putzfrau gefunden haben. Vielleicht hat ja Marina zur Strafe putzen müssen, dachte sie höhnisch und setzte sich an den Küchentisch, um Anatols Brief zu lesen.

Liebe Lydia,

was passiert ist, tut mir leid. Ich fahre nach Sankt Petersburg, um mich bei der Armee zu melden. Ich denke, das ist das Beste für unsere Situation. Gerne hätte ich Milla noch gesehen. Ich hoffe, Du wirst einen guten Weg finden, ihr die Umstände zu erklären. Gib ihr einen dicken Kuss. Gott schütze Euch!

Dein Anatol

Lydia blickte eine Zeit lang mit verschwommenen Augen aus dem Fenster. Dann kochte sie Wasser ab, damit sie etwas zu trinken hatten, und half den Männern beim Einpacken.

7

In der Halle des Grandhotels standen überall riesige Palmen in Edelholz-Bottichen. An der hohen Decke drehten sich überdimensionale Ventilatoren, die vergeblich gegen die Schwüle ankämpften. Trotz der vielen Gäste war der Lärmpegel nicht unangenehm. In der Mitte musizierte eine Dreimann-Kapelle. Als Lydia Nikolai in einer Ecke der Lobby entdeckte, sah sie, dass er nicht allein war. Sie entschied, sich erst frisch zu machen. Doch Nikolai hatte sie gesehen und winkte ihr zu. Während sie quer durch die Halle schritt, zog sie wie immer die Blicke der Männer auf sich. Die Haare hatte sie lässig nach hinten gesteckt. Das dünne mandarinfarbene Baumwollkleid betonte die Konturen ihres Körpers. Nikolai eilte ihr entgegen und nahm sie in den Arm.

»Ich würde mich gern erst umziehen, Liebster.«

»Aber nein, du siehst bezaubernd aus. Komm, ich möchte dich einem Freund aus Frankreich vorstellen. Er ist heute angereist.«

Pierre Oppenheim schaute Lydia fasziniert an. Er hatte sich erhoben und kam den beiden zwei Schritte entgegen.

»Lydia, mein Freund Pierre …«

Pierre nahm galant Lydias Hand und küsste sie, ohne die Augen von ihr zu lassen. »Enchanté, Madame Lydia, ich finde, mon cher ami Nikolai hat untertrieben, als er von Ihnen erzählte.«

Lydia lächelte: »Mir hat er verschwiegen, welch sympathischen Freund er in Frankreich hat.«

»Wir müssen unser Kennenlernen mit einem Coup de Champagne feiern, einverstanden?«

»D'accord«, erwiderte Lydia, »das wird mir guttun nach diesem aufreibenden Tag!«

Während Pierre beim Ober bestellte, erkundigte sich Nikolai nach Lydias Befinden. Sie drückte stumm seine Hand und bedeutete ihm, dass so weit alles in Ordnung sei. Die Stimmung war ausgelassen, sie aßen Lachs-Kanapees, tranken eisgekühlten Champagner und schmiedeten Pläne für den Abend.

»Oh, mon dieu«, seufzte Pierre, »ich habe ein kleines Problem, Lydia.«

Sie sah ihn fragend an.

»Nun, ich möchte nicht das fünfte Rad am Wagen sein! Hast du nicht eine Schwester, die uns Gesellschaft leisten könnte?«

Sie lachten. Jetzt blickte Lydia zu Nikolai, um herauszufinden, wie er darüber dachte. Er lächelte und zuckte mit den Achseln.

»Eine Schwester hat Lydia leider nicht, oder Gott sei Dank?«

Wieder lachten sie.

»Vielleicht eine Freundin, die zu uns stoßen könnte?«

Lydia wurde leicht verlegen. »Ich hatte eine beste Freundin, die sehr gut in die Runde gepasst hätte. Sie hat vor Kurzem meinen Mann in unserer Wohnung verführt. Ich weiß nicht, ob ich ihr einen schönen Abend in solch guter Gesellschaft gönnen soll?«

Wieder Gelächter. Der Alkohol am Nachmittag hatte bei der Schwüle seine Wirkung nicht verfehlt, und Pierre schenkte nach.

»Andererseits«, überlegte Lydia, »hätte sie es nicht getan, würden wir jetzt wohl nicht hier zusammen sein?«

Pierre wurde hellhörig und schaute Lydia und Nikolai neugierig an.

»Ähm, ich kenne die Dame nicht!«, sagte Nikolai und hob entschuldigend die Hände.

Lydia schaute Pierre an: »Die Sache hat nur einen Haken …«

Beide Männer schauten sie fragend an.

»Sie sieht mir überhaupt nicht ähnlich …«

Wieder mussten sie lachen. Sie beschlossen, Marina einen Boten mit einer Einladung zum Abendessen zu schicken. Treffpunkt: 20.30 Uhr an der Bar. Sollte Marina Pierre nicht gefallen, würden sie den Abend vorzeitig enden lassen. Gleichzeitig wäre es ein guter Anlass, das ehemals so gute Verhältnis zwischen beiden Frauen wieder zu normalisieren.

»Es spricht nur für dich, Lydia, deiner Freundin eine zweite Chance zu geben. Unabhängig davon, ob es zu meinem Vorteil werden könnte«, sinnierte Pierre.

Die drei saßen bereits an der gut besuchten Bar, als Marina von einem Pagen hereingeführt wurde. Der Barkeeper machte mit einem kleinen Kopfnicken darauf aufmerksam, dass die Besucherin eingetroffen war. Während die beiden Männer ohnehin standen, drehte sich Milla auf dem Barhocker um. Marina bedankte sich beim Pagen und ging zögerlich auf sie zu. Lydia kam ihr ein paar Schritte entgegen, um es ihr leichter zu machen. Die beiden hatten sich seit dem peinlichen Vorfall nicht mehr gesehen. Sie blieben stehen und sahen sich an. Marina schossen die Tränen in die Augen, und Lydia spürte, dass es ihr leidtat.

»Lydia, ich, ich, bitte dich um Verzeihung, ich …« Marina versagte die Stimme.

Lydia nahm ihre Freundin in den Arm. »Lass es gut sein, Marina, wir wollen nicht mehr darüber reden, ja? Ich habe dir schon verziehen, sonst wärst du ja nicht hier.« Erst jetzt löste sich die Anspannung bei Marina und sie umarmte Lydia. »Komm, ich möchte dich Nikolai und seinem Freund Pierre vorstellen.«

»So aufgelöst, wie ich bin?«

»Ach, das macht doch nichts, das weckt den Beschützerinstinkt!« Beide lächelten. »Außerdem siehst du rührend aus. Komm jetzt!«

Die Männer hatten die Szene beobachtet und drehten sich jetzt diskret zur Bar.

»Messieurs, darf ich euch meine Freundin vorstellen? Das ist Marina.«

Sie war – ebenso wie Lydia – attraktiv und sehr weiblich. Schwarze Haare, blaue Augen, etwas Katzenhaftes, Laszives eignete ihren Bewegungen. Während Nikolai sich herzlich, jedoch ein wenig zurückhaltend vorstellte, sprühte Pierre über vor Charme. Sichtlich angetan reichte er Marina sein Einstecktuch und zwinkerte Lydia dankbar zu, während die ihre verweinten Augen abtupfte. Lydia war froh, dass Pierre Gefallen an Marina fand, denn so wusste sie sich für heute aus der Schusslinie des französischen Charmeurs.

»Mes amis«, Pierre räusperte sich, »da es mein Abend ist, habe ich entschieden, in dem kleinen Spezialitätenrestaurant hier um die Ecke zu dinieren, d'accord?«

Das war das vereinbarte Zeichen, dass Marina ihm gefiel. Im anderen Fall hatten sie ausgemacht, eine Kleinigkeit im Hotel zu essen, damit er sich danach schnell hätte entschuldigen können.

»Aber ja!«, erwiderte Nikolai. »Ein paar Schritte in der lauen Abendluft werden uns guttun!«

Das kleine romantische Restaurant war gut zur Hälfte besetzt. Die Gäste schauten interessiert auf, als die vier zu einem Ecktisch geleitet wurden. Die Männer gingen voraus.

»Marina, versteh es bitte nicht falsch, aber du musst dich nicht zurückhalten, falls Pierre dir gefällt ...«, flüsterte Lydia.

Marina schaute ein wenig unsicher; sie war sich nicht im Klaren darüber, ob Lydia sie aus Freundschaft zu diesem Abend gebeten hatte oder als unkomplizierte Begleitung für Pierre.

»Danke Lydia, ich muss gestehen, er ist ein interessanter Mann.«

Der Abend verlief sehr unterhaltsam. Man hatte den Eindruck, als würden sich die vier seit Ewigkeiten kennen. Als Lydia und Marina sich nach dem Dessert entschuldigten, steckten sich die Männer genüsslich eine Zigarre an. Der Ober brachte frisch aufgebrühten Pfefferminztee. »Sag, Nikolai, ich möchte mich nicht in deine Vorgehensweise Lydia gegenüber einmischen, aber findest du nicht, dass es ein guter Moment wäre, sie über die politische Situation in Russland aufzuklären, falls du es nicht schon getan hast?«

»Nein, nein, das habe ich noch nicht. Ich wollte einen geeigneten Moment abwarten. Aber du hast recht, der Abend bietet sich an.«

Lydia und Marina machten sich frisch. Sie sahen sich im Spiegel an und lächelten. »Lydia, ich danke dir. Es ist ein gutes Gefühl, dir wieder nahe sein zu dürfen.«

»Ich freu mich auch. Weißt du schon, ob dir Pierre gefällt? Du musst dir keine Gedanken machen, ich liebe Nikolai schon seit vielen Jahren, und es scheint so, als würde wirklich alles im Leben einen Sinn machen. Nikolai wäre jetzt nicht hier und ich würde nicht nach Plugnoe zurückgehen, wenn das mit dir und Anatol nicht passiert wäre.«

»Aber Lydia! Das würde ja bedeuten, dass wir uns lange nicht mehr sehen?«, rief Marina entsetzt und drehte sich zu ihr.

»Ja, Marina, deswegen habe ich vorgeschlagen, dich einzuladen. Wir fahren ja schon übermorgen.«

Die beiden Frauen nahmen sich in den Arm.

»Lydia, ich wünsche dir und Milla ganz viel Glück. Nikolai ist ein großartiger Mann. Ihr beiden passt so gut zusammen. Ich hoffe, ihr werdet glücklich sein.«

»Danke Marina, wir werden uns nach dem Digestif zurückziehen, damit wir euch nicht kompromittieren.«

Sie ließen sich los und mussten lachen.

Beide Männer standen auf, als die Freundinnen zurück an den Tisch kamen. Nikolai nahm Lydia in den Arm und küsste sie zärtlich.

»Liebster, ich fühle mich so wohl, wie schon lange nicht mehr.«

»Was die beiden können, können wir doch auch?«, kokettierte Pierre.

Marina lächelte und ließ ihn gewähren. Sie spürte seine Begierde, und es war ihr nicht unangenehm. Als sie wieder saßen, erhob Pierre sein Glas.

»Meine Lieben, ich möchte mich bedanken für diesen schönen Abend. Ich freue mich, ihn mit euch zu verbringen und ich hoffe, es werden noch viele davon in dieser Konstellation in Paris folgen!«

Am Schluss seines Toastes sah er Marina an. Die Frauen lachten und dankten Pierre, ohne seinen Worten wirklich Bedeutung zu schenken. Das änderte sich abrupt, als Nikolai darauf hinwies, welche Sorge in Frankreich über die politische Lage in Russland herrsche.

»Pierre hat heute Nachmittag dringend an mich appelliert, ich solle mit den Menschen, die mir nahe stehen, nach Frankreich emigrieren.« Er sah dabei Lydia in die Augen, sie blickte ihn sorgenvoll an. »Du musst dir keine Sorgen machen, Liebes! An unseren Plänen ändert dies zunächst nichts, und selbstverständlich würden wir gemeinsam nach Frankreich gehen.«

Lydia fing an zu begreifen. Sie hatte in der aufgeladenen Stimmung noch nicht Anatols kurzen Abschiedsbrief erwähnt. »Anatol hat mir geschrieben, er wolle sich bei der Armee melden und hat deshalb die Stadt verlassen.«

»Halb Europa«, so Nikolai, »glaubt, dass der Zar gestürzt wird. Das hätte fatale Folgen für das politische Gesamtgefüge, für die Aristokratie in Russland, für die ganze Elite. Die Revolutionäre wollen alle und jeden gleichstellen. Sie werden enteignen, beschlagnahmen, verurteilen. Geistige Hohlköpfe werden an der Macht sein! Und sie werden sie missbrauchen! Denn sie sind es nicht gewohnt, mit Macht und Geld umzugehen, aber sie werden sich daran gewöhnen.«

Pierre sah Nikolai beschwörend an. »Nikolai, du musst als Erstes dein Vermögen ins Ausland retten, nach Frankreich meinetwegen oder in die Schweiz, aber du musst etwas unternehmen.«

Nikolai nickte. »Ja, Pierre, ich weiß. Vielen Dank! Sollten sich die Prognosen nicht bestätigen, so Gott will, hätte ich damit keinen Fehler begangen.« Er nahm Lydias Hand. »Liebes, wie denkst du darüber?« Er sah zu Marina. »Und du, Marina?«

Lydia erwiderte seinen Händedruck. »In der Firma reden nur die Kundinnen der Gesellschaft darüber. Sie haben selten eine eigene Meinung, sondern plappern das nach, was sie zu Hause von den Männern aufschnappen. Ich denke, Pierre hat recht. Ich habe kein gutes Gefühl, die Meinungen sind so geteilt, das spricht eher für einen Umbruch. Anatol hat schon seit Längerem Bemerkungen gemacht. Er war in letzter Zeit häufig bei irgendwelchen geheimen Treffen, jetzt, da er sich den Roten angeschlossen hat.«

»Ja«, unterbrach Marina sie. »Du kennst doch auch Vitali, meinen Cousin?!« Lydia nickte. »Der hat sich in letzter Zeit immer mit Anatol getroffen! Jetzt ist auch er verschwunden. Er sagte immer zu mir: ›Sieh zu, dass du nicht schwanger wirst, wir brauchen bald gute Ärzte wie dich.‹«

»Hm, vermutlich sind deine Sorgen berechtigt, Pierre. Ich werde jedoch nichts überstürzen. Ich werde alles in Ruhe vorbereiten und bin dir für deine und die Hilfe deiner Familie sehr dankbar«, sagte Nikolai.

»Aber, lieber Freund, es ist mir eine große Freude, wenn ich dir beistehen kann. Unterschätze die Entwicklungen nicht, lass dir nicht zu lange Zeit! Wir haben Krieg. Russland steht vor dem militärischen und wirtschaftlichen Zusammenbruch. Versprochen?«

»Versprochen!«

Sie erhoben die Gläser.

»Auf unsere Freundschaft, Pierre.«

»Auf unsere Freundschaft, Nikolai.« Pierre wandte sich zu Marina. »Und mit Verlaub, Madame, in Frankreich können wir auch immer gute Ärzte gebrauchen, auch wenn wir diesmal keine Revolution haben.«

Alle vier konnten wieder lachen, auch wenn es diesmal nicht so unbeschwert klang.

In dieser Nacht lagen Lydia und Nikolai lange wach und besprachen ihre gemeinsame Zukunft.

8

Lydia ließ sich ein paar Hundert Meter vor dem Hof der Großeltern von Jasha, der für Nikolai arbeitete, absetzen. Sie wollte mit ihren Gedanken allein sein und ein wenig zur Ruhe kommen. Zu viel war in den letzten Wochen geschehen. Sie folgte dem Feldweg, der direkt zum Hof führte. Der laue Morgenwind verbog die hohen Grashalme, die gerade aufgegangene Sonne bahnte sich ihren Weg durch das dichte Laub der Bäume. Sie freute sich darauf, Milla bald wieder im Arm halten zu können. Wie würden die Großeltern wohl reagieren? Sie kam gerade an dem kleinen Hof an, als die beiden Alten mit ihrem treuen Knecht den Stall verließen. Lydia blieb stehen.

»Jesses, Opa, schau! Unsere Schwiegertochter!«, rief die Großmutter.

Lydia rannte auf sie zu.

»Sch, nicht so laut, sonst wacht Milla auf!«

»Ach«, winkte die Großmutter ab, »die schläft bei Alexej. Wenn wir das gewusst hätten!«

Lydia und die Großeltern umarmten sich herzlich, während der Knecht weiter seiner Arbeit nachging.

Als sie in der großen Küche gemütlich beim Tee saßen, erzählte Lydia, was sich seit Millas Abreise ereignet hatte. Die Großeltern hörten aufmerksam zu. Lydia sprach ruhig und gefasst, ohne etwas zu beschönigen, aber auch ohne etwas wegzulassen. Ihre Schwiegereltern hatten es verdient, die Wahrheit zu erfahren. Nur die Tatsache, dass Milla nicht Anatols Tochter war, behielt Lydia für sich. Sie brachte es einfach nicht fertig, die beiden lieben Menschen zu enttäuschen, auch wenn sie es vielleicht verstanden hätten. Sie wollte ihnen nicht das Herz brechen und wusste schließlich nicht, wie sie reagieren würden. Zum gegebenen Zeitpunkt wollte sie zunächst Nikolai informieren, aber erst dann, wenn er sich endgültig für sie entschieden hatte. Sie wollte ihn keinesfalls einem moralischen Druck aussetzen.

Der Großvater hatte sich, entgegen seiner sonstigen Gewohnheiten zu dieser frühen Stunde, ein Pfeifchen angezündet. Als Lydia ihre Ausführungen beendet hatte, legte er die Pfeife beiseite und nahm die Hände der beiden Frauen in seine. Er lehnte sich zurück und seufzte tief. Die Großmutter hatte die ganze Zeit still geweint.

»Also Lydia«, begann der Großvater mit seiner angenehmen dunklen Stimme, »ich rechne es dir hoch an, dass du uns zwei alte Leute mit nach Frankreich nehmen würdest, aber ich glaube nicht, dass man alte Bäume verpflanzen sollte.« Dabei tätschelte er liebevoll die Hand seiner Frau, die zustimmend nickte. Er schlürfte an seinem warmen Tee. »Schau, Kind, ich bin hier auf diesem kleinen Hof geboren. Wir haben nicht viel, aber genug, um zufrieden zu leben.« Wieder nickte seine Frau stumm. »Was wollen uns die Kommunisten wegnehmen? Milch und Butter brauchen sie auch, und wenn sie so einen kleinen Hof verstaatlichen … na, dann werde ich eben Knecht auf meinem eigenen Land! Was soll schon passieren?« Er schlug mit der flachen Hand auf den Tisch.

Die Großmutter hatte sich ob der Worte ihres Mannes wieder gefangen und strahlte ihn an. »Jawoll«, sie kniff ihm verschwörerisch in die Wange. »So kenne und liebe ich dich! Und du, Lydia, mach dir keine Gedanken! Was auch passiert, du und Milla, ihr werdet euren Weg gehen, und bis dahin habt ihr hier euer Zuhause, und wir hoffen, ihr fühlt euch wohl!«

Lydia war ergriffen von der Güte und Großherzigkeit der Alten. Auch wenn kein wirklicher verwandtschaftlicher Draht zwischen ihnen und Milla bestand, wusste sie, dass sie sich keine besseren Großeltern für Milla hätte wünschen können. Auch sie selbst wurde wie eine Tochter geliebt und behandelt. Einmal mehr fragte sie sich, wie zwei solch wunderbare Menschen einen Sohn haben konnten, der so ganz anders war. Sie fasste beide bei den Händen.

»Ja, wir fühlen uns wohl bei euch. Milla lebt das ganze Jahr für die Sommerferien, und ich bin auch glücklich, hier zu sein. Ich danke euch herzlich!« Jetzt versuchte sie wieder zu lachen. »Und nur, weil ihr Großeltern seid, müsst ihr nicht so tun, als wärt ihr uralt. Ihr seid ja noch nicht einmal sechzig! Aber ich kann euch verstehen.«

Der Großvater sah aus dem Fenster: »Ist der, der da draußen wartet, etwa Jasha?«

»Ach du lieber Himmel, ja. Er hat mich hergefahren, aber ich wollte das letzte Stück zu Fuß gehen. Wann glaubt ihr kommt Milla?«

»Ich hoffe zum Mittagessen. Sie hat versprochen, pünktlich zu sein. Du kannst dich doch ein wenig einrichten und mir dann vielleicht beim Kochen helfen?«

Milla und Alexej liefen immer quer über die Felder, um nach Hause zu kommen. Meistens lieferten sie sich ein Rennen, weil sie zu spät dran waren. Alexej erreichte als Erster den Hof, aber nur sehr knapp.

»Wahnsinn«, keuchte er, »du bist in dem Jahr ganz schön schnell geworden!«

Milla gab ihm einen Klaps und lief an ihm vorbei direkt auf den Brunnen zu, wo der Großvater und Jasha saßen. Sie hatten sich verplaudert.

»Siegerin! Ich bin die Siegerin, Opa!«, rief Milla und sprang in seine Arme.

»Gar nicht wahr! Ich habe dahinten aufgehört zu laufen!«, reklamierte Alexej.

»Opa, da ist er selber schuld, nicht wahr? Es geht immer bis zum Brunnen. Opa, bitte, ich möchte meine Füße kühlen!«

»Wahnsinn, dass du immer barfuß läufst! Ich muss meine auch kühlen!«

Alexej hatte sich nicht lumpen lassen und seine Schuhe ebenfalls ausgezogen. Jetzt warf er sie neben den Wassertrog, wo Milla mithilfe des Großvaters bereits ihre Füße baumeln ließ. Der setzte sie jetzt an den Rand.

»Ihr seid ja total verschwitzt, ihr Lauser. Am besten ihr legt euch ganz rein!«

Milla stand schon im Trog, um sich auszuziehen. So etwas brauchte man ihr nicht zweimal zu sagen. In diesem Moment kamen Lydia und Großmutter aus dem Haus. Sie hatten die Ankunft der Kinder durch das Küchenfenster beobachtet.

»Milla! Meine Kleine!«, rief Lydia.

Milla wollte sich gerade ihr Hemdchen über den Kopf ziehen, drehte sich, verlor das Gleichgewicht und rutschte aus. Mit einem glockenhellen »Iiiieeh« landete sie im Wassertrog. Prustend rappelte sie sich auf und breitete ihre Ärmchen aus. Das »Mami, Mami« klang noch lauter und heller als ihr Schrei.

Lydia nahm ihre Tochter zärtlich in den Arm. »Meine süße kleine Milla, ich bin so froh, wieder bei dir zu sein, auch wenn du klatschnass bist.«

»Mami, Oma und Opa haben gar nicht gesagt, dass du kommst. Holst du mich ab? Die Ferien sind doch noch gar nicht rum? Oder, Alexej?«

Der hatte mittlerweile auch ein Vollbad im Wassertrog genommen und saß jetzt auf dem breiten Rand, die Füße im kühlen Nass.

»Nein, noch lange nicht! Oder? Guten Tag Frau Bellasowa.« Obwohl er es wusste, klang er ein wenig verunsichert.

Lydia ließ Milla herunter und ging zu dem Jungen. Sie schaute ihn liebevoll an und strich ihm die nassen Strähnen aus der Stirn. »Guten Tag Alexej. Du wirst jedes Jahr hübscher, kein Wunder, dass Milla so verrückt nach dir ist.«

»Mama!«, schimpfte Milla.

»Das macht doch nichts, Milla«, beeilte sich Alexej zu sagen. »Ich mag dich doch auch!«

Milla rollte ihre Augen, die Erwachsenen lachten. Alexej machte eine Lausbubenmiene und zuckte mit den Schultern, sodass Milla schon wieder lächeln konnte.

»Du wirst mich gleich wieder lieb haben, mein Kind. Die Ferien sind noch lange nicht zu Ende, und danach gehst du wieder hier zur Schule. Wir wohnen jetzt wieder bei Omi und Opi, und ihr beide könnt euch in Zukunft so oft sehen, wie ihr wollt.«

Milla und Alexej blieben ganz ruhig. Sie sahen sich an, nickten dreimal lautlos und ließen dann einen unbändigen Schrei los.

»Juuuuuchheiiiiii!«

Milla winkte Alexej. Sie lief die paar Schritte zum Brunnen.

»Kommt alle, kommt! Wir müssen uns an den Händen fassen und um den Brunnen tanzen! Das bringt Glück!«, strahlte sie.

Alle drehten ein paar Runden im Seitwärtsschritt um den Brunnen, sogar Jasha. Bis die Großmutter außer Puste rief:

»Hände waschen und essen kommen! Sonst verkocht mir alles!«

»Jasha, machen Sie mir die Freude und essen mit uns?«, fragte Lydia.

Jasha sah sie dankbar an. Er hatte sie vom ersten Tag an, seit sie als Gouvernante angefangen hatte, ins Herz geschlossen. Jasha war der Wildhüter und Verwalter des Grafen und sein treuester und dienstältester Angestellter. Zwischen den Männern hatte sich im Laufe der Jahre eine stille Freundschaft entwickelt. Er war der Einzige, der von dem Verhältnis zwischen Lydia und seinem Herrn wusste. Jasha – Anfang fünfzig – hatte einen sehnigen Körper, wache dunkelbraune Augen, einen stets gebräunten Teint und schulterlanges, leicht gewelltes, schneeweißes Haar. Er war das, was man landläufig eine imposante Erscheinung nannte. Nikolai schätzte seine Schläue und Herzenswärme, und die Menschen achteten ihn.

»Oh, ja, Jasha! Bitte!« Milla nahm Jashas raue Hand. »Und du musst neben mir, äh, nein zwischen Alexej und mir sitzen und ganz viel über deine wilden Tiere im Wald erzählen, ja?«

Jasha lachte und hob Milla wie eine Feder auf seinen Arm. »Ja, kleines Fräulein, aber nur, wenn ihr beiden euch sofort etwas Trockenes anzieht.

»Jaaa!« Milla streckte ihr Fäustchen in die Höhe, als hätte sie etwas gewonnen, und ließ sich herunterrutschen. »Komm, Alexej! Wir werden schon was für dich finden!«

Die Kinder rannten ins Haus, und Lydia stellte nachdenklich fest, dass Milla gar nicht nach ihrem Vater gefragt hatte. Doch gleichzeitig war sie dankbar für das sonnige Gemüt ihrer Tochter.

Alle hatten großen Hunger und ließen sich den deftigen Gemüseeintopf schmecken.

»Mami, Jasha, stellt euch vor, der Opa sagt, ich bin jetzt eine kleine Unternehmerin! Das habe ich dem Wald zu verdanken, Jasha.«

»So? Was unternimmst du denn in meinem Wald?«, lächelte Jasha.

»Na ja, die Oma sagt, ich bin eine kleine Kräuterhexe – stimmt's, Omi?!«

»Ja, das stimmt, meine Kleine!«

»Ja, und Milla hat den Korb immer schneller voll als ich!«, wunderte sich Alexej.

»Mami, ich habe mein erstes eigenes Geld verdient! Nicht wahr, Opi?«

Der Alte nickte schmunzelnd.

Lydia schaute sie mit großen Augen fragend an.

»Ja, also, ich war mit Opi in der Apotheke«, ereiferte sich Milla, »und da habe ich gesehen, wie eine junge Frau einen Sack voll mit Kräutern abgegeben hat. Ähm, und dann, dann wurde der Sack gewogen? Nicht wahr, Opi?«

Der schmunzelte weiter nickend vor sich hin. »Alles war so, mein Kind.«

»Ja und dann«, beeilte sich Milla zu sagen, »hat die Frau Geld dafür bekommen. Gaaanz viel! Und dann habe ich Opi gefragt, ob er mit mir und Alexej in den Wald von Jasha ...«, der lächelte, weil er die Art, wie Milla versuchte, die Geschichte zu erzählen, rührend fand, »... gehen würde und uns zeigt, welche Kräuter wir sammeln sollen, damit er sie dann für uns verkauft!« Milla hatte rote Wangen vor Aufregung. »Und dann hat Opi gesagt, das ist eine tolle Geschäftsidee, stimmt's, Opi?« Der nickte zustimmend.

»Ich bin ja so stolz auf dich, mein Engelchen!«, sagte Lydia. »Und was macht ihr mit eurem vielen Geld?«

»Das ist unser Geheimnis!«, entfuhr es Alexej. »Oder Milla?«

»Na ja, unserer Familie können wir es vielleicht verraten. Und Jasha auch, weil von seinem Wald kommt ja das Geld, ähm, die Kräuter!« Milla schaute in die Runde und dann zu Alexej. »Du bist der Mann. Du sagst es.«

Alexej richtete sich auf. »Hm, hm, also, wir, ähm, wir heben es auf, bis wir heiraten«, sagte er mit schönem Ernst.

Wieder lachten alle. Bis auf Lydia. Schmerzvoll wurde ihr bewusst, dass diese Liebe, wenn es wirklich so weit käme, nicht ausgelebt werden könnte. Bis auf Jasha bemerkte niemand ihr gequältes Lächeln in dieser heiteren Runde. Verständnisvoll schaute er Lydia an. Lydia hielt seinem Blick stand, fühlte sich allerdings etwas unbehaglich.

Alexej hob zur Bekräftigung seine Ärmchen und sagte: »Das wird die schönste Hochzeit der ganzen Welt.«

Die Großmutter lehnte sich zurück und murmelte wie zu sich selbst. »Heilige Maria, unsere Milla, eine Frau Gräfin, lieber Gott.«

Lydia konnte die Situation nicht mehr ertragen und erhob sich abrupt. »So, ich wasche ab«, sie stellte zwei Teller zusammen, »und ihr Kinder schaut, dass ihr bei dem herrlichen Wetter wieder nach draußen kommt.«

Jasha stand ebenfalls auf. »Ja, für mich wird es auch höchste Zeit. Danke für das gute Mahl.«

Der Großvater winkte ab. »Für das viele Wild, das du uns schon zugeschanzt hast, müsstest du jeden Tag zum Essen kommen.«

Währenddessen flüsterte Alexej Milla zu: »Frag, ob du wieder bei uns schlafen darfst.«

»Nein«, flüsterte Milla zurück, »ich will meine Sachen auspacken und heut bei Mama sein.«

»Ist gut, dann bis morgen. Danke fürs Essen!«, rief Alexej. »Hey, Jasha, warte, ich fahr mit?«

»Na klar, junger Mann, du darfst sogar mal die Zügel halten.«

»Mami, ich will hier bleiben, bei dir«, sagte Milla zu ihrer Mutter.

Lydia war einmal mehr überrascht, wie feinfühlig ihre Tochter war. Sie stellte die Teller in die Spüle und breitete ihre Arme aus.

»Aber ja, Liebes, da freu ich mich, und du kannst mir erzählen, was du noch alles erlebt hast«

»Au ja!«, rief Milla und lief in die Arme ihrer Mutter und drückte, wie sie es meistens tat, ihr Köpfchen an deren Bauch.

»Was für ein schönes Bild!«, freute sich die Großmutter. »Dann macht mal, ihr beiden Hübschen, damit ihr zum Abendessen fertigt werdet. Ich mach den Abwasch schon allein. Heute Morgen hätte ich auch nicht gedacht, dass mir dabei jemand helfen könnte, was, Opa?«

Der Großvater hatte sich zurückgelehnt und ein Pfeifchen angezündet. Er wirkte abwesend. Er dachte an seinen Sohn Anatol, und wenn die Großmutter genauer hingesehen hätte, hätte sie die leichte Zornesfalte in seinem Gesicht gesehen, aber sie war selig. Sie war nicht mehr allein, das hatte ihr schon zu schaffen gemacht in den letzten beiden Jahren, seit Milla und Lydia nicht mehr da waren. Der Großvater hingegen haderte mit seinem Sohn. Es war ihnen doch immer anständig ergangen. Ausgerechnet sein Sohn sollte ein Kommunist geworden sein?!

9

Für Milla folgten unbeschwerte Wochen. Sie hatte alle und alles um sich herum, was sie so sehr liebte. Ihre Mutter, die Großeltern, Alexej, die anderen Kinder aus dem Dorf, ihre Tiere auf dem Hof und im Wald, ihre Bäume, ihre Pflanzen, die Natur und natürlich ihre Kräuter. Sie war zufrieden und glücklich wie noch nie. In der ganzen Zeit fragte sie nur zweimal nach ihrem Vater und gab sich entgegen ihrer sonst so nachbohrenden Art mit den eher ausweichenden Antworten ihrer Mutter zufrieden.

Lydia verspürte eine gewisse Unzufriedenheit und Unruhe. Gleichwohl sie Nikolai viel häufiger sah, als sie sich das vor Wochen noch erträumt hatte, gleichwohl sie bemerkte, wie Milla auf dem Land richtig aufblühte, gleichwohl es sich mit den Großeltern viel besser entwickelt hatte, als sie im Vorfeld angenommen hatte – sie spürte eine heimliche Angst. Das Leben mit den Großeltern – so lieb und harmonisch es auch war, sie lebte ja nicht mit Nikolai zusammen, leider – gestaltete sich doch eher eintönig. Wenn Nikolai nicht gewesen wäre, wäre sie wieder in die Großstadt zurückgegangen. Sie war inzwischen doch eine andere Ansprache gewohnt, und die Position einer Gouvernante bei der gräflichen Familie hatte sie ausgefüllt. Sie hatte nicht nur Alexej betreut, sondern auch die Gräfin eine Zeit lang in Französisch unterrichtet. Später hatte sie die Hausherrin in Kleiderfragen beraten und die Modelle angefertigt. Aufgrund ihrer guten Referenzen als Näherin konnte Nikolai ihr die Stellung bei der Modefirma in der Großstadt besorgen. Die Damen der Gesellschaft zogen sie bald ins Vertrauen, und diese Anerkennung fehlte ihr zweifellos auf dem Land. Jetzt überlegte sie, wie sie ihren Alltag besser ausfüllen könnte … Die Treffen mit Nikolai gestalteten sich komplizierter als gedacht. Ihnen wurde klar, dass eine Wohnung in der Stadt über kurz oder lang das Gerede der Leute nach sich ziehen würde. Heimlich hätten zwei Menschen zwangsläufig da nicht ein und aus gehen können. So entschloss sich

Nikolai, die Wohnung zwar für den Notfall zu behalten, aber eine abgelegene Waldhütte einzurichten, die man nur zu Fuß oder zu Pferd, aber nicht mit dem Wagen erreichen konnte. Jasha übernahm diese vertrauensvolle Aufgabe.

Ihre Unruhe führte Lydia auf die Tatsache zurück, dass sie nicht wusste, wie lange sie überhaupt noch hier bleiben würden, falls sich die politische Lage dramatisch verschieben sollte. Und auf den Umstand, dass sich Anatol bisher noch nicht gemeldet hatte. Sie hatte ihm noch von Kiew aus mitgeteilt, das sie zurück nach Plugnoe gehen und wegen Milla wieder bei seinen Eltern wohnen würde. Doch bislang hatte Anatol kein Lebenszeichen von sich gegeben.

Graf Nikolai hatte sich nach dem Dinner in die Bibliothek des Herrenhauses zurückgezogen. Das war schon immer sein Lieblingsraum gewesen. Schon als kleiner Junge war er beeindruckt von den hohen Wänden voller Bücher, den schweren cognacfarbenen Ledersesseln, dem riesigen Kamin und dem grün bezogenen Billardtisch. Es war ein gediegener Raum, der gleichzeitig Ruhe und Inspiration ausstrahlte. Er trank einen Whiskey, rauchte eine Zigarre und hing schweren Gedanken nach, als seine Frau und seine Mutter hereinkamen und ihn aus seinen Grübeleien rissen.

»Liebling, ich hoffe, wir stören dich nicht?«, flötete seine Frau.

Nikolai erhob sich noch etwas abwesend und deutete automatisch auf die anderen Sessel: »Nein, nein, nicht wirklich.« Er war zu höflich, um die Wahrheit zu sagen. »Möchtet ihr auch etwas trinken?«

»Danke, mein Sohn, wir lassen uns einen Portwein bringen«, lächelte seine Mutter. »Kaum sind die Schulferien zu Ende, werden die Abende wieder kühl, wie jedes Jahr.« Sie rieb sich die Hände an den Oberarmen. »Wir könnten uns doch den Kamin anmachen lassen, oder müssen wir sparen?«, lachte sie.

Nikolai lächelte etwas gequält zurück. Zuvor hatte er angestrengt darüber nachgedacht, wie er am besten den Großteil seines Vermögens nach Frankreich transferieren könnte. »Äh, nein, Mama, an Holz fehlt es uns bestimmt nicht.«

»Sondern, an was?«, ließ sie nicht nach. Sie lockte ihn immer wieder gern aus der Reserve.

»An nichts, Mama, an nichts. Wir können gerne den Kamin feuern lassen, wenn du es möchtest.«

»Ach«, winkte sie ab, »wenn es euch keinen Spaß macht, ich kann mir auch eine Stola umlegen.«

Der Portwein wurde gereicht, und es waren auch diese köstlichen Mandelkekse auf dem Tablett, die niemand besser backen konnte als seine Mutter. Sie hatte das Rezept zwar der Köchin gegeben, aber weder sie noch seine Frau waren in der Lage, es nachzubacken. Nur Lydia, als sie noch im Haus war, hatte es bei ihrem ersten und letzten Versuch nahezu geschafft, den speziellen Geschmack zu treffen. Als Alexej, ehrlich wie Kinder nun einmal sind, den Backerfolg mit dem seiner Oma gleichstellte, vereitelte Nikolais Frau jegliche weiteren Versuche. Ein Lächeln huschte über sein Gesicht.

»Von dir, Mama?«, fragte er seine Mutter.

»Jetzt, da es wieder kühler wird, dachte ich es wird mal wieder Zeit.«

Nikolai wies den Hausangestellten an, ein paar Holzscheite in den Kamin zu legen, und bestellte heißen Tee, um die Kekse richtig genießen zu können.

»Alexej hat erzählt, Lydia Bellasowa sei wieder zurück«, bemerkte Irina wie beiläufig.

Nikolai war klar, dass dieser Umstand irgendwann zur Sprache kommen würde. Er hatte viel früher damit gerechnet, umso überraschter war er, dass es gerade jetzt passierte. Er musste ganz besonders bedacht darauf sein, wie er reagierte, insbesondere weil seine Mutter anwesend war.

»Ja, ja, es stimmt«, erwiderte er in Richtung Irina und tat so, als wäre es ihm gerade wieder eingefallen. »Ich habe sie vor Wochen nach meiner Rückkehr aus Kiew zufällig am Bahnhof getroffen und habe ihr angeboten, sie mitzunehmen. Jasha hatte mich abgeholt.« Er versuchte, ganz locker zu klingen, doch seine Stimme kippte gegen Ende des Satzes fast ins Heisere. Er nahm einen großen Schluck Whiskey, zog an seiner Zigarre und blies den Rauch scheinbar gelassen aus. Dabei war er froh, sich an irgendetwas festhalten zu können.

»Hm, hm, Jasha«, wiederholte Irina gedehnt.

Er sah, wie sie dabei fast unmerklich ihre rechte Augenbraue nach oben zog.

»Ihr seid nicht gemeinsam gereist?«, fragte sie scheinheilig.

»Nein, das heißt, wir waren wohl im gleichen Zug, aber ich saß in der ersten Klasse und war eigentlich die ganze Fahrt über im Speisewagen. Jasha hat sie beim Anfahren der Kutsche entdeckt und mich auf sie aufmerksam gemacht.«

»Jasha«, sinnierte seine Frau.

Seine Mutter, die eigentlich sehr feinfühlig war, merkte nicht, wohin das Gespräch driftete und trug unbewusst zur vorübergehenden Entspannung bei. »Ah, der Tee! Ach, Kinder, ist das gemütlich. Der Kamin brennt so schön. Ich nehm jetzt doch ein Tässchen. Das wärmt auch noch von innen.«

Nikolai süßte langsam seinen Tee und goss ein Schluck Whiskey in die dampfende Tasse. Das gut gelagerte trockene Holz im Kamin knackte, und es entstand eine heimeliges Duftgemisch aus Tee, Gebäck und Zigarrenrauch.

Doch Irina ließ nicht locker. »Da bist du eine Stunde mit der Frau, die jahrelang unseren Sohn betreut hat, Kutsche gefahren, hast wahrscheinlich erfahren, dass sie wieder hier leben und arbeiten will und erzählst mir das nicht?«

Nikolai genoss gerade den ersten Keks, entschuldigte sich mit einem Handzeichen bei Irina und schmatzte dabei laut: »Mmh, Mama, du hast dich wieder einmal übertroffen, mmh.« Er schob sich den zweiten rein und nahm einen Schluck Tee dazu. Der Whiskey darin tat gut und machte ihn lockerer: »Mmh, köstlich!«

»Danke mein Junge«, freute sich seine Mutter, während Irina die Arme vor ihrer Brust verschränkte, die Beine übereinanderschlug und ihn fixierte: »Es freut mich immer, wenn es dir schmeckt, aber warum hast du uns denn nichts von der Bellasowa erzählt?«

Nikolai war froh, dass seine Mutter die Frage wiederholte. Jetzt musste er sich nicht mehr allein auf Irina konzentrieren und gab sich ganz jovial. »Nun ja, ihr Lieben, selbstverständlich wollte ich euch davon erzählen. Wie das so ist, kam dann wohl irgendetwas dazwischen, und dann war es aus dem Kopf. Ich habe dem Ganzen auch nicht so viel Bedeutung beigemessen, zumal sie mir sagte, sie besuche ihre Tochter, die in den großen Ferien wie immer bei ihren Großeltern sei.« Zufrieden nahm er wahr, dass sich die Körpersprache von Irina entspannte.

»Na ja«, winkte seine Mutter ab, »ist ja auch nicht so wichtig. Aber jetzt, da die Bellasowa wieder hier ist, habe ich mit gedacht, wir könnten sie wieder ins Haus holen? Sie hat sich unter anderem bei der Betreuung von Alexej sehr gut bewährt, oder nicht?«

Nikolai schenkte sich Tee nach und beobachtete Irina aus dem Augenwinkel. Es gab ihm jedes Mal einen Stich ins Herz, wenn seine Mutter von Lydia wie von einer Dienstmagd sprach. Der Tee dampfte noch in der Tasse, und er genehmigte sich erneut einen Schuss Whiskey. Er spürte, dass er seine Position Irina gegenüber verändern konnte, indem er vom Befragten zum Fragesteller wechseln würde. Er lehnte sich zurück und sah Irina offen an.

»Siehst du das ähnlich wie Mama?« Seine Betonung lag immer auf dem zweiten A, wenn er Mama sagte.

Irina beugte sich nach vorn, als wollte sie ihm näher kommen. Er meinte, etwas Spöttisches in ihrem Blick zu erkennen.

»Ich sehe es nicht ähnlich, Liebling, sondern genauso.«

Er überhörte den ironischen Unterton bei »Liebling« nicht.

Ihr Liebesleben war gestört, seitdem er zum ersten Mal mit Lydia geschlafen hatte. In den letzten Jahren kam er seinen Pflichten – ohne jede Hingabe – vielleicht einmal im Monat nach. Er benutzte sie einfach nur, um sich zu entleeren. Rutschte über sie und stand sofort auf, als hätte er es gerade einer Hure besorgt. Es war für ihn einfach bequemer, als zu einer Liebedienerin zu gehen, und Irina ließ es einfach über sich ergehen. Manchmal glaubte er, es machte ihr sogar Spaß. Seitdem Lydia wieder hier war, hatte er sie nicht mehr angerührt und wollte es auch nicht mehr.

»Aha«, reagierte er.

»Außerdem habe ich gehört, dass die kleine Bellasowa eine Klasse überspringen soll?«, fuhr sie fort. »Hast du dafür gesorgt?« Ihr Tonfall war lauernd.

Er musste aufpassen, nicht ungehalten zu werden. Warum spricht sie nicht den Vornamen des Kindes aus?, fragte er sich. Natürlich hatte er den Schuldirektor, mit dem er seit Jahren bekannt war, kontaktiert. Lydia war daraufhin mit Milla vorstellig geworden, ohne dass das Kind wusste, um was es ging. Direktor Spasski wollte sich einfach einen Eindruck von Milla machen. Vielleicht wollte er sich auch nur wichtigtun. Wahrscheinlich war er von Lydia so fasziniert, dass er auch zugestimmt hätte, wäre Milla nicht dabei gewesen. Aber er konnte sich nicht vorstellen, dass Spasski mit irgendwem darüber gesprochen hatte, vor allem, nachdem er selbst um Stillschweigen gebeten hatte. Sie konnte es also nur von Alexej erfahren haben. Ihre Scheinheiligkeit stieß ihn ab. Was gäbe er darum, jetzt mit Lydia zusammen zu sein, ihren warmen weichen Körper zu spüren … Gerade jetzt, wenn sie über sie sprachen. Wahrscheinlich war der Gedanke an Lydia der Grund, dass er in diesem Moment ganz entspannt wirkte. Er hob abwehrend seine Hände. »Wie kommst du denn bitte darauf?«

»Es wäre deine Handschrift«, erwiderte Irina lapidar.

»Also, auf jeden Fall habe ich mir gedacht«, mischte sich seine Mutter wieder ein, »jetzt, wo die Kinder in einer Klasse sind und sie sowieso dauernd zusammenstecken, könnte die Bellasowa doch gleich für beide die Hausaufgabenbetreuung übernehmen?«

Nikolai lächelte seine Mutter an. »Tja, Mama, ich halte das für eine gute Idee. Ich habe nichts dagegen!«

In Wirklichkeit waren er und Lydia sich einig, dass das nicht infrage käme. Lydia, pragmatisch, wie sie war, hatte das selbst schon vorgeschlagen, aber dann sollte lieber Alexej, wann immer er wollte, zu ihnen kommen. Nikolai wurde bewusst, dass Irina sich immer noch nicht sicher war. Diese weibliche Intuition könnte seinen Plänen gefährlich werden. Seine positive Reaktion nahm Irina ein wenig den Schwung. Für ihn ein guter Zeitpunkt, dem Gespräch eine andere Wendung zu geben. Er erklärte die politische Großwetterlage. Seine Frankreichpläne wollte er seiner Mutter zu einem späteren Zeitpunkt unter vier Augen erläutern und sie vorerst nicht unnötig damit belasten.

10

Alexejs Großmutter hatte es richtig gespürt – mit dem ersten Schultag wurde es herbstlich kühl. Als der Grafensohn auf den Bock der Kutsche wollte, die Jasha vorgefahren hatte, riet dieser ihm ab: »Es ist zu kalt.«

»Aber Jasha, ich bin doch kein Weichei«, ignorierte Alexej die Empfehlung.

Auf der kurzen Fahrt zu Milla bereute er seinen Trotz. Der Boden und die Wiesen trugen Raureif, und es blies ein kalter Ostwind, der die ersten Blätter von den Bäumen wehte. Jasha war sich nicht sicher, ob er nicht den geschlossenen Wagen hätte nehmen sollen. Der Himmel war unfreundlich, und er hoffte, es würde nicht regnen.

Graf Nikolai war vor der Abfahrt um die Kutsche herumgegangen, als wollte er sie inspizieren. »Wenn Milla zusteigt, müssen die Kinder hinten mit dem Rücken zum Bock sitzen. Gute Fahrt.«

»Ja, Papa«, rief Alexej gegen den kräftigen Wind.

Jasha hob zum Einverständnis den Arm und nickte. Er zog sich den Schal vor den Mund und fuhr los.

Nikolai winkte ihnen rückwärtsgehend hinterher, bis er an den Treppen war, die zum Eingang des Herrenhauses führten. Oben standen windgeschützt seine Mutter und Irina. Sie schauten alle drei der Kutsche hinterher bis zu dem Waldstück, das ihr Anwesen von dem kleinen Bauernhof trennte, auf dem Milla lebte.

»Soll Jasha jetzt etwa jeden Morgen die kleine Göre abholen?«, giftete Irina.

Nikolai musste kämpfen, damit er seine Beherrschung nicht verlor, dennoch waren seine Worte wie Peitschenhiebe. »Erstens heißt die Kleine Milla! Zweitens hast du selbst oft genug betont, welch gute Umgangsformen das Kind hat und dass sie Alexej guttut! Drittens weißt du, wie sehr die beiden sich mögen. Viertens – selbst wenn wir einer Meinung wären, wie würdest du es dem Jungen plausibel machen wollen, dass er seine liebste Freundin nicht mitnehmen darf!?«

Irina war ob der Heftigkeit der Reaktion überrascht, doch sie nährte ihren Verdacht. Wortlos drehte sie sich um, besann sich jedoch und gab für den Moment kleinlaut bei: »Ja, wahrscheinlich hast du wie immer recht, Liebling. Wir sehen uns dann drinnen. Frühstückst du mit uns, Großmama?«

»Jaja, gewiss, Kind, gewiss.« Sie war irritiert und begriff jetzt erst, dass zwischen ihrem Sohn und ihrer Schwiegertochter irgendetwas nicht stimmte. »Ich möchte nach dem Frühstück allein mit dir sprechen«, sagte sie an Nikolai gewandt.

Wenn Nikolai an seiner Frau noch etwas bewunderte, dann war es ihre Beherrschtheit vor allem im Beisein Dritter.

»Tut mir sehr leid, Mutter«, versuchte er einzulenken, »wir müssen das auf den Nachmittag verschieben. Mir ist jetzt nicht nach Frühstück!« Er legte seine Hände um ihre Schultern und küsste sie auf die Stirn. »Mach dir bitte keine Gedanken, ich reite aus.« Dann ließ er sie stehen, schritt die wenigen Treppen hinunter und ging forsch Richtung Stallungen, um sich den Braunen satteln zu lassen. Seine Mutter schaute ihm kopfschüttelnd und mit leichter Besorgnis nach.

Nikolai atmete tief durch und blies vor Ärger die Wangen auf. Er freute sich, gleich Lydia zu sehen. Sie hatten sich in der Waldhütte verabredet. Dort konnten sie sich für die versäumten Nächte entschädigen, die sie so nah und doch so fern verbringen mussten. Nikolai galoppierte davon, als befürchtete er, zu spät zu kommen, dabei erreichte er die Waldhütte viel früher als Lydia.

Milla und Alexej kuschelten sich in die schweren Pferdedecken und zogen ihre Strickmützen tief ins Gesicht.

»Ich habe euch genug Brote gemacht, verhungern werdet ihr sicher nicht!«, lachte Lydia beim Abschied. »Habt einen schönen ersten Schultag. Ich bin schon gespannt, was ihr erzählen werdet!«

Sie winkte ihnen mit den Großeltern nach, bis der Pferdewagen vom Hof bog. Während der Fahrt zur Schule spielten die beiden »Rate mal, an was ich gerade denke«.

Wegen des überraschenden Kälteeinbruches war die Schule nicht – wie geplant – um 15 Uhr, sondern bereits um zehn Uhr aus. Direktor Spasski und der Klassenlehrer hatten sich damit begnügt, den Schülern einen Ausblick aufs neue Jahr zu geben. Unter Gegröle durften alle nach Hause. Alexej und Milla konnten froh sein, dass Jasha sich mit einem anderen Kutscher verquatscht hatte. Eigentlich hätte er schon Besorgungen in der Stadt machen sollen, aber weil er ursprünglich bis Nachmittag Zeit gehabt hätte, hatte er es sich im Café nahe der Schule bei einem heißen Tee gemütlich gemacht. Sein Pferdewagen stand immer noch auf dem gleichen Platz wie bei der Ankunft.

Jasha beeilte sich, die Kinder nach Hause zu bringen. Der Himmel hatte sich verdunkelt, und es war nur dem Wind, der noch stärker geworden war, zu verdanken, dass es noch nicht regnete. Den Kindern machte die schnelle Fahrt eine Höllenfreude. Wenige Hundert Meter, bevor sich der Weg gabelte, wo es nach rechts zum Herrenhaus und nach links zum Hof von Millas Großeltern ging, hörte Jasha, trotz oder gerade wegen des Windes, in der Ferne donnernde Hufe. Das müssen wenigstens zehn Pferde sein, dachte er und verlangsamte automatisch die Fahrt. Als er sich umdrehte, sah er in einiger Entfernung eine Reiterhorde, die gerade aus der Biegung des Wäldchens kam. Jetzt hörten auch die Kinder den scharfen Galopp und standen auf, um nach hinten zu sehen.

»Los Jasha, gib den Pferden die Peitsche!«, rief Alexej. »Die Räuber dürfen uns nicht einholen!«

Milla klatschte in die Hände. »Ja, Jasha, zeig's ihnen!«

Jasha lachte, und die drei wussten, dass sie nicht die Spur einer Chance gehabt hätten. Die Gruppe aus zwölf Reitern kam förmlich angeflogen. Nun erkannte Jasha, dass die Männer Uniformen trugen. Er fuhr ganz hart am Rand des Weges.

»Sieh nur!«, rief Alexej. »Das sind keine Räuber, das sind Soldaten! Die Leibgarde des Zaren! Los Milla, wir müssen salutieren!« Die Kinder drehten sich zu den Reitern und führten ihre flache Hand an die Stirn, wie zum Soldatengruß.

Als der erste Reiter zu Jasha aufschloss, erkannte er in ihm Anatol, Millas Vater. Der – das sah man an seinem erstaunten Blick – erkannte

Jasha auch direkt. Im scharfen Ritt drehte er sich um und sah seine Tochter, die immer noch salutierend neben Alexej stand.

»Brrr, Brauner, brrr«, sagte Jasha und brachte die Kutsche zum Stehen.

Anatol hob zum Zeichen für die anderen die Hand, riss sein Pferd herum und trabte an seinen Soldaten vorbei zurück. Er begann, herzhaft zu lachen, und seine Soldaten fielen in das Gelächter ihres Hauptmannes ein. Als Anatol vor den Kindern stand, salutierte er ebenfalls und sagte grinsend: »Danke! Rühren!«

Alexej hatte die Hand schon kurz zuvor heruntergenommen. Enttäuscht sagte er: »Wir hätten gar nicht salutieren dürfen, du gehörst gar nicht zur Leibgarde des Zaren!«

Milla, die inzwischen ihren Vater erkannt hatte, zupfte an Alexejs Hosenbein.

Anatol hatte die Schirmmütze abgenommen. »Ja, Milla! Erkennst du denn deinen Vater nicht?«

»Papa?« Sie tat so, als würde sie ihn erst jetzt erkennen. »Was machst du denn in dieser Uniform?«

Anatols Lachen klang eher verlegen. Er begrüßte Jasha und Alexej, die seinen Gruß erwiderten. »Mein Kind, das ist eine lange Geschichte, von der du noch in der Schule hören wirst.«

Niemand der Anwesenden ahnte, wie recht er behalten sollte.

Er machte eine einladende Handbewegung. »Meine Kleine, willst du nicht mit mir zum Hof reiten?«

Wieder zupfte Milla am Hosenbein von Alexej.

Bevor sie antworten konnte, nahm dieser Haltung an und rief, sodass ihn auch die anderen Soldaten hören konnten: »Soldat! Ich habe diese junge Dame abgeholt, und werde sie auch wieder persönlich zurückbringen!«

»Aha, ein echter Kavalier«, murrte Anatol unter dem Gelächter seiner Kameraden.

Jasha schmunzelte und beobachtete dabei Anatol. Der wollte sich vor seinen Leuten keine Blöße geben und rief: »Na gut, junger Mann. Dann komm deinen Pflichten nach! Wir sehen uns gleich auf dem

Hof!« Dabei gab er seinem Pferd hart die Sporen und stob davon. Seine Leute folgten ihm grölend. Es hörte sich an wie Kriegsgeschrei.

Milla zupfte Alexej erneut und flüsterte: »Ich will nicht zu meinem Vater.« Sie wusste nicht, warum sie das sagte. Irgendwie hatte sie das Gefühl, ihre Eltern sollten jetzt erst einmal besser allein sein. Aber das schob sie nur vor. Sie war einfach zu glücklich, und das sollte so bleiben. Aus irgendeinem ihr unersichtlichen Grund wollte sie ihrem Vater aus dem Weg gehen. Sie fühlte sich schon seit Langem mehr zu Graf Nikolai hingezogen als zu ihrem Vater. Als sie es zum ersten Mal bemerkt hatte, war sie erschrocken und hatte ein schlechtes Gewissen bekommen. Doch mit der Zeit hatte sie sich daran gewöhnt. Niemand wusste davon. Selbst ihre über alles geliebte Mutter nicht.

»Jasha, der Feind ist in die Flucht geschlagen«, sagte Alexej. »Wir fahren zu uns, um uns dann von hinten anzuschleichen und ihn zu beobachten!«

Jasha hatte kein wirklich gutes Gefühl bei dem Gedanken, doch in diesem Fall war der Wunsch seines jungen Herrn für ihn ein willkommener Befehl. Er fuhr an und lenkte die Kutsche an der Gabelung nach rechts. Milla küsste Alexej auf die Wange. Sie war stolz auf ihn. Sie wusste, wenn sie groß waren, würden sie heiraten.

Lydia brauchte auf ihrer Stute Tevka viel länger als Nikolai, um zur Waldhütte zu gelangen. Erstens, weil sie nicht so schnell geritten war, und zweitens, weil sie nicht so gut reiten konnte wie der Graf. Das letzte Stück den Berg hinauf war sehr unwegsam, und nachdem sie einmal fast vom Pferd gestürzt wäre, ließ sie sich das letzte Stück mehr oder weniger von Tevka hochziehen. Auf den letzten Metern erst sah sie Nikolais angebundenes Pferd und den Rauch, der in gleichmäßigen Wölkchen aus dem Kamin aufstieg und dann vom scharfen Wind verweht wurde. Ihr Pferd schnaubte sanft zur Begrüßung, was mit einem tiefen, kurzen Wiehern von Nikolais Hengst erwidert wurde. Sie fuhr mit der flachen Hand über Tevkas Nüstern und gab ihr und dem Hengst zur Belohnung jeweils eine gelbe Rübe. »Wenn ihr lieb zueinander seid, gibt es nachher noch eine«, lächelte sie.

Nikolai, der durch das Liebesgeflüster der Pferde aufmerksam geworden war, hatte leise die Tür geöffnet und beobachtete Lydia liebevoll. »Und was bekomme ich zur Belohnung?«, raunte er.

Lydia sah, dass der Hengst stark geschwitzt hatte, und wandte sich freudestrahlend um. »Nun, wenn du mir versprichst, dich ähnlich anzustrengen wie das Pferd, dann darfst du mich auch reiten!«

Er zog sie hinein. Drinnen war es wohlig warm. Im Kamin loderten Scheite. Davor lag ein riesiges Bärenfell. Ein Bett gab es nicht, dafür war die Hütte zu klein. Ein runder Holzofen, ein rustikaler quadratischer Tisch und drei Stühle sowie eine Kommode mit dem nötigsten Geschirr, dicken Kerzen und ein paar Lebensmitteln, die nicht so schnell verderben konnten – das war die ganze Einrichtung. Das reichte auch! Sie waren glücklich hier und fanden, Jasha hatte gute Arbeit geleistet. Ein perfektes Liebesnest.

Sie umarmten sich wie zwei Ertrinkende, die jeweils vom anderen gerettet werden wollten. Ihre Zungen umschlangen sich voller Leidenschaft. Sie spürte die Ausbeulung in seiner Hose und stöhnte ...

Er riss ihre Reithose herunter bis zu ihren zitternden Knien und schmeckte sie. Fast ohnmächtig vor Erregung kraulte sie seinen Schopf und drückte ihn fest an ihre Scham.

»Ich halte es nicht mehr aus«, keuchte sie, entzog sich ihm und kniete sich auf das Bärenfell mit dem Blick auf das lodernde Feuer.

Als er von hinten in sie hineinglitt, stützte sie sich auf ihre Unterarme und schrie vor Lust. Er machte sich daran, sie zu nehmen wie eine Stute. Er stieß tief und hart zu und krallte sich an ihren Hüften fest. Als er sich schreiend in ihr ergoss, sah sie nur noch Flammen und spürte seine Wärme in sich. Sie sanken erschöpft nieder, ohne sich voneinander zu lösen. Nikolai küsste zärtlich Lydias Nacken, dann massierte er mit einer Hand ihre Kopfhaut.

»Mmh, wie gut«, seufzte sie. »Nicht aufhören!«

Sie lagen da, beide bis auf die heruntergelassenen Hosen noch bekleidet, selbst die Reitstiefel hatten sie noch an. Nach einer Weile machten sie es sich bequem. Im Sitzen zogen sie sich aus, und als sich ihre Blicke begegneten, mussten sie lachen. Lydia stand auf und streichelte seinen Kopf im Vorbeigehen. Er hielt sie am Oberschenkel fest, drehte sie zu sich und küsste ihre Scham. Sie löste sich, ging zum Ofen, füllte das warme Wasser vom Kessel in eine Schüssel, tauchte einen Waschlappen ein, wrang ihn aus, nahm ein trockenes Handtuch und ging zurück. Er lag die ganze Zeit mit hinter dem Kopf verschränkten Armen und übereinandergeschlagenen Füßen auf dem Rücken und beobachtete sie. Sie kniete neben ihm nieder und begann, ihn zu waschen, um ihn dann mit dem Handtuch abzutupfen. Dies machte sie mit solch einer Hingabe, dass er fast den Tränen nahe war.

»Lydia, Liebste, wie schön«, flüsterte er.

Sie ließ sich Zeit und lächelte ihn an. Ihre wogenden Brüste hingen wie zwei Glocken über seinem Bauch. Er fasste sie zärtlich an, ihre Brustwarzen waren noch immer steif.

»Eigentlich müsstest du das ja machen«. Sie stand auf.

»So?«, staunte er.

»Ein guter Reiter, der sein Pferd liebt, reibt es immer ab, wenn es schwitzt«, lachte sie in Anspielung auf den Hengst.

Er fiel in ihr Lachen ein.

Sie wusch sich selbst kurz und legte sich wieder zu ihm. Ihr Kopf lag auf seiner Brust, und sie schaute ins Feuer, schloss dann ihre Augen und genoss den Moment. Sie dösten friedlich ein, und als sie aufwachten, war das Holz im Kamin fast heruntergebrannt. Nur ein dicker Scheit glühte noch in einem Farbenspiel zwischen Orange und leuchtendem Rot.

»Möge unser Feuer niemals erlöschen«, flüsterte sie. Sie lag in der gleichen Position da, wie sie eingeschlafen war, und starrte in die kleinen, züngelnden Flammen.

»Dann müssen wir uns versprechen, immer etwas auf die Glut zu legen«, raunte er und ließ seine Hand zwischen ihre Beine gleiten. Sie war immer noch feucht und warm. Oder schon wieder.

Nachdem er etwas Holz nachgelegt hatte, loderte das Feuer wieder.

»In Moskau ist eine friedliche Demonstration blutig niedergeschlagen worden. Die Garden des Zaren sollten unter anderem zu Pferd in die Menge gestoben sein. Er soll sämtliche zukünftigen Demonstrationen verboten haben und nach Sankt Petersburg gereist sein, um militärisch ein mögliches Vorgehen gegen den Widerstand vorzubereiten.« Er redete ruhig und leise.

»Müssen wir uns Sorgen machen?«, fragte sie, obwohl sie bereits die Antwort wusste.

Er zögerte. »Im ganzen Land werben die Kommunisten Leute an. Besonders im Süden hoffen sie auf großen Zuspruch. Da, wo die Menschen am unzufriedensten sind. Dein Mann soll mit einer großen Delegation dorthin unterwegs sein. Er ist ihr Anführer.«

Beunruhigt setzte sie sich auf. »Mein Gott, woher weißt du das alles?«

Nikolai drehte dem Feuer den Rücken zu. Lydia wirkte im Gegenlicht der Flammen noch schöner, fast majestätisch, obwohl sie nackt war, oder gerade deshalb? Sein Verlangen nach ihr war seit Jahren ungebrochen. Er wusste, er müsste sie, Milla und seine Familie so schnell wie möglich in Sicherheit bringen. Er ärgerte sich darüber, dass er es nicht selbst früher erkannt hatte. Immer wieder hatte er Ansätze der Unzufriedenheit im Volk entdeckt, doch er und seine Freunde wollten die Zeichen des aufkeimenden Widerstandes wohl nicht erkennen. Erst Pierre hatte ihn wachgerüttelt. Er war eigens aus Paris angereist, um ihn zu warnen, das spürte er. Welch ein achtsamer Freund! Und er hatte ihm einen kurzen Gedanken lang unterstellt, er wollte mit seiner Privatbank nur sein Vermögen verwalten. Dafür schämte er sich. Er nahm Lydias Hand und betrachtete ihre schmalen gepflegten Finger.

»Liebes, ich hatte die Entwicklung nicht wahrhaben wollen. Jetzt muss ich ruhig und überlegt handeln. Es ist nicht zu spät, wir dürfen nicht in Panik verfallen.«

Jetzt drückte sie seine Hand. »Was kann ich tun, Liebster?«

»Ihr müsst euch auf den Ernstfall vorbereiten, du und Milla. Sofort! Während des strengen Winters in Russland wird hoffentlich nichts passieren. Die Kommunisten sind noch nicht so weit. Ein zu frühes Vorgehen würde die Revolution im Keim ersticken. Sie werden weiter Männer jeglichen Alters rekrutieren und nach der Schneeschmelze zuschlagen.«

Lydia legte sich in seine Arme, als bräuchte sie jetzt besonderen Schutz. Er nahm sie bereitwillig auf und hielt sie fest. Sie küssten sich so zärtlich und liebevoll, als wollten sie damit ihre gemeinsame Zukunft besiegeln.

Sie beschlossen früher als geplant zurückzukehren. Nachdem sie das Feuer löschten und den Ofen ausmachten, rollten sie das Bärenfell zusammen, um es neben die Kommode zu legen, und stellten den Tisch mit den Stühlen wieder in die Mitte des Raumes. Die Pferde standen eng zusammen, als wollten sie sich bei dem kalten Wind gegenseitig wärmen.

11

Die Großeltern hörten die galoppierende Horde durch die geschlossenen Fenster in der Küche.

Eine ihnen wohlvertraute Stimme rief: »Wir machen hier Pause! Verteilt euch im Hof, reibt eure Gäule ab und führt sie nacheinander zur Tränke! Da beim Stall habt ihr Schutz vor dem Wind.« Anatol brachte sein Pferd direkt vor dem Wassertrog zum Stehen und sprang ab.

»Jesses, Vater, das ist ja unser Sohn«, stammelte die Großmutter, »in Soldatenuniform, wie Lydia erzählt hat.«

Der Großvater ging zur Tür. »Bleib im Haus, Frau«, entfuhr es ihm ungewohnt streng. »Ich werde ihn draußen begrüßen. Ich weiß noch nicht, ob ich ihn ins Haus lassen werde!« Sofia schlug die Hände vors Gesicht. Ihr Mann blieb breitbeinig in der Haustür stehen. Die Männer trugen keine einheitlichen Uniformen. Bei genauem Hinsehen wirkten sie auf ihn wie eine Horde Partisanen. Als Anatol aufsah, begegneten sich ihre Blicke. Anatol merkte sofort, dass sein Vater sehr entschlossen wirkte.

»Du meldest dich monatelang nicht bei deinen Eltern, und dann okkupierst du meinen Hof wie ein Partisan. Habe ich dich so erzogen?«

Anatol sah sich verstohlen um, um sich zu vergewissern, dass keiner seiner Männer diese Begrüßung aufgeschnappt hatte.

Innerlich aufgebracht entgegnete er seinem Vater lachend: »Ha, aber Vater, das sind meine Freunde! Darf ich keine Freunde mehr mit nach Hause bringen?« Er ging auf den Alten zu, der wie versteinert in der Tür stand.

»Freunde?«, sagte er verächtlich. »Wenn diese Bande deine Freunde sind, dann lass sie meinetwegen die Pferde tränken, und dann reite wieder dahin, wo du hergekommen bist.«

Inzwischen hatte sich die Großmutter dazugesellt. »Heilige Maria, Vater, versündige dich nicht, er ist unser Sohn!«

Der Großvater drehte sich um, ging wortlos ins Haus und schloss die Tür, sodass die Großmutter allein draußen stand, direkt vor Anatol, der auf sie zugegangen war. Sie umarmten sich.

»Mein Gott, Anatol, was machst du denn?«, jammerte sie.

»Sorge dich nicht, Mutter! Ich kämpfe für eine gute Sache. Ich kämpfe dafür, dass es allen Menschen in Russland bald besser geht, nicht nur den Großgrundbesitzern und den Studierten!«

»Aber Kind, uns ging es doch immer gut?!«

»Das verstehst du nicht, Mutter. Ich meine nicht uns, ich spreche von allen Menschen in diesem großen Land!«

»Komm rein, mir ist zu kalt«, bat sie.

»Nein, jetzt nicht«, reagierte er barsch. »Hab Vertrauen, der alte Sturkopf wird es auch eines Tages verstehen.«

Ungläubig schüttelte sie den Kopf. »Was hast du mit Lydia gemacht, mein Kind?«

Er war ungehalten, weil sie dauernd »mein Kind« zu ihm sagte, und ging auf die Frage gar nicht ein. »Ist sie im Haus?«, wollte er wissen.

»Nein, sie ist ausgeritten, und Milla ist noch in der Schule.«

»Das ist kein Wetter zum Ausreiten«, stellte er trocken fest, und Milla habe ich mit Alexej und dem Wildhüter vor der großen Abzweigung kurz gesprochen. Sie müssten schon längst hier sein!«

»Milla? Aber wieso denn?«, wunderte sie sich.

Anatol ahnte, dass Jasha den Weg zum Herrenhaus genommen haben musste. Dieser Bastard, dachte er, was bildet der sich ein? Bringt das Mädchen nicht zu ihrem Vater. »Ich weiß es nicht, Mutter, ich muss los!«

Er drückte die irritierte Frau an sich und befahl seinen Männern schroff aufzusitzen. Innerhalb einer Minute waren sie vom Hof. Er blickte kurz zurück. Seine Mutter sah ihm sorgenvoll nach und hob schwach ihre Hand.

Der Großvater hatte die ganze Szene Pfeife rauchend durch das Fenster beobachtet und ließ sich jetzt seufzend auf die Holzbank sinken.

Jasha fuhr den Rest des Weges zum Herrenhaus wie ein Teufel, denn er ahnte, dass Eile geboten war. Er hielt die Kutsche nicht vor dem

Hauseingang, sondern vor dem Stall an. Während die Kinder heraussprangen, um sich von hinten an den Hof zu schleichen, wies er einen Knecht an, die Pferde zu versorgen und die Kutsche unterzubringen. Er sattelte sein Pferd, und entgegen seiner sonst eher ruhigen und besonnenen Art machte er dabei einen hektischen Eindruck.

Irina hatte die Kutsche gehört und beobachtete ihn. Sie stand im Eingang des Stalles im Gegenlicht. Als er sein Pferd hinausführte, entdeckte er sie. Sie wirkte in dem Licht jung und anziehend auf ihn, wie damals vor etwa zwölf Jahren, als sie ihn im Stall verführt hatte. Für ihn war es ein einmaliger Ausrutscher gewesen. Er mochte Graf Nikolai und hatte sich aus diesem Grund nicht wieder mit ihr eingelassen. Ihrerseits gab es in den Jahren ein paar Ansätze, die aber nicht wirklich konsequent waren, sondern eher verbaler Natur – Wortspielereien, auf die er nie eingegangen war. Er war froh darüber, dass diese Plänkeleien zu nichts geführt hatten.

Anscheinend betrachtete sie es auch als ein einmaliges Erlebnis. So konnten sie sich Peinlichkeiten ersparen und souverän mit der Situation umgehen.

Er erklärte ihr, warum sie schon zurück waren, dass sie Anatol gesehen hatten und dass die Kinder sich an den Hof von Millas Großeltern anschleichen wollten. Dann hörte er, was er befürchtet hatte: Anatol kam im scharfen Galopp mit seinen Männern aus dem Wäldchen, hob den Arm als Zeichen für seine Leute und ritt allein auf die beiden zu.

»Du, Sohn einer elenden Hure!«, schrie Anatol. »Wie kommst du dazu, mir meine Tochter vorzuenthalten?« Er brachte sein Pferd erst kurz vor ihm zum Stehen, sodass Irina vor Angst abdrehte.

Jasha blieb fest und ruhig. Er hätte große Lust gehabt, ihn vom Pferd zu holen, aber angesichts der Übermacht entschied er sich für den diplomatischen Weg.

»Ach, Anatol, du weißt doch, wie Kinder sind!« Er deutete Richtung Bauernhof. »Sie wollten sich unbedingt anschleichen.«

»Ha, du Bastard, und du warst nicht Mann genug, ihnen das auszureden?«

Jasha musste sich sehr beherrschen. »Du kannst dir die Beleidigungen sparen. Ist es denn nicht egal, ob du sie ein paar Minuten früher oder später siehst? Ich konnte doch nicht ahnen, dass du gleich wieder vom Hof reitest.«

Anatol blickte in Richtung des Hofes und überlegte, einen seiner Männer loszuschicken, um die Kinder zu holen, verwarf den Gedanken aber wieder. Laut Befehl musste er spätestens gegen Mittag mit seinen Leuten wieder am Sonderzug sein, und er wusste, er durfte diese Abmachungen nicht durch private Probleme gefährden. Er hätte ohnehin nur ein paar Worte mit Milla wechseln können. Er würde es so einrichten, dass er auf dem Rückweg in einigen Monaten Versäumtes nachholen würde.

»Wo ist denn Ihr Graf, Gnädigste?«, fragte er unvermittelt die Hausherrin.

Irina, die sich inzwischen von ihrem ersten Schreck erholt hatte, war sich nicht sicher, wie sie Anatol begegnen sollte. Er hatte ihr im Laufe der Jahre immer wieder versteckte Andeutungen gemacht, ohne jedoch wirklich aufdringlich zu werden. Er wollte wohl ausloten, wie weit sie sich darauf einlassen würde. Er war ein schlanker, gut aussehender Mann, dem aber etwas Grobschlächtiges anhaftete. Das Animalische, das er ausstrahlte, fand sie durchaus reizvoll. Wäre er standesgemäß gewesen, hätte sie seinen Avancen wohl nachgegeben.

»Liegt es an der Uniform, dass Sie einer Dame gegenüber so unhöflich sind?«, provozierte sie ihn.

Mit der flachen Hand schlug Anatol sich auf den Oberschenkel und sprang vom Pferd. Ihm wurde bewusst, dass er sie in seiner Wut noch nicht einmal begrüßt hatte. »Guten Morgen, Gräfin«, äffte er eine leichte Verbeugung nach, »würden Sie mit freundlicherweise verraten, wo sich Ihr Gatte befindet?«

Sie sahen sich an, und Irina spürte, dass sie immer noch reizvoll für ihn war. Das versuchte sie für sich zu nutzen.

»Würden Sie ihn vielleicht einfangen, wenn ich Sie darum bitte? Er ist nämlich ausgeritten.«

Er grinste frech. »Es scheint in dieser Gegend Mode geworden zu sein, bei schlechtem Wetter auszureiten ...?! Meine Frau ist ausgeritten,

Ihr Mann ist ausgeritten, Ihr Wildhüter scheint ausreiten zu wollen, vielleicht sollten Sie es auch tun? Mein Pferd ist schon gesattelt!« Er tätschelte mit der Hand den Hals seines Braunen.

»Ach, ich bin sicher, Jasha würde mir sein Pferd zur Verfügung stellen, wenn es schnell gehen muss«, erwiderte sie. »Wo würden Sie denn suchen?« Sie sah ihn herausfordernd an.

Er wünschte, er wäre allein und hätte es nicht eilig. »Es ist ein Jammer, aber die Pflicht ruft!« Er schwang sich wieder auf sein Pferd, und in diesem Moment fiel sein Blick nach oben auf die Bergspitze, wo der Wald ziemlich kahl war. Er sah Rauch aufsteigen und haderte mit sich. Hätte er Zeit, würde er hinaufreiten. Es war Intuition. Bevor er weiterfuhr, würde er jemanden in der Stadt beauftragen, Nachforschungen anzustellen.

Er senkte den Blick zu Irina und sagte: »Ich glaube, Ihr Wildhüter kennt sich in Ihrem Wald besser aus als ich. Nehmen Sie ihn als Fährtensucher!« Er tippte an den Schirm seiner Mütze und wendete ruhig sein Pferd.

»Was haben Sie denn für wichtige Pflichten?«

»Bei meiner Rückkehr werden Sie es erfahren – wenn Sie es dann nicht schon wissen!«, rief er, gab seinen Männer ein Zeichen und trabte los.

Während Irina dem davongaloppierenden Anatol nachsah, blickte Jasha Richtung Waldhütte. Er hatte Anatols zufälligen Blick nach oben bemerkt und sah jetzt, was dieser auch gesehen haben musste.

»Wird jetzt noch ein Pferd gesattelt?«, fragte sie zweideutig. Sie vermied seit ihrem einmaligen Zusammensein mit ihm die persönliche Anrede, obgleich sie das sonstige Personal beim Vornamen und mit Du ansprach. Er hingegen siezte sie seit dem Vorfall noch ein Tick förmlicher, als er es zuvor schon getan hatte. Sie fand es übertrieben, war letztlich aber dankbar. Sie schloss daraus, dass er ein Kavalier war, der genießen und schweigen konnte.

»Ich glaube«, sagte Jasha bedächtig, »der Wind bläst die Gedanken oft in die falsche Richtung ...«

Mit einem Mal fühlte sie sich wie eine Verliererin. Sie hatte mit beiden Männern kokettiert und sich nicht standesgemäß verhalten. Warum versteht denn niemand, dass ich mich nach Zuneigung, nach Leidenschaft, nach körperlicher Liebe sehne, fragte sie sich. Sie wollte es herausschreien, sich ihm offenbaren, ihm sagen, dass er der Vater ihres Kindes war, doch sie bewahrte im letzten Moment Contenance.

Er spürte, dass sie mehr bewegte, als sie vorgab, und lenkte ein, indem er seine Hand auf ihre Schulter legte. »Lassen wir es gut sein, Irina.«

Zum ersten Mal überhaupt hatte er sie beim Vornamen genannt.

»Ja«, flüsterte sie nickend. »Es wäre schön, wenn du Alexej holen würdest, allein.« Und sie hatte ihn zum ersten Mal seit damals persönlich angesprochen. Sie nahmen sich kurz in den Arm.

Lydia und Nikolai ritten nebeneinander im Schritt. Im Wald war es still, nur in den Baumkronen rauschte der Wind. Sie waren nicht mehr weit von der Abzweigung entfernt, wo sich ihre Wege trennen würden. Plötzlich vernahmen sie Galoppgeräusche. Geistesgegenwärtig preschte Nikolai vor.

»Ich reite links weg, bleib du auf dem Weg«, rief er. Doch es war zu spät, der Reiter war schon in Sichtweite. Nikolai zügelte sein Pferd, als er Jasha erkannte. Es muss etwas passiert sein, dachte er besorgt.

Auf der Höhe der Abzweigung trafen sie aufeinander und stiegen ab. Jasha erzählte, was sich ereignet hatte. Eigentlich hatte er damit gerechnet, dass Anatol versuchen würde, zur Waldhütte zu gelangen.

»Entweder hat er den Weg nicht gefunden, oder er hatte einfach nicht die Zeit, sich selbst darum zu kümmern. Jedenfalls würde ich die Hütte nicht mehr als sicheres Versteck empfinden. Zudem auch Irina die Rauchwolken vermutlich gesehen hat.«

Lydia warf Jasha einen dankbaren Blick zu, während die beiden Männer sich umarmten wie alte Freunde. Unter diesen Umständen bestand Nikolai darauf, gemeinsam zurückzureiten, oder gerade auf die Gefahr hin, dass sie Anatol doch begegnen sollten. Lydia war anderer Meinung. Sie gab zu bedenken, dass Anatol nur mutmaßte und dann bestätigt werden könnte. Träfe er sie allein, würde nur seine Vermutung im Raume stehen. Und sie hätte keine Angst, ihm zu begegnen. Jasha stimmte ihr zu, und so machten sie sich getrennt auf den Rückweg.

Noch bevor die beiden Männer die Stallungen erreicht hatten, war Jasha von Nikolai über dessen Frankreichpläne informiert worden.

»Jasha, du bist ein lieb gewonnener Weggefährte in guten wie in schlechten Zeiten geworden. Ich würde mich freuen, wenn du diesen Lebensweg weiterhin mit mir beschreiten würdest. Überleg es dir gut, und lass mich deine Entscheidung bald wissen. Es muss alles akribisch vorbereitet werden. Je eher ich weiß, wie die Voraussetzungen sind, desto besser kann ich planen.«

Jasha war ergriffen. Er wusste, dass Nikolai ihn schätzte, aber er hatte nicht damit gerechnet, dass er ihm anbieten würde, mit seinem Clan nach Frankreich auszuwandern.

Vor dem Stall stiegen die Männer von ihren Pferden.

Diesmal war es an Jasha, mit dem gebührenden Respekt Nikolai in den Arm zu nehmen. »Ich brauche nicht zu überlegen, ich freue mich über dein Vertrauen und werde dich nicht enttäuschen. Nachdenken musst du darüber, denn ich habe vor einem Dutzend Jahren einen einzigen Fehltritt mit Irina begangen!«

Beide sahen sich in die Augen, die vom Wind gerötet waren und auch ob der Situation brannten. Nikolai war nicht einmal geschockt, sondern nahm das Geständnis ruhig nickend und milde lächelnd auf. Ohne Vorwarnung verpasste er Jasha einen Leberhaken, sodass dieser in die Knie ging, als wollte er beten. Jasha blickte ihn überrascht an. Nikolai reichte ihm die Hand und half ihm hoch.

»Weil ich das nicht so einfach hinnehmen kann«, lächelte er, »aber damit ist die Sache auch vergeben und vergessen. Ich möchte nach wie vor, dass du mitgehst.«

»Herzlich gerne«, lächelte nun auch Jasha, »wenn ich mir vorstelle, dass Leute wie Anatol in Zukunft über die Art, wie wir leben, bestimmen werden, wird mir speiübel.«

Die Männer reichten sich beide Hände und besiegelten ihren Entschluss.

Irina hatte die ganze Szene vom Fenster aus beobachtet und wusste nicht recht, wie sie das Verhalten der beiden bewerten sollte. Sie hatte jedoch kein gutes Gefühl. Als Nikolai ihr dann in der Eingangshalle begegnete, war sein Blick gleichgültig und ein wenig herablassend. So, als hätte er endlich eine Legitimation für sein Verhalten ihr gegenüber. Sie nahm sich vor, Jasha nach dem Grund des Boxhiebs zu befragen, obschon sie sich nicht sicher war, ob sie dadurch die Wahrheit erfahren würde. Instinktiv begriff sie, dass Nikolai jetzt über sie und Jasha Bescheid wusste.

12

Lydia streichelte den Kopf ihrer Tochter. Seit der eigenartigen Begegnung mit ihrem Vater wirkte Milla etwas verstört und kauerte nun verängstigt auf Lydias Schoß. »Mit Papa stimmt was nicht!«, hatte sie gesagt.

Sie saßen mit den Großeltern in der Küche, wobei sie sich den Rücken an dem alten Kachelofen wärmten, den der Großvater angezündet hatte. Nach der Begegnung mit seinem Sohn war ihm plötzlich kalt geworden. Obwohl die Erwachsenen sich bemühten, verschlüsselt auszusprechen, was sie dachten, konnten sie dem Kind nichts vormachen. Es war nicht einfach, all die Fragen wahrheitsgemäß zu beantworten, die Milla stellte. »Warum hatte Papa eine Uniform an?« – »Welche Uniform war das?!« – »Was waren das für Männer?« – »Waren das seine Soldaten?« – »Warum ist er nicht mehr da?« – »Wohin sind sie geritten?« – »Wann kommt er wieder?«

Die meisten Fragen konnten sie Milla nicht beantworten, weil sie die Antworten selbst nicht wussten. Lydia dachte an Nikolai und seine Einschätzung der Lage. Er glaubte, dass die Kommunisten spätestens mit Beginn der Schneeschmelze im April zuschlagen würden. Wie sollte sie das ihrer kleinen Tochter erklären?

Die nächsten Wochen und Monate waren für alle Beteiligten nicht einfach. Besonders für Nikolai und Lydia nicht. Sie hatten beschlossen, sich vorsichtshalber nicht mehr in der Waldhütte zu treffen. Wenn sie sich in der Stadtwohnung verabredeten, mussten sie extrem vorsichtig agieren, um nicht ins Gerede zu kommen. Nikolai hatte die Wohnung in weiser Voraussicht zwar nicht auf seinen Namen angemietet, aber die Menschen waren neugierig. Es war sicher von Vorteil, dass die Wohnung einen separaten Eingang besaß. Trotzdem hatte Lydia seit jenem Tag häufig das Gefühl, beobachtet zu werden. Sie trafen sich zu unterschiedlichen Zeiten und vermieden es, gemeinsam zu kommen oder zu gehen. Auch die Tatsache, dass es zu dieser Jahreszeit immer früher dunkel wurde, bereitete ihnen Schwierigkeiten. Um von außen nicht gesehen, geschweige denn erkannt zu werden, stellten sie nur wenige Kerzen auf den Boden – gerade so viele, dass sie etwas sehen konnten und nicht stolperten. Die Eckwohnung in dem alten Holzhaus war karg eingerichtet und trotzdem gemütlich. Eine offene Küche, ein großer Kachelofen, das Bett in einer Nische und als Mittelpunkt ein alter Holztisch mit vier Stühlen. Lydia brachte stets frische Blumen mit, die sie auf den Tisch stellte. Das Bett war immer mit weißer frischer Bettwäsche bezogen, und als Nikolai einmal anmerkte, Lydia solle sich nicht so viel Arbeit machen, lächelte sie ihn nur an. Er genoss all ihre Aufmerksamkeiten und war dankbar, dass sie ihn zu keiner Zeit zu irgendetwas drängte. Sie war einfach da für ihn, bereit ihn zu empfangen, bereit ihn aufzufangen, bereit ihm zuzuhören, bereit zu nehmen, bereit zu geben …

Sie hatten zwei Stühle vor den Ofen in der Küche gestellt, saßen ganz eng beieinander und beobachteten die Lichtreflexe an den Ritzen des gusseisernen Türchens und ahnten, wie das Feuer innen loderte.

Er hatte zärtlich den Arm um sie gelegt. »Wir werden den Heiligen Abend noch hier verbringen und reisen am ersten Weihnachtstag nach Paris. Falls es irgendwelche lästigen Fragen geben sollte, es ist ein plausibler Zeitpunkt, Freunde zu besuchen, um gemeinsam ins neue Jahr zu feiern.«

Lydia hauchte ein »Ja«.

»Falls einer von uns beiden dieses Datum nicht wahrnehmen kann, soll er am Tag vor Silvester nach Paris reisen.«

»Ja, Liebster.«

»Du musst mir versprechen, dass du auch alleine fährst, wenn ich nicht da sein sollte, hörst du?«

Sie nickte nur.

»Hörst du, Liebste?«, mahnte er sie noch einmal.

»Ja«, flüsterte sie mit tränenerstickter Stimme.

»Denke daran, dass alles vorbereitet ist. Pierre selbst wird uns gegebenenfalls an beiden Tagen in Berlin empfangen und uns dann in seine Heimat begleiten.« Sie drückte sich noch enger an ihn. »Sollte ich wegen irgendetwas verhindert sein, lässt du dich mit Milla auf jeden Fall von ihm nach Frankreich bringen. Das gilt auch für meine Mutter, Alexej und Jasha. Du musst dich an diese Abläufe halten, egal was passiert, hörst du!«

»Ja, Liebster«, schluchzte sie.

Es dämmerte bereits. Sie löschten die Kerzen und ließen den Ofen ausgehen. Sie ahnten nicht, dass es ihre letzte Zusammenkunft in dieser Wohnung war. Als Lydia auf die Straße trat, fing es an zu schneien.

»Oh, schau, wie schön. Die Kinder werden sich freuen. Schneit es in Paris auch zur Weihnachtszeit?«

»Ich weiß es nicht. Wenn nicht, dann lass ich es für dich schneien«, raunte er und tätschelte ihren Po.

Sie streichelte seine Wange: »Pass auf dich auf, mein Liebster, und geh auch bald los …«

Nikolai schloss die Tür hinter ihr.

Lydia beeilte sich, zur Schule zu kommen. Sie wollte die Kinder und Jasha nach dem langen Tag ungern warten lassen. Noch bevor sie um die Ecke bog, hörte sie lautes Kindergeschrei. Als sie den Wagen von Jasha erreichte, sah sie nur noch Schneebälle fliegen. Die Jungen hatten sich gegen die Mädchen aufgebaut, und jeder Treffer wurde lauthals bejubelt. Milla und Alexej mittendrin.

»Wir sollten los«, mahnte Jasha. »Der Schnee fällt immer dichter. Wenn das so weitergeht, werden wir Schwierigkeiten haben, nach Hause zu kommen.«

»Ach, lass sie doch«, lachte Lydia und warf ihm übermütig eine Handvoll Schnee ins Gesicht. »Der erste Schnee! Denke daran, als wir noch jung waren, wir hätten es genauso gemacht.«

Jasha ergab sich. Er wollte nicht der Spielverderber sein, doch er sollte recht behalten. Als sie aufbrechen wollten, sah man die eigene Hand vor Augen nicht mehr, so dicht fiel der Schnee, den ein aufkommender Wind auch noch in ihre Gesichter peitschte. Mütter schrien nach ihren Kindern oder deren Freunden. Die meisten suchten Zuflucht in der Schule.

»Wie lange wird das dauern, Jasha?«, rief Lydia, während sie schützend die Arme um Milla und Alexej legte.

»Wenn wir Pech haben, die ganze Nacht! Ich werde das Pferd und den Wagen im Schulhof einstellen! Ihr geht am besten schon einmal rein.«

»Nein! Wir helfen dir und versuchen dann gemeinsam ein paar Straßen weiter in eine Wohnung zu kommen!«

Milla und Alexej hatten ihren Spaß auf dem Weg. Unbekümmert tobten sie durch den jungfräulichen Schnee.

Lydia zuckte nur mit den Achseln, als Jasha sie fragend ansah. Sie hatte ein mulmiges Gefühl. Auf den Straßen und Bürgersteigen war keine Menschenseele zu sehen. Alles eine einzige Schneedecke, die das schwache Licht aus den Fenstern reflektierte und Lydia in diesem Augenblick an ein gigantisches Leichentuch erinnerte. Als sie die hölzerne Eingangstür aufschließen wollte, bemerkte sie, dass diese nicht verschlossen war. Sie bat die anderen zu warten, klopfte sich die Stiefel an der Hauswand ab und strich notdürftig den Schnee von ihrem Mantel. Keine fünfzig Meter von ihnen entfernt konnte man schemenhaft sehen, wie zwei Gestalten etwas Schweres durch den Schnee zogen. Jasha maß der Situation keine Bedeutung bei. Lydia betrat mit Herzklopfen die Wohnung, die sie gerade verlassen hatte, und schloss die Tür hinter sich. Als sie feststellte, dass Nikolai weg war, ließ sie die anderen rein. Sie wunderte sich, warum die Tür nicht abgeschlossen war. Widersprüchliche Gedanken schossen ihr durch den Kopf: Wird Nikolai gleich zurückkommen? Wem gehört die Wohnung eigentlich? Warum ist der Ofen noch so warm? Als Jasha das Licht andrehte, erschrak sie kurz und wollte aus Gewohnheit protestieren. Wie gut, dass wir immer alles aufräumen, ging es ihr durch den Kopf.

»Das ist aber eine schöne Wohnung, Mama!«, sagte Milla neugierig. »Wem gehört die denn?«

»Ui, der Ofen brennt!«, rief Alexej, bevor Lydia antworten konnte.

»Das ist doch wunderbar, ihr Lieben! Dann könnt ihr euch erst einmal ausziehen und die Sachen trocknen!« Sie legte selbst ihren Mantel ab, bedeutete Jasha mit den Augen, das Gleiche zu tun und hoffte, dass Milla ihre Frage vergessen hatte. Mitnichten!

»Wer wohnt denn hier, Mama?«, wollte Milla erneut wissen, während sie sich bemühte, ihre Stiefelchen abzustreifen.

»Kinder, was haltet ihr davon, wenn wir ein Brettspiel basteln?«, sprang Jasha in die Bresche.

»Jaaa!« und »Juchhu!«, applaudierten die Kinder.

Lydia zwinkerte ihm dankbar zu. Er nahm sein Schnitzmesser, das er immer bei sich trug, aus der Lederscheide an seinem Gürtel und begann geschickt, einen trockenen Holzscheit zu bearbeiten. Den Kindern trug er auf, sich in der Küche umzusehen, ob es etwas gab, woraus man ein Spielbrett machen könnte. Lydia setzte Wasser auf, um Tee aufzubrühen. Wir vier wirken wie eine glückliche Familie, dachte sie und vermisste Nikolai. Doch die Ablenkung währte nicht lange.

»Mamaaa, wer wohnt denn hier?«

Lydia musste fast lächeln ob der hartnäckigen Neugierde ihrer Tochter. Jetzt musste sie lügen, obwohl ihr das eigentlich gegen den Strich ging.

»Die habe ich für Tante Marina eingerichtet.«

»Oh, wie schön«, strahlte Milla. »Wieso hast du mir nichts davon erzählt?«

»Sollte eine Überraschung zu Weihnachten werden, mein Kleines.«

»Will die dann immer hier wohnen?«

»Ja, vielleicht, wenn es ihr gefällt.« Lydia fühlte sich nicht wohl und wollte das Gespräch in eine andere Bahn lenken. »Vielleicht kommt sie aber auch gar nicht. Sie sucht gerade nach einer neuen Arbeit.«

»Und warum brennt der Ofen, wenn noch niemand hier wohnt?«, warf Alexej ein.

Lydia wollte schon ungeduldig etwas von ›Löchern in den Bauch fragen‹ antworten, doch Jasha sprang wieder ein: »Ich war vorhin hier, damit bei dem nasskalten Wetter die Wohnung mal richtig durchgeheizt wird!«

»Das war eine gute Idee!«, meinte Milla.

Zur Nacht kochte Lydia eine Kartoffelsuppe. Danach gingen ›die Frauen‹ gemeinsam zu Bett, und ›die Männer‹ richteten sich ein notdürftiges Nachtlager auf dem Boden ein. Die Kinder fanden das alles abenteuerlich und schliefen sofort ein.

13

Als Nikolai die Augen aufschlug, war er benommen. Zuerst registrierte er das monotone Rattern der Eisenbahnräder, dann dämmerte ihm, dass er auf dem Boden eines mit Stroh ausgelegten Waggons lag. Er fasste sich vorsichtig an den Hinterkopf und stöhnte vor Schmerzen.

»Tja, Genosse, hättest du dich nicht so gewehrt, wär dir das erspart geblieben«, tönte einer der beiden Männer, die ihn interessiert beobachteten und dabei ihre Papirossi rauchten.

Langsam kehrte Nikolais Erinnerung zurück.

»Nicht so bequem hier wie im Bett deiner Hure, was?«, grinste der andere.

Nikolai hätte gern die Ehre von Lydia verteidigt, aber er konnte nicht einmal aufstehen. Er spürte die eisige Kälte, jeder Knochen tat ihm weh. Der Zug wurde langsamer. »Wo sind wir, wo wollt ihr mit mir hin?«, entfuhr es ihm.

»Wegen des Scheißwetters sind wir nicht besonders weit gekommen, und wie es aussieht, werden wir diese Scheißnacht und noch ein paar weitere Scheißnächte mit dir hier in diesem Viehwaggon verbringen, bevor wir in Odessa ankommen!«, maulte der Zweite, nahm seine Fellmütze vom Kopf und kratzte seinen kahl geschorener Schädel.

»Odessa?«, murmelte Nikolai ungläubig. »Was soll ich denn in Odessa?«

»Hihihi«, kicherte der Glatzkopf. »Du wirst unserem Kommandanten erklären müssen, warum du seine Stute bestiegen hast, ohne zu fragen.«

Nikolai dachte darüber nach, Lydia zu verleugnen. Aber auch das schien ihm sinnlos. Er zwang sich dazu, die Emotionen zu verdrängen und die Situation pragmatisch anzugehen.

Anatols Späher hatten ganze Arbeit geleistet. Nachdem sie erfolglos die Wildhütte observiert hatten, erhielten sie den Auftrag, ihn und Lydia zu beobachten. So standen sie eines Tages zwangsläufig vor der gleichen Wohnung – und das war genau heute passiert. Nikolai war sich nicht sicher, ob es Anatol um die Ehre ging oder nur um Geld. Vielleicht nutzte er seine Machtstellung, um persönliche Rachegelüste zu befriedigen, und tat nach außen so, als wollte er die Sache der Bolschewiki befördern. Nikolai überlegte, den beiden Handlangern Geld anzubieten, damit sie ihn laufen ließen. Wenn sie fanatisch wären – und diesen Eindruck machten sie –, würde es seine Lage nur verschlimmern. Er fühlte sich ausgeliefert und machtlos. Die Vorstellung, diesen Männern tagelang auf Gedeih und Verderb ausgeliefert zu sein, war erniedrigend. Er musste herausfinden, wie weit er gehen konnte. Er unternahm den Versuch, sich aufzusetzen, und merkte dabei, dass sein linker Fuß an eine Eisenstange gekettet war.

»Was willst du? Bleib liegen!«, befahl der Glatzkopf.

Nikolai ignorierte die Anweisung und setzte sich stöhnend auf. Zum ersten Mal sah er im Schein der Petroleumlampe deutlich ihre Gesichter und Augen. Angst und Kälte stiegen in ihm auf. »Wenn ich erfriere, wird euer Kommandant nichts davon haben.« Er vermied es bewusst, Anatols Namen auszusprechen.

»Dahinten sind Decken für die Nacht«, sagte der Bärtige und nickte mit seinem Kopf in die entsprechende Richtung. »Wir werden schon nicht draufgehen.« Er drückte seine Zigarette aus, nachdem er einen letzten, tiefen Zug genommen hatte. Der Glatzkopf rauchte noch und versuchte umständlich, mit der linken Hand seine Mütze wieder richtig aufzusetzen.

»Ohne Essen und Trinken wird uns die Kälte schwer zusetzen«, probierte Nikolai es wieder. Er sprach bewusst den Bärtigen an.

»Dahinten sind auch Brot und Speck, und bei dem Schnee werden wir schon nicht verdursten«, kam die lapidare Antwort.

»Was will euer Kommandant von mir, was ich euch nicht schon geben könnte?«, setzte er alles auf eine Karte.

»Halt jetzt die Schnauze, du adliges Schwein, ich will jetzt schlafen«, keifte der Glatzkopf. Während er zu den Decken ging, schnippte er seine Kippe achtlos zu Boden.

Der Bärtige folgte ihm mit der Lampe, warf Nikolai eine Decke zu, legte sich neben seinen Kumpel und drehte das Licht der Petroleumfunsel aus.

Nikolai begriff noch nicht, dass er gegenüber den beiden im Vorteil war. Zum einen trug er – angefangen mit den Stiefeln – die viel wärmere Kleidung, zum anderen hatte er sich noch am Nachmittag vor einem heißen Ofen und mit einem heißen Tee erwärmen können. Währenddessen hatten sich die beiden draußen vor der Tür auf ihrem Beobachtungsposten den Hintern abgefroren. Nikolai drückte seine Fellmütze tief ins Gesicht und zog die Decke, auch wenn es ihn anwiderte, über die Nase, sodass er kaum noch Luft bekam. Er wusste, er durfte nicht einschlafen, wenn er überleben wollte. Er fing an, seine Finger und Zehen zu bewegen und seine Sitzposition immer wieder zu verändern. Während der Nacht verfiel er des Öfteren in einen Sekundenschlaf. Als er durch die Ritze der Schiebetür bemerkte, dass der Tag dämmerte, versuchte er, sich aufzurichten. Er war total steif und hatte das Gefühl, sich nicht mehr bewegen zu können. Seine Entführer schliefen noch. Er blieb ganz ruhig, hielt seinen Atem kurz an, konnte aber nichts hören. Er hielt seinen Atem länger an, um sich zu vergewissern.

Dann begriff er: Die beiden Männer waren im Schlaf erfroren. Der Wind pfiff durch die Ritzen des Waggons. Fieberhaft überlegte Nikolai, was zu tun war. Ich muss unbedingt an den Schlüssel von der Eisenkette kommen. In wessen Tasche wird der wohl sein? Seine Bemühungen, an den ersten Mann heranzukommen, scheiterten. Die Kette war nicht lang genug. Er streckte seinen Arm nach ihm aus. Mit den Handschuhspitzen bekam er nur den Zipfel der Decke zu fassen, in die sich der Soldat eingerollt hatte. Wieder nichts! Verzweifelt zerrte er mit dem Fuß an der verrosteten Eisenstange und hoffte, sie würde sich aus ihrer Verankerung lösen. Er setzte sich auf, zog mit aller verbliebenen Kraft an der Kette. Die Stange ächzte, gab aber nicht nach. Er wusste, er durfte nicht in Panik verfallen. Ganz sachlich versuchte er, seine Lage zu analysieren, doch es gelang ihm nicht. Ihm war nur klar: Eine weitere Nacht in dieser Kälte würde auch er nicht überstehen. Seine Gedanken schweiften ab zu seiner Mutter, zu Alexej, zu Lydia, zu Milla. Was soll ich nur tun?, fragte er sich verzweifelt. Der Hebel der Waggontür ist auch zu weit weg. Außerdem ist die Tür zugefroren. Nikolai fing an, aus Leibeskräften zu brüllen, in der vagen Hoffnung, jemand würde ihn hören. Erfolglos! Der Zug stand mitten im Nirgendwo, und er konnte durch die Ritzen sehen, dass es nach wie vor heftig schneite. Wäre er gläubig gewesen, spätestens jetzt hätte er anfangen müssen zu beten. Er war nicht der Typ, sich in sein Schicksal zu ergeben, aber diesmal blieb ihm wohl nichts anderes übrig. Den restlichen Tag verbrachte er mit wirren Gedankenspielen, um nicht einzuschlafen. Zigmal versuchte er zu rekonstruieren, wo der Zug wohl stehen könnte. Quälende Hungergefühle unterdrückte er, so gut es ging. An das Brot und den Speck im Waggon kam er nicht ran. Es hätte ihm auch nichts genützt. Beides war steinhart gefroren. Obwohl er todmüde war und starke Schmerzen hatte, überstand er auch die zweite Nacht. Als der Morgen graute, waren seine Handgelenke blutig von den wiederholten Versuchen, die Männer und damit die Schlüssel für seine eisernen Fesseln zu erreichen. Wieder erwischte er nur den Zipfel der Decke … Plötzlich ging ein Ruck durch den Zug, der sich langsam wieder in Bewegung setzte. Erschöpft schloss er seine Augen. Er hatte seit achtundvierzig Stunden nicht mehr geschlafen und keinen Bissen zu sich genommen.

14

Gedankenverloren starrte Lydia aus dem Küchenfenster, als die Großmutter hinter sie trat und ihr beide Hände auf die Schultern legte.

»Mach dir keine Sorgen, Kind. Es wird alles wieder gut werden.«

Lydia ergriff dankend ihre Hand, doch wieder schossen ihr Tränen in die Augen. Noch nie in ihrem ganzen Leben hatte sie so häufig einen Kloß im Hals gehabt wie in den letzten vier Wochen. Am 16. November hatte sie Nikolai das letzte Mal gesehen. Immer wieder hörte sie seine mahnende Stimme: »Du musst mir versprechen, dass du auch alleine fährst, wenn ich nicht da sein sollte, hörst du?« – »Ja, Liebster!«, hatte sie fast unhörbar geflüstert.

Es war der härteste Winter, an den sie sich jemals erinnern konnte. Der Hof und das Gut von Nikolai waren aufgrund der Schneeverwehungen oft von der Außenwelt abgeschnitten. Selbst der Großvater schüttelte ungläubig den Kopf ob dieser sibirischen Kälte. Nur die Kinder hatten ihren Spaß, weil die Schule aufgrund der Witterungsverhältnisse geschlossen war. Lydia ließ keinen Tag verstreichen, an dem sie Milla nicht zu Hause unterrichtete. Meistens gemeinsam mit Alexej, wenn Jasha es schaffte, ihn herüberzubringen. Einmal musste Alexej eine ganze Woche auf dem Hof der Großeltern bleiben, weil Jasha ihn nicht abholen konnte. Das Angebot von Gräfin Irina an Lydia, die Zeit gemeinsam mit Milla im großen Herrenhaus zu verbringen, bis sich die Wetterlage wieder bessern würde, hatte sie abgelehnt. Feinfühlig, wie Milla war, spürte sie sehr wohl, dass ihre Mutter etwas bedrückte. Doch sie bekam auf ihre hartnäckigen Fragen immer nur ausweichende und unbefriedigende Antworten. Was hätte Lydia ihrer Tochter auch sagen sollen? Ich gehe mit dir nach Frankreich? Die Großeltern wollen hier bleiben! Dafür gehen Alexej, sein Vater und Jasha mit! Ich habe mich von deinem Vater getrennt und werde dort mit Alexejs Vater zusammenleben. Wir gründen eine neue Familie. Werden uns alle lieb haben und uns gut verstehen!? Milla war mit ihren elf

Jahren zwar ein aufgewecktes Kind, aber für solche Zusammenhänge einfach noch zu jung.

»Ach Sofia, ich weiß nicht, was ich tun soll«, flüsterte Lydia. »Es sind nur noch ein paar Tage bis Weihnachten, und es gibt kein Lebenszeichen von Nikolai.«

Die Großmutter strich ihr zur Beruhigung tröstend über den Rücken.

Jasha war gestern kurz da gewesen und hatte erzählt, dass er all seine Kontakte angezapft hatte, um etwas über Nikolais Verbleib zu erfahren. Niemand hatte auch nur im Geringsten eine Vorstellung, was geschehen war. Zwei unbekannte Männer seien einige Zeit vor Nikolais Verschwinden in der Gegend gesehen worden. Fremde in uniformähnlicher Kleidung, die keiner kannte und die nach dem plötzlichen Wintereinbruch nicht mehr aufgetaucht seien. Lydia hegte aufgrund des Besuches von Anatol die schlimmsten Befürchtungen. Jasha war weniger pessimistisch. Letztlich waren das alles nur Mutmaßungen. Tatsache war, von Nikolai hatten sie seit gut vier Wochen nichts mehr gehört. Dennoch bestärkte Jasha sie, wie vereinbart vorzugehen, und wenn das Wetter es zuließ, am ersten Weihnachtstag in eine ungewisse Zukunft aufzubrechen. Mit oder ohne Nikolai. Lydia war voller Zweifel.

Was soll ich in einem fremden Land ohne Nikolai? Gut, ich habe zwar meine Milla, und vielleicht ist es ja für meine Tochter auch besser, in Frankreich aufzuwachsen. Aber da ist noch Alexej – ohne seine Mutter und bitte, lieber Gott, lass es nicht auch ohne seinen Vater sein!? Sie konnte ihre Gedanken nicht richtig ordnen und zu keiner Entscheidung kommen. Die Angst stieg in ihr hoch wie ein schleichendes Gift, die Angst vor einer Zukunft ohne Nikolai. Gerade hatten sie sich wiedergefunden. Fragen überschlugen sich in ihrem Kopf. Kann das Schicksal wirklich so grausam sein? Wo ist meine positive Lebenseinstellung? Wo ist die Hoffnung, von der ich all die Jahre gelebt und gezehrt habe? Ist mein Glaube verbraucht? Nur noch sieben Tage bis zur Abreise, aber sie hatte sich nicht einmal Gedanken gemacht, was sie alles mitnehmen wollte. Nikolai hatte mehrmals betont, sie solle nur das Nötigste einpacken, damit es aussah, als würden sie nur ein paar Tage verreisen.

Jasha hatte angekündigt, sie und Milla am ersten Weihnachtsfeiertag um spätestens sechs Uhr abholen zu wollen. Wenn das Wetter es nicht zuließe, am dreißigsten des Monats zur gleichen Zeit.

Lydia nahm die Großmutter in den Arm. »Du hast recht! Ja! Es wird alles wieder gut werden!«

»Was wird wieder gut werden, Mama?«, fragte Milla neugierig.

Sie war gerade in die Küche gekommen, weil sie Hunger hatte.

»Alles, meine Kleine, alles!«, lächelte Lydia. Ihre Hoffnung war wieder da.

Zur gleichen Zeit saß Irina zusammen mit der Köchin in der großen Küche des Herrenhauses. Seit Nikolai vermisst wurde, war sie fast jeden Tag dort, aber nicht, um die Mahlzeiten zu besprechen, sondern um zu helfen. Heute buken sie das letzte Weihnachtsgebäck. Irina konnte sich bei diesen einfachen Tätigkeiten und den belanglosen Plaudereien mit der dicken Köchin, einer herzlichen Frau, am besten ablenken. Von diesen quälenden Gedanken, die dauernd um Nikolai und ihre Zukunft kreisten. Eigentlich hatte sie sich vorgenommen, während der Adventszeit das Gespräch mit ihm zu suchen – darüber, wie er sich das weitere Zusammenleben vorstellte. Die Tatsache, dass er sie nicht mehr anfasste, war für sie unerträglich geworden. Die Kälte und Gleichgültigkeit, die er ihr gegenüber an den Tag legte, nagten an ihrem Selbstwertgefühl. Sie hatte sich ihre Gedanken gemacht, wie es so weit hatte kommen können, und sie wusste, dass es in solchen Situationen immer zwei Schuldige gab. Doch sie sah die Hauptschuld bei ihm. Sie war eine aparte Frau im besten Alter, nicht ungebildet, hatte Vermögen elterlicherseits und war in der sogenannten besseren Gesellschaft als charmante, umgängliche Gastgeberin bekannt. Es gab durchaus den einen oder anderen Kandidaten, der ihr – aus Respekt vor Nikolai –, zaghaft und ohne aufs Ganze zu gehen, den Hof machte. Eigentlich waren an den letzten beiden Adventssonntagen zwei Feste im Haus geplant, die sie ob der Umstände abgesagt hatte. Irina konnte sich dadurch zwangsläufig mehr mit dem Personal und ihrer Schwiegermutter befassen, die ebenso wie sie das Verschwinden Nikolais nur schwer einordnen konnte. Die alte Gräfin saß gemeinsam mit Jasha in der Bibliothek des Hauses. Im Kamin loderte ein Feuer, und es hätte eine gemütliche Atmosphäre herrschen können, wäre der Anlass nicht so ernst gewesen.

Katharina nahm seine Hand. »Jasha, selbstverständlich ist mir mein Sohn näher als meine Schwiegertochter. Ich will ihm ja auch keine Steine in den Weg legen. Aber Nikolai ist seit vier Wochen verschwunden. Was passiert, wenn er nicht zurück- respektive nachkommt? Was soll ich in einem fremden Land ohne Freunde, von Pierres Familie mal abgesehen. Meinen Enkel großziehen? An der Seite von Lydia Bellasowa? Versteh mich nicht falsch. Ich mag sie, sie ist eine wunderbare Frau für meinen Sohn. Aber mir fehlt doch der Bezug zu ihr. Und du? Willst du dich ein bisschen um mich kümmern?«

Jasha hatte sie nicht unterbrochen. Er wusste um die schwierige Entscheidung, die vor ihnen allen lag. Auch er hatte Zweifel, diesen Schritt ohne Nikolai zu tun, und er hatte weniger zu verlieren als alle anderen. Doch intuitiv spürte er, dass es der richtige Weg war, auch wenn er nicht wusste, warum. Er glaubte fest daran, dass Nikolai, wann auch immer, zu ihnen stoßen würde. Behutsam drückte er ihre Hand und sah ihr in die Augen.

»Katharina, lass es uns versuchen! Was soll schon passieren? Im schlimmsten Fall kämen wir wieder zurück, wenn wir ohne Väterchen Russland nicht auskommen sollten. Aber stell dir vor, was passiert, wenn sie dir das Haus wegnehmen, wenn sie dich und deine Familie enteignen, eure Konten, eure Ländereien, alles! Glaubst du, einer deiner Freunde, die du in Frankreich so vermisst, könnte dir helfen? Ihnen wird ja dann auch alles weggenommen … Auch wenn wir uns das jetzt gar nicht vorstellen wollen!« Er küsste ihre Hand.

»Wenn wir Alexej mitnehmen«, sagte Katharina matt, »entführen wir im Grunde Irinas Kind. Versündigen wir uns da nicht!?«

Jasha nickte. »Nikolai wollte mit ihr darüber reden. Er wird es ihr später erklären. Wir sollten uns da nicht einmischen.«

Katharina schüttelte den Kopf. »Er ist mein Sohn und Alexej mein Enkel. Ich habe ein Recht, mich einzumischen, oder?«

»Es ist sein Leben«, erinnerte er sie. »Es ist seine Zukunft und die Zukunft seines Sohnes. Wo steht geschrieben, dass ein Kind bei einer Trennung bei der Mutter bleiben sollte? Alexej ist zu jung, um das selbst entscheiden zu können. Wenn er das später anders sieht, wird Nikolai ihm sicher alle Möglichkeiten offen lassen.«

Sie seufzte. »Ach, ich komme mir trotzdem vor wie eine feige Diebin. Ich werde darüber nachdenken, ob ich von Frau zu Frau mit ihr spreche, falls Nikolai vorher nicht mehr auftaucht.«

Irina kam mit frischgebackenen, noch warmen, gut duftenden Plätzchen und Tee herein.

Jasha entschuldigte sich. Vielleicht war gerade jetzt ein guter Zeitpunkt für ein Gespräch von Frau zu Frau gekommen. Es standen ohnehin nur zwei Tassen auf dem Tablett.

15

Als Nikolai erwachte, sah er in das runde Gesicht einer hübschen jungen Krankenschwester mit großen, braunen, gütigen Augen. Sie saß neben dem Bett und hielt seine Hand. Er wusste nicht, ob er träumte oder im Himmel war. Ohne sich zu bewegen, ließ er seinen Blick schweifen. In einem Krankenzimmer lag er nicht, aber er trug eines dieser für Lazarette typischen hellgrauen Nachthemden. Der Himmel war verhangen, blassblau, und die Sonne versuchte immer wieder, sich durch die wattige Wolkenschicht zu kämpfen. Er sah die Schwester an: »Wo bin ich?«

Ihre Augen füllten sich mit Tränen.

»Jesus und Maria«, stammelte sie, »ihr habt meine Gebete erhört. Es ist wie ein Wunder. Sie müssen einen, nein, mehrere Schutzengel gehabt haben«, strahlte sie, wieder etwas gefasst. »Sie sind im Gästezimmer von Professor Sergej Sertschenkov, Graf Nikolai«, sagte sie feierlich. Sie hielt immer noch seine Hand, die er ihr jetzt langsam entzog. »Oh«, murmelte sie im Aufstehen und ging zur Tür, »ich werde nach ihm rufen lassen.

Er ist in der Klinik. Es kann deswegen eine Zeit lang dauern, bis er hier ist. Ähm … haben Sie Hunger? Es wäre gut, wenn Sie Hunger hätten. Das ist nämlich ein gutes Zeichen!«

»Ich weiß nicht«, lächelte Nikolai angenehm berührt ob ihrer Fürsorge. »*Wäre* es ein gutes Zeichen?«, fragte er, um nochmals eine Bestätigung zu bekommen.

Sie nickte heftig und schaute ihn erwartungsvoll an, während sie die Klinke bereits in der Hand hielt.

»Ja, dann …«, lachte Nikolai. »Jaaa, ich habe einen Mordshunger!«

Sie klatschte in die Hände und zwinkerte ihm zu. »Ich bin gleich wieder zurück.« Sie ließ die Tür offen, und Nikolai meinte, ein unterdrücktes »Juchhu« zu hören.

»Sergej«, murmelte er. Wie war er hierhergekommen? Langsam

kehrte seine Erinnerung zurück. Bei dem Gedanken daran fröstelte er, obwohl er gut behütet und dick zugedeckt im warmen Bett lag. Er zog das Daunenplumeau bis zur Nase hoch und bemerkte, dass sein Kopf bandagiert war. Seine Gedanken schweiften ab zu Lydia und Alexej. Plötzlich geriet er in Panik. Die Freundschaft der beiden Männer datierte zurück bis in die Studienzeit. Nikolai hatte sein Zahnmedizinstudium nach dem Tod des Vaters abbrechen müssen, um die Verwaltung der gräflichen Ländereien zu übernehmen. Sergej war damals nach Odessa gegangen. Als die beiden Freunde sich vor Jahren verabschiedet hatten, war ihr Kontakt aufgrund der Entfernung eingeschlafen. Wie komme ich hierher? Wie lange liege ich schon in diesem Zimmer? Die Schwester hatte von einem Wunder gesprochen. Was hatte sie damit gemeint? Er stieg aus dem Bett, um einen Blick aus dem Fenster zu werfen. Ihm wurde sofort schwindelig; er war so wacklig auf den Beinen, dass er sich aufstützen musste. Als er hinaussah, beruhigte er sich ein wenig. So viel Schnee konnte selbst im strengsten Winter nicht in Odessa liegen. Rechts sah er ein großes Gebäude und erkannte ein Kreuz über dem Eingang.

»Ihr Kreislauf ist noch nicht stabil. Sie müssen noch absolute Bettruhe bewahren!«, ertönte es hinter ihm mit gespielter Strenge. Die Schwester trug ein großes Tablett herein, und Nikolai stieg der wunderbare Duft von frisch gebrühtem Kaffee in die Nase. »Ein leichtes Frühstück?«, fragte sie freudig. »Wir müssen Sie langsam wieder an feste Nahrung gewöhnen!«

Nikolai war geschockt. »Was heißt das?«

Sie stellte das Tablett auf einem Tisch ab und streckte ihren Zeigefinger langsam Richtung Bett.

»Sagen Sie doch was!«, bat er, während er versuchte, sich im Bett gerade aufzusetzen.

Sie platzierte das Tablett auf ein rechteckiges Betttischchen und schlug die Kissen hinter ihm auf. Es kam ihm vor wie eine Szene aus 1001 Nacht: eine Karaffe mit kühlem Wasser, zwei Scheiben Weißbrot, ein Stück Butter, ein Töpfchen Honig, eins mit Sauerrahm, ein Kännchen Kaffee, ein Zuckerdöschen, eine Kanne mit warmer Milch.

Das alles serviert auf edlem Silbergeschirr mit Sergejs Familienwappen darauf. Er merkte, wie ihm das Wasser im Munde zusammenlief. Die Sonne hatte sich durch die Wolken gekämpft und tauchte das Zimmer in helles Licht. Die Schwester öffnete ein wenig das Fenster. Sie setzte ich auf die breite Bank, ließ ihren Rücken von der Wintersonne wärmen und beobachtete ihren Schutzbefohlenen mit einem Lächeln der Befriedigung. Nikolai trank zunächst einige Schlucke Wasser und strich dann Butter und Honig auf einen Toast. Nach dem ersten Bissen überkam ihn das wohlige Gefühl, noch nie in seinem Leben ein solch gutes Honigbrot gegessen zu haben. Als Nächstes rührte er sich seinen ersten Milchkaffee seit, ja seit wann eigentlich …?

»Wie lange bin ich schon hier?«, wollte er wissen und hob seinen Kopf.

»Etwa vier Wochen. Sie lagen im Koma. Ansonsten möchte ich dem Professor nicht vorgreifen. Er kommt, sobald er kann«, lächelte sie beflissen.

Nikolai verschluckte sich an seinem Kaffee und musste laut husten.

Sie sprang vom Fensterbrett und presste ihren linken Mittelfinger fest an seine obere Nasenwurzel zwischen den Augenbrauen. Der Hustenreiz ließ sofort nach. Er spürte dabei ihren weichen Busen auf seiner Schulter. Es war ein angenehmes Gefühl.

»Aaah, der Patient ist wieder wohlauf!«, strahlte Sergej Sertschenkov, der just in diesem Augenblick durch die geöffnete Tür hineinkam. Die Schwester trat leicht verlegen zurück, obwohl sie nichts Unrechtes getan hatte.

»Der Graf hatte sich gerade verschluckt, als ich ihm erzählte, dass er vier Wochen im Koma lag. Mehr habe ich ihm nicht mitgeteilt, Herr Professor«, beeilte sie sich zu sagen.

»Schon gut, Mira! Lassen Sie uns ein Weilchen allein, dann können Sie sich nachher wieder so aufopferungsvoll um meinen Freund kümmern«, lachte Sergej.

Sie schien leicht zu erröten. »Aber gerne doch, Herr Professor.« Sie schloss das Fenster und verließ das Zimmer, nicht ohne noch einen freundlich-prüfenden Blick auf »ihren« Patienten zu werfen.

»Ich glaube, sie ist verliebt in dich, alter Junge!«, schmunzelte Sergej und umarmte Nikolai. Er war bemüht, salopp zu wirken, um ihn nicht unnötig zu beunruhigen. »Sie hat dich vier Wochen lang gewaschen, rasiert, dich umgezogen, dich künstlich ernährt, deine Hand gehalten, dich gestreichelt und dir vorgelesen. Sie kennt dich jetzt besser, als deine Frau dich jemals gekannt hat!«

Nikolai nickte dankbar und ergriff Sergejs Hand. »Wo bin ich? Wie bin ich hierhergekommen? Was war los mit mir?«

»Du hast verdammtes Glück gehabt, mein Freund. Dreimal verdammtes Glück. Der Waggon, in dem du lagst, sollte in Odessa an einen Zug nach Dnipropetrowsk angekoppelt werden. Er wurde aufgrund einer Verwechslung irrtümlich aufgemacht. Der umsichtige Bahnhofsvorsteher glaubte, drei erfrorene Männer gefunden zu haben. Bevor er nach der Polizei rief, fand er bei einem der toten Männer einen Schlüssel und befreite dich von deiner Fußkette. Eigentlich wollten sie euch schon ins Leichenhaus schaffen, doch einer der Polizisten hielt dir geistesgegenwärtig eine Dolchklinge vor den Mund. Und als sie anlief, rief man sofort nach einem Arzt. Der brachte dich in meine Klinik. Trotz deines verwilderten Äußeren erkannte ich dich und stellte schwerste Unterkühlungen und ernsthafte Verletzungen fest.«

Nikolai hörte gebannt zu, ohne Sergejs Hand loszulassen.

»Der Befund war schon lebensbedrohlich. Durch einen Schlag, den dir einer der beiden mit dem Pistolenknauf verpasst haben muss, hatte sich in deinem Kopf langsam ein Blutgerinnsel gebildet, und dadurch bist du ins Koma gefallen. Nachdem keine Lebensgefahr mehr bestand, ließ ich dich zu mir bringen, wo sich seitdem Mira so fürsorglich um dich gekümmert hat.«

Nikolai standen Tränen in den Augen, denen er jetzt freien Lauf ließ. »Danke, Sergej«, schluchzte er.

Der legte tröstend die Hand auf seinen Kopf. »Wird schon wieder, Junge. Das ist mein Job! Wir sollten glücklich sein, dass du dank deiner guten Konstitution überlebt hast und aus dem Koma erwacht bist. Jetzt wird es dir jeden Tag besser gehen. Du verbringst das Weihnachtsfest natürlich mit uns, dann kannst du in einer Woche wieder nach Hause.«

»Waaas?« Nikolai sah ihn entgeistert an. »Sergej, das geht nicht!«

»Wieso? Ich habe deiner Familie geschrieben und telegrafiert, aber noch keine Antwort erhalten. Wahrscheinlich ist sie wegen des furchtbaren Wetters noch gar nicht informiert.«

Nikolai packte ihn bei den Schultern. »Wann ist Weihnachten?«

»Na, übermorgen!«

Nikolai stieg hastig aus dem Bett. »Wo sind meine Kleider?« Panik ergriff ihn. »Ich muss sofort los!«

Sergej stand ebenfalls auf. »Das lasse ich auf gar keinen Fall zu!«

»Das ist mir egal!«

»Du bist dem Tod gerade eben von der Schippe gesprungen!«, erzürnte er sich. »Und jetzt willst du gleich wieder dein Leben leichtfertig aufs Spiel setzen?«

Die alten Freunde standen sich jetzt von Angesicht zu Angesicht gegenüber.

Nikolai legte beide Hände flach auf Sergejs Schultern und sah ihn bittend an. »Hast du noch Zeit für mich?«

»Aber, ja!«

»Hast du von den Unruhen und Aufständen etwas mitbekommen?«

Sergej schüttelte den Kopf.

»Hast du von den Demonstrationen in Moskau und Petersburg gehört?«

»Ja, aber die wurden doch im Keim erstickt?«

»Weißt du, was mit deinem schönen Haus hier passiert, wenn die Kommunisten an die Macht gelangen?«

»Na, na, jetzt mach mal halblang …«

»Können wir uns setzen?«

»Natürlich, da liegt ein Hausmantel für dich bereit.«

Sergej half Nikolai in den dunkelblauen Samtmantel mit Schalkragen. Sie setzten sich auf zwei Sessel an einen Couchtisch, auf dem Sergej das Frühstückstablett abgestellt hatte. Während Nikolai erzählte, was er wusste und was er vorhatte, zog Sergej die Stirn in Falten. Zwischendurch hatte Mira wieder nach ihm sehen wollen und war ein bisschen enttäuscht, dass sie nichts für ihren Schützling tun konnte.

Umsichtig und achtsam, wie sie war, hatte sie frischen Kaffee, heiße Milch, Butter, Brot und ein wenig Wurstaufschnitt für ihren Professor mitgebracht. Sergej hatte ihm aufmerksam zugehört und nur mit kurzen Fragen unterbrochen. Jetzt lehnte er sich zurück und steckte sich – nachdem er zuvor das Fenster einen Spalt geöffnet hatte – eine Zigarette an. Nikolai nahm auch eine, und Sergej protestierte nicht.

»Komm mit, Sergej«, forderte er den Freund eindringlich auf. »Oder komm nach, sobald es geht!«

Sergej runzelte die Stirn und blies den Rauch Richtung Decke. »In meiner Ehe stimmt es auch nicht mehr«, nickte er leise. »Ich arbeite rund um die Uhr. Wir haben zu wenig qualifiziertes Personal. Tamara fühlt sich seit Langem vernachlässigt. Sie ist Ärztin und arbeitet halbtags bei mir im Krankenhaus. Wir haben eine Tochter. Tita ist zwölf, also in Alexejs Alter.« Er drückte die Zigarette aus und rieb mit beiden Handflächen nachdenklich sein Gesicht. »Ich werd's mir überlegen. Danke, Nikolai. Vielleicht können wir das Thema an den Feiertagen besprechen? Aber du kannst diese Reise auf keinen Fall jetzt antreten. Es wäre wirklich verantwortungslos.«

Nikolai leistete keinen Widerstand. Er spürte, dass er zu schwach war.

»Ich versuche, dich aufzupäppeln, so gut es geht, damit du wenigstens zum Ende des Monats losfahren kannst! Wichtig ist jetzt, dass die erste Nachricht an deine Familie noch rechtzeitig korrigiert wird!«

»Ja, bitte Sergej«, stimmte Nikolai zu.

»Wenn sie jetzt die Nachricht bekommen, dass ich im Koma liege, wird der ganze Plan scheitern.« Sergej sah, dass sein Freund zurück ins Bett musste und half ihm aus dem Sessel.

»Sorge dich nicht, tanke Kraft. Ich werde noch heute einen persönlichen Boten an deine Mutter und Lydia schicken.«

Erschöpft schloss Nikolai die Augen und fiel bis zum Abend in tiefen Schlaf.

Mira schaute wieder nach ihm.

»Du musst meinen Freund in den nächsten vier Tagen so aufpäppeln, dass er eine lange Reise antreten kann.«

Mira nickte eifrig. Sie wusste nicht, was überwog: die Trauer, dass ihr geliebter Patient sie bald verlassen würde, oder die Freude darüber, dass ihr geliebter Professor sie zum ersten Mal voll ins Vertrauen zog. Sergej bemerkte ihre Gefühlsregung, blieb vor ihr stehen und streichelte sanft ihre Wange. Sie errötete und sah dankbar zu ihm auf.

16

Als Jasha die Bibliothek verließ, empfing der Hausdiener gerade den Postboten. Er nahm die Briefe an sich, ging zurück und klopfte an.

»Bitte entschuldigt, doch ob der besonderen Situation habe ich mir erlaubt, die Post anzunehmen«, platzte er herein. Er gab den Stapel Katharina, worauf Irina missbilligend die Augenbrauen hochzog. Katharina bemerkte das und reichte ihr automatisch die Briefe weiter. Hastig schaute Irina auf die Absender.

»Hier!«, rief sie ein wenig hysterisch. »Ein Brief von einem Krankenhaus!«

Aufgeregt riss sie den Umschlag auf und überflog die Zeilen. »Mein Gott, nein!«, schrie sie und gab den Brief wie geistesabwesend an ihre Schwiegermutter.

»Um Himmels willen«, flüsterte diese. »Gott, erbarme dich, lass meinen Sohn wieder gesund werden.«

Beide waren sichtlich geschockt.

Jasha nahm Katharina unaufgefordert das Schreiben aus der Hand. »Odessa«, murmelte er mehr zu sich selbst und überlegte, wie weit das wohl weg war. Als er den entscheidenden Satz las – »Mein Freund liegt im Koma und wir können alle nur hoffen und warten« –, wurde auch er von seinen Gefühlen überwältigt. Während die Frauen apathisch mehr oder weniger leise vor sich hin weinten, stieg in ihm eine seltsame Mischung aus Mitleid, Trauer, Wut und Zorn auf. Wie kommt Nikolai nach Odessa? Da kann doch nur dieser größenwahnsinnige Anatol dahinterstecken! Katharina streckte die Hand nach Irina aus. »Das ist die Strafe des Herrn!«, wisperte sie. »Mein Sohn wollte dich mit Alexej, Jasha und mir ...«

»Nein!«, schrie Jasha aufgeregt dazwischen. »Das muss er ihr selber sagen!«

Katharina schüttelte energisch den Kopf: »Nein, Jasha! Das sind wir Irina schuldig.«

Die sah die beiden abwechselnd mit verständnislosem Blick an.

Katharina rüttelte an ihrer Hand. »Es ist die Strafe des Herrn«, wiederholte die strenggläubige Frau. »Mein Sohn wollte dich mit Lydia, Alexej, Jasha und mir verlassen ...«

Irina schien die bedeutungsschweren Worte gar nicht zu erfassen, doch in ihrem Inneren brach eine Welt zusammen. Von einer Sekunde auf die andere verfiel sie in ein katatonisches Schweigen. Ausdruckslos starrte sie in die Flammen des Kaminfeuers. Sie war überhaupt nicht mehr ansprechbar, zeigte keinerlei Reaktion und saß stocksteif in ihrem Sessel. Kreidebleich. Wie eine Statue. Die Gräfin hielt sich die rechte Hand vor den Mund und sah Jasha unsicher an. Er steckte den Brief ein.

»Jetzt ist es raus, vielleicht ist es besser so!« Er machte mit Augen und Kopf eine Geste, die ihr bedeuten sollte, wo er jetzt hinwollte. »Ich reite dann mal los, um Alexej zu holen.«

Sie nickte ganz schwach und hielt immer noch die Hand vor den Mund.

Jasha ritt so schnell, wie es das Wetter zuließ. Auf dem Weg zum Hof von Millas Großeltern begegnete ihm die ganze Familie im Pferdeschlitten. Nachdem sie zuvor tagelang eingeschneit gewesen waren, hatten sie sich nun aufgemacht, Alexej nach Hause zu bringen. Jasha hörte Kinderlachen und die Glöckchen der beiden Rappen, die den Schlitten zogen. Die Nachmittagssonne ließ den Schnee glitzern. Welch ein idyllisches Bild, ging es ihm durch den Kopf. Dabei leiden – außer den Kindern, die ja von gar nichts wissen – alle anderen Beteiligten. Die einen, weil sie verlassen werden, die anderen, weil sie weggehen wollen. Er hielt sein Pferd an, um den Klang der Glöckchen besser hören zu können.

»Hohoho!«, rief der Großvater, der den Schlitten kutschierte.

»Brrr, ihr beiden.«

»Jasha!«, rief Lydia, und er hatte den Eindruck, einen erwartungsvollen Unterton zu vernehmen.

»Ich grüße euch!«

»Hallo, Jasha«, riefen die Kinder fast im Gleichklang.

»Lydia, ich muss dringend mit dir reden«, sagte Jasha. Ihre Erwartungshaltung verwandelte sich von einer zur anderen Sekunde in nackte Furcht. Ein Blick in Jashas Gesicht verriet ihr, dass er keine guten Nachrichten bringen würde.

Der Großvater drehte sich auf dem Bock um. »Lydia, lass uns umdrehen und nach Hause fahren … Mama macht uns dann einen heißen Grog.«

Jasha ritt im Schritt neben der Kutsche her.

»So sag schon, was ist passiert?«, fragte Lydia, als sie bei der Großmutter um den Tisch saßen. Die Kinder waren draußen geblieben und lieferten sich eine Schneeballschlacht.

»Äh, ich habe einen Brief dabei«, antwortete Jasha stockend.

»Einen Brief?«, rief sie aufgeregt. »Einen Brief von Nikolai?« Hoffnung keimte wieder in ihr auf. »Jasha, so sprich doch!«

»Es ist ein Brief vom Krankenhaus, in dem er liegt«, versuchte er, einen ruhigen, beherrschten Tonfall anzuschlagen.

»Ja, aber, was steht denn drin?«

»Der Brief ist fast vier Wochen alt, es muss also nicht mehr aktuell sein, was da steht ...«

»Sag mir jetzt endlich, was drinsteht!«, schrie sie und trommelte mit den Fäusten auf den Tisch.

»Nikolai lag vor vier Wochen im Koma«, flüsterte er.

»Nein, nein, nein«, hauchte sie. »Nein, nein, nein«, sie wurde immer lauter. »Neeeeeeeeiiiiiin!«, schrie sie voller Entsetzen. »Neeeiiin!« Sie sackte in sich zusammen.

Hätte Jasha sie nicht so gut gekannt, hätte er sie für hysterisch gehalten. Aber er konnte sie verstehen. Vermutlich wäre es auch für ihn besser gewesen, seinen Zorn hinauszuschreien. Lydia bebte am ganzen Körper. »Bring die Kinder bitte zu Irina«, weinte sie leise, «und bring Milla dann morgen wieder zurück.«

Er küsste wortlos ihre Stirn und ging hinaus. Die Kinder bauten gerade einen Schneemann.

»Kommt, ihr Racker, Milla darf heute bei uns im Herrenhaus übernachten. Alles einsteigen!«, rief er mit gespielter Autorität und zeigte auf die Kutsche. Milla und Alexej jubelten.

»Halt!«, rief Milla, als Jasha losfahren wollte. »Ich muss mich doch von Mama und den Großeltern verabschieden und Sachen einpacken!«

»Zu spät«, rief Jasha und fuhr so hart an, dass es Milla auf die Rückbank warf. Die Kinder lachten. Doch Milla spürte, dass irgendetwas nicht in Ordnung war.

»Ist Mama traurig?«

Jasha wich ihr aus. »Sie wünscht euch viel Spaß, ich bring dich morgen wieder zurück!« Er ließ die Peitsche über dem Rücken der Pferde schnalzen.

Lydia war in ihr Zimmer gegangen, hatte sich ausgezogen und ins Bett gelegt. Zusammengekauert wie ein Baby weinte sie laut und hemmungslos. »Bitte, lieber Gott, lass ihn aufwachen, bitte!«, schluchzte sie. »Bitte, bitte, lass ihn aufwachen!«

Die Großeltern waren bis zu ihrer Tür gegangen. Die alte Frau hielt die Hände vors Gesicht, und ihr Mann führte sie sanft zurück in die Küche.

Lydia kam an diesem Abend nicht mehr aus ihrem Zimmer, sie war irgendwann vor Erschöpfung eingeschlafen. Mitten in der Nacht wurde sie wach und betete Richtung Himmel, bis der Morgen graute.

17

Am Heiligen Abend, es dämmerte bereits, ritt Sergej Sertschenkovs Bote in den Hof der Großeltern. Das Bauernhaus lag wie verlassen da. Es war dunkel, nur in der Küche brannte ein kleines Licht. Der Mann stieg ab und klopfte laut an der Eingangstür. Er wiederholte es noch ein paar Mal und rief dazwischen: »Hallo, ist da jemand?« Doch er erhielt keine Antwort. Er überlegte, ob er die Nachricht unter der Tür durchschieben sollte. Dann erinnerte er sich an die mahnenden Worte Nikolais, die Botschaft unbedingt persönlich auszuhändigen und entschloss sich, zunächst die andere Adresse in der Nähe aufzusuchen und gegebenenfalls wieder zurückzukehren. Seufzend bestieg er sein Pferd.

»Na, Schwarzer? Den Heiligen Abend hast du dir auch anders vorgestellt, oder?«, verfiel er in ein Selbstgespräch. Er konnte nicht ahnen, dass es noch ein sehr schöner Heiliger Abend für ihn werden würde. Mit einem guten warmen Essen und einer Nacht in einem frisch bezogenen Bett. Sein Pferd blies kurz und tief durch die Nüstern, als ob er ihm zustimmen wollte.

»Na ja, Jesus, Maria und Josef hatten auch nur Stroh und einen fremden Stall.« Ihn schauderte bei der Vorstellung, wo und wie er die Heilige Nacht verbringen würde. »Was hast du bloß verbrochen, Kolja, dass du hier in der Eiseskälte herumirrst?«

Die alte Gräfin hatte Lydia, Milla und die Großeltern in einem sehr herzlichen Brief eingeladen, das Weihnachtsfest gemeinsam zu feiern. Aus dem Schreiben ging hervor, dass Irina an dem Abend nicht teilnehmen könnte, da man sie in der psychiatrischen Abteilung des Krankenhauses hatte einweisen müssen. Anfangs hatte Lydia wegen Irina und der ganzen verfahrenen Situation Bedenken. Es schien ihr nicht schicklich, den Heiligen Abend im Haus der Frau zu verbringen, deren Mann sie wegen ihr verlassen wollte. Doch die Großeltern empfanden die Einladung als ehrenvoll, und nachdem die Gräfin und Jasha erneut freundlich und beharrlich interveniert hatten, stimmte Lydia schließlich mit gemischten Gefühlen zu. Milla und ihr Herzensfreund Alexej waren begeistert von der Vorstellung, gemeinsam auf Väterchen Frost und das Schneemädchen warten zu dürfen ...

Die Familien saßen in der festlich geschmückten Bibliothek, in der das Kaminfeuer eine kuschelige Wärme verbreitete. Dicke Kerzen brannten, ihre zuckenden Flammen warfen bizarre Schatten auf die Wände. Jasha hatte einen großen Weihnachtsbaum geschlagen, der mit allerlei Glasschmuck, kandierten Äpfeln und Figuren von Babuschka behangen war. Die Kinder rutschten ungeduldig auf ihren Sesseln herum, denn hier sollte gleich die Bescherung stattfinden, gefolgt von einem fürstlichen Mahl im Speisesalon. Unter normalen Umständen wären alle glücklich und zufrieden gewesen, doch jeder hing seinen Gedanken nach, und die Stimmung war verständlicherweise gedrückt. Immer wieder stockte das Gespräch. Nur der Großvater war ob der Einladung ins Haus seines ehemaligen Lehnsherren animiert und hielt die Konversation in Gang. Er hatte seinen besten Rock angelegt und fühlte sich augenscheinlich ziemlich wohl. Die Großmutter hatte sich dreimal umgezogen, dafür gab sie sich jetzt sehr zurückhaltend. Alle dachten an Nikolai, alle trauerten darum, dass er nicht in dieser Runde sitzen konnte, doch keiner sprach seinen Namen aus.

Lydia bereute es schon, mitgekommen zu sein, aber dann sah sie den erwartungsvollen Blick in den Augen der Kinder und beruhigte sich ein wenig. Sie schalt sich ob ihrer Undankbarkeit. Zu Hause hätte sie doch eh nur Trübsal geblasen und vermutlich nur in die Kissen geweint. Und schließlich hatte sich die alte Gräfin wirklich viel Mühe gegeben. Es war eine schöne Geste, sie, Milla und die Großeltern einzuladen.

Lydia streckte sich im Sitzen und richtete das Wort an Katharina: »Liebe Gräfin, ich, wir«, sie machte eine Armbewegung zu den Großeltern. »Wenn ich für meine Schwiegereltern mitsprechen darf«, die zustimmend nickten. »Wir möchten uns ganz herzlich für die großzügige Einladung bedanken und freuen uns, gemeinsam das Fest der Liebe mit Ihnen feiern zu dürfen. Uns alle schmerzt es sehr, uns beide ganz besonders, dass Ihr Sohn, der Mann, dem ich meine Zukunft ...« Sie unterbrach sich und schaute irritiert auf Milla und Alexej, die ebenfalls andächtig zuhörten. Doch die Gräfin ermunterte sie mit einem zustimmenden Blick, den Gedankengang fortzuführen. »... und die Zukunft dieser beiden wohlgeratenen Kinder anvertrauen darf, gerade heute nicht unter uns ist. Ich wünsche mir aus der Tiefe meines Herzens, dass wir Nikolai bald wieder in unsere Arme schließen dürfen. Gott segne Sie und Ihren Enkel Alexej, der meiner geliebten Tochter ein so guter Freund ist. Möge der Herr uns alle beschützen.«

Milla und Alexej strahlten sich an und fielen in den Applaus der Großen ein. Die Großmutter konnte ein Schluchzen nicht unterdrücken. Die Gräfin erhob sich, ging auf Lydia zu und nahm sie in den Arm, als wollte sie sagen: Herzlich willkommen in der Familie, du bist akzeptiert. Lydia spürte das und empfand ähnlich.

»Danke, mein Kind!«, hauchte die Gräfin an Lydias Ohr. »Gott möge unsere Gebete erhören und euch eine glückliche gemeinsame Zukunft schenken.«

In diesem Moment platzte der Hausdiener herein: »Frau … Frau Gräfin! Gnädige Frau!«, stotterte er aufgeregt. »Da ist ein Bote, der … der hat eine Depesche für Sie, und … und für … für Frau Lydia, gnädige Frau, die er nur persönlich abgeben … ähh … überreichen darf!«

Während zu Beginn alle bis auf Jasha das Schlimmste befürchteten, brach jetzt erwartungsvolle Spannung aus.

»Von dem jungen Grafen?! Oder von ihm persönlich?«, fragte Gräfin Katharina und löste sich aus der Umarmung mit Lydia. »Ja, worauf wartest du denn?! Herein mit dem Boten!«, rief sie.

Lydia drückte ihre Hand.

»Oh, eine Nachricht von Papa!«, rief Alexej und betonte – wie im Französischen – da letzte A. Alle schauten auf den Mann, der hereinkam und aussah wie Väterchen Frost, der aber leider vergessen hatte, sich seinen roten Mantel überzuziehen. Er streifte seine Handschuhe ab, stopfte sie in die Seitentaschen seines Fellmantels und zog vier Briefe hervor:

»Ähm …« Er sah sich erst jetzt kurz um. »Guten Abend, zusammen ...«

Alle sahen ihn erwartungsvoll an.

»Ähm … und frohe Weihnachten.«

Während Lydia ein Stoßgebet gen Himmel schickte, fasste sich Katharina als Erste. »Frohe Weinachten, guter Mann! Ich bin Gräfin Katharina.«

Die anderen schlossen sich murmelnd an.

Er wies mit der Hand nach hinten. »Ihr Diener hat mir gesagt, dass die Familie Bellasow auch hier sei? Ich war schon auf deren Hof. Es war niemand dort.«

»Ich bin Lydia Bellasowa.«

Der Mann sah in die Runde und blickte abwechselnd Jasha und die alte Gräfin an.

»Ich bin Jasha«, sagte der Verwalter und schüttelte dem Neuankömmling die Hand.

»Meine Schwiegertochter Irina ist momentan nicht anwesend«, beeilte sich Katharina zu sagen.

»Ich habe den ausdrücklichen Auftrag, die Briefe nur persönlich auszuhändigen«, sagte der Mann. Er schaute auf die Kuverts und gab Jasha seines, dann Katharina und Lydia ihre, wobei er die Namen verwechselte.

»Jasha, hilf dem guten Mann bitte aus dem Mantel«, bat Katharina ganz Dame von Welt, reichte Lydia ihr Kuvert und bekam dafür das für sie bestimmte ausgehändigt.

Lydia musste sich setzen. Sie hatte Angst, den Brief zu öffnen. Eine Mischung aus Hoffnung und Verzweiflung lähmte sie.

Während Jasha dem Boten den Mantel abnahm, öffnete Katharina im Stehen ihren Umschlag. Bis auf Lydia sahen alle gebannt auf sie. Katharina überflog die Zeilen. Auf ihr anfangs angespanntes Gesicht trat ein leises erlösendes Lächeln. Erst jetzt bemerkte sie, dass Lydia mit gesenktem Kopf dasaß, den geschlossenen Brief auf ihrem Schoß. Sie legte ihre rechte Hand auf ihren Kopf. Lydia blickte auf und sah in zwei gütige, dankbare Augen, in denen Tränen glänzten.

»Unsere Gebete sind erhört worden, mein Kind! Jesus Christus und Nikolai sind wiedergeboren«, sprach sie leise und feierlich. Obwohl das Knistern des Feuers das lauteste Geräusch im Raum war, verstand jeder ihre Worte.

»Lasst uns feiern!«, rief Katharina. »Wir haben jetzt wirklich guten Grund dazu.«

Die Anspannung fiel von allen ab. Milla und Alexej saßen mit großen Augen da und tuschelten.

»Wieso ist dein Papa wiedergeboren?«, wollte Milla wissen.

»Weiß ich doch auch nicht …«, sagte der und breitete die Hände auseinander. »Typisch Erwachsene.«

»So, Milla und Alexej!«, freute sich Katharina. »Ich glaube, ich habe Väterchen Frost gehört! Ihr müsst jetzt eine Weile brav draußen warten, bis wir euch rufen! Schaut zum Fenster hinaus! Vielleicht könnt ihr ihn ja wegfahren sehen. Dann gibt es Bescherung.«

»Juchhu!«, jubelten die beiden.

Bevor Milla Alexej nachlief, sprang sie zu ihrer Mutter und legte ihre Ärmchen um deren Hals. »Mami, geht es dir nicht gut?«

Lydia schloss ihre Arme um sie und erdrückte sie fast. »Doch, meine Kleine, deiner Mami geht's so gut wie lange nicht mehr! Lauf zu! Väterchen Frost hat nicht so viel Zeit!« Sie gab ihr einen Klaps.

Bevor die Erwachsenen die Geschenke unter den Christbaum legten, umarmten sie sich vor Freude. Nikolai lebte, er war aus dem Koma erwacht und hatte vor, sobald sein Zustand es erlaubte, am 30. Dezember die große Reise nach Frankreich anzutreten. Der Bote, der eine Weile hilflos dabeigestanden war, wurde von Gräfin Katharina eingeladen.

»Bitte, es wäre so schön, wenn Sie die Heilige Nacht mit uns verbringen würden, und natürlich werden wir Ihnen ein Zimmer herrichten … keine Widerrede!«

Der Mann nickte, und ein Lächeln huschte über sein Gesicht. Freudestrahlend bedankte er sich. Als er nach Irina fragte, versicherte Katharina ihm, dass diese leider im Krankenhaus sei, er sich aber keine Sorgen machen müsse. Sie würde den Brief ihres Sohnes ungelesen an ihre Schwiegertochter weiterreichen. Er gab sich damit zufrieden und war froh, seine Pflicht erledigt zu haben. Jasha schenkte ihm ungefragt einen dreifachen Wodka ein, den er in einem Schluck hinunterstürzte. Lydia hatte sich in eine Ecke der Bibliothek zurückgezogen. Immer wieder las sie Nikolais kurzen Brief: Sie solle sich nicht sorgen und morgen wie besprochen das Land verlassen. Sie solle Vertrauen haben. Es würde alles gut werden.

Katharina setzte sich zu ihr. »Lydia, meine Tochter, ich habe dich in mein Herz geschlossen. Ich wünsche dir, meinem Sohn und den Kindern alles Glück diese Welt. Ich selbst werde nicht mitkommen. Das bin ich mir und Irina schuldig. Ich hoffe, du verstehst das?« Sie nahm Lydias Hand. »Du musst jetzt nichts sagen, meine Tochter. Wir sollten die Kinder nicht zu lange warten lassen, einverstanden?«

Lydia sah sie dankbar an und nickte. Sie hatte diese Frau unterschätzt. Sie zeigte Größe und Übersicht in einer für alle verwirrenden Situation.

»Komm!«

Sie standen beide gleichzeitig auf.

Lydia umarmte sie und hauchte »Danke für alles, Katharina.«

Die Gräfin klatschte in die Hände. »So, ihr Lieben! Jetzt machen wir Bescherung! Jasha, sag bitte Milla und Alexej, dass es gleich so weit ist ...«

Die Köchin hatte ein exquisites Vier-Gänge-Menü gezaubert. Als alle den Lieblingsnachtisch von Milla und Alexej schlemmten – lauwarmer Vanillepudding mit Himbeersoße –, fasste sich der Bote an den Kopf.

»Ach, beinahe hätte ich es vergessen!« Alle sahen ihn gespannt an. »Das Christkind war auf seiner Reise vorher wohl schon bei Graf Nikolai und hat das hier ...«, er fasste in die Innentasche seines Rockes und zog ein Geschenk heraus, »... für euch Kinder bei ihm abgegeben!« Er reichte das kleine Päckchen Alexej und Milla. Es war ein Kinderbuch: »Wladi und sein Freund, der kleine Eisbär«.

Alexej zeigte es freudestrahlend in die Runde. Innen war eine persönliche Widmung für Milla und Alexej. Nikolai hatte unter all den widrigen Umständen auch noch an die Kinder gedacht.

Gleichwohl Lydia und Jasha wussten, dass sie am nächsten Morgen früh aufbrechen mussten und sie noch nicht gepackt hatten, wurde es ein langer, feuchtfröhlicher Heiliger Abend, bei dem auch die Kinder bis zum Schluss aufbleiben durften.

Auch Nikolai genoss den Heiligen Abend im Kreis der Familie seines Freundes Sergej. Er war in der kurzen Zeit, seit er aus dem Koma erwacht war, dank der fürsorglichen Pflege von Mira, dem psychologischen Beistand Sergejs und auch aufgrund seiner hervorragenden Konstitution schon wieder sehr zu Kräften gekommen. Selbst Sergej war überrascht.

Mira war eine Waise, der sich die Familie seit vielen Jahren angenommen und deren Ausbildung Sergej von Anfang an überwacht hatte. Jetzt war sie die beste Assistentin, die er sich vorstellen konnte. Sie schien wie geboren für diese Tätigkeit und empfand sie auch als Berufung. Mira war Sergejs Frau Tamara in der Küche zur Hand gegangen, und die beiden hatten ein schmackhaftes Abendmahl zubereitet. Nikolai hatte sich währenddessen nur sporadisch an der Konversation beteiligt. Seine Gedanken wanderten ständig zu den Seinen, wofür alle Verständnis hatten. Nun, nachdem Klein-Tita zu Bett gegangen war, saßen die Erwachsenen im Wohnzimmer zusammen und tranken schwarzen Tee. Die Männer mit, die Frauen ohne einen Schuss Rum. Sie sprachen über Nikolais Pläne und die Möglichkeit für die Sertschenkovs mit- beziehungsweise nachzukommen. Während Tamara dem Ganzen generell skeptisch gegenüberstand, war Mira fasziniert von dem Gedanken, ihre Zukunft in Frankreich zu verbringen. Sie erkannte – im Gegensatz zu Sergejs Frau – auch die Gefahr der Veränderungen, die durch die anstehende Revolution auf Mütterchen Russland zukommen würden. Sergej hielt sich während der gesamten Unterhaltung ziemlich zurück, um seiner Frau an diesem Abend nicht zu demonstrieren, dass seine Einschätzung sich absolut mit der von Mira deckte. Als die Frauen sich zurückgezogen hatten, saßen er und Nikolai noch lange gemütlich beieinander.

»Ich habe mich mit Mira noch gar nicht darüber unterhalten, aber ich trage mich mit dem Gedanken, sie mitzunehmen, falls Tamara den Schritt nicht wagen möchte.«

Nikolai sah ihn etwas überrascht, aber verständnisvoll an.

»Nicht, dass du glaubst, wir hätten etwas miteinander. Aber ich habe ein Leuchten in ihren Augen gesehen, und wenn ich mich dazu entschließen sollte, möchte ich ihr die Möglichkeit geben.«

Nikolai nickte nur.

»Zugegeben habe ich auch schon mit dem Gedanken gespielt, als du mir zum ersten Mal von Frankreich erzählt hast. Auch aus Eigennützigkeit würde ich Mira dann gerne dabei haben, denn sie ist außerordentlich begabt und wäre mir eine große Hilfe, wenn ich dort praktizieren würde.«

»Es wird wenig Menschen in diesem Land geben, die das so gut verstehen können wie ich, mon ami«, sagte Nikolai in Anspielung auf Miras aufopferungsvolle Pflege.

»Ich kann mir nicht vorstellen, dass du ob der Entwicklung hier deine Entscheidung bereuen wirst.«

Sergej nickte. »Das einzige Problem, falls Tamara ihre Meinung nicht grundsätzlich ändern wird, ist meine Tochter! Ich würde sie sonst gern allein mitnehmen. Wenn nicht, dann müsste ich halt Tamara und Tita irgendwie absichern.«

Nikolai schlug ihm aufmunternd auf die Schulter. »Mach dir doch nicht so viele Gedanken! Ich werde dich so oder so unterstützen können und wollen!«

»Das weiß ich sehr zu schätzen – für den Fall des Falles, aber ich hoffe, das selbst regeln zu können.« Er sah, dass Nikolai die Kräfte verließen. »Tanke in den nächsten Tagen noch Kraft, dann wirst du guten Gewissens in eine neue Zukunft starten!« Die Freunde lächelten sich zu und begossen ihre Entscheidung mit einem letzten Wodka für diesen Abend.

2

18

Lydia blickte aus dem Fenster des Zugabteils auf die schneebedeckte Landschaft, die an ihnen vorbeiflog. Es war ein herrlicher Wintertag, klirrend kalt. Die Sonne schien und ließ durch die Reflexion des Schnees alles bizarr und unwirklich erscheinen. Lydias Gedanken waren bei Nikolai und der ungewissen Zukunft, die vor ihnen lag. Die Kinder schliefen, und Jasha las in dem Buch, das sie von Nikolai geschenkt bekommen hatten. Immer wieder nickte er dabei ein und schreckte jedes Mal hoch, wenn sein Kopf auf die Brust fiel.

»Jasha, so schlaf doch, wenn dir danach ist. Ich wecke dich, wenn wir umsteigen müssen.«

Er legte das Buch zur Seite, rieb sich die Augen, sah auf seine Taschenuhr und streckte sich gähnend. »Bald sind wir in Kiew und in dem anderen Zug wird es einen schönen Speisewagen geben!«

Sie lachte. »Aber wir haben doch so viel Proviant dabei!«

Er schüttelte den Kopf: »So eine Reise muss man im Speisewagen beginnen. Mit heißem Kaffee und allem Drum und Dran. Die Brote lassen wir den Kindern!«

Lydia lächelte: »Na gut. Du hast mich überzeugt.«

In Kiew mussten sie nicht einmal den Bahnsteig wechseln, denn der Anschlusszug über Warschau nach Berlin stand bereits auf dem Gleis gegenüber. Lydia verließ als Letzte den Zug und traute ihren Ohren nicht.

»Milla! Hallo, Milla, Schatz«, rief eine ihr bekannte Frauenstimme.

Überrascht drehte sich Milla um. »Tante Marina!«, freute sie sich und lief ihr in die Arme.

Lydia wunderte sich etwas, da sie seit dem Abend der Versöhnung in Kiew nichts mehr von ihr gehört hatte. Dennoch fand sie es schön, dass die Freundin sich von ihnen verabschieden wollte. Jasha kannte sie nicht. Als Lydia sie bekannt machte, bemerkte sie ein kurzes Blitzen in Marinas Augen. Auch Jasha konnte nicht verhehlen, dass er sie attraktiv fand. Meine männermordende Freundin, dachte sie und umarmte Marina.

»Wie schön, dass ihr da seid, ich habe schon befürchtet, ich müsste alleine reisen!«

Lydia überkam ein befremdliches Gefühl und löste sich etwas zu abrupt aus der Umarmung. »Wohin reist du denn?«, fragte sie ein wenig argwöhnisch.

»Na, mit euch, nach …«

Jasha entging der plötzliche Stimmungswandel von Lydia nicht: »Könntet ihr das bitte im Zug klären, der wartet nämlich nicht auf uns …«

»Recht hast du, Jasha! Kommt Kinder, beeilt euch.«

Diese Schlange, dachte Lydia. Nach nur einer einzigen Nacht mit Pierre will sie sich gleich ins gemachte Nest setzen. Vielleicht war es doch ein Fehler gewesen, sie mit ihm zusammenzubringen. Sie nahm ihren Koffer und ging an Marina vorbei.

»Freust du dich denn, dass ich mitkomme?«, rief diese ihr hinterher.

Lydia tat geschäftig mit den Kindern und deren Gepäck und so, als hätte sie die Frage überhört.

»Geh schon rein, Lydia«, raunte Jasha. »Ich kümmere mich um das Gepäck!«

»Ach, Jasha«, flötete Marina, »wärst du so freundlich?« Sie deutete auf einen Gepäckwagen, bei dem ein Träger geduldig wartete.

Lydia blieb der Mund offen stehen. Da stand mehr Gepäck, als sie alle vier zusammen hatten. Und ich habe sie auch noch mit Samt und Seide ausstaffiert, grollte sie innerlich.

Während alle etwas zu dem für sie reservierten Abteil trugen, wachte Marina – ihre Handtasche fest an sich gepresst – darüber, dass all ihre Gepäckstücke an Bord kamen.

Die glaubt wohl, sie sei was Besseres, ärgerte sich Lydia. Die trägt wohl schwer an ihrer Handtasche …

Die war Marina wirklich schwer genug, denn sie hatte ihr ganzes Erspartes in Gold umgetauscht.

Jasha gab dem Gepäckträger widerwillig ein Trinkgeld, nachdem Marina den Mann, ohne sich zu bedanken, einfach hatte stehen lassen. Dann verstaute er alles auf den oberen Ablagen und schnaufte hörbar durch.

»Speisewagen?!«, erinnerte er Lydia.

»Einverstanden!«

Marina merkte, dass sie außen vor war, und tat so, als hätte sie kein Interesse, sie zu begleiten. Dabei hätte sie nichts lieber getan als das. »Ja, geht ihr mal, ihr seid ja schon so lange unterwegs. Ich mach es mir hier mit den Kindern gemütlich.«

Sie hatten ein Erste-Klasse-Abteil mit purpurroten gepolsterten Samtbezügen. Hier kann man es sich leicht gemütlich machen, dachte Lydia. Die Kinder staunten über den großen Zug, das bequeme Abteil und freuten sich über ihre Fensterplätze. Lydia klappte ihre Tischchen herunter und packte die belegten Brote von der Großmutter darauf aus. Erst jetzt merkten die beiden, wie hungrig sie waren.

»Au jaaa!«, riefen sie wie aus einem Munde.

»Das ist aber wirklich gemütlich!«, nickte Milla.

»Tante Marina, du kannst ruhig mitgehen. Ich bin ja schon gewohnt, alleine Zug zu fahren. Ich pass schon auf Alexej auf.«

Alle lachten. Nur Lydia lächelte milde. Meine Tochter, dachte sie. Gern hätte sie sich mit Jasha allein unterhalten und ihn über Marina aufgeklärt.

Der Schaffner kam vorbei, um die Fahrscheine zu entwerten. Er scherzte mit den Kindern und wollte wissen, ob er denn was abbekäme von den Butterbroten. Alexej offerierte ihm eines, doch er lehnte dankend ab.

»War ein Scherz, bin im Dienst, kleiner Mann!« Und als er Marina kontrollierte, sagte er: »Ich bedaure, Gnädigste. Dieser Fahrschein gilt nur für die zweite Klasse.«

»Ach«, wiegelte Marina ab, »dann gehe ich eben in den Speisewagen.«

»Der ist auch nur für die Reisenden der ersten Klasse bestimmt!«, sah er sie bedauernd an.

»Nun gut, dann bezahle ich die Differenz«, erwiderte Marina schnippisch.

Er rechnete kurz nach. »Macht vierundzwanzig Rubel.«

»Mein Gott«, echauffierte sie sich. »Solch ein Unterschied wegen ein paar roter Sessel«, und kramte in ihrer Handtasche. »Herrje!«, rief sie. »Ich muss mein Täschchen mit den Scheinen vergessen haben oder es ist im Koffer!«, log sie. »Ich habe nur noch zwölf Rubel im Portemonnaie.« Hilfe suchend wandte sie sich an Lydia, die nur mit den Schultern zuckte.

»Ich habe auch nicht so viel dabei«, flunkerte sie. Na, das fängt ja gut an, schämte sie sich für ihre Freundin.

Marina sah Jasha flehend an. Der runzelte die Stirn und zahlte dann zähneknirschend die Differenz, ohne dass Marina Anstalten gemacht hätte, ihm ihre Rubel zu geben.

»Ach, wie aufmerksam! Danke!«, lächelte sie Jasha süßlich an. »Dann lade ich euch von dem Rest zum Essen ein«, gab sie an.

Na toll!, dachte Lydia, die innerlich immer zorniger wurde. Wird das bis Paris so weitergehen? Ach, nein! In Berlin wartet ja Pierre! Na dann.

»Der Speisewagen ist gleich im nächsten Waggon, die Herrschaften. Vielen Dank und angenehme Reise«, wünschte der Schaffner.

»Danke.« Lydia sah zu den Kindern, die genüsslich ihre Brote mampften und sich dabei unterhielten. »Habt ihr's gehört, ihr Süßen?«

»Ja, gleich nebenan«, rief Alexej.

»Mach dir keine Sorgen, Mami«, winkte Milla.

Marina war schon vorausgegangen.

Auf dem kurzen Weg zum Speisewagen klärte Lydia Jasha notdürftig über Marina auf, musste aber zweimal stehen bleiben.

»Ich habe meinen ersten Eindruck schon revidiert, mach dir keine Gedanken!«, beruhigte er sie.

»Erst nach dieser Sache mit Anatol wurde mir bewusst, dass sie nie wirklich ehrlich zu mir war und mich eigentlich immer nur ausgenutzt hat«, wütete Lydia.

Jasha legte beruhigend den Arm um sie. »Dann weißt du ja, wie du ihr in Zukunft begegnen solltest.«

Lydia seufzte.

Marina saß bereits da wie eine Grande Dame. »Ich hoffe, der Platz ist euch recht, ihr Lieben?«, unterbrach sie das Gespräch mit dem Kellner.

»Er ist so gut wie jeder andere«, entgegnete Jasha trocken. »Aber ich bevorzuge den Eckplatz dort. Ich habe gerne den Rücken frei.« Er nahm im Sprechen Lydias Arm und geleitete sie zu dem anderen Tisch. »Ich weiß, es ist gegen die Etikette, aber ich bin nicht gewillt, ihr in Zukunft alles durchgehen zu lassen!«

Lydia lachte. »Ach, wer weiß, wofür sie gut sein wird. Vielleicht ist es gar nicht so schlecht, in einem fremden Land noch eine vertraute Person um sich zu haben.«

»Wo ist denn eigentlich Nikolai, meine Liebe?«, sagte Marina, während sie sich setzte.

Lydia konnte es sich nicht verkneifen: »Es fällt dir aber früh auf, dass er nicht da ist … Er kommt in einigen Tagen nach.«

»Aha, die zweite Tranche«, überging sie Lydias Spitze. Sie war nervös. »Ich konnte dich nicht mehr benachrichtigen, dass ich mitkomme«, log sie. »Erst an diesem trostlosen Heiligen Abend habe mich dazu entschlossen, Pierres Offerte anzunehmen«, sagte sie Mitleid heischend. Dabei wusste sie seit der Nacht mit Pierre, dass sie mit nach Paris wollte.

»Hat Pierre dich danach nochmals ausdrücklich eingeladen?«, fragte Lydia spitz.

Jasha sah schmunzelnd zum Fenster hinaus.

»Also, weißt du«, tat Marina beleidigt und deutete mit dem Kopf Richtung Jasha.

»Ach, Jasha gehört zur Familie … Also, hat er?«

Marina druckste herum. »Na ja … äh.« Sie schaute verlegen. »Ich habe ihn gefragt, ob er sich freuen würde, wenn ich auch käme ...«

Jasha runzelte die Stirn.

Lydia blieb beharrlich: »Ja, und?«

Marina fühlte sich sichtlich unbehaglich. »Na ja«, fuhr sie zögernd fort. Er meinte, er hätte nichts dagegen … Es … es könnte très amusant werden.«

»Amüsant? Und weiter?« Lydia wurde ungeduldig.

Marina senkte kleinlaut den Kopf: »Nichts weiter.«

Lydia hatte fast schon wieder etwas Mitleid mit ihr. Ihr war nicht klar, ob ihre Freundin dumm, gerissen oder einfach nur naiv war. Wahrscheinlich etwas von allem. Der Kellner kam, um die Bestellungen entgegenzunehmen. Marina hoffte, dass das Thema beendet war, und Lydia nicht mehr nachhaken würde. Es war ihr peinlich, sich vor Jasha so eine Blöße geben zu müssen.

Wäre ich doch nur ausgewichen und hätte gesagt, ich will nicht darüber reden!, schimpfte sie mit sich. Doch Lydia ließ nicht locker.

»Weißt du eigentlich, dass er verheiratet ist und einen Sohn in Alexejs Alter hat?«

Marina wurde trotzig. »Wenn er glücklich wäre, dann hätte er doch nicht …«

»Das hat bei Männern nichts zu bedeuten«, warf Jasha trocken ein. »Wir können uns amüsieren und sind danach heilfroh, wieder in den Armen unserer Frau zu liegen! Das ist eine Frage der Triebe. Wir sind Jäger.« Beide Frauen sahen sich vielsagend an. »Tut mir leid. Aber so ist es«, schloss Jasha seinen Exkurs über die männliche Natur.

Lydia musste an das Erlebnis mit Anatol und Marina denken.

»Und du hast deine Koffer gepackt, weil Pierre es ›très amusant‹ finden würde?«, äffte sie ihre Freundin nach.

Marina wurde langsam wütend und wollte Lydia fragen, ob es ihr anstünde, den Moralapostel zu spielen; aber sie beherrschte sich.

»Nein, ganz und gar nicht!«, winkte sie ab und war entschlossen, das Thema damit zu beenden. »Ich sitze aus dem gleichen Grund in diesem Zug wie ihr. Ich freue mich auf ein freieres Land und eine bessere Zukunft.«

»Ja«, sinnierte Lydia, »das tun wir auch.«

»Weißt du schon, was du machen willst?«, wollte Jasha wissen.

»Herrgott, nein!« Marina brach in Tränen aus. »Es wird sich schon irgendetwas finden«, schluchzte sie.

Der Ober räusperte sich betreten und brachte heißen Kaffee, Tee, Blinis mit Sauerrahm und diversen Zutaten. Lydia warf Jasha rasch einen Blick zu. Sie schämte sich für ihre Stutenbissigkeit und die Tatsache, dass sie ihre Freundin zum Weinen gebracht hatte. Tröstend ergriff sie ihre Hand.

»Du hast recht«, beruhigte sie Marina. »Lasst uns das gute Essen genießen. Es wird sich alles finden. Auch für dich.«

In diesem Moment stürmten die Kinder den Speisewagen. »Wir haben Durst!«, riefen sie unisono.

Jasha verlangte nach dem Ober.

Pierre stand rauchend auf dem belebten Gleis des Berliner Hauptbahnhofs. Durch seine ausgewählte Garderobe hob er sich von dem Gros der Menschen ab. Er trug einen kamelfarbenen Wollmantel mit einem imposanten, das ganze Revers bedeckenden Pelzkragen. Hin und wieder zückte er seine goldene Taschenuhr, ließ den Deckel mit einem leisen Klacken aufspringen und schaute dann die Gleise entlang. Langsam wurde er nervös. Er hatte zwar eine Verzögerung einkalkuliert, doch der Zug aus Warschau hatte nun schon eine volle Stunde Verspätung. Nikolai war nicht der einzige Freund gewesen, den er in den letzten Wochen überredet hatte, in sein Land zu kommen. Seine Privatbank hatte enorme Schwierigkeiten, und mit dem Vermögen seines Bekanntenkreises in Russland würde er den drohenden Konkurs abwenden können. Er hatte in erster Linie russische Juden »akquiriert«. Ein schlechtes Gewissen hatte er nicht dabei. Warum auch? All diese Menschen würden es in Frankreich besser haben als in ihrer Heimat. Nein! Eigentlich war er sogar stolz auf seine Geschäftsidee. Gleichwohl musste er zugeben, dass er kein wirklich geschickter Bankier war. Er war in der dritten Generation von seinem Vater zur Übernahme des Familienunternehmens verdonnert worden, und sein Sohn würde die Bank von ihm übernehmen. Er hoffte, dieser würde mehr Freude daran haben als er und vor allem ein glücklicheres Händchen in Geldgeschäften. Er blies die Wangen auf, ließ einen Rauchkringel aufsteigen und stieß dann einen langen Seufzer aus. Er nahm sich fest vor, jetzt bald einen guten neuen Mann einzustellen, koste es, was es wolle. Vielleicht würde er ihn auch beteiligen, mit einer Art Bonus. Auf jeden Fall durfte das Familienunternehmen nicht nochmals in eine solch prekäre Schieflage geraten.

Endlich! Der Zug aus Warschau wurde angekündigt. In freudiger Erwartung stellte er sich in die Mitte des Bahngleises. Die Lokomotive kündigte sich mit einem lang gezogenen Pfeifen an und rollte ächzend in den Bahnhof ein. Er sah in die vorbeiziehenden Fenster, konnte aber keine bekannten Gesichter entdecken. Endlich kam der Zug zum Stehen und die Türen gingen auf.

Lydia blieb noch einen Augenblick auf der obersten Stufe stehen, um einen besseren Überblick zu haben. Pierre war nicht zu übersehen. Freudig winkte sie ihm und rief: »Salut Pierre!«

Er entdeckte sie sofort und winkte zurück. »Salut Lydia!« Sie fielen sich in die Arme.

»Wie schön, dass du da bist!« Sie war erleichtert.

»Wo ist Nikolai?«, fragte Pierre. »Kümmert er sich um das Gepäck? Das braucht er nicht. Ich habe einen Träger engagiert.« Der Mann stand bereits mit einem großen Gepäckwagen hinter ihm.

Lydia trat zurück. »Nikolai konnte nicht mit! Ich hoffe, er kommt mit dem Zug am dreißigsten.«

Pierre las die Besorgnis in ihrem Gesicht. »Comment? Du hoffst? Mon dieu, was ist passiert?«

Sie zuckte mit den Schultern. »Eine lange Geschichte! Ich erzähle dir alles auf der Fahrt, ja?«

»Eh, bien«, bohrte er nicht weiter nach und deutete auf den Zug gegenüber. »Da steht euer Zug in die neue Heimat! Ich weiß, ihr seid schon so lange unterwegs. Das letzte Drittel schaffen wir auch noch!«

Lydia lächelte. Jasha kam mit dem ersten Gepäckstück. »Das ist Jasha, ein Freund von uns«, stellte Lydia ihn vor.

»Ich bin Pierre. Jasha – schön, dass ihr endlich da seid.« Die beiden Männer gaben sich freundlich die Hand und musterten sich kurz. Lydia empfand, dass sie sich auf Anhieb sympathisch waren. Sie folgte dem Gepäckträger zur Waggontür.

»Wer ist denn noch dabei?«, wollte Pierre wissen. In diesem Moment traten Milla und Alexej in die Tür. Direkt hinter ihnen Marina. »Ist das nicht ...?«

Lydia beobachtete Pierre, während Jasha den Kindern beim Aussteigen half und dann dem Träger bedeutete, ihm ins Abteil zu folgen.

»Na, hast du ihren Namen behalten?«, frotzelte Lydia. Sie konnte sich die kleine Boshaftigkeit einfach nicht verkneifen.

»Mon dieu, damit habe ich nicht gerechnet!«, versuchte er, seine Verwirrung herunterzuspielen.

»Ich auch nicht«, flüsterte Lydia leise.

Pierre räusperte sich. Man konnte ihm ansehen, dass er sich nicht wohlfühlte.

Für weitere Erläuterungen blieb den beiden keine Zeit. Die Kinder standen fragend vor ihnen. Er beugte sich zu ihnen herunter.

»Ihr beiden müsst Milla und Alexej sein. Ich bin Pierre!«, begrüßte er sie freundlich und gab ihnen die Hand. Milla machte einen Knicks und Alexej einen braven Diener. »Ich reise mit euch weiter!«, erklärte er und kniff Alexej in die Wange. »Wir haben uns schon kennengelernt, aber du wirst dich nicht mehr daran erinnern. Du wurdest damals gerade eingeschult. Ich habe einen Sohn in deinem Alter mit Namen Robert. Ihr werdet bestimmt euren Spaß zusammen haben.«

Die Kinder nickten noch etwas fremdelnd. Er tätschelte ihre Köpfe. Als er sich wieder erhob, stand Marina vor ihm.

»Pierre«, hauchte sie erwartungsvoll. Als er in ihre Augen sah, verflogen für einen Moment seine Bedenken. Er erinnerte sich an ihre weiche Haut und die amouröse Nacht mit ihr. »Ma chère Marina!«, murmelte er und umarmte sie. »Wie schön, dich wiederzusehen.«

Er ist ein wirklich guter Schauspieler, dachte Lydia bei sich, und wird von zwei Dingen angetrieben: Geld und Frauen.

19

Als der Zug in den Pariser Bahnhof rollte, war der Himmel verhangen. Die Wolken sahen aus wie schmutzige Watte. Heftige Windböen trieben ihnen einen kalten, ungemütlichen Sprühregen ins Gesicht, und die Nässe kroch ihnen sofort in die Glieder. Nichts mehr von dem blauen Himmelsdom und den schneebedeckten Märchenlandschaften ihrer Heimat. Während der Fahrt hatte Pierre die Herzen der Kinder gewonnen. Er hatte verschiedene Brettspiele dabei, und wenn die Kleinen nicht schlafen konnten, wechselten sich die Erwachsenen ab, ihnen die Reise so kurzweilig wie möglich zu gestalten. Auch für Lydia waren die Spiele eine willkommene Ablenkung. Sie fand auch Gelegenheit, ein langes Gespräch unter vier Augen mit Pierre zu führen. Mit seiner umgänglichen Art und seiner positiven Grundeinstellung baute er sie auf und nahm ihr ein wenig die Angst vor der Zukunft. Pierre war fest davon überzeugt, dass er Nikolai bald in Berlin würde abholen können. Sie nahm ihm das Versprechen ab, sich um eine kleine Wohnung für Marina zu kümmern. Bis dahin blieb Lydia nichts anderes übrig, als sie in dem Stadthaus aufzunehmen, das Pierre für sie und Nikolai angemietet hatte.

Da das neue Quartier noch nicht eingerichtet war, schlug Pierre vor, sie alle bis zum Eintreffen Nikolais in seinem Landhaus außerhalb der Stadt unterzubringen. So hätten auch die Kinder die Möglichkeit, seinen Sohn näher kennenzulernen und würden – wie zu Hause – wieder ihr unbeschwertes Leben aufnehmen können. Auch für Lydia wäre es besser, sich zunächst um nichts sorgen zu müssen, und seine Frau würde ihr beim Eingewöhnen gern behilflich sein. Außerdem könnten sie alle so lange bei ihnen bleiben, bis sie und Nikolai das Haus ihren Bedürfnissen entsprechend eingerichtet hätten. Die Tatsache, dass Marina mitgekommen war, war zwar delikat, aber nun mal nicht zu ändern. Er bat Lydia, vorsichtshalber mit ihrer Freundin über die Umstände zu sprechen, damit er vor seiner Frau Madeleine nicht kompromittiert würde. Lydia mochte seine pragmatische Art, mit der Situation umzugehen. Sie war mit seinen Plänen einverstanden und brachte ihm gegenüber zum Ausdruck, wie sehr sie sich darüber freue und wie dankbar sie dafür sei. Er wurde fast etwas verlegen und tat es ab mit dem Hinweis, er sei überzeugt, dass im umgekehrten Fall sie und Nikolai ebenso agiert hätten.

Vor dem Bahnhof standen zwei Kutschen zur Abholung bereit. In der einen wurde das Gepäck verstaut, die andere bot genug Platz, um alle aufzunehmen. Die Kutscher waren auf ihren Böcken nicht zu beneiden. Sie trugen dunkle wächserne Regenmäntel, von denen das Wasser abperlte, und schützten sich mit großen Kapuzen davor, durchnässt zu werden. Milla und Alexej bewunderten die Kutscher, deren Gesichter von den seitlich am Bock montierten Laternen gespenstig ausgeleuchtet wurden.

»Mama, wo sind wir hier?«, wollte Milla wissen.

»In Frankreich, meine Kleine. Wir besuchen deinen neuen Onkel Pierre und seine Familie.«

Die unschuldige Frage von Milla versetzte Lydia einen Stich, und ihr wurde bewusst, wie sehr sie sich nach Nikolai verzehrte. Zusammen mit ihrem Geliebten würde sie es schaffen, den Kindern endlich zu erklären, dass dies ihre neue Heimat sein würde. Sie hoffte, dass Milla entgegen ihrem sonstigen Verhalten nicht so sehr nachbohren würde.

»Hast du deshalb mich und Alexej so oft in Französisch unterrichtet?«, folgerte ihre Tochter.

Pierre merkte, dass Lydia ihr gerne ausgewichen wäre, und sprang ein. »Bien sûr, ma petite!«, lachte er, um die Situation aufzulockern. »Sonst könntet ihr euch ja mit meinem Sohn Robert nur in Zeichensprache verständigen ...«

»Kann Robert Schach spielen?«, wollte Alexej wissen.

»Oh ja. Da wird er sich freuen, denn seine Freunde spielen es nicht so gern, weil sie immer gegen ihn verlieren.«

»Au fein«, strahlte Milla. »Dann können wir ein Turnier veranstalten, und da muss man ja nicht so viel dabei reden.«

Die Fahrt bis zu Pierres Anwesen auf dem Land dauerte gut eine Stunde. Es dämmerte bereits, und der böige Regen war in ein beständiges Nieseln übergegangen. Der Kieselweg zum Haus war von Zypressen gesäumt. Vor dem erhöhten, überdachten Eingang standen Pierres Frau Madeleine, sein Sohn Robert, der dicke gemütliche Koch mit seiner Kaltmamsell sowie die restliche Dienerschaft. Madeleine war eine gut aussehende, elegante Erscheinung. Ihr blondes Haar war hinten zu einem Knoten zusammengesteckt, und sie hatte warme, braungrüne Augen. Lydia wurde bei der Begrüßung herzlich von ihr umarmt, und sie spürte, dass es ehrlich gemeint war. Beide Frauen empfanden auf Anhieb Sympathie füreinander. Pierre merkte das sofort und freute sich darüber. Ihm entging allerdings nicht, dass sich seine Frau Marina gegenüber zwar freundlich, doch sehr reserviert verhielt, und ihm wurde bewusst, dass er sich erst recht mit keiner auch noch so kleinen Geste Marina gegenüber verraten durfte.

Auch Lydias Antennen empfingen diese Schwingungen: Mit Marina – daran gab es keinen Zweifel – stand ein Pulverfass direkt in ihrer Mitte. Sie bereute es zum ersten Mal richtig, die Freundin zu jenem Abend mit Pierre eingeladen zu haben. Schon während der Zugfahrt hatte Lydia an sie appelliert, sich in Gegenwart anderer Personen zurückhaltend gegenüber Pierre zu verhalten. Ob sie sich allerdings an diese Maßgabe halten würde, war mehr als fraglich. Auch die Tatsache, dass Marina nun zwangsläufig über so viele Interna Bescheid wusste, passte Lydia nicht. Ihr schoss durch den Kopf, dass sie eventuell sogar Verbindung zu Anatol haben oder aufnehmen könnte und der wiederum konnte Katharina und Irina aufs Empfindlichste schaden. Die dunklen Gedanken betrübten sie: Ich muss so schnell wie möglich mit Nikolai und Pierre darüber sprechen. Nikolai! Sie hoffte inständig, ihn bald in ihre Arme schließen zu können.

Nach dem Essen, das sehr harmonisch verlaufen war, saßen alle noch eine ganze Weile im Salon zusammen. Lydia und die anderen waren von der langen Reise total übermüdet und gleichzeitig auch sehr aufgekratzt. Der Salon erinnerte Lydia ein wenig an die Bibliothek in

Nikolais Haus. Der Kamin spendete eine wohlige Wärme, und sie genoss die kultivierte Atmosphäre, vor allem nach zwei Tagen im Zug. Sie beobachtete die Kinder und stellte zufrieden fest, dass die drei sich gut verstanden. Robert war ein hübscher Bengel mit langen blonden Haaren und aufgeweckten Augen, der eher nach der Mutter kam und einen guten Kontrast zum dunkelhaarigen Alexej bildete. Ein Lächeln huschte über ihr müdes Gesicht, als sie darüber sinnierte, dass Alexej Konkurrenz bekommen hatte … Madeleine schien ihre Gedanken zu lesen. Sie saß neben ihr und ergriff Lydias Hand.

»Gut zu sehen, dass sich die Kinder so prima verstehen, n'est-ce pas?«

Lydia erwiderte den Händedruck, nickte und sah sie dankbar an. »Dein Sohn hat die beiden genauso herzlich aufgenommen wie du mich … und uns«, fügte sie an. »Ich danke dir so sehr dafür.«

Die beiden Frauen lächelten sich an. Sie spürten, dass sie sich gegenseitig mochten, und ihre Augen brachten zum Ausdruck, was tausend Worte nicht hätten besser sagen können. Sie hielten sich noch immer bei den Händen.

»Ich freue mich auf eine ehrliche, aufrichtige Freundschaft mit dir!«, flüsterte Madeleine.

»Ich mich auch!«

Sie zwinkerten sich zu. Pierre, der sich in diesem Moment angeregt mit Jasha unterhielt, bemerkte aus den Augenwinkeln die Vertrautheit zwischen den beiden Frauen. Er sah jedoch auch, dass Marina sich außen vor fühlen musste und wollte sie gerade in das Gespräch mit Jasha einbinden. Doch sie war bereits aufgestanden und trat zu Lydia und Madeleine, die sie in ihrer Innigkeit gar nicht bemerkt hatten.

»Madeleine, ich möchte mich für den schönen Abend bedanken und mich jetzt gerne zurückziehen!«, zwang sie sich, so freundlich wie möglich zu klingen.

Lydia erschrak ein wenig über Madeleines Reaktion, die den anderen nicht auffiel. War sie eben noch emotional und warmherzig ihr gegenüber, veränderte sich ihr Gesichtsausdruck von einer Sekunde auf die andere, ohne dass sie unfreundlich oder unhöflich wirkte. »Oh ja, das kann ich gut verstehen«, erhob sie sich und drückte dabei nochmals Lydias Hand, die ebenfalls aufstand, jedoch noch keine Lust verspürte, sich Marina anzuschließen. »Pierre, sei so lieb und rufe Françoise, damit sie Marina auf ihr Zimmer begleiten kann.«

»Du bleibst wohl noch?«, bemerkte Marina fragend zu Lydia.

»Ja, ein Weilchen. Ich bin noch zu aufgekratzt und finde es außerdem sehr gemütlich.« Sie überging Marinas Eifersucht und umarmte ihre Freundin ansatzweise, ohne die Wärme zu fühlen, die sie gerade noch bei Madeleine empfunden hatte.

Françoise trat ins Zimmer, und Marina entschuldigte sich bei der Runde, ohne sich von den Kindern zu verabschieden, die gerade über irgendetwas laut lachten. Lydia tauschte mit Pierre einen kurzen Blick. Beiden war klar, dass er höllisch aufpassen musste. Es würde ein Drahtseilakt werden, Marina problemlos in diese Gemeinschaft einzubinden.

»Du hast mir nicht zu viel versprochen, Chérie!«, sagte Madeleine zu Pierre. »Lydia ist ein Schatz. Wir werden viel Freude miteinander haben.«

Lydia stimmte lachend zu und bildete sich ein, dass Madeleine seit Marinas Abgang befreiter atmete. »Dein Pierre hat vorausgesagt, dass wir uns gut verstehen werden!«

Die vier saßen noch so lange zusammen, bis sie merkten, dass die Kinder ganz ruhig geworden waren. Sie hatten Sessel zusammengestellt und sich zum Schlafen darauf eingerollt. Jeder der Männer nahm einen Jungen auf den Arm, während Lydia und Madeleine Milla trugen. Nachdem sie sie ausgezogen und ins Bett gelegt hatten, nahmen sich die Frauen in den Arm. Madeleine hatte Lydia, Milla und Alexej im Haupthaus untergebracht. Jasha und Marina logierten im abgetrennten Gästehaus.

»Lydia«, begann Madeleine ganz ruhig, »ich werde Pierre nicht im Schlafzimmer dulden. Er kann meinetwegen auch im Gästehaus übernachten. Tue ich ihm etwa unrecht?«

Lydia sah in die traurigen Augen von Madeleine. Ihr wurde ganz heiß. Gott im Himmel, dachte sie. Bitte hilf!

Auf der einen Seite Pierre, der es ihnen ermöglicht hatte, eine neue Heimat zu finden und eine bessere Zukunft für sie, Nikolai und die Kinder; auf der anderen Madeleine, die ihr vertraut war wie eine Schwester, wie eine Frau, die sie schon ewig kannte. Sie konnte und wollte diese wunderbare Freundschaft nicht mit einer Lüge beginnen.

Madeleine spürte, wie es in Lydia arbeitete: »Du kannst sicher sein, dass Pierre niemals mitbekommt, von wem ich die Wahrheit erfahren habe.«

Lydia nahm ihre Hand. »Das hättest du nicht sagen brauchen. Ich könnte unsere neue Freundschaft nicht mit einer Lüge beginnen. Lass uns immer aufrichtig zueinander sein, ja?«

Madeleine nickte, während sich ihre Augen mit Tränen füllten. »Die Tränen kommen nicht wegen Pierre. Es sind Tränen der Freude über dich«, lächelte sie.

Auch Lydia bekam jetzt glänzende Augen. »Deine Intuition trügt dich nicht. Wir waren selbst überrascht, als sie in Kiew zugestiegen ist. Ich war entsetzt, weil ich schon Monate vorher festgestellt hatte, dass sie eine falsche Freundin war und mich nur ausgenutzt hat. Sie verführte meinen Mann in unserer Wohnung, und ich habe sie daraufhin aus meinem Leben verbannt.« Sie erzählte ihr, wie es trotzdem zu dem Treffen zwischen Pierre und Marina an diesem unseligen Abend gekommen war.

Madeleine nickte: »Ich kenne Pierre und lebe unglücklich damit, ohne bisher die Konsequenzen gezogen zu haben. Wenn die Männer sich bei ihren Herrenabenden leichte Mädchen kaufen, arrangiere ich mich um Roberts Willen damit. Aber seine Konkubine in mein Heim zu bringen, auch wenn die Umstände so sind, wie sie sind – das kann ich einfach nicht hinnehmen. Er hatte Zeit genug, sie in einem Hotel unterzubringen.«

»Ich mache mir Vorwürfe. Ich hätte es nicht so weit kommen lassen dürfen, bitte verzeih!«

Madeleine schüttelte den Kopf. »Du brauchst die Schuld von Pierre nicht auf dich zu nehmen. Ihr solltet ja ursprünglich gleich in euer angemietetes Stadthaus. Es war meine Idee, euch bei uns ein paar Tage zum Eingewöhnen zu geben.«

Die beiden Frauen nahmen sich wieder in den Arm und küssten sich. Nicht flüchtig, wie sonst üblich bei Begrüßung oder Abschied, sondern bewusst und zärtlich, als wären sie wirklich Schwestern.

»Lydia, wir werden trotzdem gut schlafen«, meinte Madeleine, »weil wir uns gefunden haben!«

Lydia lächelte dankbar. »So empfinde ich es auch, Madeleine.«

»Komm, ich zeige dir eure Zimmer.«

Lydia blickte auf ihre friedlich schlafende Tochter. »Ich werde zu Milla kriechen.«

»Ich hätte es genauso gemacht«, zwinkerte Madeleine. »Und bitte schlaft, so lange ihr wollt. Es gibt kein Programm. Ihr müsst euch regenerieren!«

Als Madeleine ihr Schlafzimmer betrat, war Pierre in der Ankleide und im Begriff, sich auszuziehen. »Chérie, wo warst du denn noch so lange?«

»Du kannst dich gleich wieder anziehen, mon ami. Am besten schläfst du gleich im Gästehaus. Bei deiner neuen Hure«, zischte sie.

Pierre erschrak, fing sich jedoch schnell. »Aber Chérie, wie kommst du denn darauf?«

»Nenne es, wie du willst. Weibliche Intuition?

Einen solchen Fauxpas hätte ich dir wirklich nicht zugetraut! Wie kannst du es wagen, uns im eigenen Haus so zu kompromittieren?« Ihre Worte waren schneidend und trafen ihn ins Mark.

Er machte nochmals einen schwachen Versuch. »Mon dieu, Chérie, du irrst ...«

»Schweig! Geh und mach es nicht noch schlimmer!«

Lydia erschrak. Sie hörte, wie eine Tür heftig zugeschlagen wurde. Danach die Schritte von Pierre, der fluchend den Gang entlangging. Kurz danach knallte er die Tür eines anderen Zimmers zu, in dem er diese Nacht verbringen würde. Sie verfluchte Marina und überlegte, ob sie Madeleine aufsuchen sollte. Milla legte im Schlaf gerade die Ärmchen auf ihre Brust. Sie verharrte in ihrer Rückenlage und streichelte sanft die Hand ihrer Tochter. Sie wünschte, sie hätte Marina nicht mit Pierre bekannt gemacht. Ihre Gedanken zickzackten noch eine Zeit lang hin und her, bis sie erschöpft in tiefen Schlaf sank.

Als Lydia am späten Vormittag erwachte, schlief Milla noch. Leise suchte sie ihr eigenes Zimmer auf, um sich anzuziehen. Bevor sie herunterging, schaute sie nach den Kindern und beschloss, sie schlafen zu lassen, bis sie von allein aufwachten. Schlechten Gewissens betrat sie den Frühstückssalon, der direkt neben der Küche lag, wo nur Madeleine und Jasha gemütlich an einem großen, üppig gedeckten Tisch saßen und plauderten.

Madeleine strahlte, als sie Lydia hereinkommen sah. »Oh, wie schön. Komm, wir haben gerade eben erst angefangen.« Sie sah Lydias zerknirschtes Gesicht und nahm sie in den Arm. »Bitte, mach dir keine Vorwürfe. Die Schuld liegt einzig und allein bei Pierre!«

Lydia umarmte auch Jasha, der unsicher fragend dreinblickte.

Madeleine klärte ihn kurz und sachlich auf und erzählte ihnen dann, dass sich Pierre wieder auf den Weg nach Berlin gemacht habe. Er habe Marina – warum auch immer, an dieser Stelle ließ sie Ironie durchklingen – in einer separaten Kutsche in die Stadt bringen und dort vorerst in ein kleines Hotel nahe des Stadthauses einquartieren lassen.

Lydia und Jasha hatten aufmerksam zugehört. Lydia war froh und niedergeschlagen zugleich. Eigentlich hätten sie Marina zunächst in ihrem Haus aufgenommen, bis sie etwas Eigenes gefunden hätte. Allein in einem fremden Land, der Sprache noch nicht mächtig, tat sie ihr schon etwas leid. Aber so eigennützig und egoistisch, wie sie sich verhalten hatte, sollte sie selbst zusehen, wie sie zurechtkäme. Zudem fiel ihr ein, dass sie Madeleine gar nicht würde einladen können, wenn Marina in ihrem Haus wäre.

»Und dort wird sie auch bleiben«, seufzte sie bestimmt. »Wir werden sie auf keinen Fall aufnehmen. Das hat sie sich selbst zuzuschreiben, schließlich wünsche ich mir, dass ihr uns so oft wie möglich besucht!«

Madeleine lächelte. »Das werden wir! Und ihr uns auch, ja? Ich freue mich drauf.«

Der Wind hatte die letzten Wolken vertrieben. Eine schwache Wintersonne erhellte den Raum und ließ nun alles noch freundlicher erscheinen, als es ohnehin war. Sie frühstückten ausgiebig und nahmen sich vor, danach die Kinder zu wecken, falls diese nicht zwischenzeitlich von selbst herunterkommen würden.

20

Die Tage bis Silvester waren für Lydia eine einzige Qual und die Sorge um Nikolai machte sie unruhig. Madeleine und Jasha hatten größtes Verständnis dafür und bemühten sich, ihr die Zeit so angenehm wie möglich zu gestalten. Da sie keine Menschen kennenlernen wollte, beschränkte Madeleine sich darauf, ihr Paris zu zeigen. Lydia war beeindruckt, jedoch immer wieder froh, wenn sie zu Hause waren.

Während der Ausflüge blieb Jasha meistens bei den Kindern. Jeden Vormittag nach dem Frühstück unterrichtete Lydia Milla, Alexej und auch Jasha in Französisch. Madeleine und Robert unterstützten sie dabei. Die drei Schüler bekamen Hausaufgaben, die sie bis zum nächsten Morgen erledigen mussten. Sie hatten alle einen Riesenspaß.

Am Silvestermorgen saßen sie gemeinsam im Salon. Wie schön wäre es, dachte Lydia, wenn morgen früh Nikolai auch hier bei uns sitzen würde.

Der Zug aus Berlin sollte gegen drei Uhr nachmittags eintreffen, und Lydia war vor diesem Termin besonders fahrig. Robert machte ihr zu Beginn des Unterrichts ein schönes Kompliment.

»Tante Lydia, so müsste der Unterricht in der Schule sein, dann würde das Lernen richtig Spaß machen!«

Gott sei Dank bekommen die Kinder von all den Sorgen um Nikolai nichts mit, besonders Milla und Alexej, ging es ihr durch den Kopf.

Madeleine nahm Lydias Anspannung wahr. »Lydia, was hältst du davon, wenn ich heute die Lehrerin spiele? Das wird für die drei zwar schwieriger, weil der Unterricht nur in Französisch stattfindet, aber du kannst ja einspringen, wenn es stockt.«

Die Schüler grölten, und Lydia zwinkerte ihr dankbar zu. »D'accord, Madame Professeur.«

Madeleine machte ihre Sache gut und hielt sich streng an den Lehrplan.

Lydia versank schnell in ihren Gedanken. Sie malte sich aus, wie sie Nikolai später am Tag auf dem Bahnsteig in die Arme fallen würde, und betete still zu Gott, dass er ihr diesen Wunsch erfüllen möge. Was sie nicht wusste, war, dass Pierre, Jasha und Madeleine ihr eine falsche Ankunftszeit mitgeteilt hatten. Sie wollten ihr für den Fall des Falles die Enttäuschung ersparen, auf einem Bahnsteig zu stehen, umsonst gewartet zu haben und allein nach Hause fahren zu müssen. Pierre wollte mit Nikolai schon zurück sein, bevor die anderen überhaupt losfahren würden, um ihn abzuholen. Alle waren sich darin einig, dass sie Lydia – für den Fall, Nikolai wäre nicht im Zug – zu Hause besser auffangen könnten.

Als der Unterricht beendet war, öffnete Madeleine das Fenster. »Es ist so schön draußen, sollen wir nicht eine Runde im Park drehen und etwas frische Luft schnappen?«

»Das ist eine gute Idee«, schrien die Kinder durcheinander. »Dann können wir doch vielleicht auch Boule spielen, oder?«

Es war kälter geworden, und es lag eine dünne Schneeschicht wie Puderzucker über dem Anwesen und der Umgebung. Am blauen Himmel zeigten sich nur einzelne kleine weiße Wölkchen, und die Sonne hatte an diesem windstillen Tag schon eine erstaunliche Kraft. Lydia wollte sich zunächst zurückziehen, sah jedoch ein, dass es vor allem ihr guttun würde, und so ließ sie sich, zu einer Partie Boule überreden. Sie spielte mit Madeleine zusammen gegen die Teams ›Milla und Jasha‹ und ›Alexej und Robert‹. Milla war ein wenig enttäuscht darüber, dass Alexej sich mit Robert zusammengetan hatte. Sie versuchte, es sich nicht anmerken zu lassen, wohl wissend, dass Jasha der beste Spieler war, wie sich in den letzten Tagen herausgestellt hatte. Lydia und Madeleine bemerkten die Eifersucht Millas, lächelten und nickten sich zu.

So was passiert halt, wenn man in einer neuen Umgebung aufeinandertrifft, dachte Lydia.

Milla bemerkte, dass die Frauen sie beobachteten, schaute auf und sagte: »Mama, es ist zwar schön, aber wie lange bleiben wir noch hier?«

Auf diese naseweisen Fragen ihrer Tochter hatte Lydia stets ausweichend reagiert. Sobald Nikolai da ist, müssen wir mit den Kindern reden, schoss es ihr durch den Kopf. Sie hatte Angst davor, dies eventuell ohne Nikolai tun zu müssen, und schickte wieder ein kleines Stoßgebet zum Himmel.

»Morgen machen wir eine große Lagebesprechung, meine Kleine«, lächelte Lydia.

»Können wir jetzt endlich weiterspielen?«, beschwerte sich Alexej. Er drehte sich um und warf seine Kugel, die weit am Ziel vorbeirollte. »Immer müssen die Frauen reden!«, monierte er, um von seinem missglückten Wurf abzulenken.

Milla und Jasha jubelten. »Wir haben gewoooonnen, Jasha!«

In diesem Moment bog eine Kutsche auf den Kieselweg, der zum Haus führte und machte erst unweit von der Boule-Partie halt.

Die Tür flog auf und Pierre sprang heraus. »Dürfen wir mitspielen, falls Nikolai nicht zu müde ist?«, rief er.

Lydia hatte das Gefühl, ihr Herz bliebe stehen. Madeleine legte ihren Arm um sie. Dann stieg Nikolai aus.

Alexej und Milla stürmten mit Gejohle auf ihn zu.

»Juchhu, Papa!«

»Hallo, mein geliebter Sohn.« Nikolai fing ihn auf. Dann beugte er sich zu Milla und hob auch sie hoch: »Komm, meine Kleine.« Die Kinder in den Armen ging er auf Lydia zu. Die lag – von Weinkrämpfen geschüttelt – im Arm von Madeleine. Als Nikolai die beiden Frauen erreichte, nickten er und Madeleine sich kurz zu. Sie kannten sich von früheren Begegnungen. Jetzt schossen auch Nikolai Tränen in die Augen. Die beiden taten noch einen Schritt aufeinander zu. Eng umschlungen standen sie da, mit ihren Kindern auf den Armen. Die Erwachsenen küssten sich gegenseitig die salzigen Tränen von den Wangen.

»Lass uns ein Spiel machen«, flüsterte Nikolai. »Die frische Luft und die Bewegung werden mir nach dem ewigen Sitzen guttun.«

Lydia nickte nur vor Glück. »Was du willst, Liebster, was du willst.«

»Au ja!«, rief Alexej. »Ich spiele mit meinem Papa.«

»Und ich mit meiner Mama, tut mir leid, Jasha!«

»Und ich spiele dann mit Jasha«, entschied sich Robert salomonisch, »ihr tut mir schon jetzt leid, denn er ist der Beste!«

»Dann müssen wir es den Kindern halt zeigen, Pierre!«, sagte Madeleine. Alle lachten, und die Anspannung fiel von ihnen ab. Madeleine und Pierre gewannen die Partie, während der sich Lydia und Nikolai ständig sehnsuchtsvolle Blicke zuwarfen.

Aus dem geplanten leichten Imbiss wurde ein üppiges Mittagessen. Die Stimmung war ausgelassen, und zum Abschluss tranken die Erwachsenen Wodka.

»Ihr Lieben«, ergriff Madeleine das Wort. »Ich glaube, wir werden heute im Salon das schönste und gemütlichste Silvester aller Zeiten feiern!«

Alle stimmten ihr freudig zu.

»Pierre, ich schlage vor, du schickst einen Kutscher, um Marina abholen zu lassen«, sagte Madeleine. Die Kinder konnten nicht ermessen, welch großherzige Geste sie gerade gemacht hatte. Die Erwachsenen jedoch warfen ihr bewundernde, respektvolle Blicke zu.

Pierre fiel es schwer, die richtigen Worte zu finden. »Madeleine ...«

Sie hob beide Arme und unterbrach ihn: »Bitte, du sollst dich beeilen, sonst kommt sie womöglich zu spät zum Dinner!«

Pierre verließ das Zimmer. Nikolai dehnte und streckte sich und schaute Jasha an. Der nickte nur und überredete die Kinder zu einem Nachmittagsschläfchen, damit sie abends durchhalten würden. »Auch wir Erwachsenen«, so Jasha, »wollen uns ein bisschen ausruhen.« Das verstanden die Kinder nach anfänglichem Murren. »Hopp, hopp. Wer als Erster von euch ausgezogen im Bett liegt, hat gewonnen!«

Die drei stürmten mit Gejohle nach oben.

»Nikolai«, begann Lydia, »darf ich dir meine neue Schwester vorstellen, die beste Freundin, die ich jemals hatte!«

Nikolai umarmte Madeleine herzlich. »Ich freue mich sehr darüber, dass ihr beide euch so gut versteht.«

»Ruht euch aus, ihr habt es verdient. Und kommt erst am Abend herunter! Ich passe schon auf die Kinder auf!«

Lydia und Nikolai lagen nackt und eng umschlungen in ihrem Bett und weinten leise vor Freude, ohne ein Wort zu verlieren. Sie wussten, sie hatten in Zukunft alle Zeit der Welt. Mit einem »Schsch« hielten sie sich jeweils die Lippen zu, wenn jemand einen Ansatz machte, doch etwas zu sagen. Sie genossen es, Haut an Haut beieinanderzuliegen, ihre warmen Körper zu spüren. Sie spürten ihren Pulsschlag, hörten ihre Herzen pochen. Sie lagen mit ihren Lippen aneinander, leicht geöffnet, ohne sich zu küssen, und inhalierten gegenseitig ihren Atem. Sie hatten das Gefühl, ihre Seelen würden verschmelzen. Sie waren eins. Sie ließen sich fallen in ihren Glückszustand und sanken irgendwann in einen tiefen, erholsamen Schlaf.

21

Vor dem Essen saßen Lydia, Nikolai, Milla und Alexej zusammen im Salon. Nikolai hatte vorgeschlagen, die Kinder noch vor Beginn des neuen Jahres über ihre gemeinsame Zukunft aufzuklären. Lydia pflichtete ihm bei. Nikolai führte zwar das Wort, doch sie versuchten in einem harmonischen Wechsel, den Kindern so schonend wie möglich die veränderte Situation nahezubringen. Milla und Alexej hörten mit großen Augen aufmerksam zu. Beide hatten in den letzten Monaten eine Veränderung bemerkt, ohne sie richtig einordnen zu können.

Als die Eltern am Ende ihres Vortrages angekommen waren, sagte Nikolai: »Wir hoffen, dass wir auch für euch die richtige Entscheidung getroffen haben – und selbst wenn ihr das jetzt im Moment vielleicht noch nicht versteht, der Tag wird kommen.«

Die Kinder zeigten unterschiedliche Reaktionen auf das von Lydia und Nikolai gezeichnete Zukunftspanorama. Während Milla schon immer eine intensive Beziehung zu ihrer Mutter gepflegt und in den Monaten zuvor ohnehin ein distanziertes Verhältnis zu ihrem Vater aufgebaut hatte, war Alexejs Gunst und Liebe auf beide Elternteile gleichermaßen verteilt. Er schaute im Gegensatz zu Milla traurig drein und wirkte bedrückt.

»Werd ich Mama jetzt nie wiedersehen?«, fragte er leise.

Obwohl Nikolai sich vorgenommen hatte, schonungslos ehrlich zu sein, beschlichen ihn jetzt Zweifel. »Ich kann dir diese Frage nicht beantworten, mein Sohn … Mama muss jetzt zunächst einmal gesund werden.«

Alexej weinte still. Milla legte zum Trost ihre Ärmchen um seine Schultern. »Und Oma?«, presste er kaum hörbar hervor.

»Oma kümmert sich um Mama«, blieb Nikolai ganz ruhig. Dann rang er sich ein Versprechen ab, dass er zuvor so mit Lydia nicht besprochen hatte. »Ich werde mich bemühen, beide nachkommen zu lassen, wenn es geht und wenn sie es wollen, großes Ehrenwort.«

»Großes Ehrenwort?«, flüsterte Alexej.

»Ja, mein Kleiner, großes Ehrenwort.«

Alexej nickte nur kurz ein paar Mal und kämpfte mit seinem dicken Kloß im Hals.

»Und was ist mit den Großeltern, Mama?«

Lydia erschrak, weil Milla gar nicht nach ihrem Vater gefragt hatte.

»Die Großeltern wollten nicht mitkommen. Sie fühlen sich schon zu alt, um in einem fremden Land einen Neuanfang zu wagen.«

»Ist das alles, weil Millas Papa bei den falschen Soldaten ist?«, mischte sich Alexej ein.

»Das ist auch ein Grund, Alexej«, lächelte sein Vater. »Um euch das zu erklären, seid ihr aber wirklich noch zu jung.« Er schaute liebevoll zu Lydia. »Aber der Hauptgrund ist, dass Millas Mutter und ich uns lieben und in Zukunft glücklich mit euch zusammenleben möchten!«

Die Kinder nickten, ohne zu offenbaren, was sie wirklich empfanden. Doch Lydia und Nikolai waren sich bewusst, dass dies nicht die letzte Schlacht war, die sie zu bewältigen hatten. Ihre Kinder mussten das erst alles verarbeiten in ihren kleinen Köpfen und würden sie in den nächsten Tagen, Wochen, Monaten und wahrscheinlich Jahren immer wieder mit Fragen löchern. Dennoch waren sie zutiefst davon überzeugt, die richtige Entscheidung getroffen zu haben. Allen kam es irgendwie gelegen, dass Robert anklopfte und seinen hübschen Kopf ins Zimmer reinsteckte.

»Hey, ihr zwei. Wie wär's mit einem Kinderpunsch, wenn die großen ihren Ape… ähm, wie heißt das noch? Ah, ja«, fiel es ihm wieder ein, »Aperitif nehmen?«

Die Gesichtszüge der Kinder hellten sich auf.

»Klar, Kinderpunsch, toll!«, rief Alexej.

»Robert, du darfst den ganzen Abend bestimmen, was wir machen! Aber nur bis Silvester!«

Während die Kinder in einer Ecke Schach spielten, Milla und Alexej gemeinsam gegen Robert, saßen die anderen gemütlich bei einem Glas Portwein zusammen. Marina war der Einladung nicht gefolgt. Sie hatte dem Kutscher einen Brief für Madeleine mitgegeben, in dem sie sich dafür entschuldigte, ihr Haus betreten zu haben, und wünschte allen ein gesundes und zufriedenes neues Jahr. Lydia hatte die Zeilen für alle hörbar übersetzt. Na, wenigstens hatte sie so viel Stil, nicht gleich wieder einen Fauxpas zu begehen, dachte Lydia. Gleichzeitig tat es ihr ein bisschen leid, dass ihre falsche Freundin jetzt wohl allein in ihrem Hotelzimmer hockte. Doch sie erstickte den Gedanken, weil sie sich jetzt keine Sorge um sie machen wollte, nicht an diesem Abend. Lydia faltete den Briefbogen wieder zusammen und gab ihn Madeleine zurück. Diese erhob sich, ging die wenigen Schritte zum Kamin und warf das Schriftstück samt Kuvert in die Flammen. Die anderen enthielten sich jeglichen Kommentars. Sie befanden Marinas Abwesenheit für die beste Lösung. Madeleine drehte sich um und klatschte einmal laut in die Hände, als hätte sie gerade ein Kapitel abgeschlossen.

»Ich schlage vor, wir begeben uns nach nebenan, sonst beklagt sich der chef de cuisine! Komm, Lydia, wir legen die Sitzordnung fest.«

Lydia hakte sich lächelnd bei ihr unter, und sie schritten in Richtung der Doppeltür, die zum Speisesalon führte. Nikolai, Pierre und Jasha gingen zu den Kindern, um den Stand der Dinge beim Schachspiel zu begutachten. Milla und Alexej lagen vermeintlich im Vorteil, obwohl Robert der bessere Einzelspieler war. Aber vier Augen sahen eben mehr als zwei, und deswegen konnte ein Fehler die Partie wieder zugunsten von Robert drehen.

»Ja nichts sagen!«, forderte dieser vorsorglich.

»Ach, Alexej, ich glaube, wir sollten zuerst etwas essen«, meinte Milla listig.

»Einverstanden. Wir stärken uns, und dann setzen wir Robert schachmatt!«

Alle lachten, bis auf Robert, dem die Unterbrechung gar nicht gefiel.

»Na gut, dann gewinne ich das Spiel eben erst im neuen Jahr!«, sagte er trotzig.

Pierre tätschelte seinem Sohn den Kopf. »Bravo, mein Sohn, das ist die richtige Einstellung. Deine Chancen stehen nicht schlecht!« Er nahm ihn huckepack. Alexej sprang auf den Rücken seines Vaters, und

Jasha bot sich Milla als Hoppereiter an. So hüpften sie alle in den Speisesalon.

Die Frauen saßen ihren Männern gegenüber. Milla vis-à-vis von Alexej, Robert gegenüber von Jasha. Es wurde ein heiteres Silvesteressen mit anregenden Gesprächen und lautem Kinderlachen. Als sie wieder in den Salon gingen, stand dort schon auf einem der Couchtische ein großer silberner Kühler, in dem drei Flaschen Champagner auf Eis lagen. Die Kinder wollten weiter Schach spielen, und die Großen standen drumherum und ließen es sich nicht nehmen, die Zeit bis zum Silvesterläuten das Strategiespiel zu beobachten. Milla wollte Alexej gegenüber immer ihre Ideen durchsetzen, aber kurz bevor der erste Champagnerkorken knallte, einigten sich die beiden Parteien auf ein Remis. Die Erwachsenen klatschten anerkennend, und Milla, Alexej und Robert waren auch zufrieden.

Alle – auch die Kinder mit ihrer Fingerhut-Portion – stießen mit Champagner auf das Neue Jahr an. Die Kleinen verzogen nach dem ersten Schluck die Mundwinkel. Sie konnten nicht nachvollziehen, warum ›Schampus‹ den Großen so gut schmeckte. Nachdem zunächst die Kinder von allen geherzt und gedrückt wurden, umarmten sich die Erwachsenen, ausgenommen Pierre und Madeleine. Er machte zwar einen etwas hilflosen Versuch, doch seine Frau entzog sich seiner Annäherung. Lydia, die gerade eng umschlungen mit Nikolai Liebkosungen austauschte, konnte das aus den Augenwinkeln beobachten. Sie wies Nikolai darauf hin.

»Ich werde mich jetzt um Madeleine kümmern, Liebster«, flüsterte sie.

»Ja, Liebes, eine gute Idee«, sagte er und küsste ihr Ohr.

Während Nikolai sich Pierre zuwandte, ging Lydia auf Madeleine zu, die sie mit offenen Armen empfing. Die beiden Frauen strahlten sich an. Sie lagen sich eine Weile im Arm, ohne ein Wort zu sagen.

»Es ist mein schönster Silvesterabend, und den habe ich dir zu verdanken, Madeleine.«

»Du sollst dich nicht dauernd bedanken, Lydia. Ich bin genauso dankbar, weil wir uns gefunden haben! Das Leben ist immer ein Geben und Nehmen, und deine Freundschaft gibt mir sehr viel! Das macht diesen Abend auch für mich zu einem ganz besonderen!«

Jasha gesellte sich zu ihnen, und sie nahmen ihn in ihre Mitte. Nikolai und Pierre schauten zu ihnen herüber.

»Es ist schön, dass wir uns alle so gut verstehen, besonders unsere Frauen! Das wird Lydia den Neubeginn wesentlich erleichtern!«, sagte Nikolai und legte seinen Arm um Pierres Schultern.

»Ja, das freut mich auch sehr, besonders für die beiden. Es wird Madeleine das Problem mit mir etwas leichter machen, meinst du nicht auch?«

Nikolai klopfte seinem Freund auf die Schulter. »Mach dir nicht so viele Gedanken. Es wird sich schon wieder einrenken!«

»Ich liebe sie ja, aber so vehement hat sie noch nie reagiert.«

Während die Kinder eine Revanche spielten, saßen die Erwachsenen beisammen, und Nikolai erzählte von seinem Lebensretter Sergej. Als die Kleinen mit ersten Ermüdungserscheinungen zu kämpfen hatten, beschlossen sie, ihre Kinder zu Bett zu bringen und auch schlafen zu gehen.

Lydia und Nikolai lagen noch lange wach. Ihre erste gemeinsame Nacht im fremden Land. Sie streichelten sich zärtlich und erkundeten ihre Körper, als wären sie zum ersten Mal zusammen.

22

Paris, zehn Jahre später.

Milla nahm zwei Stufen auf einmal über die mit einem roten Teppichläufer belegte Treppe des Stadthauses, in dem sie groß geworden war. Sie war aufgeregt. Gestern hatte sie die Schule abgeschlossen. Nun liefen die Vorbereitungen für ihren einundzwanzigsten Geburtstag. Außerdem hatten sie und Alexej ausgemacht, sich an diesem Tag zu verloben, was ihre Eltern allerdings noch nicht wussten. Als Geburtstagsgeschenk hatte sich Milla von ihrer Mutter gewünscht, bei der kommenden Schau des Modehauses »Belle de Jour«, für das Lydia seit Jahren erfolgreich tätig war – zunächst als Designerin und dann als Direktrice –, mitlaufen zu dürfen. Milla hoffte, die Mutter könnte ihren Einfluss geltend machen, um sie als vollkommen unerfahrenes Mannequin in die Schau mit einzubinden. In den letzten beiden Jahren hatte Milla während der Internatsferien bei ihrer Mutter volontiert. Sie war ganz der Mode verschrieben und wollte unbedingt in ihre Fußstapfen treten.

»Mama! Ich bin da!«, rief sie mit ihrer glockenhellen Stimme, als sie die letzten Stufen erreicht hatte. Außer Atem betrat sie den Salon. Trotz der jugendlichen Kleidung wirkte sie reifer als andere Mädchen in ihrem Alter. Sie war zu einer blühenden, jungen Frau herangewachsen. Ein wenig größer als ihre Mutter, wesentlich schlanker, mit geraden Schultern, endlos langen Beinen und einer äußerst weiblichen Ausstrahlung. Eine rotblonde Locke klebte seitlich an ihrer Stirn. Es war schwül – sie strich sich das Haar zurück und strahlte. Lydia, Nikolai und Alexej saßen bei Tee und Gebäck zusammen. Nikolai blickte zu ihr auf und erinnerte sich an den Moment, als er eine, von der Wohnungsauflösung verschwitzte Lydia im Grand Hotel in Kiew erlebt hatte.

»Ah, wie schön, ihr seid schon alle da!«, lächelte Milla.

Alexej verschlug es fast den Atem. Er hatte seine Kinderliebe jetzt ein halbes Jahr nicht gesehen, und es kam ihm vor, als wäre sie in dieser

Zeit noch schöner geworden. Er hatte mit Robert zusammen ein Bubeninternat besucht, das sie beide erfolgreich abgeschlossen hatten. Er konnte gar nicht glauben, dass diese junge Frau bald die seine werden sollte. Obwohl er ein stattlicher, gut aussehender Mann geworden war, wirkte er neben Milla fast etwas jungenhaft. Sie umarmten sich innig.

»Meine bezaubernde Milla! Wie stolz ich auf dich bin.« Seine Stimme war klar und bestimmt, und man konnte spüren, dass er das nicht nur so dahinsagte, um ein galantes Kompliment zu machen.

Sie strich ihm zärtlich durch sein gewelltes dunkelbraunes Haar. »Und ich erst«, lachte sie fröhlich, »ich habe gehört, dass dir alle Mädchen in unserem Viertel nachlaufen!«

Er wirbelte sie lachend herum. »Ja! Gut, dass du es weißt!«

Lydia und Nikolai waren aufgestanden, um Milla zu begrüßen. Lydia beobachtete die beiden jungen Menschen und machte sich bittere Vorwürfe. Nein, da habe ich versagt, dachte sie. Es war nicht recht von mir, den Kindern nicht die Wahrheit zu sagen. Sie hatte immer gehofft, dass aus der Jugendliebe vielleicht keine echten Gefühle erwachsen und die beiden einfach nur gute Freunde bleiben würden. So hatte sie von Jahr zu Jahr die Entscheidung vor sich hergeschoben, das prekäre Geheimnis zu lüften. selbst Nikolai gegenüber. Immer wieder hatte sie sich vorgenommen, ihn aufzuklären – immer wieder legte sie sich neue Gründe zurecht, um den richtigen Moment abzupassen. Zwischendurch, als die Kinder im Internat waren, hatte sie die Sache sogar erfolgreich verdrängt. Doch in den Ferien wurde ihr stets bewusst, dass es nur eine Frage der Zeit war, bis sie die Karten auf den Tisch legen müsste. Und jetzt war dieser Moment da. Sie fühlte sich hundeelend.

»Jetzt sind wir mit der Begrüßung dran!«, reklamierte sie und nahm ihre Tochter, die sie trotz ihrer ziemlich flachen Schuhe überragte, in den Arm.

Danach war Nikolai an der Reihe, und Milla hauchte ihm, wie schon so oft in der vergangenen Zeit, ein »mon cher deuxième papa« ins Ohr. Nikolai war immer sehr stolz darauf gewesen, machte es doch die Zuneigung deutlich, die sie für ihn empfand.

»Bitte setzt euch!«, sagte Lydia und rieb sich vor Aufregung die Hände. »Ich habe ein Geständnis abzulegen!« Bis die anderen – mit verstohlenen Bemerkungen, die gleichermaßen Neugierde und Verdutztheit ausdrückten – Platz genommen hatten, lief Lydia unruhig auf und ab. Schweißperlen traten ihr auf die Stirn, sie war offensichtlich nervös und suchte nach den richtigen Worten. Doch die wollten ihr jetzt nicht mehr einfallen, obwohl sie das, was sie sagen wollte, schon tausendfach in Gedanken formuliert hatte. Unvermittelt blieb sie stehen und sah die drei an. »Was ich euch zu sagen habe, wird euch freuen und schmerzen zugleich.« Alle sahen sie gespannt an. »Ich kann euch nur bitten zu versuchen, mich zu verstehen, und hoffen, dass ihr mir irgendwann verzeihen werdet. Nikolai ...« Sie machte eine lange Pause, nahm allen Mut zusammen und sagte dann: »Nikolai … Milla ist deine leibliche Tochter!« Kaum hatte sie es ausgesprochen, brach ihr der Schweiß aus, sie musste sich setzen. Die drei saßen zunächst wie versteinert da. Niemand brachte ein Wort heraus. Lydia konnte das Schweigen nicht ertragen und wäre am liebsten aus dem Salon geflohen, war jedoch unfähig, sich zu bewegen.

Nikolai fasste sich als Erster. Er ging zu Lydia, setzte sich auf die Lehne des Sessels und nahm ihr Gesicht in beide Hände. Seine Stimme war voller Stolz. »Lydia, ich danke dir dafür, dass dieses wunderbare Wesen unsere Tochter ist!« Er schaute zu Milla, und seine Augen füllten sich mit Tränen. Lydia nahm seine Hand und küsste die Innenfläche.

Milla erhob sich und umarmte ihre Eltern.

»Mama … Papa …« Sie küsste beide auf die Stirn. Dann drehte sie sich um und sah voller Verzweiflung ihren Alexej an ...

Der saß da wie ein Häufchen Elend. Die Frau, die er liebte, war mit einem Atemzug seine Halbschwester geworden. Wut und Zorn stiegen in ihm auf, doch er flüchtete sich in Sarkasmus. »Ja, toll, dann sind wir ja jetzt eine richtige Familie! Ich bin begeistert! Wie wollen wir das begießen? Wodka? Cognac? Whiskey? Oder wollen wir gleich Champagner kommen lassen?« Er stand abrupt auf, ging zur Anrichte und füllte ein Glas randvoll mit Wodka. »Auf die Frauen, die ich verloren habe!

Meine Mutter, meine Großmutter und jetzt auch meine große Liebe!« Er stürzte den Alkohol in einem Zug hinunter und warf das Glas mit voller Wucht auf den mannshohen Spiegel an der gegenüberliegenden Wand, der in tausend Teile zersplitterte.

Lydia schluchzte hemmungslos in ihre Hände und konnte gar nicht hinsehen. Nikolai hob beschwörend die Arme. Ohne sich umzusehen, verließ Alexej den Salon.

»Bitte, bitte, bitte Alexej!«, wisperte Milla und wollte ihm hinterherlaufen, doch Lydia hielt sie zurück.

»Es ist zwecklos, lass ihn in seinem Kummer allein, ich kann ihn gut verstehen.«

Nikolai ging zur Bar, als Jasha gerade den Salon betrat.

»Was ist denn mit dem los?«, fragte er heiter. »Hat er schlechte Noten bekommen?« Dann bemerkte er, dass irgendetwas nicht stimmte. Milla war in den Sessel zu ihrer Mutter gerutscht. Sie hielten sich umschlungen. »Oh, ich störe wohl? Bin schon wieder weg.«

»Bleib gern hier, und trink mit mir auf meine neue Tochter!«, sagte Nikolai, während er zwei Gläser mit Wodka füllte.

»Waaas? Du bist schwanger?«, rief Jasha und wandte sich erfreut an Lydia. Die musste lachen und war froh, dass der alte Freund unwissend die so verfahrene Situation aufgelockert hatte. Es war kein herzhaftes Lachen, aber es half, ihre Verkrampfung ein wenig zu lösen. Milla und Nikolai lächelten. Er reichte Jasha ein Glas.

»Gar nicht so übel, der Gedanke. Aber zunächst trinken wir mal auf Milla!«

Beide nahmen einen großen Schluck.

»Miiiilla?! – Ich muss in Zukunft noch mehr auf meinen Bauch hören. Ich hatte immer so ein Gefühl!« Jasha sah verdutzt in die Runde, stieß erneut mit Nikolai an und kippte den Rest Wodka hinunter. »Herzlichen Glückwunsch! Wollen die Damen nicht auch etwas trinken?«

Lydia stimmte zu. »Oh ja, ich kann jetzt auch einen vertragen!«

Milla lehnte ab, küsste ihre Eltern und ließ sich von Jasha kurz in den Arm nehmen. »Ich möchte nach Alexej sehen!«, entschuldigte sie sich. Sie verließ den Salon und suchte im ganzen Haus nach ihrem Halbbruder. Selbst im Weinkeller, doch Alexej hatte das Haus längst verlassen. Er war auf dem Weg zu seinem Freund Robert, der in ihrer Nähe eine kleine Mansardenwohnung hatte.

Enttäuscht ging sie auf ihr Zimmer, streifte ihre Schuhe ab und legte sich auf das Bett. Sie starrte zur Decke und konnte ihre Gefühle nicht ordnen. Bald sah sie alles nur noch verschwommen. Als ihre Mutter sie zum Nachtmahl holen wollte, stellte sie sich schlafend. Sie ging an diesem Abend nicht mehr hinunter. Sie wollte mit niemandem reden außer mit Alexej. Sie schob ihm eine Nachricht unter der Tür durch. Dann zog sie sich aus, wusch sich und legte sich wieder ins Bett. Ihre Gedanken kreisten um ihre verbotene Liebe. Später brachte Lydia ein Tablett mit Käse, Weißbrot, Wasser und Rotwein. Doch Milla tat wieder so, als schliefe sie. Sie war nicht in der Lage, mit ihrer Mutter zu sprechen. Irgendwann aß sie ein wenig Brot mit Käse und trank zwei Gläser Rotwein, in der Hoffnung, danach besser einschlafen zu können, doch sie fand keine Ruhe. Immer wieder horchte sie, ob Alexej nach Hause käme.

Am Nachmittag war ich noch so glücklich, dachte sie. Jetzt freue ich mich weder auf meinen Geburtstag noch auf meine erste Modenschau.

Erst als der Tag erwachte, und die ersten Vögel zu zwitschern begannen, fiel sie in eine kurzen, unruhigen Schlaf.

Zur gleichen Zeit verließen Alexej und Robert angetrunken ein kleines Hurenhaus. Beide hatten ihr Geld umsonst investiert. Einerseits hatte der Alkohol ihre Manneskraft geschwächt, andererseits waren sie in ihrem Kopf nicht frei gewesen. Beide hatten dabei an Milla gedacht. Sie gestanden es sich gegenseitig ein und lachten schallend. Arm in Arm, sich stützend, suchten sie nach einer Droschke, die sie nach Hause bringen sollte. Als Alexej sein Zimmer erreicht hatte, schaffte er es gerade noch, seine Kleider auszuziehen und ordentlich über einen Stuhl zu legen. Erschöpft ließ er sich ins Bett fallen. Millas Nachricht lag unbemerkt auf dem Boden. Ohne einen klaren Gedanken schlief er sofort ein.

Als Milla am späten Vormittag aufwachte, fühlte sie sich elend.

Langsam setzte sich das Puzzle vom gestrigen Abend wieder zusammen: Alexej ihr Halbbruder? Keine Hochzeit? Geschwisterliebe? Mit leerem Blick starrte sie zum Fenster hinaus. Es war ein herrlicher Frühsommertag Ende Mai. Die Morgensonne warf Schatten der Blätter, die sich im Wind bewegten, in ihr Zimmer. Doch sie nahm die friedliche Stimmung gar nicht wahr. Wie in Trance machte sie sich frisch und kleidete sich sorgfältig an. Sie wählte ein schlichtes graues Kleid, dass ihre Figur betonte, und bändigte ihr rotblondes Haar zu einem Pferdeschwanz. Als sie in den Spiegel sah, erschrak sie – sie fühlte sich nicht wie eine glückliche junge Frau, die in zwei Tagen einundzwanzig werden sollte und der die Welt offen stand.

Auf dem Weg nach unten schaute sie in Alexejs Zimmer. Ihre Nachricht lag noch immer auf dem Boden. Es roch nach Alkohol und kaltem Rauch. Ihr ›geliebter Bruder‹ schlief tief und atmete schwer. Als sie sah, wie ordentlich er seine Sachen über den Stuhl drapiert hatte, huschte ein Lächeln über ihr Gesicht. Sie trat an sein Bett und beobachtete ihn eine Weile wehmütig. Dann hauchte sie einen Kuss auf seine Schläfe und verließ das Zimmer. Sie überlegte kurz, ob sie ihren Brief mitnehmen sollte, ließ ihn dann aber doch liegen.

Ihre Eltern saßen am Frühstückstisch.

»Guten Morgen, Papa.« Die ungewohnte Anrede kam ihr wie selbstverständlich über die Lippen.

Nikolai erhob sich und nahm seine Tochter in den Arm. Sie hielten sich eng umschlungen, als wollten sie nachholen, was sie all die Jahre versäumt und entbehrt hatten. Sie spürten eine tiefe Verbundenheit. Auf dem Weg in die Küche hauchte Milla ihrer Mutter einen Kuss auf die Stirn.

»Guten Morgen, Mama.«

Lydia hätte ihre Tochter auch gern in den Arm genommen und alles Unausgesprochene mit ihr beredet. Doch intuitiv merkte sie, dass ihr nicht danach war.

Milla bestellte sich bei der Hausangestellten ein Käseomelett mit Tomaten und Kräutern. Erst jetzt nahm sie wahr, wie ausgehungert sie war. Zurück am Tisch setzte sie sich neben ihren Vater. Lydia versuchte, so unbefangen wie möglich das Gespräch auf die anstehenden Vorbereitungen zu Millas Geburtstag zu lenken. Nikolai wollte die beiden Frauen damit allein lassen, doch Milla bat ihn zu bleiben. Sie wollte nicht allein mit ihrer Mutter sein.

Alexej hatte im Unterbewusstsein wahrgenommen, dass Milla an seinem Bett gestanden haben musste. Er fasste sich mit den Fingern an die Schläfe und küsste dann seine Fingerkuppen. Er fühlte sich schlecht. Alkohol und Tabak hatten ihre Spuren hinterlassen. Noch schlimmer ging es ihm, als die Tragödie des gestrigen Abends wieder in sein Bewusstsein trat.

Am liebsten wäre er den ganzen Tag im Bett liegen geblieben, doch der Hunger trieb ihn aus den Federn. Er füllte die Waschschüssel auf der Spiegelkommode mit Wasser und klatschte sich das kühle Nass ins Gesicht. Dann tränkte er einen Waschlappen und rieb seinen gesamten Körper ab. Das weckte seine Lebensgeister. Zum Schluss gurgelte er mit Mundwasser und putzte sich die Zähne. Er massierte etwas Glyzerin in sein angefeuchtetes Haar und kämmte es streng nach hinten. Dann cremte er sein Gesicht und seinen Körper ein und stieg in seine Reithose. Ein langer Ausritt, dachte er, es wird wohl das Beste sein, die meiste Zeit des Tages draußen zu verbringen.

Als er das Zimmer verlassen wollte, entdeckte er Millas Brief. Er riss ihn auf und starrte auf die eine Zeile, die ihm den Hals zuschnürte:

Ich werde dich immer lieben. Deine Milla.

Er setzte sich an den Sekretär, nahm ein Büttenpapier und tunkte die Feder in die schwarze Tinte. Nach vier Zeilen faltete er das Blatt und steckte es in einen Umschlag, auf den er *Für Milla* schrieb. Er schob den Brief in seine Rocktasche und begab sich nach unten. Als er das Frühstückszimmer betrat, bekam Milla gerade das Omelett serviert.

»Guten Morgen!«, rief er. »Oh, so etwas könnte ich auch gut gebrauchen, Françoise, extrascharf bitte und einen Café au Lait dazu!« Er setzte sich ans Tischende mit dem Rücken zum Fenster, schräg zu Milla.

»Nimm die Hälfte von meinem«, lächelte sie, »und später teilen wir dann deins!«

»Einverstanden, Schwesterherz«, erwiderte er ironisch und steckte ihr den Umschlag zu, während er seine Jacke über den leeren Stuhl legte, so als wollte er eine Barriere zwischen sich und Lydia errichten. Er würdigte sie keines Blickes. Milla legte den Brief unter ihren Teller, als wollte sie sicherstellen, dass niemand sonst davon Besitz ergreifen könnte. Dann teilte sie ihr Omelett und legte die Hälfte auf einen frischen Teller, den sie Alexej zuschob.

23

Nikolai spürte, dass Lydia nach einem Ansatz suchte, das Gespräch auf die notwendigen Vorbereitungen für Millas Geburtstag zu lenken. Seine eigenen Gedanken schweiften ab. Hatte er alles richtig gemacht? – Ja! Er war nie ein Risiko eingegangen, hatte sein Vermögen umsichtig angelegt. Er hatte ein Weingut im Westen der Côte d'Azur gekauft, das von Jasha bewirtschaftet wurde und allein so viel abwarf, dass sie ohne Entbehrungen davon hätten leben können. An diversen Unternehmen hielt er zehn Prozent, verbriefte ein paar Immobilien, und Lydia machte er den Einstieg in die Modeszene leichter, indem er auf ihren Namen fünfzig Prozent der renommierten Firma »Belle de Jour« erwarb, deren Kollektionen sie mittlerweile federführend entwarf. Er wollte, dass sie sich wirtschaftlich unabhängig fühlte, und wusste, sie hätte niemals von sich aus darauf gedrängt. Er war überzeugt davon, dass Lydia auch ohne diesen Einstieg ihren Weg gegangen wäre. Jedoch hätte er in der Pariser Modeszene für diese namenlose Fremde auch sehr steinig werden können.

Lydia hatte es sehr geschickt begonnen, indem sie sich zunächst hinten anstellte und sich auch nie zu schade war, mal selbst Hand anzulegen. Vor allem ihre eigenen Entwürfe nähte sie fast ausnahmslos selbst. Das brachte ihr den notwendigen Respekt der anderen Designerinnen ein. Ohne die Marke abrupt zu verändern, fügte sie Jahr für Jahr immer mehr eigene Ideen in die Gesamtkollektion ein. Die neue Linie, die in zwei Tagen Premiere haben sollte, hatte sie eigentlich komplett allein entworfen. Dennoch gab sie all ihren Mitarbeitern – vom Laufburschen bis zur Direktrice – das Gefühl, beteiligt und verantwortlich zu sein. Lydias Fähigkeit, das Team bis in die letzte Haarspitze zu motivieren, machte schnell Schule. Im zweiten Jahr beteiligte sie nicht nur alle Angestellten am Gewinn des kleinen Konzerns, sondern bekam auch dank dieses Schachzuges jede Ehrbezeugung der Presse. Niemand in der Branche hatte so viele redaktionelle Beiträge in Modemagazinen oder Tageszeitungen wie »Belle de Jour«. Und auch Nikolai musste neidlos eingestehen, dass seine Lydia wirkungsvolle Einfälle hatte.

Noch im gleichen Jahr übernahm er diese für sein Weingut, das dadurch eine jährlich wachsende Rendite abwarf, die all seine Erwartungen übertraf.

Nikolais geschäftliche Strategien passten so gar nicht in Pierres Absichten. Der wollte ihn zu angeblich »sicheren« Aktienkäufen mit hohen Gewinnen bewegen. Doch Nikolai war skeptisch. Im Laufe der Jahre erwiesen sich die meisten von Pierres Empfehlungen als reine Fehlschläge.

Nikolai hatte auch erfahren, dass Pierres Privatbank aufgrund seiner risikofreudigen Transaktionen mehr als einmal knapp am Rande einer Insolvenz gestanden hatte. Ruhig, aber bestimmt bedeutete er seinem Freund, dass er sich für zu viele Menschen verantwortlich fühlte, um in solcherlei Geschäfte zu investieren. Doch aus Dankbarkeit richtete Nikolai einige kleine Geschäftskonten bei Pierres Bank ein. Aus dem nämlichen Grund wollte Lydia ihre Firma über Pierre abwickeln, was damals zum ersten und bisher einzigen Streit zwischen den Liebenden führte. Den Argumenten Nikolais hatte Lydia nichts entgegenzusetzen, aber auch sie wollte dem französischen »Retter« auf diese Art und Weise ihre Dankbarkeit ausdrücken. Es war das erste und letzte Mal, dass Nikolai sich in Lydias geschäftliche Belange einmischte. Und schließlich einigten sie sich auf eine vernünftige, risikoarme Splitterung der Geschäftsverbindungen mit Pierre. Nikolai wachte aus seinen Gedanken auf – er sah sich um und nahm Lydias Hand in die seine.

»Ihr Lieben. Ihr könnt euch sicherlich vorstellen, dass Lydia in den letzten Wochen sehr, sehr angespannt war und das auch immer noch ist. In zwei Tagen hat ihre neue Kollektion Premiere. Angesichts eurer Verlobungspläne musste sie euch reinen Wein einschenken, ihr könnt euch vorstellen, wie ihr jetzt zumute ist. Und am Premierenabend, der genau auf Millas Geburtstag fällt, wird unsere Tochter auch das erste Mal im Schlussbild auftreten.« Er sah zögernd in die Runde. Alle drei schauten ihn an, machten jedoch keinerlei Anstalten, ihn zu unterbrechen. Das wertete er als gutes Zeichen. »Sind wir es meiner Lydia nicht schuldig, gerade jetzt zusammenzuhalten und ihr zu beweisen, dass wir eine intakte Familie sind?« Nikolai senkte den Kopf, stockte und sah Sohn und Tochter mit einem gütigen Ausdruck an. »Unter den gegebenen Umständen muss das besonders mühsam für euch sein.« Er hielt noch immer die Hand seiner Liebsten. Alexej stand ruhig auf und legte seine Hand auf die von Lydia und Nikolai. Milla machte es ihm nach, und wortlos lächelten sich alle an.

24

Lydia sah mit Lampenfieber durch die leicht geöffnete Bühnentür, die den Blick freigab auf den großen Ballsaal und den Laufsteg. Sie wusste, sie hatte mit ihrem Team eine wunderbare Kollektion kreiert und alle notwendigen Vorbereitungen getroffen. Es ergab eigentlich keinen Sinn, jetzt noch nervös zu werden. Sie konnte nur noch alles laufen lassen. Trotzdem hatte sie feuchte Hände und einen Knoten im Magen. War vielleicht Milla der Grund ihrer Sorgen? Sie würde heute an ihrem einundzwanzigsten Geburtstag ihr Bühnendebüt als Model feiern. Der Ballsaal des »Ritz« war bis auf den letzten Platz ausgebucht, ein babylonisches Stimmengewirr erfüllte den Raum. Ihr Blick glitt über die begehrtesten Plätze direkt am Laufsteg. Alle wichtigen Menschen der Modeszene waren anwesend; sogar die führenden Couturiers der Konkurrenz. Über die Anwesenheit von zwei weltberühmten Designern, die angeregt plaudernd beieinandersaßen, freute sie sich ganz besonders. Sie hatte sie höchstpersönlich eingeladen und durch ihre Werkstatt geführt.

Alle sind sie gekommen, dachte Lydia zufrieden. Ihr Blick fiel auf ihre Familie und ihre Freunde. Pierre stand als Einziger noch und grüßte geschäftig nach allen Seiten. Der eitle Kerl schien es sichtlich zu genießen, im Rampenlicht zu stehen. Die diesjährigen Haute-Couture-Schauen wurden mit der »Belle de Jour«-Kollektionspremiere abgeschlossen. Auch das war ein Signal für die Konkurrenz. Wie schon im letzten Jahr hatte Lydia auch diesmal den Mut, als Letzte in den Ring zu steigen. Die Fotografen rangelten um die besten Plätze. Lydia schloss die Seitentür.

»It's showtime«, wandte sie sich an ihre Mannequins, die fürs erste Bild bereitstanden.

Während die jungen Damen sich johlend und klatschend anspornten, verdunkelte sich der Ballsaal, und eine Fanfare kündete vom Beginn der Show. Ein erwartungsvolles Schweigen breitete sich aus.

Milla saß völlig entspannt zwischen Alexej und ihrem Vater. Sie war ja auch erst zum Schluss dran. Lydia würde sich später um ihr Mädchen kümmern. Erstes Bild, zweites Defilee – alles klappte wie am Schnürchen. Lydia genoss die elektrisierende Stimmung im Saal. Als sich die Models nach dem Schlussbild des ersten Sets in Theater-Art tief verneigten, waren Publikum und Presse begeistert. Die Fotografen feuerten ihr Blitzlichtgewitter ab, die Journalisten schrieben eifrig in ihre Notizblöcke, der Lärmpegel im Saal stieg merklich an.

»So, ihr Lieben«, kündigte Milla freudig an, »ich schlüpfe mal langsam in mein Brautkleid, dass leider nun doch nicht *mein* Brautkleid wird.« Sie tätschelte Alexej und fragte Robert keck und ohne sich dabei etwas zu denken: »Oder willst du als Bräutigam einspringen?«

Robert schaute verdutzt drein, stimmte dann jedoch in das Lachen der anderen mit ein.

»Viel Glück, ma chère!«, sagte Alexej und küsste sie dreimal. Im Weggehen warf sie ihm eine Kusshand zu.

»Milla, meine geliebte Milla, du siehst einfach hinreißend aus«, flüsterte Lydia, als sie ihre Tochter in der Brautkleid-Kreation sah.

»Ich weiß«, entgegnete Milla ebenso leise zurück. »Und das habe ich nur dir zu verdanken, Mama.«

Draußen im Saal flachte der Beifall für das vorletzte Bild gerade ab, ein Tusch ertönte, und alle lauschten der sonoren Stimme des Conférenciers.

»Mesdames et Messieurs«, und nach einer kleinen Kunstpause, »wir dürfen Sie noch einmal um Ihre geschätzte Aufmerksamkeit bitten ...« Es war vollkommen still geworden. Natürlich wussten die meisten Gäste aus der Presse, dass Milla, die Tochter des Hauses, heute in die Modewelt und die Pariser Society eingeführt werden sollte, und niemand wollte diesen Auftritt versäumen. »... ›Belle de Jour‹ schätzt sich glücklich, zum ersten Mal in der Geschichte des Hauses die bezaubernde Milla Bellasowa zu präsentieren!«

Was nun folgte, ging in die Geschichte der Haute Couture ein. In Absprache mit Lydia hatten sich die Choreografen etwas ganz Besonderes ausgedacht. Der höfliche Anfangsbeifall wurde jäh von einem mächtigen Donnergrollen übertönt, Blitze zuckten durch das gespenstische Halbdunkel. Ein Suchscheinwerfer tanzte über die Köpfe des Publikums und erfasste schließlich einen jungen schwarzen Mann im grauen Hochzeitsfrack, der zu Beethovens Fünfter langsam und würdevoll über den Laufsteg schritt. Mit offenen Mündern verfolgten die Zuschauer das Spektakel. Die stimmige Dramaturgie, der allererste Auftritt eines Farbigen bei einer Haute Couture-Modenschau – das war so außergewöhnlich, dass die Gäste begannen, angeregt zu tuscheln. Zum Schlussakkord der Sinfonie brauste tobender Applaus auf. Der Bräutigam wartete am Ende des Laufstegs, nur erfasst von dem Suchscheinwerfer. Der Rest des Saales lag im Dunkel.

Jetzt wurde der Anfang des Laufsteges in ein warmes, von Rot zu Gelb changierendes Licht getaucht, in das Milla freudestrahlend hineintrat. Das Publikum war vollkommen entzückt. Zur Melodie von »Hier kommt die Braut« betraten zwölf Brautjungfern den Laufsteg und bildeten einen Kreis um Milla. Es regnete Rosenblüten, und das Licht hatte Farbe und Form der Sonne angenommen. Diese Braut war einfach atemberaubend schön. Man hätte die sprichwörtliche Stecknadel fallen hören können. Milla trug ein körperbetontes, bodenlanges, mit einer langen Schärpe versehenes Kleid aus champagnerfarbener Spitze, das ihr wundervolles Dekolleté voll zur Geltung brachte. Das Engelhafte ihrer Erscheinung wurde noch verstärkt durch zwei hauchzarte Flügel, die an ihrem Rücken befestigt waren und sich bei jedem Schritt leicht bewegten. Braut und Bräutigam standen an beiden Enden des Laufstegs in einem Lichtkegel. Die Brautjungfern bildeten ein Spalier, und zu den Klängen des Hochzeitsmarsches ging das Paar, wie in Glanz getaucht, aufeinander zu. Es erschien den Zuschauern fast so, würde Milla über den Boden schweben. Als die beiden sich in der Mitte trafen, verschmolzen die Lichtkegel. Das Paar umarmte sich zum Kuss. Die Brautjungfern klatschten, und das Publikum brach in frenetischen Jubel aus. Minutenlang skandierten sie »Lyyyydia« und »Millaaaa«.

Letztere nahm ihren Bräutigam bei der Hand, winkte mit der anderen freudestrahlend in die Menge und küsste nacheinander die Brautjungfern. Lydia hatte das Spektakel von der Bühne aus beobachtet und weinte vor Stolz und Glück. Sie hatte ständigen Blickkontakt zu den Licht- und Tonleuten gehalten und längst signalisiert, dass sie auf das übliche Defilee bei einer Modenschau, nämlich sich und ihre Mannequins zum Schluss auf dem Laufsteg zu präsentieren, gern verzichten würde. Diese Begeisterung um Milla war das schönste Finale, was sie sich hätte wünschen können. Als der Jubel langsam abebbte, gab sie dem Tonmeister ein Zeichen, das Geburtstagsständchen für Milla anzustimmen. Mit dem ersten Ton von »Zum Geburtstag viel Glück« schritt sie singend auf ihre gefeierte Tochter zu. Bis Milla realisierte, was hier gerade geschah, stimmten alle Gäste, einschließlich der Journaille, freudig mit ein. Milla schlug die Hände vors Gesicht. Als sie sah, dass ihre geliebte Mutter auf sie zukam, raffte sie ihr Kleid und versuchte, ihr entgegenzulaufen. Überglücklich fielen sich beide in die Arme, hielten sich fest umschlungen, während die Menge tobte.

Lydia bedeutete dem in der ersten Reihe sitzenden Nikolai, dass alle, die zur Geburtstagsfeier eingeladen waren, hinter die Bühne gehen sollten, und sie verließ, ihre Tochter untergehakt und den schwarzen Bräutigam im Schlepptau, den Laufsteg Richtung Bühne.

25

Pierre und Madeleine hatten es sich nicht nehmen lassen, Millas Geburtstag in ihrem Landhaus auszurichten. Die Terrasse war geschmückt worden, zahlreiche Lampions erhellten die Nacht. In silbernen Schüsseln lag der Champagner auf Eis. Die Köche hatten ein mediterranes Menü gezaubert, und der Patissier hatte ein mehrstöckiges Kuchen-Kunstwerk gebacken – mit einer schneeweißen Figurine von Milla in ihrem Brautkleid aus Baiser. Alle waren freudig und ausgelassen, nur Alexej wirkte in sich gekehrt. Er stand abseits, als Milla an den Tisch trat, auf dem ihre Geschenke aufgebaut waren. Eine schwere Bernsteinkette von den Gastgebern, eine Schellack-Edition der Wiener Sopranistin Elise Elizza, Handschuhe aus Brüsseler Spitze – es nahm kein Ende, und Milla strahlte über beide Ohren.

Als der erste Trubel sich gelegt hatte, trat Alexej zu seiner neuen »Schwester« und steckte ihr, unbemerkt von den anderen, ein kleines Schmuckkästchen zu. Milla begann zu zittern.

»Umtauschen konnte ich ihn nicht mehr«, sagte Alexej und räusperte sich.

Milla traten Tränen in die Augen, denn sie wusste, was die Schatulle beinhaltete. Sie ergriff Alexejs Hand und drückte sie ganz fest. Das hätte für sie und ihn der Tag der Tage werden sollen, der Tag, an dem ihre lebenslange Liebe durch die Verlobung hätte publik gemacht werden sollen. Und nun musste er seiner großen Liebe den wunderschönen Diamantring heimlich zustecken. Keiner der Geburtstagsgäste nahm Notiz von der rührenden Szene, nur Lydia hatte die beiden beobachtet. Auch ihr steckte ein Kloß im Hals. Wie gern hätte sie die beiden vereint gesehen, wie gut konnte sie ihren Schmerz nachempfinden.

Da geschah etwas, was auch die Mutter nicht hätte voraussehen können. Milla, immer noch leise weinend, wandte sich zu den Gästen und öffnete Alexejs Geschenk: »Seht mal hier, ihr Lieben, diesen Ring hat mir mein Herzensfreund geschenkt.« Und damit steckte sie sich den im Kerzenschein funkelnden Diamantring an den Finger. Während die Frauen sich um Milla scharten und »das Verlobungsgeschenk« bewunderten, war Alexej ins Haus verschwunden.

Am folgenden Tag versammelten sich gegen Mittag wieder alle auf der Terrasse zu einem späten Frühstück. Die Sonne schickte ihre ersten warmen Strahlen, und man spürte den Sommer kommen. Alle genossen die lobenden Berichte und positiven Schlagzeilen in der Tagespresse. Der Diener war schon frühmorgens nach Paris gefahren, um sämtliche Zeitungen druckfrisch zu erstehen. Milla und ihre Mutter saßen in der Mitte des großen Teakholz-Tisches, auf den eine uralte Eiche ein wenig Schatten warf. Nikolai und sein Sohn saßen ihnen vis-à-vis – umringt von Jasha, Marina, Sergej und seiner Assistentin Mira, Tita, Sergejs hübscher Tochter, die heimlich in Alexej verliebt war und sich blendend mit Milla verstand, Robert, der zwischen den beiden hin- und hergerissen war, und die Gastgeber Pierre und Madeleine.

»Le Figaro«, »Paris Soir«, »Le Matin« – alle wichtigen Tageszeitungen hatten Milla und Lydia auf die Titelseite gehoben: »Ein Engel ist geboren«, »Belle de Jour«, »Bezaubernde Milla« oder »Milla, das neue Gesicht.« Man überschlug sich in Superlativen.

»Bezaubernde Milla, darf ich dir nachschenken?«, neckte Alexej sie.

Einerseits fühlte Milla Stolz und Dankbarkeit, andererseits war sie auch ein wenig verängstigt, wie erschlagen ob dieser außergewöhnlichen Resonanz.

Sie klopfte mit einem Löffel an ihr Glas: »Ihr Lieben, Mama ...« Sie schaute ihre Mutter an. »Das habe ich alles dir zu verdanken und ein bisschen natürlich auch Papa? Weil ich so hübsch geworden bin!« Sie lächelte. Die Anwesenden lachten und klatschten. »Und euch allen auch ganz herzlichen Dank für eure Anwesenheit bei der Schau. Ich habe nur euch angeguckt, das hat mir Sicherheit gegeben!« Sie kämpfte mit den Tränen. »Und euch, Pierre und Madeleine, danke ich für die wunderschöne Geburtstagsfeier im Kreis unserer Freunde! Ich möchte, dass wir immer zusammenhalten. Denn gute Freunde sind so wichtig im Leben! Mama und Papa sind meine wichtigsten! Und natürlich Alexej«, fügte sie hinzu. »D'accord?«, schaute sie fragend in die Runde.

»D'accord«, kam es unisono von allen zurück.

»Darauf sollten wir gleich noch ein Glas Champagner trinken!«, rief Pierre, worauf niemand Einwände hatte.

Im Innenteil der Zeitungen wurde überaus positiv über »Belle de Jour« berichtet. Der Tenor war einhellig.

»Große Mode, große Schau, große Choreografie. Ein Meilenstein«, las Nikolai stolz vor.

»Und überall wird Milla eine blendende Zukunft vorausgesagt«, fügte Alexej an. »Hier zum Beispiel: Milla Bellasowa wird sich vor Angeboten kaum retten können. Sie ist der neue Stern am Modehimmel.«

»Ach, diese Schreiber, die übertreiben doch immer maßlos, das Ganze wird schon nicht so wild werden«, meinte Milla lapidar.

Sie und die anderen konnten nicht ahnen, dass zu diesem Zeitpunkt bereits alle wichtigen Agenturen und Modemagazine, Geschäftsleute mit verwegenen Vermarktungsideen, Regisseure mit noch verwegeneren Filmplänen, wohlklingende Angebote in der Zentrale von »Belle de Jour« eingereicht hatten. Die Flut von Anfragen und Angeboten riss in den nächsten Tagen nicht ab. Umso glücklicher waren Milla und die ihren, dass sie sich eine Zeit lang auf dem väterlichen Weingut erholen konnten. Unabhängig von der familiären Situation, die es zu besprechen galt, sollten vor allem Milla und Lydia ein wenig zur Ruhe kommen. Danach hätte man auch wieder die Kraft, mit Nikolai und Alexej die Möglichkeiten zu sondieren, die sich auf einmal für Milla aufgetan hatten. Uneins waren sie darüber, ob sie Robert und Tita zu diesem Urlaub einladen sollten. Während die Eltern ein verlängertes Wochenende im familiären Kreis bevorzugten, plädierten Milla und Alexej für eine Woche mit den beiden, um ein bisschen Abwechslung zu haben. Die Tatsache, dass sie kein Liebespaar mehr sein konnten, war zwar nach wie vor eine Belastung, aber – und das war ihrer Jugend geschuldet – Milla fand Gefallen an Robert, und Alexej fühlte sich zu Tita hingezogen.

26

Idylle war der Begriff, der jedermann einfiel, wenn er Nikolais französisches Weingut Perraudin im Westen der Côte d'Azur zum ersten Mal zu Gesicht bekam. Nach einer Fahrt über den gewundenen Kiesweg erreichte man das Haupthaus, dem hohe Laubbäume Schatten spendeten. Das stattliche, in zwei Flügel gegliederte Gebäude lag in einem weitläufigen Park, in dem sich Blumenfelder mit altem Baumbestand abwechselten. Der geräumigen Terrasse vorgelagert waren zwei Springbrunnen und ein großer, von Hecken gezäumter Pool. Dahinter, direkt am Fuße einer kleinen Weinlage gelegen, befand sich das Nebenhaus, in dem reichlich Platz für Gäste war und wo Jasha einen florierenden Handel organisiert hatte. Neben Wein und Champagner wurden verschiedene Konfitüren, Fois Gras, aber auch Reitaccessoires feilgeboten. Unweit vom Nebenhaus gab es eine große Stallung mit Nutz- und Reitpferden.

In den letzten Jahren hatte Milla immer wieder davon geträumt, hier mit Alexej zu leben und eine Familie zu gründen. Wehmütig dachte sie daran, als sie jetzt auf einer Steinbank vor dem Haupthaus in der Abendsonne saß und auf die anderen wartete. Alle waren nach der langen Zugfahrt auf ihre Zimmer verschwunden, um sich frisch zu machen. Milla hatte kurz geduscht und sich dann ein dünnes Hängerkleid mit floralen Mustern übergestreift, war in Sandalen geschlüpft und als Erste fertig geworden. Nikolai hatte – was allgemeinen Anklang fand – ein Grillfest vorgeschlagen. Tita gesellte sich als Erste zu ihrer Freundin. Sie war etwas kleiner als Milla, mädchenhaft und schlank, dabei gut proportioniert. Ihre Haare waren dunkelblond und die blauen Augen von einer solchen Intensität, dass man nicht umhin konnte, sie immer wieder anzustarren. Tita war, genau wie Milla, sehr feinfühlig, und als sie ein Jahr nach ihr ins Internat gekommen war, hatten sich die beiden Mädchen auf Anhieb blendend verstanden. Sie galten als die »Zwillinge«, geliebt für ihre Späße und gefürchtet wegen ihrer manchmal etwas herrischen Art. In einem Punkt unterschied sich

Tita ganz wesentlich von ihrer Freundin: Für sie kam nur ein Mann mit viel Geld infrage. Sie brauchte das Gefühl der Sicherheit und des Versorgtseins.

»Danke Milla, es ist so schön hier. Jetzt versteh ich, warum du immer von diesem Gut geschwärmt hast. Hier könnte ich auch mit meinem Liebsten glücklich werden.«

Milla lächelte, obwohl es ihr einen Stich ins Herz versetzte. Sie hatte sehr wohl mitbekommen, dass sich Alexej und Tita mehr als sympathisch waren. Die Vorstellung, er und ihre beste Freundin könnten hier glücklich werden, störte sie dennoch. Aber was blieb ihr übrig, als sich in die Situation zu fügen. Alexej und Tita konnten ja nun weiß Gott nichts für diese Umstände.

»Du und Alexej hier? Niemals! Nur über meine Leiche«, frotzelte sie lachend.

»Mein Name in Verbindung mit Leichen?«, rief Alexej. »Was habt ihr denn da schon wieder ausgeheckt?«

Tita beschwor Milla mit einem unmissverständlichen Blick und einem angedeuteten Kopfschütteln, dass sie doch bitte schweigen sollte. Aber Milla war gerade danach, die Freundin etwas aufzuziehen. Sie tat so, als hätte sie die stumme Bitte Titas nicht registriert.

»Mmh, Tita könnte sich sehr gut vorstellen, hier mit ihrem Liebsten zu leben«, trällerte sie scheinheilig, »und da habe ich eben an dich gedacht. Da ist mir doch meine beste Freundin lieber als irgendeine andere Schickse!«

Tita glaubte, im Boden versinken zu müssen.

»Wie denkt der junge Graf darüber?«, legte Milla nach.

Alexej war irritiert und heilfroh, dass Robert hinzukam und wissen wollte: »Was wird denn hier gespielt?«

Während Tita und Alexej sich verstohlen, aber zugeneigt ansahen, klärte Milla auf.

»Wir spielen gerade Heiraten!«

»Wer gegen wen?«, wollte Robert wissen.

»Na, die beiden natürlich.« Milla deutete mit dem Kopf auf Tita und Alexej.

»Prima, dann können wir ja eine Doppelhochzeit feiern ...«, meinte Robert trocken und erschrak über sich selbst.

»Waaas?«, rief Tita. »Wen?!«

Robert blieb gelassen, schaute nach links und nach rechts. »Wieso, ist hier noch jemand außer Milla?«

Alle lachten etwas gequält und waren nicht unglücklich darüber, dass Nikolai und Lydia mit Grillgut auf großen Silbertabletts aus dem Haus traten.

Milla hatte die Ernsthaftigkeit hinter Roberts gespielt lässigen Aussagen sehr wohl wahrgenommen und war berührt und konsterniert zugleich. Grundsätzlich wäre das eine gute Konstellation, dachte sie. Nur war sie Alexej immer noch viel zu nah, um sich seriös damit auseinanderzusetzen. Wie fatal wäre es, wenn Mutter sich geirrt hätte, sinnierte sie. Nein, zu vieles spricht dafür, dass es so ist. Aber der letzte Beweis muss noch erbracht werden, klammerte sie sich an eine unwahrscheinliche Hoffnung. Sie war gerührt, durcheinander, zerrissen. Sie erinnerte sich an den schönen Vierzeiler, den Alexej ihr vor zwei Tagen in einem Kuvert zugesteckt hatte.

Die Liebe hat so viele Triebe
die Hoffnung zwingt die Angst zurück
die Angst zu denken, was denn bliebe
wenn unser Traum in weite Ferne rückt

Während sie laut zitierte, sah sie Alexej an.

»Oh, wie schön, meine kleine Poetin«, rief ihre Mutter. »Von wem ist das, von dir?«

Milla schüttelte den Kopf, immer noch Alexej anblickend. »Nein, von dem da«, sie deutete mit dem Finger auf ihn, »meiner großen Liebe.«

Alexej und Milla kämpften mit den Tränen und konnten sie schließlich nicht zurückhalten. Sie machten zwei Schritte aufeinander zu und hielten sich schluchzend im Arm, bis Milla ihr Leid hinausschrie.

»Warum!? Warum, Liebster, sag mir, warum?« Die ganze Anspannung der letzten Tage brach aus ihr heraus. »Warum wir?«, schrie sie hysterisch. »Warum ausgerechnet wir?« Als ihre Beine nachgaben, trug Alexej sie zu der mit Kissen ausgelegten Steinbank und hielt sie beschützend im Arm.

Tita und Robert wussten nicht, wie sie sich verhalten sollten, und nahmen sich unwillkürlich bei den Händen. Lydia zog es das Herz zusammen. Sie wollte zu ihrer Tochter gehen und sie trösten, doch Nikolai hielt sie zurück.

»Lass sie allein, Liebste. Komm, wir bereiten das Essen vor.«

Sie hatten dem Personal freigegeben, um unter sich zu sein. Während Nikolai und Robert sich um den Grillkamin bemühten, deckten die Frauen den Tisch, dessen Kopf auf die Steinbank zeigte, auf der, eng umschlungen, Milla und Alexej saßen. Lydia schaute immer wieder aus den Augenwinkeln zu den beiden und war froh darüber, dass sich Milla offenbar wieder gefangen hatte.

»Es tut mit leid«, rief sie unvermittelt, »ich habe einen Mordshunger!«

Lydia lächelte. Typisch meine Tochter. Von einer auf die andere Minute kann sie den Schalter umlegen. Was sie nicht wissen konnte, war, dass Milla und Alexej sich gegenseitig das Versprechen gegeben hatten – unabhängig davon, ob sie mit jemandem zusammenlebten –, nie jemand anderen zu heiraten. Auch dann nicht, wenn es in der jeweiligen Verbindung Kinder geben sollte.

Das Gespräch beim Essen verlief sehr kontrovers, es ging um die vielen Angebote für Milla. Die Anfragen aus der Filmbranche wurden relativ schnell ad acta gelegt, obwohl Tita ein Faible dafür hatte. Milla machte allen deutlich, dass sie sehr gern in die Fußstapfen ihrer Mutter treten würde. Nicht, weil es nahelag, sondern weil sie spürte, dass es ihr am meisten Spaß machen würde. In den letzten Monaten hatte sie häufig bewiesen, wie geschickt sie an der Nähmaschine war und mit Nadel und Faden umgehen konnte. Das Wichtigste aber war die Kreativität.

»Ja«, pflichtete ihr Lydia schmunzelnd bei, »ich habe bei den letzten Kollektionen einige Ideen von dir umgesetzt. Nicht, um dir einen Gefallen zu tun oder weil mir nichts einfiel, sondern weil ich sie einfach gut fand.«

»Was?«, fragte Milla. »Davon hast du mit gar nichts erzählt, obwohl ich bemerkt habe, dass der ein oder andere Vorschlag von dir aufgegriffen wurde.«

»Deshalb sollten wir wohl auch das Angebot eines Investors besprechen, der eine eigene Linie unter der Marke ›Milla‹ herausbringen möchte«, warf Nikolai ein.

»Oh, den Namen müssten wir sofort schützen lassen«, mischte sich der angehende Jurastudent Alexej ein.

»Bravo«, klatschte Nikolai in die Hände. »Ich seh schon, aus dir wird mal ein richtig guter Advokat.«

»Ja, aber ich finde, das ist zu früh für mich«, meinte Milla. »Ich möchte mich erst einmal in die Materie einarbeiten, um ein ordentliches Fundament zu haben.«

Lydia nickte zustimmend: »Das ist die richtige Einstellung, mein Kind. Du solltest nichts überstürzen.«

»Gleichwohl«, meinte Robert, bei dem als angehender Bankier der Geschäftssinn durchbrach, »man sollte das Eisen schmieden, solange es heiß ist!«

»Da ist was dran. Aber in diesem Fall bin ich ganz bei Milla und Lydia. Wie wäre es, wenn du dich um die Namensrechte kümmerst, mein Sohn?«, verteilte Nikolai die erste Aufgabe.

Milla freute sich über das Interesse an ihrer Person. »Ich glaube, das Einzige, was zu meinem Werdegang momentan wirklich passen würde, ist nebenbei als Fotomodell zu arbeiten. Ohne dass ich den Zeitaufwand unterschätzen möchte. Aber wir können ja die Angebote gut selektieren und nur die Rosinen rauspicken. Was meint ihr?«

Alle nickten.

»Und du hältst dich damit im Gespräch und somit auch deine Marke, wenn du die irgendwann bringen möchtest«, begeisterte sich Tita.

»Was hältst du davon, Verkaufsförderung zu studieren?«, fragte Nikolai. »Dann hätten wir innerhalb unseres Freundeskreises bald alle relevanten Felder besetzt.«

Der Entschluss stand fest: Nach der Rückkehr in die Hauptstadt würden sie mit den beiden größten Managern Verhandlungen aufnehmen.

In den nächsten Tagen genossen sie die Ruhe auf dem Weingut.

Milla zog jeden Morgen ihre vierzig Bahnen im Pool, und wenn sie prustend und erschöpft auftauchte, saß Alexej auf einer der Liegen und las. Sie waren sich einig, dass sie ihr Problem nicht zerreden wollten. An den Umständen war ohnehin nichts zu ändern. Sie mussten es so hinnehmen – ohne Schuldzuweisungen. Ihre Eltern waren dankbar für diese Einstellung. Alexej fragte nach Katharina, seiner Großmutter. Aber warum sie nicht, wie angekündigt, gekommen war, musste man erst einmal eruieren. Nikolai vermutete, dass es wohl mit Irina, die noch immer in der Psychiatrie war, zusammenhängen musste ...

Die Ferientage vergingen in schönem Gleichmaß, und alle versammelten sich zu den Mahlzeiten. Milla nahm ausgiebige Sonnenbäder; die vier jungen Leute machten Ausflüge in die Umgebung, besuchten Flohmärkte und genossen die Leichtigkeit des Lebens an der Côte d'Azur. Lydia und Nikolai erkundeten jeden Winkel ihres Weingutes, probierten mit dem Winzer den nächsten Jahrgang, ließen sich alles erklären, studierten die Wirtschaftsbücher und freuten sich über das Fortkommen des Betriebes.

Viel zu schnell gingen die freien Tage vorüber, und bei der Abfahrt empfand Milla jene Melancholie, die sie immer bei jedem Abschied beschlich, aber gleichzeitig war sie freudig erregt: Die Zukunft, ihre Zukunft hatte gerade erst begonnen.

27

Als Milla mit ihrer Entourage die Räumlichkeiten der Agentur im Viertel L'Hôtel de Ville betrat, war sie beeindruckt – von dem riesigen Entree, den imposanten Schwarz-Weiß-Fotografien berühmter Mannequins, von der dienstbeflissenen Sekretärin. Die führte sie, Nikolai und ihren Anwalt in einen halbdunklen, hohen Raum. Auch hier waren – bis auf die Bücherwand, die vom Boden bis zur Decke reichte und dem wuchtigen, alten Schreibtisch – alle Wände voll mit Frauen-Porträts. Milla war froh, in Begleitung ihres Vaters und seines Freundes zu sein. Nicht, dass sie sich nicht allein hätte vorstellen können, doch sie brauchte das Gefühl, man könnte ihr – falls notwendig – zu Hilfe eilen. Außerdem brachte es den Vorteil, die Verhandlung nicht selbst führen zu müssen. Künstler, und zu denen zählte sie sich jetzt schon, sollten das nie tun.

Henry Lapidus, der Chef der Agentur »Le Visage«, war »très enchanté« von Milla und machte auch keinen Hehl daraus. Er war ein eleganter, grau melierter, stockschwuler Grandseigneur der alten Schule und begrüßte sie überschwänglich. Er erhob sich von seinem Schreibtisch, eilte, ein Spitzentaschentuch schwenkend, auf sie zu, ohne ihren Begleitern auch nur die geringste Beachtung zu schenken, verbeugte sich tief und hauchte einen Handkuss auf Millas ausgestreckte Linke.

»Mademoiselle Milla«, holte er aus, indem er beides übertrieben gedehnt aussprach. »Comme merveilleux, enchanté, très enchanté.«

Er begriff sofort, dass Milla ein ganz besonderes Juwel war. Ab der ersten Sekunde ihrer Begegnung war ihm klar, dass er – unter welchen Bedingungen auch immer – diesen Rohdiamanten am liebsten lebenslang unter Vertrag nehmen wollte.

Auch Milla spürte sofort diese innere Verbindung. Dieser eitle »Gockel« könnte ein väterlicher Freund für sie werden; einer, der ihr ohne jede sexuelle Konnotation zur Seite stehen würde. Den zweiten Termin des Tages bei »Mascerade«, das wusste sie nach dieser Begrüßung, würde sie gar nicht mehr wahrnehmen.

Auch Nikolai bemerkte, dass die beiden sofort einen Draht zueinander gefunden hatten. Henry begrüßte ihn und seinen Freund ebenso charmant, wenn auch wesentlich zurückhaltender. Sie waren in diesem Zusammenhang Fußvolk.

Milla sollte mit ihrer Einschätzung recht behalten. Die Verhandlung verlief zügig, schnörkellos und in einer angenehmen Atmosphäre. Henry war ein alter Hase, aus jedem Satz sprach fundierte Erfahrung, und er hatte sofort herausgefunden, in welche Richtung sie dachte.

»Milla, Messieurs, machen Sie sich bitte keine Gedanken. Ich halte Ihre Art, an die Dinge heranzugehen für die einzig richtige. Ich hätte Milla«, dabei sah er sie freudestrahlend an, »genau diesen Weg empfohlen ...« Er lächelte gütig und machte eine kleine Kunstpause. »Nur, wenn Sie erlauben, würde ich dringend dazu raten, die Startphase etwas anders zu gestalten.« Er schaute, ob seine Gesprächspartner verstanden hatten, und nickte selbstzufrieden, weil er ihre volle Aufmerksamkeit hatte. »Ich würde die enorme Medienwirksamkeit, die Milla zurzeit genießt, dazu nutzen wollen, sie in den nächsten Wochen im ganzen Land bekannt zu machen und zu etablieren. Wir alle wissen doch, dass sie kein nur einmal kurz aufflackerndes Sternchen ist, das bald wieder verglüht, sie verstehen ...?« Er wartete auf Akklamation und sprach dann weiter: »Ich will, dass sie eine feste Größe in diesem Riesenzirkus wird und auch bleibt, d'accord?« Als er sah, dass alle nickten, setzte er seine Rede fort: »Wenn wir diese erste Etappe auf dem Weg zum Ruhm meistern, und davon bin ich mehr als überzeugt, dann, ihr Lieben«, er wurde ein wenig jovial, was ihm aber alle nachsahen, »dann werden wir den von Ihnen angestrebten Weg erfolgreich, sehr erfolgreich begehen.« Den letzten Satz hatte er fast geflüstert und dabei Milla erwartungsvoll angesehen.

Milla sah ihn leicht amüsiert an, ohne dabei zu verraten, was in ihr vorging. Im Innersten wusste sie, dass Henry ›ihr Mann‹ war, sie war mit allem bereits einverstanden und in Gedanken schon bei »Belle de Jour«. Sie hatte sich vorgenommen, bis zur Herbst/Winter-Kollektion alle Abteilungen zu durchlaufen, um dann für die nächste Frühjahr/Sommer-Mode ihre eigenen Ideen einbringen zu können. Der leicht irritierte, erwartungsfrohe Blick von Henry holte sie wieder zurück in die Realität. Sie sah ihn lächelnd an und klatschte dann in die Hände.

»Ich bin nicht zufrieden, Henry.« Auch sie verstand sich auf Gesprächsführung, machte eine kurze Pause und meinte ein Blitzen in seinen Augen zu erkennen. Dem war auch so, bezog sich allerdings auf die Tatsache, dass sie ihn zum ersten Mal mit Vornamen angesprochen hatte, was ihm herunterging wie Öl. »Ich bin ganz und gar nicht zufrieden«, schüttelte sie etwas görenhaft den Kopf. »Ich bin glücklich, Henry, ich bin richtig glücklich, dich gefunden zu haben. Genauso machen wir es – allerdings unter einer Bedingung!« Die Männer sahen sie neugierig an. »Keine Nachrichten oder Anrufe von deiner Sekretärin oder sonstigen Angestellten! Ich will immer nur den persönlichen Kontakt zu dir, einverstanden?«

Henrys Augen strahlten vor Glückseligkeit, er nickte stumm.

Nikolai war etwas pikiert, dass Milla den alten Herrn gleich duzte. Andererseits war er fasziniert davon, mit welcher Koketterie und Selbstverständlichkeit sein Mädchen die geschäftlichen Belange regelte und dabei echte Punktlandungen hinlegte.

»Und«, hob Milla ihren Finger, um ihren Worten Nachdruck zu verleihen, »ich möchte, dass du zehn Prozent mehr bekommst als üblich.«

»Aber warum das?«, fragte Henry konsterniert, und auch Nikolai und sein Rechtsanwaltsfreund Richard wunderten sich.

»Weil ich möchte, dass meine Belange bei dir immer Priorität haben und du nicht wegen des schnöden Mammons etwas anderes oder eine andere bevorzugt behandelst.«

Nikolai schmunzelte und war ungemein stolz auf seine Tochter. Wie schnell hatte sie von ihrer Mutter gelernt.

Henry hingegen war entrüstet: »Aber Chérie«, sagte er und schlug die Hände vor der Brust zusammen, »du musst doch spüren, dass es mir bei dir nicht um Geld geht? Das ist eine Beleidigung. Aber ich sehe dir das nach, weil du noch so jung bist«, tat er es mit einer wegwerfenden Handbewegung ab. »Ich habe in meiner Branche alles erreicht. Ich habe auch genug Geld! Ich könnte mich zurückziehen, aber dann wäre es mir zu langweilig, obwohl ich gut Müßiggang betreiben kann. Du wirst meine letzte große Patience, du wirst all meine Aufmerksamkeit bekommen, Tag oder Nacht, wann immer du willst.« Er sah Milla liebevoll an: »Ich möchte dir ein väterlicher Freund sein, ich möchte überhaupt nicht von dir bezahlt werden! Ich möchte schon seit Langem eine Stiftung für Not leidende Fotografen und Fotomodels gründen. Wenn du möchtest, werden wir den ganz normalen Prozentsatz dort hineinfließen lassen?«

Milla hatte ihm gespannt zugehört. Sie wusste, an ihm hatte sie einen Freund gefunden, der offen, ehrlich und direkt zu ihr sein würde.

»Gut gesprochen, mon ami«, lachte sie ihn an, obwohl sie gerührt war. »Und ich lass den doppelten Satz einfließen in deine wundervolle Idee!« Sie hatte Henry gerade zum glücklichsten Menschen in Paris gemacht. »Was meinst du, Papa?«

Nikolai war von der gesamten Entwicklung ehrlich überrascht und spürte die Kraft, die von Milla und Henry ausging.

»Wenn ihr einverstanden seid, werde ich mich zu fünfzig Prozent an der Stiftung beteiligen, sodass ihr als gleich gestellte Partner fungieren könnt.«

Milla sprang ihrem Vater um den Hals und gab ihm einen Schmatz auf die Wange.

»Das ist wunderbar, Papa, du bist wunderbar«, frohlockte sie, »und wenn Henry einverstanden ist, kann Richard gleich zwei Verträge vorbereiten. Einen für mich und einen für die Stiftung!«

»Das ist perfekt, Monsieur Nikolai. Ich vertraue Ihnen und werde die Verträge nicht einmal prüfen lassen«, begeisterte sich Henry. »Wie wäre es, wenn ich zur Feier des Tages zum späten Dejeuner einlade? Gleich ums Eck in ein Bistro, wo wir draußen sitzen könnten?«

»Bonne idée«, rief Milla, »ich habe Hunger. Wir wollten nach diesem Termin ohnehin etwas essen, und nachdem wir danach nicht mehr zu einem Konkurrenten gehen werden, nehmen wir die Einladung gerne an?« Sie lächelte schelmenhaft.

»Ganz in meinem Sinne, Kleines.«

In Henrys Augen blitzte es wieder verdächtig. »Konkurrenz? Welche Konkurrenz, meine Liebe? Ich habe doch nur Mitbewerber, oder?«, lachte er, und alle fielen in das Lachen ein.

»Und heute Abend kommst du zu einem kleinen Dinner zu uns, einverstanden Papa? Ich möchte, dass du unsere Familie kennenlernst! Bin schon ganz gespannt, was Mama sagen wird!«

»Oh, es wird mir eine Ehre sein. Ich habe Madame Lydia schon einige Male kurz bei Modeaufnahmen getroffen. Eine faszinierende Persönlichkeit. Ich freue mich sehr!« Und an seine Sekretärin gewandt sagte er: »Ma petite, bring uns bitte den Champagner. Wir haben etwas zu feiern!«

Die nächsten Wochen erlebte Milla wie eine Mischung aus Wirklichkeit, Traum und Film. Sie war eingespannter, als sie sich je hatte vorstellen können. Henry hatte mit seiner Ansage, sie im ganzen Land bekannt zu machen, nicht übertrieben. Ihr Gesicht prangte von allen Titelseiten der einschlägigen Magazine und der Tagespresse. Die Storys kreisten geschickt um die Themen Mode, »Belle de Jour«, ihre Persönlichkeit, ihre Karriere, ihre Visionen und nicht zuletzt die Gründung der Künstlerstiftung, die sie angeblich allein gegründet hatte.

28

Milla saß in ihrem winzigen Büro bei »Belle de Jour«, dessen karge Einrichtung aus einem Tisch, einem Drehstuhl, einer Nähmaschine und Regalwänden voller Musterstoffe bestand. Sie wollte Skizzen entwerfen, war jedoch nicht ganz bei der Sache. Es ging ihr so viel durch den Kopf. Als sie vorhin die Firma betreten hatte, wurde ihr bewusst, dass das gesamte Entree fast ausschließlich mit ihren Fotos dekoriert war. Das bedeutete, dass »Belle de Jour« ziemlich auf ihre Person zugeschnitten war. Sie wusste nicht, ob sie sich darüber freuen sollte oder ob ihr das eher Angst machte. Zum ersten Mal fühlte sie sich in ihrem kurzen Berufsleben irgendwie unausgeglichen und unentschlossen. Sie trug sich seit Wochen mit dem Gedanken, Henry vorzuschlagen, ein gemeinsames neues Modemagazin mit dem Namen seiner Agentur »Le Visage« auf den Markt zu bringen, aber sie verwarf den Gedanken immer wieder und sprach entgegen ihrer sonstigen Art auch mit niemandem darüber. Sosehr es sie freute, innerhalb von Monaten im ganzen Land bekannt geworden zu sein, sie ärgerte sich darüber, dass sie kaum etwas zur anstehenden Herbstkollektion beigetragen hatte.

Es war schwül an diesem Spätsommertag. Ihr Baumwollkleid klebte an ihrem Körper. Mechanisch schob sie den Stoff bis ans Ende ihrer Oberschenkel hoch, um sich ein wenig Luft zuzufächeln. Dabei berührte sie unabsichtlich ihre Scham. Ein tiefer Seufzer ließ ihre Gedanken abschweifen zu ihren Internatsnächten. Wie oft hatten sie und Tita sich gestreichelt. Und danach hatte sie sich selbst berührt und an ihren Alexej gedacht. Sie sehnte sich nach dem wohligen Gefühl, und ihre Hand glitt unwillkürlich zwischen ihre Beine. Wie feucht sie war. Sie schloss die Augen und versuchte, an Robert zu denken, aber immer wieder schob sich Alexej in ihre Fantasien. Plötzlich wurden sie, Robert und Alexej zum Trio infernale. Sie wollte aufhören, konnte aber nicht. In ihrer Vorstellung liebkosten sie sich gegenseitig. Sie hatte die

Glieder der beiden in ihren Händen. Ihr Körper spannte sich leicht nach hinten, wohlige Schauer durchzuckten sie. Da war es wieder, dieses unbeschreiblich angenehme, lüsterne Gefühl, begleitet von einem leisen, immer schneller und lauter werdenden Stöhnen, bis sich ihr Unterleib aufbäumte und die Anspannung sich in einem Orgasmus entlud.

Als sie wieder zu sich kam, fühlte sie sich beobachtet. Aus den Augenwinkeln sah sie ihre Mutter vor der mit großen Scheiben versehenen Glastür stehen. Gerade war sie im siebten Himmel gewesen, körperlich befriedigt, nun stieg Beschämung in ihr hoch. Sie wusste nicht, wie lange ihre Mutter sie beobachtet hatte. Spontan winkte sie Lydia mit der rechten Hand herein und schob mit der linken ihr Kleid notdürftig hinunter.

»Hallo, mein Kleines, ich möchte deine Meinung zu diesen Entwürfen hören«, tat ihre Mutter geschäftig, ohne ihre Tochter richtig anzusehen. »Ich sehe gerade, ich habe die letzten vergessen.« Sie legte die Modeskizzen auf den Tisch. »Bin gleich wieder bei dir.« Sie drehte sich um und war schneller draußen, als sie gekommen war.

»Ist gut, Mama«, konnte Milla ihr gerade noch nachrufen.

Lydia ging tatsächlich in ihr Büro, aber sie hatte in Wahrheit nichts vergessen. Sie war einfach nicht in der Lage, mit dieser Situation umzugehen. Sie hatte sehr wohl bemerkt, was ihre Tochter getan hatte und brauchte jetzt Zeit, um über diese merkwürdige Szene nachzudenken. Sie fühlte sich irgendwie mitschuldig. Schließlich hatte sie es ihr verwehrt, regelmäßig in Alexejs Armen liegen zu können. Der konnte sich als Mann sicher anders abreagieren, in ein Hurenhaus gehen oder in einer einschlägigen Bar leichte Mädchen erbeuten. Aber Milla? Sie würde die emotionale Nähe eines anderen Mannes vorerst nicht zulassen. »Mein armes Kind«, seufzte sie. Wenn Milla nur fünfzig Prozent von meiner Sexualität in ihren Genen hat, muss es eine Qual für sie sein. Wie ungerecht, dass es keine Häuser für Frauen gibt, sinnierte sie weiter und überhörte das Klopfen an der Tür.

Henry steckte gut gelaunt seinen Kopf in ihr Büro. »Lydia, Liebes, wann werden die Entwürfe zum Fotografieren fertig sein?«

Sie war erfreut, ihn zu sehen. Was für ein Seele von einem Menschen, dachte sie. Immer bestens gelaunt und meistens für einen vernünftigen Ratschlag gut. Und den kann ich jetzt wirklich gebrauchen.

»Henry, dich schickt der Himmel«, begrüßte sie ihn überschwänglich. »Setz dich! Ich muss ein Problem mit dir besprechen! Du bist der Einzige, der eine Lösung finden wird!«

Milla starrte verstört auf die Skizze, die vor ihr lag. Unbewusst hatte sie verschiedene kleine Akte darauf gemalt, die sie gar nicht mal so schlecht fand. Sie wollte sie gerade zerknüllen und in den Papierkorb werfen, als Henry hereinplatzte.

»Henry«, rief Milla irgendwie erleichtert und erfreut, »dich schickt der Himmel!«

»Du kannst nicht leugnen, die Tochter deiner Mutter zu sein«, sagte er und küsste ihre Wangen. »Sie hat mich eben mit den gleichen Worten begrüßt und mir noch ein paar Entwürfe für dich mitgegeben.« Er legte sie zu den anderen auf den Tisch. »Der Fotograf ist gerade bei ihr, um die Termine abzusprechen. Du sollst ihr bitte einfach in die Skizzen reinzeichnen, wenn dir was einfällt.«

»So etwas fällt mir gerade ein«, grinste sie und schob Henry die Aktzeichnungen hin.

»Ich wusste es schon immer«, sagte er anerkennend und drehte die Blätter ins Licht, »du bist ein Multitalent.«

»Ach, hör auf«, sagte sie peinlich berührt, »das sind doch nur Kritzeleien, Fingerübungen … Was anderes: Ich will, dass du mich heute, morgen und übermorgen auf eine der vielen Einladungen begleitest. Ich muss mal auf andere Gedanken kommen. Machst du mir die Freude?«, bettelte sie scheinheilig und in dem Wissen, dass er ihr eine solche Bitte niemals abschlagen würde.

»Aber mein Herz, bien sûr!« War er doch mit dem Vorsatz gekommen, sie zuerst zum Essen und dann in eine der angesagten Bars auszuführen. »Ich werde uns was Passendes aussuchen. Aber du musst mir versprechen, mich danach auch ins Maxim's zu begleiten!«

»Waaaas? Das soll doch so ein Aufreißerschuppen sein«, spielte sie die Entrüstete. »Hast du es denn so nötig?«, fragte sie süffisant, ohne zu ahnen, dass er in erster Linie wegen ihr dorthin wollte.

»Ja«, sagte er voller Inbrunst. »Ja, das habe ich! Und wenn mir so danach ist, muss ich meinem Trieb nachgehen!«

»Hmm«, murmelte Milla und schaute ihn leicht verdutzt an, »so einfach ist das?«

»Ja! So einfach ist das. Man muss es einfach nur zulassen!«

29

Am nächsten Abend besuchten sie die Vernissage eines jungen Malers im Pariser Künstlerviertel. Man sagte ihm nach, dass er nur Huren als Nacktmodelle engagierte. Sie seien nicht so genant wie bürgerliche Frauen, und das machte es ihm wesentlich leichter. Die Pariser Gesellschaft liebte diesen Bohemien und begrüßte seine Verrücktheit. Henry war überzeugt, dass die Mischung aus Boheme, Aristokratie und Rotlichtmilieu genau das Richtige wäre, um Milla auf andere Gedanken zu bringen. Cedric, so der Name des aufstrebenden Künstlers, hielt gerade eine kleine Ansprache, als Milla und Henry die Ausstellungsräume betraten. Alle Köpfe drehten sich … Als Cedric merkte, dass die Neuankömmlinge alle Blicke auf sich zogen, wandte er das Wort direkt an sie und hob einen Arm:

»Ah, Mesdames et Messieurs, da ist sie, der Liebling der Saison – Mademoiselle Milla!« Er machte einen tiefen Diener, die Gäste applaudierten.

Milla, die sehr elegant aussah, errötete leicht. Sie hatte nur sehr wenig Make-up aufgelegt und trug ein schwarzes Bleistiftkleid – schlicht, bis zum Hals geschlossen, eine perfekte Silhouette für ihren fraulichen Körper. Sie nickte den Gästen strahlend zu, aber eigentlich war ihr der Auftritt peinlich. »Es tut mir sehr leid, Monsieur Cedric. Ich wollte Sie nicht unterbrechen.«

»Aber, aber, Mademoiselle Milla, ich bitte Sie, von Ihnen unterbrochen zu werden, ist mir eine Ehre!«

Milla verspürte ein leichtes Kribbeln. Der Kerl ist wirklich interessant.

»Salut, Henry«, sagte Cedric, »schön, dass ihr da seid!« Er wandte sich wieder an seine Gäste und fuhr mit seinen Ausführungen fort. »Mesdames et Messieurs, ich hoffe, Sie durch meine Malerei ein wenig inspiriert zu haben und die Aktmalerei wieder als seriöse Kunst zu etablieren«, lächelte er augenzwinkernd. »Ich danke Ihnen herzlich, dass Sie sich die

Zeit genommen haben!« Eine kurzes Kopfnicken, die Andeutung einer Verbeugung und noch während des herzlichen Beifalls wandte sich Cedric wieder Milla und Henry zu. Ohne Umschweife ergriff er ihre Hand.

»Wie schön, Sie endlich kennenzulernen.«

»Danke. Ganz meinerseits!«

»Sie haben persönlich eine noch stärkere Ausstrahlung als auf Ihren Fotos.«

Milla fühlte sich geschmeichelt.

Cedric steuerte direkt auf sein Ziel zu. »Wir müssen Ihnen etwas gestehen, und ich hoffe sehr, Sie zürnen Henry nicht, dass er mir Ihre Aktskizzen gezeigt hat?«, lächelte er bittend.

Henry stand angespannt zwischen ihnen und hoffte, Milla würde nicht böse sein, dass er etwas so Intimes ohne ihr Wissen weitergeleitet hatte. Im ersten Moment ärgerte sich Milla und hätte die beiden am liebsten stehen gelassen, doch im gleichen Augenblick bewahrte sie Contenance und war neugierig, wie der Künstler ihre Kritzeleien bewerten würde. Sie warf Henry ein geheucheltes Lächeln zu.

»Du Schlitzohr, deshalb hast du darauf bestanden, bei Cedric vorbeizusehen?«, flüsterte sie ihm zu.

Henry zog beide Schultern hoch und machte eine entschuldigende Geste. »Verzeih, mein Sonnenschein. Ich hätte es bedauert, wenn du meinen Vorschlag abgelehnt hättest. Manchmal muss man auch unpopuläre Dinge tun, um etwas auf den Weg zu bringen.«

»Soso«, tat sie gespielt amüsiert. »Was wollt ihr denn gemeinsam auf den Weg bringen?«

Cedric strich seine lange Mähne mit beiden Händen nach hinten. »Milla, Sie haben ein außerordentliches Talent. Vielleicht können wir beide etwas voneinander lernen?« Das Timbre seiner Stimme gefiel ihr.

Er ist ein wirklich faszinierender Mann, ging es ihr durch den Kopf.

»Was könnten Sie denn von mir lernen?«, sagte sie überrascht.

»Das würde ich Ihnen gerne an einem anderen Ort näherbringen. Ich muss nicht mehr allzu lange hierbleiben. Wie wäre es, wenn Sie sich in Ruhe meine Bilder ansehen und wir danach im ›Moulin Rouge‹ eine Kleinigkeit zu uns nehmen?«

»Vorschlag gerne angenommen«, erwiderte Milla zu Henrys Erleichterung.

Als Cedric sich entschuldigend abwandte, sah sie Henry strafend an, um sich dann lächelnd bei ihm einzuhaken. »Na dann, führ mich mal herum, bevor ich dich nie mehr wiedersehen möchte«, sagte sie scherzhaft.

Ihm war trotzdem irgendwie mulmig zumute, und er hoffte inständig, dass die Idee hinter dieser Einfädelung später von Erfolg gekrönt wäre und Milla es im Nachhinein verstünde.

Die kleinen Nebenräume im »Moulin Rouge« waren vor Mitternacht noch nicht sehr gut besucht. Milla mochte es, wenn sie irgendwo war und das Lokal sich erst langsam füllte. Sie genoss die schummrige Atmosphäre und das belebende Prickeln des eiskalten Champagners. Sie hatten sich alle drei für eine Bouillabaisse entschieden, und Milla hatte für sich Pellkartoffeln dazu bestellt. Sie liebte es, die Erdäpfel in dem köstlichen Sud zu zermanschen und verzichtete – wenn es möglich war – immer auf das obligate Weißbrot. Insgeheim neugierig, was Cedric im Schilde führte, tat sie so, als interessierte sie nur das Treiben im »Moulin Rouge«. Sie vermied es, als Erste das Thema erneut anzuschneiden.

Cedric blickte sie eingehend mit seinen braunen Augen an und nahm den Faden wieder auf: »Sie inspirieren mich, liebste Milla«, sagte er. »Sie inspirieren mich so sehr, dass ich Sie gerne malen würde.«

Milla wusste nicht, ob sie sich geschmeichelt fühlen oder beleidigt sein sollte. Sie ging davon aus, dass es wohl kaum einen Aktmaler geben würde, der sie nicht gerne als Nacktmodell gehabt hätte.

Cedric spürte, dass sie nicht sonderlich beeindruckt war. Mit ihren einundzwanzig Jahren ist sie schon erstaunlich abgeklärt, dachte er. »Nicht, dass Sie mich missverstehen. Es geht mir nicht darum, Sie nackt zu sehen. Meine Intention ist, voneinander zu lernen.«

Milla zog leicht die rechte Augenbraue hoch, sah ihn direkt an, ohne dass ihre Mimik verriet, was in ihr vorging.

»Schauen Sie, Milla. Sie malen Kleidung ohne Köpfe, ohne Hände, wenn man so will, ohne Seele. Ich male nackte Körper ohne Kleidung, gewähre dabei jedoch tiefe Einblicke, auch in das Seelenleben.«

Sie kamen beide nicht umhin zu lächeln. Henry, der sich bislang bewusst zurückgehalten hatte und anfangs skeptisch dreinblickte, schnaufte jetzt erleichtert durch. Er konnte mittlerweile Millas Gemütszustand ganz gut von ihrem Gesicht oder ihrer Körperhaltung ablesen und wusste, dass die kreative Herausforderung der Knackpunkt war.

»Das ist doch eine Geschichte, die ihr ausleben solltet«, wagte er einzuwerfen.

Milla und Cedric schmunzelten sich an. Sie glaubte, etwas Lüsternes in seinem durchdringenden Blick zu entdecken und musste sich eingestehen, dass es ihr durchaus gefiel. Frech hielt sie seinem Blick stand und wusste, dass sie mit Cedric zusammenarbeiten würde, so oder so ...

Just in diesem Moment kamen die leicht geschürzten Kellnerinnen und servierten die Bouillabaisse.

Als sie fast am Ende der Mahlzeit waren, sagte Cedric: »Ich möchte einen Vorschlag machen, und bitte auch diesen nicht falsch zu verstehen.«

»Ich auch«, hob sie ihre Hand.

»Bitte!«, wollte er ihr galant den Vortritt lassen.

»Nein, Sie zuerst«, beharrte sie. Ihr Vorschlag war ihr nämlich etwas peinlich, und so hoffte sie, etwas Zeit gewinnen zu können.

»Nun, ich möchte gerne, dass wir in einer Atmosphäre miteinander arbeiten, in der wir uns absolut wohlfühlen – vor allem aber Sie.«

Milla registrierte dies lächelnd und mit einem leichten Kopfnicken und ermunterte ihn fortzufahren. Was für ein dreister Kerl, ich habe noch gar nicht zugestimmt und er spricht schon von Atmosphäre, dachte sie.

»Ähm, ich habe es zwar selbst noch nie praktiziert, aber ich würde selbstverständlich, während ich arbeite, auch unbekleidet sein, damit wir gleiche Voraussetzungen schaffen und Sie sich nicht allein ausgeliefert fühlen müssen, Sie verstehen?«, endete er leicht unsicher.

Sie musste laut lachen und zog damit die Blicke von den Nachbartischen auf sich. Die großen Shows der zahlreichen Theater in der Nähe waren zu Ende, und das Restaurant hatte sich inzwischen gut gefüllt.

Nachdem sie eben das Essen beendet hatten, verspürte sie Lust zu rauchen. Cedric reichte ihr sein geöffnetes Etui und zündete Millas Zigarette an. Sie blies den Rauch genüsslich aus und ließ die beiden ungleichen Männer an ihrer Seite noch einige Sekunden zappeln. Hier Henry – elegant, weltmännisch, gut aussehend und für die Damenwelt unerreichbar –, dort Cedric – ein schlanker, athletischer, smarter Bonvivant, der sich seiner Wirkung auf Frauen sehr wohl bewusst war.

»Gibt es noch Champagner?«, fragte Milla schelmisch.

Eine Kellnerin hörte ihre Frage und schenkte geflissentlich nach.

»Dann lass uns darauf anstoßen«, lächelte sie Cedric lasziv an. »Nicht, dass du es falsch interpretierst … Salute. Ich wollte den gleichen verrückten Vorschlag machen! Das sieht nach gleicher Wellenlänge aus.«

Henry fiel ein Stein vom Herzen, und Cedrics Blick versetzte sie in freudige Erwartung.

»Ich habe noch einen Vorschlag, Milla!«

»Ob der so gut ist wie der erste?«, flötete sie.

»Unabhängig davon, was wir an Einzelbildern schaffen – ich möchte das Experiment wagen, ein großes gemeinsames Bild zu malen. Du die Klamotten und ich die Nackten.«

»Bravo!«, rief Milla so laut und fröhlich, dass sich die Gäste wieder zu ihnen umsahen.

»Und wenn wir voneinander gelernt haben, machen wir ein zweites: Ein Pendant«, beschwor er geheimnisvoll und mit tiefer Stimme ihr Vorhaben. »Dann malst du, Milla, die Nackten und ich die Entwürfe!«

Milla klatschte vor Begeisterung in die Hände.

Er breitete beide Arme aus. »Und dann soll die Welt mal erraten, wer bei diesem Duett was kreiert hat!«

Milla und Henry schauten verblüfft und bewundernd zugleich.

»Cedric«, sagte sie anerkennend, »das ist eine grandiose Idee! Warum bin ich nicht selbst darauf gekommen?«

»Er hatte einen gewissen zeitlichen Vorlauf!«, grinste Henry.

»Du machst den Vertrag fertig«, klopfte sie ihm auf die Schulter.

Cedric wirkte enttäuscht.

»Was ist?«, wollte Milla wissen, die seine Verstimmung spürte.

»Hm, einen Vertrag zwischen uns, zwischen zwei Künstlern, die sich auch ohne Worte verstehen würden? Milla! Ich biete dir fifty-fifty an unter Zeugen«, er blickte zu Henry, »hier vor deinem Manager!« Er streckte seine Rechte aus.

Erst jetzt bemerkte sie, wie kräftig männlich und doch feingliedrig seine Hände waren. Sie ergriff seine Hand und spürte im gleichen Moment ein Zucken in ihrem Unterleib. Ein Zucken, das zehn-, nein hundertfach stärker war als jenes bei den Streicheleien mit Tita. Sie sah ihn geradewegs an und hauchte: »Einverstanden, Monsieur Cedric.« Sie konnte nur ahnen, dass es ihm ähnlich erging.

30

Noch benommen von den Exzessen der letzten Nacht schlug Alexej die Augen auf. Durch die Spalten des zugezogenen Vorhanges blitzte hier und da die Sonne und erzeugte Seen aus Licht auf dem Boden. Er hasste zugezogene Vorhänge. Sie nahmen in seinen Augen dem Licht, das alles Leben erhält, die Kraft. Angewidert schaute er auf das Mädchen, das leicht schnarchend und mit offenem Mund neben ihm lag. Wie ein Karpfen, bevor man ihn ausnimmt, dachte er abgestoßen. Die Schlampe muss die Vorhänge noch im Suff zugezogen haben. Irgendwann in den letzten Monaten hatte er aufgehört, seine Amouren zu zählen. Abend für Abend hatte er eine Willige in sein Apartement am südlichen Rand des Hyde Parks mitgenommen. Darunter waren nur zwei, die er in großen Abständen immer wieder traf. Er bildete sich ein, dadurch Milla, aber auch Tita besser vergessen zu können.

Das war auch der Grund, warum er kurz nach ihrem Aufenthalt auf dem Weingut Frankreich fast fluchtartig verlassen hatte. Seiner Familie und seinen Freunden hatte er erzählt, er wolle in ein bis zwei Jahren der englischen Sprache mächtig sein und dann in Paris oder womöglich auch in England sein Jurastudium beginnen. Alle bedauerten diesen Schritt, konnten seine Intention jedoch nachvollziehen. Doch er darbte hier vor sich hin. Nichts entwickelte sich in eine Richtung, die ihm gefallen hätte. Weder seine Sprachkenntnisse und schon gar nicht sein Gefühlsleben. Er sehnte sich nach dem rauen Klima und der wildromantischen Landschaft des Languedoc, in der das Weingut lag. Was gäbe er jetzt dafür, mit Jasha am Kai bei den Fischern zu sitzen. Fangfrische Austern und einen trockenen Weißwein zu schlürfen. Dazu ein frisches Baguette mit gesalzener Butter zu genießen und den alten Männern und ihren abstrusen Geschichten zu lauschen. Dabei ging ihm immer wieder durch den Kopf, dass Tita sich vorstellen konnte, dort mit ihrem Liebsten zu leben. Wäre Tita vielleicht die Richtige, nachdem er Milla nicht haben konnte? Er hatte es nicht einmal ausprobiert, ob sie auch im Bett zusammenpassten. Beim Gedanken an die Austern lief ihm das Wasser im Mund zusammen. Er spürte, dass er Hunger hatte. Abends aß er unter dem Einfluss von Alkohol oft wenig. So auch gestern. Er stieg mühsam aus dem Bett, schob die Vorhänge zur Seite und öffnete weit das Fenster.

Das Mädchen drehte sich vom Licht weg und quengelte: »Mmh, Süßer, mach wieder dunkel und komm ins Bett.«

Er beachtete sie nicht. Sie ekelte ihn an. Er nahm sich vor, ab sofort keine mehr mitzunehmen, mit der er nicht auch aufwachen konnte. Gleichzeitig wusste er jedoch, dass er das Gegenteil tun würde. Er lachte sarkastisch und ging ins Badezimmer. »Da werden nicht viele Mädels übrig bleiben«, murmelte er zu seinem Spiegelbild. Er putzte sich die Zähne und duschte, dann rubbelte er sich ab, parfümierte sich, zog sich an und verließ die Wohnung in der Hoffnung, sie bei seiner Rückkehr leer vorzufinden. Nach einem kurzen Gang durch den Hyde Park wollte er ein Pub aufsuchen, um ein spätes Frühstück im Freien zu sich zu nehmen.

Die kesse, etwas dralle Dunkelhaarige mit den Huskyaugen, die ihn bediente, war ihm das letzte Mal schon aufgefallen. Sie tauschten kurz einen Blick aus. Sie musste neu hier sein. Zunächst bestellte er ein warmes Porridge und Kamillentee, um seinen Magen zu beruhigen.

»Schlimme Nacht gehabt?«, blitzte die helläugige Husky-Dame ihn vielsagend an, sodass er schon wieder spürte, wie die Lust in seinen Lenden aufstieg. Postalkoholische Geilheit, attestierte er sich in Gedanken.

Er begutachtete sie von oben bis unten und nickte stumm. Sie hatte pralle Brüste und etwas kräftige, aber wohlgeformte Beine.

»Da würde auch eine Massage helfen«, raunte sie.

»Kannst du das denn?«, tat er fast gleichgültig.

»Ich könnte mir Mühe geben!«

Sie stand ein wenig breitbeinig vor ihm, sodass der enge schwarze Rock über ihrer Scham spannte.

Die Vorstellung einer entspannenden Massage nach einem ausgiebigen späten Frühstück gefiel ihm. Er könnte in die Bücher schauen, müsste nicht mehr auf die Pirsch gehen und könnte morgen mal ausgeruht zum Unterricht kommen.

»Wann bist du fertig?«

»In zwei oder drei Stunden?«

»Bring mir Bleistift und Papier, dann schreib ich dir meine Adresse auf.«

Er sah ihr nach. Sie wiegte mit ihren Hüften beim Gehen.

Nach dem Porridge mühte er sich durch den »Sunday Mirror« und nahm sich diesmal ernsthaft vor, seine Englischkenntnisse zu verbessern. Dann bestellte er ein Omelett mit Zwiebeln und Speck und dazu ein Bier, ohne dass sie ein privates Wort gewechselt hatten. Als er zahlte, drückte er ihr einen Zettel mit seiner Anschrift in die Hand und den Anfangsinitialen, die das Schild auf seiner Tür schmückten.

»Ich bin eine Schamanin«, flüsterte sie vielsagend. »Du wirst es nicht bereuen.«

Er verstand sie gar nicht richtig, aber es war ihm egal. Er wusste, sie würde ihm guttun.

Als er seine Wohnung betrat, war er erleichtert. Das Mädchen war weg. Alle Vorhänge waren auf. Die Fenster gekippt. Alles sauber und aufgeräumt.

Doch keine Schlampe, revidierte er sich schmunzelnd und froh darüber, wohl auch noch im Suff die richtige Wahl zu treffen. Auf dem Nachttisch entdeckte er einen Zettel mit einem Namen und Telefonnummer. Darunter stand »Free Call«. Er zerknüllte ihn, warf ihn in den Papierkorb unter dem Sekretär, um ihn gleich darauf wieder herauszunehmen, mit der Hand glatt zu streichen und ihn zwischen ein paar Bücher zu legen, die auf dem Schreibtisch lagen. Er stellte eine Karaffe mit Wasser und zwei Gläser auf den Nachttisch und bezog das Bett frisch. Dann lehnte er die Eingangstür an – für den Fall, dass er einschlafen und das Klopfen der »Schamanin« überhören sollte. Im Salon schenkte er ein Glas halb voll mit Whisky, nahm es mit ins Schlafzimmer, setzte sich an den Sekretär, der vor dem Fenster stand, legte die Beine hoch und genoss, bestrahlt von der hereinscheinenden Nachmittagssonne, eine langsame Zigarette und die vielfältigen

Aromen des Scotch. Danach zog er sich aus und legte sich nackt und bäuchlings aufs Bett.

Wenig später stand die Schamanin vor seiner Tür und klopfte. Als sie keine Antwort erhielt, trat sie zögernd ein. Durch die offene Tür sah sie den schlafenden Alexej auf dem Bett liegen. Ein Lächeln huschte über ihr Gesicht. Sie streifte ihre Schuhe ab und zog sich leise aus, immer den Blick aufs Bett gerichtet. Ihre Kleider ließ sie auf dem Boden liegen, ging ins Bad und machte sich frisch. Sie fand ein Körperöl, ging auf Zehenspitzen in die Küche, erwärmte das Öl auf kleiner Flamme und füllte es in eine Schale, die sie vorsichtig auf dem Nachttisch neben der Karaffe abstellte. Sie goss sich ein Glas Wasser ein und betrachtete Alexejs Körper. Dann tauchte sie ihre Finger in das handwarme Öl und ließ davon ein paar Tropfen auf seinen Nacken fallen. Sanft massierte sie seinen Kopfansatz. Mit einem wohligen Raunen machte er ihr klar, dass er wach geworden war. Sie legte eine Hand flach über seinen Poansatz und ließ sie eine Zeit lang dort ruhen. Ein warmes Gefühl durchströmte seinen Körper. Fast wäre er wieder eingeschlafen, als sie begann, das Öl entlang seiner Wirbelsäule auf seine Haut tropfen zu lassen. Mit harmonischen, kreisenden Bewegungen verteilte sie es auf seinem Rücken. Als Nächstes begann sie, seine Füße zu massieren. Dann beträufelte sie seine Beine und verrieb das Öl von den Fesseln aufwärts zu seinem Po. Dabei berührte sie, leichthin und zufällig, immer wieder seine Genitalien. Mit einem ungesehenen Lächeln quittierte sie, dass er immer erregter wurde. Sie spreizte leicht seine Beine, legte sich auf ihn und streichelte mit ihren steifen Brustwarzen seinen Rücken. Erst jetzt wurde ihm klar, dass sie – wie er auch – vollkommen nackt war. Als er sich umdrehen wollte, hielt sie ihn sanft zurück.

»Schschsch, genieße es einfach, lass es zu. Ich werde dich mit einer Massage verwöhnen«, hauchte sie.

Er ließ sie gewähren. Sie setzte sich zwischen seine Beine, sodass ihre Schenkel über seinen lagen. Immer wieder träufelte sie warmes Öl auf seine Pobacken und ließ dabei – wie unabsichtlich – ein paar Tropfen auf seine Hoden und seinen erregten Penis fallen. Er stöhnte vor Lust, während sie ihn massierte.

»Fass ihn an!«, bettelte er.

Sie erfüllte seinen Wunsch nicht, gab stattdessen ihre Position auf und drehte ihn um. Ihr Lächeln war geheimnisvoll. Nun glaubte Alexej, ans Ziel seiner Lust gekommen zu sein, doch weit gefehlt. Sie setzte sich wieder zwischen seine Beine und ölte sanft seine Arme, seine Hände und seine Brust ein. Als sie seinen Bauch und seine Schamhaare einrieb, pochte sein Glied gegen ihre Schenkel. Er hatte sich ein zweites Kissen unter den Kopf geschoben, um ihre Bewegungen besser sehen zu können. Ihre Haut hatte die Farbe von Bronze, die Brusthöfe waren groß und dunkel, und ihre Warzen so dick wie die Kuppen seines kleinen Fingers.

»Du darfst dich am Blick ergötzen, mehr nicht«, flüsterte sie und kniete sich rücklings über ihn, sodass er ihren Anus und ihre Scham sehen konnte. Ihre rosige Vulva glänzte vor Feuchtigkeit und bildete einen Kontrast zu ihren kurzen gekräuselten Schamhaaren und ihrer olivfarbenen Haut. Sie ölte seine Unterschenkel ein und umfasste dabei zwischendurch mit beiden Händen seinen Hodensack. Jedes Mal, wenn er glaubte, erlöst zu werden, ließ sie von ihm ab. Sie setzte sich so auf seinen Bauch, dass er ihre feuchte Scham spürte. Er hatte das Gefühl, dass er bersten und sie mit seinem Sperma bedecken würde. Zarten, lustvollen Nadelstichen gleichend betropfte sie seinen Penis mit Öl, um ihn dann langsam zu streicheln.

»Schneller«, keuchte Alexej.

Sie bildete mit beiden Händen einen Ring und ließ sie über seine Eichel hin und her gleiten.

Mit einem Schrei entlud er sich aufbäumend zwischen ihren Fingern.

»Gutgutgutgut«, flüsterte sie mit einem gurrenden Ton.

»Ich habe es sehr genossen, danke.«

»Mitakuje ojasin«, lächelte sie.

»Wie bitte?«

»Was ich anderen antue, tue ich mir an. Was ich mir antue, den anderen. Im Guten wie im Schlechten«, sagte sie ruhig.

Er sah sie mit großen Augen an. »Woher kommst du?«

»Marokko«, gab sie zurück. Sie stand auf und ging mit wogenden Hüften ins Bad.

»Du musst wenigstens dreißig Minuten liegen bleiben, um es nachwirken zu lassen«, rief sie über die Schulter hinweg. Als sie zurückkam, wusch sie ihn.

»Ich bin Alexej.«

»Ich bin Sharon«, entgegnete sie sanft.

»Kommst du wieder, um mir so etwas Gutes anzutun?«

»Wenn du das möchtest, ja.«

»Was verlangst du dafür?«

Sie sah ihn liebevoll an. »Du gibst mir das, was du möchtest und was du geben kannst.«

»Da, über dem Stuhl in der Hosentasche … bedien dich!«

Sie den legte einen Mittelfinger auf seinen Mund. »Beim nächsten Mal legst du einfach etwas in meine Handtasche, ruh dich jetzt aus.« Sie ging in den Flur, um sich anzukleiden. Er beobachtete sie dabei.

»Du bist ein bezauberndes Wesen, wie erreiche ich dich? Ich fühle mich so wohl.«

»Schön, dass du so empfindest. Sag einfach im Pub Bescheid und lass die Tür angelehnt«, erwiderte sie.

Noch Stunden, nachdem sie weg war, verspürte er ein unbeschreibliches Gefühl der Befriedigung. Er schlief in dieser Nacht so tief und gut wie lange nicht mehr. Als er am nächsten Morgen aufwachte, wusste er, wie er seinen Aufenthalt in London zu einem sinnvollen Ende bringen würde.

Sharon besuchte ihn jeden Sonntagnachmittag nach ihrer Arbeit im Pub. Es war wie ein Ritual. Sie führte ihn in die Geheimnisse des Tantra ein. Seine Orgasmen wurden von Mal zu Mal intensiver. Ihre Behandlungen taten seinem Körper, seiner Seele und seinem Geist gut. Er spürte zwar eine gewisse Abhängigkeit und wurde süchtig auf ihre Besuche, aber er fühlte sich wohl dabei. Er traf sich nicht mehr wahllos mit irgendwelchen Frauen und konnte sich unter der Woche ganz dem Studium der englischen Sprache widmen. Als sie eines Sonntags nicht erschien, empfand er eine gewisse Leere und suchte eine seiner früheren Gespielinnen auf. Er wollte keine mehr zu sich nach Hause nehmen, weil er sie danach wegschicken müsste. So konnte er gehen, wie es ihm beliebte. Danach fühlte er sich noch leerer als zuvor und vor allem unbefriedigt. In Zukunft wollte er nur mit einer Frau schlafen, in die er auch verliebt war, nahm er sich vor. In der kommenden Woche zählte er die Tage bis zum nächsten Sonntag. Da er mit der fremden Sprache durch das intensive Lernen sehr gut vorangekommen war, fasste er den Entschluss, zum Ende des Jahres nach Frankreich zurückzugehen. Aber nicht nach Paris, sondern auf das Weingut. Ihm war klar geworden, dass ein Jurastudium für ihn nicht mehr infrage käme. Jasha verwaltete das Weingut seit vielen Jahren mit großer Hingabe und wirtschaftlichem Erfolg. Er hatte dort seine Bestimmung gefunden, nicht weil Nikolai und Lydia ihn beteiligt hatten, sondern weil es ihm ungeheuren Spaß machte und er mit ganzem Herzen dabei war, auch was das Gestüt anbelangte. Zudem hatte er einen jungen begabten Winzer gefunden, der ihn in die Geheimnisse des Weinbaus einführte. Jasha hatte aus dem ehemals heruntergewirtschafteten Anwesen ein florierendes Unternehmen gemacht, in dem sich – zu Urlaubszeiten – die gesamte Familie sichtlich wohlfühlte. So auch Alexej, der sich – ohne zu wissen, warum – sehr zu dem Verwalter hingezogen fühlte.

Als Sharon am darauffolgenden Sonntag zu ihm kam, erzählte er ihr von dem Weingut und seinem Vorhaben und fragte sie, ob sie sich vorstellen könne, mit ihm nach Südfrankreich zu gehen. Dabei dachte er merkwürdigerweise eher an Jasha als an sich.

»Ähm, nicht als die Frau an meiner Seite, ohne dir zu nahe treten zu wollen«, schmunzelte er. »Aber als eine gute Freundin, als sehr liebenswerter Mensch, der in dieses Umfeld dort viel besser passen würde als in diese unpersönliche Großstadt.«

»Ich danke dir für das Vertrauen«, lächelte sie. »Ja, so wie du davon erzählt hast, kann ich mir das vorstellen.« Sie strich ihm beim Aufstehen übers Haar. »Ich werde darüber nachdenken«, sagte sie leise und schon in dem Bewusstsein, das Angebot annehmen zu wollen.

31

Lydia und Nikolai saßen nach dem Essen mit Freunden gemütlich bei einem Digestif in der Bibliothek ihres Stadthauses. Draußen fiel ein kühler Novemberregen und drinnen verbreiteten die Scheite im Kamin eine wohlige Wärme. Milla, Tita und Robert waren nach dem Essen ausgegangen. Die Männer schmauchten teure Havannas, deren Geruch sich mit dem brennenden Kaminholz vermischte.

Lydia und Madeleine saßen nah beieinander und sprachen über ihre Beziehung.

»Hab ich dir eigentlich schon mal gesagt, wie froh ich über unsere Freundschaft bin?!«

»Das brauchst du mir gar nicht sagen. Das spüre ich jedes Mal, wenn wir uns treffen. Und die Sache mit Marina, Schwamm drüber! Ich weiß, dass Pierre mir immer untreu war. Er ist halt so!«

Lydia war froh, dass die sich anbahnende Liaison zwischen Sergej und Marina die Konstellation im Freundeskreis vereinfachte. Und sie bewunderte ihre Freundin für ihren Großmut.

»Unsere Kinder sind flügge geworden«, sinnierte Lydia. »Ich sehe Milla kaum noch bewusst, auch in der Firma eigentlich viel zu selten, und wenn, dann meistens bei irgendwelchen beruflichen Besprechungen.«

»Das geht uns mit Robert genauso, nicht wahr, Pierre?«

Der nickte zustimmend.

»Meine kleine Tita hat sich da ganz schnell angepasst«, lächelte Sergej.

»Aber ist es nicht schön zu sehen, wie selbstbewusst und selbstständig sie alle werden?«, warf Nikolai ein. »Seht euch Alexej an. Der Bengel ist einfach in ein fremdes Land gegangen!«

»Wie lange wird er noch dort bleiben?«, wollte Marina wissen.

»Vor ein paar Tagen kam ein Brief von ihm«, freute sich Lydia. »Er plant zum Weihnachtsfest zurückzukommen und fragt, ob wir die Tage bis Silvester alle zusammen auf dem Weingut verbringen könnten.«

»Lydia und ich halten das für eine wunderbare Idee, zudem ich die leise Hoffnung in mir trage, dass meine Frau Mama zum Fest kommen wird«, sagte Nikolai.

»Oh, ich würde mich so für euch freuen«, rief Madeleine.

Lydia nahm sie bei der Hand. »Ich weiß, ihr wolltet Silvester bei euch ausrichten, und wir sind alle dankbar dafür, aber könntet ihr euch mit der neuen Situation auch anfreunden?«

»Selbstverständlich. Was Schöneres als eine Familienzusammenführung zum Jahreswechsel kann man sich doch gar nicht vorstellen!«, meinte Pierre und dachte dabei heimlich auch an die Kosten, die er sich sparen würde.

Auch Sergej und Marina stimmten freudig zu. Sie saßen noch lange zusammen an diesem Abend und diskutierten unter anderem darüber, dass Alexej ihnen brieflich eröffnet hatte, dass er das Jurastudium an den Nagel hängen und sich lieber um das Gestüt kümmern wollte.

Als Milla am nächsten Morgen von den Neuigkeiten erfuhr, freute sie sich. Die Aussicht, mit der gesamten Familie und dem engsten Freundeskreis zwei harmonische, entspannende Wochen auf dem Weingut zu verbringen und auch Alexej wiederzusehen, beflügelte sie. Sie ärgerte sich darüber, dass sie eigentlich nichts zur Winterkollektion beigetragen hatte, auch wenn ihre Mutter immer wieder beschwichtigte, dass sie nicht zu viel auf einmal erwarten dürfe.

»Milla, sei nicht undankbar«, mahnte Lydia. »Schau, du bist am Beginn deiner Karriere und hast in dieser kurzen Zeit schon mehr erreicht, als du dir vorstellen konntest.«

»Ich weiß, Mama. Aber ich bin zu viel unterwegs und ständig mit Menschen zusammen, die ich nicht um mich haben möchte. Ich werde Henry sagen, dass die Fotos, die diese Woche gemacht werden, vorerst die letzten sind.«

Nikolai lächelte milde. »Vergiss aber bitte nicht, dass das letzte halbe Jahr eine hervorragende Grundlage für deine zukünftigen Pläne war.

Henry hat sich bisher an seinen Fahrplan gehalten, und soweit ich mich erinnere, hat er ohnehin vorgegeben, dich nach dem Aufbau nur noch punktuell einzusetzen.«

»Jaja«, zwitscherte Milla. »Macht euch keine Sorgen. Ich gehe jetzt an meinen Schreibtisch. Bis zur Abreise will ich Mama etwas Brauchbares für das nächste Frühjahr abliefern«, lachte sie und verabschiedete sich Kusshände werfend.

Trotz des Nieselregens hatte sie sich entschlossen, den Weg vom Stadthaus ins Atelier zu Fuß zu laufen. Sie wollte frische Luft tanken und etwas Bewegung haben, bevor sie den ganzen Tag am Schreibtisch sitzen würde. Das triste Wetter, die Tentakel der kahlen Bäume, die nach ihr zu greifen schienen, der kühle Nieselregen – Paris sah aus, wie sie sich fühlte. Aber dennoch: Was für eine Stadt! Selbst diese Stimmung spiegelt sie wider, dachte sie. Der Frust, den sie in sich trug, hatte wenig mit den Fototerminen oder der Tatsache, nichts für die Kollektion kreiert zu haben, zu tun. Sie hatte sich seit dem Gespräch im »Moulin Rouge« einige Male mit Cedric in seinem Atelier und in ihrem bescheidenen Büro getroffen, dass ihm gerade wegen seiner spartanischen Einrichtung und seiner Winzigkeit außerordentlich gut gefiel. Denn mit wenigen persönlichen Accessoires hatte Milla dem Raum eine ganz individuelle Note gegeben. Milla lächelte, als sie beim Überqueren der Straße in eine große Pfütze trat. Allerdings waren die Treffen in seinem Atelier ganz und gar nicht so verlaufen, wie sie es sich in ihren Tagträumen ausgemalt hatte. Es prickelte zwar jedes Mal, wenn sie sich trafen, aber es passierte nichts. Zumindest nicht das, wozu sie nach dem ersten Abend bereit gewesen wäre. Sie seufzte tief und war in Gedanken an der Firma vorbeigelaufen. Sie blickte auf und sah das Café »Fleur«, in dem sie sehr oft frühstückte. Soll ich mich für den langen Marsch durch das nasskalte Wetter nicht mit einem frischen Croissant, Orangenkonfitüre und einem großen Café au Lait belohnen?, fragte sie sich. Wieder musste sie lächeln. Warum war Cedric nur so zurückhaltend, nachdem er mir bei der ersten Begegnung deutliche Avancen gemacht hat? Bislang war noch nichts passiert: Sie hatte ihm noch nicht Modell gestanden und auch er hatte sich noch nicht zum Malen nackt ausgezogen. Sie betrat das Café, nachdem sie den Schirm kräftig ausgeschüttelt hatte, und steuerte automatisch auf den Ecktisch am Fenster zu, bis sie bemerkte, dass er besetzt war. Sie drehte sich gerade enttäuscht um, als der Gast beim Umblättern der Zeitung aufsah und ihre Blicke sich trafen. Milla fühlte sich irgendwie ertappt, weil sie gerade an ihn gedacht hatte, und musste laut lachen.

Der Wirt eilte herbei. »Ah, Mademoiselle Milla, bonjour! Soll ich Ihren Tisch ...«

»Nein, Jean. Danke, es ist schon gut.«

Einige Gäste fingen an zu tuscheln. Milla ging lächelnd auf Cedric zu, der mittlerweile aufgestanden war.

»Milla, welch schöne Überraschung!«

Sie umarmten und küssten sich. Ein wohliger Schauer durchlief ihre Körper.

»Was für ein Zufall, Cedric. Was machst du hier?«

»Ich wollte dich nach dem Frühstück und der Lektüre besuchen«, schmunzelte er, während sie Platz nahm. »Und du weißt doch, es gibt keine Zufälle!«

Sie lächelten sich an.

»Und wenn ich nicht gekommen wäre?«, fragte sie schelmisch.

»Aber du bist doch da«, lachte er. »Frisch und rein wie der Morgentau. Und, ähm, du siehst bezaubernd aus ...«, flüsterte er, während er ihre Hand nahm.

Sie ließ ihn gewähren, fühlte sich leicht verlegen und irgendwie nervös. »Ach du«, tat sie ab. »Hast du schon bestellt?«

»Ja, kurz bevor du reingekommen bist.«

Jean war an den Tisch getreten, und Cedric zog seine Hand zurück.

»Jean, das Gleiche wie immer am Morgen, aber diesmal mit Schuss!«, sagte Milla. Auf einmal fühlte sie sich pudelwohl. »Ich muss mich aufwärmen. Ich bin von zu Hause bis hierher gelaufen!«

»D'accord, Mademoiselle«, machte Jean eine leichte Verbeugung.

Milla öffnete ihren Pferdeschwanz, fuhr sich mit beiden Händen durchs Haar und band sich aufs Neue einen Zopf.

Cedric beobachtete sie. »Was bist du für ein schönes Geschöpf«, raunte er.

»Warum malst du mich dann nicht?«, provozierte sie ihn.

»Das werde ich tun«, erwiderte er ruhig.

»Dieses Jahr noch?«, neckte sie ihn.

»Heute noch!«

»Waaas?«

Jean servierte ihr Frühstück.

»Ja, wir fahren von hier aus in mein Atelier. Ich mache den Kamin an, wir trinken einen heißen Grog und dann male ich dich, wie Gott dich geschaffen hat.«

Milla war irritiert. »Bist du deswegen gekommen?«

»Nein, aber ich wollte, dass der Wunsch, von mir gemalt zu werden, von dir kommt … bist du bereit dazu?«

Milla strich wie in Trance Orangekonfitüre auf ihr Croissant. Dann sah sie ihn mit einem erwartungsvollen Lächeln an. »Ja, ich bin … mehr als bereit.«

Die Fahrt in seinem Auto schien ihr endlos lang. Milla war aufgewühlt. Sie spürte, dass sich eine merkwürdige Nervosität in ihr ausbreitete. Einfühlsam, wie Cedric war, entging ihm ihre Anspannung nicht. Er versuchte, sie mit belanglosen Geschichten abzulenken. Als sie die Treppe zu seinem Atelier hochstiegen, nahm er ihre Hand und drückte sie sanft. Dankbar erwiderte sie die Geste. Cedrics Atelier – gleichzeitig seine Wohnung – lag im obersten Geschoss eines alten Herrenhauses direkt an der Seine im Viertel L'Hôtel de Ville. Milla war erstaunt, wie sauber und aufgeräumt das Atelier war. In dem üblichen, klischeehaften Künstlerchaos hätte sie sich nicht wohlgefühlt. Während Cedric den Kamin anzündete, trat Milla an die große Fensterfront und blickte hinaus auf die Seine, die durch den lang anhaltenden Nieselregen angeschwollen war. Ihr Blick schweifte in die Ferne, und sie erkannte schemenhaft Notre-Dame.

»Du hast hier ein wunderbares Refugium«, sagte sie.

»Ja, ich bin sehr dankbar dafür. Es inspiriert mich immer wieder. Du solltest mal abends hier sein, wenn die Laternen auf der Promenade angehen und die Stadt der Lichter vor einem liegt.«

»Dazu müsstest du mich erst einmal einladen«, lachte sie. »Aber ich verstehe dich auch so«, fügte sie schnell hinzu. »Bist du immer so schön ordentlich oder nur, wenn du Besuch empfängst?«

»Ich bin ordentlich, aber ich gebe zu, ich habe eine Hilfe, die sich auch um meine Wäsche kümmert. Allein würde ich es nicht schaffen«, lachte er.

»Kann ich dir helfen? Soll ich Wasser aufsetzen?«

»Das mache ich schon. Ich weiß, wo alles steht. Vielleicht kannst du ja die Kerzen anzünden. Oder mach es dir auf der Chaiselongue bequem!«

Milla nahm sich die Streichhölzer und entzündete nach und nach alle Kerzen, bis der Raum in ein heimeliges Licht getaucht war. Als sie fertig war, setzte sie sich an den Stutzflügel, spielte »Ave Maria« und summte leise dazu. Cedric hatte inzwischen Feuer im Kamin gemacht. Er steckte sich eine Zigarette an und beobachtete sie fasziniert. Als sie aufsah, klatschte er langsam in die Hände.

»Was für eine wunderbare Stimme du hast«, lächelte er anerkennend.

»Ach, ich habe doch gar nicht gesungen«, wiegelte sie ab. »Ist der Grog fertig?«

Er ging nicht weiter darauf ein. »Ja, das Wasser hat gekocht. Ich möchte, dass wir uns ausziehen, bevor ich serviere.«

»Du meinst, wir sollen den Grog nackt trinken?«, fragte sie unsicher.

»Ja, du sollst dich in einer ungezwungenen Atmosphäre an das Nacktsein gewöhnen, sonst fühlst du dich nachher nicht wohl, wenn du mir Modell stehst. Du wirst auf der Chaiselongue liegen, wo wir auch den Grog nehmen, und ich stehe an meiner Staffelei.«

Beide konnten nicht ahnen, dass »Die Schöne am Kamin« eines seiner erfolgreichsten Gemälde werden würde.

Er zog seinen Pullover über den Kopf und knöpfte langsam sein Hemd auf, um beides auf einem Stuhl abzulegen, der zwischen Flügel und Couch stand. Sie stand wie angewurzelt da und bewunderte seinen muskulösen Oberkörper.

»Du kannst dich auch im Bad entkleiden und dir einen Hausmantel umlegen, wenn du dich damit wohler fühlst«, sagte er verständnisvoll.

Als er seine Hose abstreifte, sah Milla sein bereits leicht errigiertes Glied und ging ins Bad. Langsam zog sie sich aus, legte ihre Kleidung ordentlich über den Rand der Wanne und betrachtete ihren nackten Körper in dem großen Spiegel.

Sie wusste, dass sie einen schönen Körper hatte. Im Internat hatte sie beim Duschen genug andere Frauen gesehen und brauchte keinen Vergleich zu scheuen. Gerade, breite Schultern, die Brüste leicht birnenförmig mit großen, dunklen Brusthöfen. Ihre Brustwarzen schienen immer leicht erregt und waren für Berührungen sehr empfänglich. Ihr Bauchnabel drehte sich nach innen, was ihr besonders gut an ihr gefiel. Sie betrachtete ihren wohlgeformten Apfelpopo, ihre Beine, ihre schlanken Fesseln. Sie seufzte und lächelte ihr Spiegelbild an. Alles war wohlproportioniert. Milla Bellasowa, Sie können Ihrem Meister bedenkenlos Modell stehen, sagte sie zufrieden zu sich selbst. Sie band sich ein Badetuch um und knotete es über den Brüsten zusammen. Als sie an den Kamin trat, rührte Cedric gerade Zucker in seinen dampfenden Grog. Er blickte auf. Der Schlitz des Badetuchs klaffte unten auseinander, er konnte ihre Schamgegend sehen.

»Genauso möchte ich dich malen«, sagte er heiser.

Sie band das Handtuch auf und ließ es zu Boden gleiten. »Nicht so?«, fragte sie Enttäuschung vorgaukelnd.

Ihm stockte der Atem. Im Gegenlicht des Kaminfeuers stand sie vor ihm. »So auch, von allen Seiten, in jeder Lage. Du bist atemberaubend schön«, raunte er, »was für ein begnadeter Körper.«

Sie konnte zusehen, wie sein Schwanz weiter anschwellte, und wusste instinktiv, dass er größer war als alles, was die Mädchen sich tuschelnd erzählt hatten und sie in einschlägigen Magazinen gesehen hatte. Sie war erregt, ohne dass er sie nur einmal angefasst hatte. Langsam ging sie auf ihn zu, bis sie ganz dicht vor ihm stand. Er beugte sich ein wenig vor, legte behutsam seine Hände auf ihren prallen Po und drückte ihre Scham gegen sein Gesicht. Langsam glitt seine Zunge über ihre feuchten Lippen und umspielten ihren Kitzler. Sie stöhnte auf, und ein Schauer nach dem anderen jagte durch ihren Körper. Sie spürte, dass sie kurz vor dem ersten Höhepunkt war, den sie sich nicht selbst besorgt hatte.

Sie packte ihn mit beiden Händen an den Haaren. »Jaaaaaaaa!«, schrie sie.

Seine Zunge wurde schneller, und ihr ganzer Körper fing an zu beben. Sie keuchte, ihr Atem wurde immer heftiger, und als er seinen Daumen an ihre Klitoris legte, entlud sich ihre Spannung mit einem lang anhaltenden Schrei.

Mit zitternden Beinen kniete sie vor ihm nieder. Sie küsste zärtlich seine Eichel und nahm sein Glied tief in den Mund. Hinterher lagen sie zärtlich aneinandergeschmiegt zusammen und schlummerten ein.

Cedric wachte als Erster auf und begann Milla, so wie sie dalag, zu skizzieren. Er wusste von Beginn an, dass er das Bild »Danach« nennen würde.

Bis zum geplanten Weihnachtsurlaub auf dem Weingut trafen sich Milla und Cedric einmal pro Woche. Es hatte rituellen Charackter: Zuerst malte er sie, und dann schliefen sie miteinander. Milla war in diesen Wochen voller Tatendrang und sprühte vor Ideen. Zur Freude ihrer Mutter hatte sie es geschafft, etliche brauchbare Entwürfe für die nächste Kollektion vorzulegen. Henrys Befürchtungen, Milla wäre durch die zahlreichen Fototermine überfordert, stellten sich als nichtig heraus. Sein Schachzug, sie mit Cedric zu verkuppeln, hatte Früchte getragen. Sie war durch diese Beziehung förmlich aufgeblüht.

32

Milla lief aufgeregt die Treppe ihres Elternhauses hinunter. Sie war nervöser als alle zusammen.

»Beeilt euch bitte!«, rief sie nach oben. »Nicht, dass wir die Ankunft meiner richtigen Großmama verpassen!«

Es war zwei Tage vor Heiligabend, und eigentlich wollten sie zu diesem Zeitpunkt schon auf dem Weingut sein, um alles für das Fest vorzubereiten. Milla und ihre Mutter hatten besonders viel Spaß am Dekorieren. Nikolai hingegen maß dem ganzen Treiben nicht so viel Bedeutung zu und war froh, dass seine Mutter den Zeitplan ein wenig durcheinandergebracht hatte. Erst vor ein paar Tagen war ihr Telegramm eingetroffen, gerade als Alexej mit Sharon aus London zurückgekehrt war. Da Sharon nicht zur Familie gehörte und eigentlich nur Jasha im Pferdegestüt zur Hand gehen sollte, hatten sie beschlossen, dass die beiden früher zum Weingut weiterreisen würden, um sich mit Jasha und seinen Angestellten um alle Vorkehrungen zu kümmern.

Alle fanden Sharon sehr sympathisch, doch auch wenn Alexej ganz augenscheinlich nur freundschaftlich mit ihr umging, spürte Milla, dass die beiden mehr verband.

Milla stand schon draußen am Wagen, den der Chauffeur vorgefahren hatte, und wartete ungeduldig auf ihre Eltern. Das herzliche Wiedersehen mit Alexej hatte ihre Gefühle zu ihm, die in den letzten Wochen dank Cedric in den Hintergrund getreten waren, wieder aufgewühlt. Ihr war klar, dass sie beide ihr Leben unabhängig voneinander einrichten mussten. Es war wohl besser so, dass Alexej sich entschlossen hatte, seine nahe Zukunft auf dem Weingut zu verbringen. Auf diese Weise würden sie sich in Paris nicht ständig über den Weg laufen. Sie hoffte, die Zeit würde ihre Wunden heilen. Ihre Eltern rissen sie aus ihren Gedanken.

»Milla, Liebes, wir sind doch früh genug dran«, lächelte Lydia. »Sonst stehen wir zu lang auf dem zugigen Bahngleis herum.«

»Jaja, Mama, verzeih, aber ich bin aufgeregt. Ich sehe meine Großmutter ja bewusst eigentlich zum ersten Mal!«

»Das spricht für dich, meine Kleine«, schmunzelte Nikolai. »Mach dir keine Sorgen. Sie hatte Zeit genug, sich an den veränderten Umstand zu gewöhnen.«

Der Zug hatte die Fahrt schon verlangsamt und rollte durch Paris. Katharina schaute durch das Fenster und nahm nichts von dem wahr, was draußen an ihr vorbeihuschte. Was würde sie in der neuen Welt erwarten? Sie hatte all die Jahre mit sich gekämpft. Immer wieder hatte sie versucht, das Für und Wider abzuwägen, seit ihre Schwiegertochter in die psychiatrische Klinik eingewiesen worden war. Sie hatte sich ihr verbunden gefühlt und glaubte, für sie da sein zu müssen, wenn sie wieder entlassen würde. Aber ihr Zustand hatte sich von Jahr zu Jahr verschlechtert. Als Irina ihr im letzten Sommer sehr erregt und in wirren Sätzen gestand, dass Alexej in Wirklichkeit Jashas Sohn sei, wusste sie es nicht einzuordnen. Sie konsultierte ihre behandelnden Ärzte, um herauszufinden, wie solch eine Aussage in ihrem geistigen Zustand zu bewerten war. Die Diagnosen waren nicht alle übereinstimmend, aber grundsätzlich rieten ihr die Verantwortlichen, die Hoffnung auf eine Besserung aufzugeben – auch im eigenen Interesse. Sie machten ihr klar, dass ihre aufopferungsvolle Pflege ihre eigene Psyche bereits angegriffen habe, und sie solle auch an sich denken. Vielleicht haben sie ja recht, dachte Katharina, denn seit dem Geständnis hatte sie nicht mal eines ihrer konfusen Gespräche mit ihr führen können. Katharina hatte dieses halbe Jahr gebraucht, um zu sich selbst zu finden. Als ihre Schwiegertochter nicht mehr ansprechbar war, hatte sie den Entschluss gefasst, dem Wunsch ihres Sohnes zu entsprechen und ihm nach Frankreich zu folgen.

»Madame, nous sommes à Paris«, sagte der Schaffner freundlich.

Sie nahm sich vor, die Familie aufzuklären, sobald sie alle zusammen waren. Wohl war ihr nicht in ihrer Haut, nach so vielen Jahren solche Nachrichten überbringen zu müssen. Sie blieb auf der obersten Treppe stehen und hielt Ausschau nach Nikolai.

»Was für ein Durcheinander«, flüsterte sie sarkastisch zu sich selbst. »Wenigstens bin ich mir sicher, dass er mein Sohn ist.«

Nikolai entdeckte seine Mutter und lief die letzten Meter auf sie zu, gefolgt von Lydia, Milla und einem Gepäckträger.

»Da ist sie, Gott sei Dank!«, rief er.

Als er sie erreichte, blickten sie sich an. Tränen schossen in ihrer beider Augen.

»Was bist du für eine stattliche, elegante Dame!«, bewunderte er sie. Seine Kehle war wie zugeschnürt. Er hob sie vor Freude auf den Bahnsteig.

»Nikolai, mein Sohn, bist du verrückt? Du hast dich überhaupt nicht verändert!«, sagte sie und hielt ihn weinend im Arm.

Sie standen eine Weile eng umschlungen einfach nur da, und er küsste ihre Tränen weg. Milla und ihre Mutter hielten gebührenden Abstand, um die Wiedersehenszeremonie nach so langer Zeit nicht zu stören. Katharina fasste sich als Erste, als ihr Blick auf Milla traf. Sie löste sich von ihrem Sohn und breitete lächelnd ihre Arme aus.

»Milla, meine Enkelin, was du für eine hübsche junge Frau geworden bist!«

Milla sank glücklich in ihre Arme. »Großmama, wie schön, dass du endlich da bist.«

Katharina tätschelte Millas Wange. »Ich bin stolz auf dich und deine Eltern.« Sie wandte sich zu Lydia.

»Herzlich willkommen, Katharina. Du kannst dir nicht vorstellen, wie sehr wir alle diesen Tag herbeigesehnt haben.«

Katharina umarmte sie. »Danke, Lydia. Ich bin froh, bei euch zu sein. Vielleicht hätte ich diese Entscheidung früher treffen sollen, aber der liebe Gott wollte es wohl nicht anders.«

Nikolai kam mit dem Gepäckträger aus dem Abteil zurück. »Mama, ist das alles, was du an Gepäck dabeihast?«, fragte er ungläubig.

»Tja, mein Sohn, ich reise gerne mit leichtem Gepäck, nur ein paar persönliche Dinge – außerdem will hier ich in meiner neuen Heimat nicht mehr an die Vergangenheit erinnert werden.«

»Gut, einverstanden. Wir haben es ja ebenso gemacht.« Nikolai wunderte sich immer wieder über seine Mutter.

»Wo ist eigentlich Alexej?«

Er bot ihr seinen Arm: »Auf in die neue Heimat! Morgen schon fahren wir auf unser Weingut. Dein Enkel ist schon dort und bereitet mit Jasha alles vor.«

Dann habe ich noch ein wenig Schonfrist, dachte sie bei sich. Sie war sich nicht sicher, welcher Zeitpunkt der richtige sein würde. Zu Weihnachten oder Neujahr wäre es sicher eine freudige Aussicht für zwei junge, sich liebende Menschen, für meinen Sohn allerdings ein Schlag ins Gesicht. Sie befand sich in einem unerträglichen Zwiespalt. Was, wenn Irina nur fantasiert hatte und es gar nicht stimmte? Sie war froh, dass die anderen ohne Unterlass durcheinanderschnatterten. Nur ihr Sohn merkte, dass sie häufig abwesend war, führte es aber auf die anstrengende Reise zurück. Diesen Grund nahm sie auch zum Anlass, sich nach einem kleinen Dinner sehr früh zurückzuziehen, wofür alle Verständnis hatten.

Am selben Abend saßen Alexej und Jasha vor dem Essen allein zusammen, während Sharon sich nach den ganzen Vorbereitungen ein wohlverdientes Bad gönnte. Sie hatten das Haupt- und das Gästehaus mit viel Liebe geschmückt und dem Personal Aufräum- und Putzarbeiten übergeben. Sogar der Brunnen war gestaltet, als gehörte er zu einer großen Krippe. Selbst die Vorrichtungen für das Silvesterfeuerwerk waren getätigt, obwohl die beiden Männer nicht viel dafür übrig hatten. Sie saßen am großen Tisch in der Küche, spielten Schach, rauchten und tranken einen guten Portwein aus eigenem Hause. Der Küchenkamin loderte, und sie freuten sich schon auf die marokkanischen Speisen, die Sharon für sie zubereiten wollte. Kochen sei die reine Entspannung für sie, meinte Sharon, und Jasha und Alexej versprachen, ihr zur Hand zu gehen. Dem Personal hatten sie freigegeben. Jasha betrachtete Alexej. Er war nicht so intensiv mit ihm zusammen gewesen, seitdem sie nach Frankreich ausgereist waren. Schon als Alexej noch ein Kind war, hatte er zum ersten Mal den Verdacht, dass er sein Sohn sein könnte. Nicht wegen seines Aussehens. Er war eine gelungene Mischung aus Vater und Mutter, trotzdem ähnelte er Nikolai sehr. Auch charakterlich. Dennoch war das noch kein Anlass, voreilige Schlüsse zu ziehen. Denn in seiner Jugend war Alexej häufiger mit Jasha zusammen gewesen als mit Nikolai. Es waren zwei Merkmale, die für seinen seltsamen Verdacht sprachen. Jasha war als Junge beschnitten worden, weil er Schmerzen beim Harnlassen verspürte. Bei Alexej war es genauso gekommen. Nun könnte man das noch dem Zufall zuschreiben. Aber dass auch bei Alexej die rechte Schulter ein wenig abfiel, wenn er gerade stand, war für ihn ein klares Indiz. Er hatte dieses kleine Makel mit Krafttraining ausgeglichen und Alexej dazu angeleitet, das Gleiche zu tun. Immer wenn es kleine Strafen gab, standen Liegestütze oder Holzhacken auf dem Plan. Viele Jahre hatte er mit sich gekämpft und war irgendwann zur Erkenntnis gelangt, dass es für alle Beteiligten vielleicht besser wäre, alles so zu belassen, wie es war. Doch seit klar war, dass Milla Nikolais Tochter war, quälten ihn Zweifel. Durfte er dem Glück der Kinder mit seinem Schweigen entgegenstehen?

»Na, wie gefällt dir die Wüstenbraut Sharon?«, unterbrach Alexej seine Gedanken.

In diesem Moment entschloss er sich, nach den Feiertagen sein Problem mit Lydia zu besprechen. Sie hatte schließlich das gleiche Geheimnis zwei Jahrzehnte mit sich herumgetragen und war zunächst sicher die beste Ansprechpartnerin.

»Hey, Jasha, träumst du? Du bist unkonzentriert und wirst die Partie verlieren!«

»Sharon kann sehr gut mit Pferden umgehen und versteht viel von ihnen. Du musst auf deine aufpassen, sonst verspielst du eines«, erwiderte Jasha trocken und bedrohte mit seinem Zug zwei Offiziere gleichzeitig.

Alexej schüttelte den Kopf, mit sich selbst unzufrieden. »Hmm, hmm, weil sie viel von Pferden versteht, habe ich sie mitgebracht. Aber wie gefällt sie dir sonst?«

Er wusste, dass Jasha kein Kostverächter war, obwohl er seit seiner Jugend keine Frau an seiner Seite gesehen hatte. Seit dem frühen Unfalltod seiner Ehefrau war er sehr wählerisch und begnügte sich damit, Hurenhäuser aufzusuchen.

Ja, er könnte mein Sohn sein, dachte Jasha schmunzelnd, ging aber nicht richtig auf die Frage ein.

»Ja, sie ist sehr umsichtig. Ich mag ihre besonnene Art. Wenn sie hierbleiben will, wird sie mir sicher in vielen Bereichen eine große Hilfe sein.«

Die einzige Bedingung, die Sharon gestellt hatte, war, dass er niemandem erzählen durfte, unter welchen Umständen sie sich kennengelernt hatten. Unabhängig davon könne sich auch nur ein reines Arbeitsverhältnis entwickeln. In dem Fall würde er immer auf ihre Dienste zurückgreifen können. Alexej war sich sicher, dass Jasha es herausfinden würde, wusste aber nicht, dass er es bereits getan hatte. Schon beim ersten Blickkontakt bei der Begrüßung der beiden war klar, dass sie eine besondere Zuneigung füreinander hatten. Alexej grinste Jasha an. Er hatte in diesen Tagen natürlich mitbekommen, dass die beiden sich sympathisch waren. Er hatte mit Sharon abgemacht, dass sie auf ihn zukommen würde, wenn es mit Jasha zwischenmenschlich nicht funktionieren sollte – aber das hatte sie bis jetzt nicht getan. Er richtete sich geistig schon mal darauf ein, vorerst nicht mehr in den Genuss ihrer tantrischen Fähigkeiten zu kommen. Dieser Umstand schmerzte ihn zwar, aber er freute sich umso mehr für Jasha und Sharon.

»Magst du sie?«

Jasha schmunzelte und ließ sich ein paar Sekunden Zeit, um in den Augen Alexejs zu lesen. Er sah, dass er es gut mit ihm meinte. »Tja, junger Mann, ich mag sie. Und was auch immer daraus entstehen wird, ich danke dir, dass du dabei auch an mich gedacht hast.«

Sharon kam herein. »Na, meine Herren, Lust auf Couscous?«

»Ja«, kam es wie aus einem Mund.

»Und wir helfen dir!«, meinte Jasha.

»Nein! Bitte! Ihr spielt weiter Schach, und ich verwöhne euch! Ohne Widerrede«, hob sie scherzhaft drohend ihren Zeigefinger.

Sie verbrachten einen wunderschönen Abend in der Küche und genossen die Ruhe vor dem Sturm. Als sie spät zu Bett gingen, nahm

Jasha wortlos ihre Hand. Seit dieser Nacht verbrachten sie alle Nächte zusammen. Sie vereinbarten, es die anderen während des Aufenthaltes nicht merken zu lassen.

Im Laufe des nächsten Tages trudelten alle eingeladenen Freunde nach und nach ein. Milla, ihre Eltern und ihre Großmama kamen als Letzte. Am späten Nachmittag saßen alle gemütlich bei Punsch und selbst gebackenem Gepäck im großen Salon des Haupthauses zusammen. Der Raum hatte eine sehr angenehme Atmosphäre: gemütliche Polstermöbel, einen riesigen Couchtisch mit allerlei Büchern darauf, hohe Decken, große Terrassenfenster mit Türen … Alle hatten Jasha, Alexej und Sharon Komplimente gemacht, weil das gesamte Anwesen so wunderschön dekoriert war.

Nikolai erhob sich: »Ihr Lieben, herzlich willkommen bei uns. Ich hoffe, wir werden alle schöne Tage hier verbringen, und die Tatsache, dass wir hier feiern, haben wir in erster Linie Alexej zu verdanken, denn es war seine Idee; und ich bin der Glücklichste unter uns, weil meine Mutter endlich da ist, darauf wollen wir unser Glas erheben!«

Alle klatschten und stimmten zu. Nur Jasha und Katharina versetzte die kleine Ansprache einen Stich ins Herz. Beide haderten mit sich und wünschten eine Lösung herbei, die für alle Beteiligten zufriedenstellend ausfallen würde, doch beide wussten, dass es Schmerz und Freude zugleich geben würde, wenn sie ihr Geheimnis preisgäben. Während Jasha sich festgelegt hatte, zuerst mit Lydia zu sprechen, wurde Katharina zusehends unsicherer. Dachte sie all die Wochen und Monate an ihren Sohn als einzigen Ansprechpartner, so kamen ihr jetzt Zweifel. Sie sann über Lydia nach, aber auch über Jasha. Katharina war froh, dass sie in den ersten Tagen immer wieder zum Mittelpunkt der Gespräche wurde und dadurch von ihren zermürbenden Gedanken abgelenkt war.

Milla hingegen genoss unbeschwerte Tage im Kreis ihrer Familie und vor allem mit Alexej, Tita und Robert. Sie liebte das raue Klima am Meer in der Nähe der Pyrenäen, denn es erinnerte sie gerade in dieser Jahreszeit an die strengen Winter in ihrer alten Heimat. Es hatte über die Feiertage leicht geschneit, sodass die Landschaft wie von einer Puderschicht bedeckt war – wenigstens ein Hauch winterlicher Atmosphäre, die sie so liebte. Sie ritten in diesen Tagen häufig gemeinsam aus, meistens den endlos scheinenden Strand entlang, und waren aufgrund des scharfen, kalten Windes, der ihnen ins Gesicht blies, alle froh, wieder am wärmenden großen Kamin im Salon zu sitzen. Trotz des fröhlichen Treibens fühlte sie, dass ihre Großmutter und Jasha ziemlich zurückhaltend und oft in Gedanken verloren waren. Bei Jasha konnte sie keine Erklärung dafür finden. Katharinas Verhalten führte sie auf die neuen Umstände zurück, vermied es jedoch, mit irgendjemanden darüber zu reden, weil sie glaubte, es wäre nicht zu ändern. Ein paar Mal hatten sie auch Sharon mitgenommen, die eine sehr gute Reiterin war, wie Milla neidlos feststellte. Ihr erster guter Eindruck von ihr bestätigte sich, aber ihr Verhältnis zu Alexej blieb ihr geheimnisvoll, obwohl die beiden locker und unkompliziert miteinander umgingen. Ach, vielleicht interpretiere ich da zu viel hinein, weil er sie mitgebracht hat, dachte sie. Geht mich ja auch nichts an. Sie hatte beobachtet, dass Sharon meistens neben Jasha saß und ihm und dem Gestüt sicher guttun würde, so, wie sie mit den Pferden umging. Sie bestand nach dem Ausreiten jedes Mal darauf, die Pferde allein abzureiben und zu versorgen und ließ sich von den Protesten, auch wenn sie zaghaft waren, nicht davon abbringen.

Einmal überlegte Milla, ihr zu helfen, aber dann fand sie es doch zu aufgesetzt und war mit den anderen gegangen. Sie hatte beschlossen, sich mit ihr auszutauschen, wenn es sich ergäbe und sie beide allein wären. Sie versuchte, ihre Gefühle zu Alexej einzuordnen. Nachdem sie mit Cedric ihre ersten sexuellen Erfahrungen gemacht hatte, sah sie ihn jetzt mit anderen Augen, obwohl ihr klar war, dass sie sich darum gar keine Gedanken machen durfte. Die Konstellation war eindeutig. Tita hatte sie vor den Feiertagen gefragt, ob sie ein Problem damit hätte, wenn sie und Alexej eine Verbindung eingehen würden. Gleichzeitig hatte sie ihr versichert, dass es keinen aktuellen Anlass für diese Frage gäbe. Sie wolle es nur mal besprochen haben, weil sie ihn sehr sympathisch fand. Alexej machte auf Milla in diesen Tagen nicht den Eindruck, als hätte er über eine normale Freundschaft hinaus ein spezielles Interesse an Tita. Sie wusste aber auch, dass Tita Robert mochte.

Robert wiederum bezog keine klare Stellung, weil er sich Milla und Tita hin und her gerissen fühlte. Milla mochte Robert zwar auch, aber echte Liebe war in keiner Zusammenstellung im Spiel. Sie versuchte, die Gedanken an dieses Wirrwarr zu verdrängen. Denn letztlich würde nur Vernunftsehen dabei herauskommen, und außerdem spräche ja nichts dagegen, einfach nur gut befreundet zu sein.

Am zweiten Tag im neuen Jahr waren die Freunde des Hauses nach einem späten Frühstück aufgebrochen, die Heimreise anzutreten. Es war eigentlich geplant, etwas länger zu bleiben, aber Madeleine hatte sich stark dafür gemacht, der Familie nach Katharinas Ankunft Zeit für sich zu lassen. Lydia und Katharina waren dankbar dafür, ohne dass sie jemals auf die Idee gekommen wären, dies zu forcieren. Das hätte ihnen die Etikette verboten. Nachdem die Freunde im Hof verabschiedet worden waren, bat Katharina vor den anderen Jasha um eine Unterredung. Milla, Alexej und Sharon entschieden auszureiten.

»Und, was machen wir, Liebster?«, wollte Lydia von Nikolai wissen.

»Wir genießen einfach die Ruhe, Liebes«, lachte er.

»Die habt ihr euch auch verdient!«, fiel Milla lachend ein und folgte den anderen zum Stall.

»Aber nur bis zum Nachmittagspunsch!«, rief sie zurück. Lydia hakte sich ein und ging mit Nikolai ins Haupthaus, während Jasha Katharina seinen Arm bot.

»Lass uns in meine Wohnung gehen, da sind wir ungestört.«

Jasha hatte sich im Nebenhaus eine Maisonette mit Blick auf den Hof eingerichtet. Unten war ein großer, hoher Raum mit offener Küche, einem schönen alten Holztisch für sechs Personen und alten Bauernschränken aus der Gegend. Gegenüber der Eingangstür war eine Bücherwand, um den Kamin standen drei Sessel und eine Couch. Eine Holztreppe führte nach oben, wo sich zwei Schlafzimmer und ein Bad befanden.

»Mein Gott, wie urgemütlich du es hier hast, wie schön für dich«, freute sich Katharina und nahm in einem der Sessel Platz, während er den Kamin anzündete.

»Es freut mich, dass es dir gefällt. Ich fühle mich auch sehr wohl hier, nicht nur wegen dieser Wohnung.«

»Das merkt man, Jasha. Du hast eine neue Heimat gefunden. Denkst du manchmal noch an Plugnoe?«

»Eher weniger. Wenn, dann hatte es mit dir zu tun. Aber jetzt bist du ja Gott sei Dank hier, und ich hoffe sehr, dass es dir mit der Zeit genauso gut gefallen wird wie mir.«

»Das ist lieb«, lächelte sie. »Weißt du, einen Entschluss habe ich schon gefasst. Ich möchte hier bei dir auf dem Weingut bleiben. Es gefällt mir viel besser als in der Großstadt. Auch wenn es Nikolai, Lydia und die Kinder vielleicht schmerzen wird.«

»Wie schön«, freute er sich von Herzen. »Ich werde dir eine schöne Wohnung im Haupthaus herrichten lassen. Platz haben wir genug.«

»Jasha, ich trage seit Monaten ein Problem mit mir herum«, sagte sie leise und zögerlich. »Kurz bevor Irina für völlig unzurechnungsfähig erklärt wurde, gestand sie mir ...«

»Dass ich der Vater ihres Kindes sei«, vollendete er den begonnenen Satz heiser und mit Tränen in den Augen.

»Du wusstest es?« Sie war vollkommen überrascht.

»Ich habe es zum ersten Mal geahnt, als Alexej beschnitten wurde«, schluchzte er. Er erzählte ihr von dem anderen Symptom, von dem er es abgeleitet hatte.

»Wir haben ein einziges Mal gefehlt in dieser Zeit, als Nikolai so viel unterwegs war«, sah er sie Verständnis heischend an.

Sie wischte mit der Hand durch die Luft. »Wir brauchen nicht nach Schuldzuweisungen zu forschen, Jasha! Wichtig ist jetzt, dass wir keine neuen Fehler machen und besonnen damit umgehen.«

Er hatte sich wieder gefasst. »Du hast recht. Ich danke dir für deine Einstellung.«

Wieder wischte sie mit der Hand durch die Luft.

Er erhob sich. »Ich werde Lydia dazuholen. Sie trug das gleiche Geheimnis länger als ich in ihrem Herzen.«

»Ja«, nickte sie zustimmend. »Ich glaube, das ist eine gute Idee.«

Als er die Tür hinter sich zumachte, griff sie sich ans Herz und schloss erschöpft ihre Augen.

Auf dem Weg über den Hof zum Haupthaus vernahm er Lachen aus dem Stall. Die Kinder waren schon zurück von ihrem Ausritt, da ein Schneeregen eingesetzt hatte. Er klopfte sich dürftig ab. Im Haus war es still. Der Kamin glühte nur noch, weil kein Holz nachgelegt worden war. Leise ging er ein paar Stufen die breite Holztreppe nach oben und horchte. Schmunzelnd stellte er fest, dass Nikolai und Lydia – nach den Geräuschen zu urteilen – sich ins Schlafzimmer zurückgezogen hatten.

Die jungen Leute hatten den Hof erreicht. Milla und Alexej hatten es sich dieses Mal nicht nehmen lassen, ihre Pferde selbst abzureiben.

Sharon hatte sie dabei beobachtet und sagte en passant: »Ihr werdet es nicht leicht haben, aber letztendlich ein glückliches Leben miteinander führen.«

»Ja«, lachte Milla. »Daran haben wir auch schon gedacht. Als Brüderchen und Schwesterchen, wenn wir niemanden finden sollten!«

»Oder später, als tattrige Alte, wenn wir allein geblieben sind«, fiel Alexej lachend ein. »Aber pass auf, Milla, Sharon ist eine Hexe.«

Die Angesprochene lächelte hintergründig.

Jasha hatte ihr das Geheimnis nicht verraten. Er begegnete ihnen, als er das Haus wieder verließ. »Ihr Armen, ihr seid ja völlig durchnässt, könnt ihr Lydia bitte Bescheid sagen, sie möchte zu mir und Katharina kommen, wenn sie wieder unten ist?«

»Ist was mit Großmama?«, rief Milla besorgt.

Jasha warf Alexej einen vielsagenden Blick zu. »Nein, keine Sorge, mit deiner Großmama ist nichts«, wiegelte er ab.

»Kommt, lasst uns aus den Kleidern raus und dann spielen wir Karten im Salon!«, beeilte sich Alexej zu sagen. Dem war bei der windigen Kälte, in der sie standen, nichts entgegenzusetzen.

Als Jasha seine Wohnung betrat, war Katharina eingeschlafen. Leise legte er Holz im Kamin nach und begann dann, Tee vorzubereiten. Als er ihn gerade aufbrühte, klopfte es, und Lydia trat ein.

Er legte seinen Zeigefinger auf den Mund. »Schsch, Katharina ist eingeschlafen, als ich dich dazuholen wollte.«

Sie trank den frischen, heißen Tee in der offenen Küche, und Jasha erzählte ihr, was er mit Katharina besprochen hatte.

Lydia erinnerte sich nur zu gut daran, was sie all die Jahre durchgemacht hatte, ohne jemanden ins Vertrauen ziehen zu können.

»Oh Gott«, sagte sie leise. »Ich weiß, wie du dich all die Jahre gefühlt haben musst.« Sie legte die Hände vors Gesicht. »Nikolai«, flüsterte sie. »Mein Gott, wie wird es Nikolai aufnehmen?«

Jasha erzählte ihr, dass sie sich vor der Abreise nach Frankreich damit auseinandergesetzt hätten und er Nikolai gestanden hatte, dass er einmal mit Irina zusammen gewesen war.

»Ich muss ihn holen«, sagte sie spontan. »Wir müssen offen über alles sprechen und dann die Kinder einweihen ... Mein Gott, die Kinder«, fiel ihr ein. »Das würde ja bedeuten ...«, flüsterte sie ungläubig und stockte mitten im Satz.

»Ja«, nickte Jasha.

»Die Kinder sind wohl die Einzigen, die sich darüber freuen könnten. Ich hole Nikolai und bereite ihn auf die Situation vor.« Im Weitergehen strich sie Jasha über die Haare. »Mach dir keine Vorwürfe ...«

Als sie kurz darauf mit Nikolai zurückkam, stand Jasha wie angewurzelt immer noch an der gleichen Stelle am Küchenherd. Beide Männer sahen sich an.

Nikolai ging auf Jasha zu und nahm ihn in den Arm. »Lass gut sein, mein Freund. Ich habe es seit unserer kurzen Aussprache geahnt und versucht, es zu verdrängen. An unserer Freundschaft soll sich deswegen nichts ändern.«

Jasha erwiderte die Umarmung, als wollte er das Gesagte bekräftigen.

»Ich danke dir.« Er löste sich eine wenig, um ihm in die Augen sehen zu können. Beide waren ergriffen. »Du beschämst mich immer wieder mit deiner Größe!«

Nikolai legte seine Hand um Jashas Nacken. »Du auch, lieber Freund, du auch!« Dann trat er einen Schritt zurück. »Ich wecke meine Mutter auf, und dann gehen wir zu den Kindern. Die wird der Schlag treffen.«

Er ging zum Sessel am Kamin und nahm die Hand seiner Mutter, um sie behutsam zu wecken. Er spürte, dass sie steif und kalt war. Er kniete vor ihr nieder, legte seinen Kopf in ihren Schoß und begann zunächst leise, dann immer lauter zu weinen, bis er in hemmungsloses Schluchzen ausbrach.

Lydia und Jasha standen wie erstarrt da. Er musste sie festhalten und führte sie zu einem Sessel. Sie blickte apathisch auf Nikolai, der noch immer vor seiner verstorbenen Mutter kniete.

Jasha fasste sich als Erster, verließ mit unsicherem Schritt die Wohnung, um schweren Herzens die Kinder zu holen. Als er den Salon betrat, blickte Milla zu ihm auf und wusste, dass etwas Schreckliches geschehen war. Sie sprang auf.

»Jasha, was ist passiert?«

»Deine Großmutter ist gestorben«, sagte er mit gebrochener Stimme.

»Neeein!«, lief sie schreiend an ihm vorbei.

Alexej folgte ihr fassungslos.

Erschöpft ließ sich Jasha in einen Sessel fallen. Sharon war aufgestanden, setzte sich auf die breite Lehne, nahm seinen Kopf an ihre Brust, als wäre er ein kleiner Junge, und versuchte, ihn wortlos zu trösten.

»Als ich euch vorhin begegnete, wusste ich es noch nicht«, sagte er wie abwesend. »Die lange Reise und das Wissen, dass ich Alexejs Vater bin, waren zu viel für sie. Sie ist friedlich eingeschlafen«, schluchzte er. Nun brach alles aus ihm heraus. Sie wiegte ihn wie ein Baby leicht hin und her.

Milla und Alexej stürzten in Jashas Wohnung. Als sie ihre Eltern sahen, hielten sie inne. Lydia hatte sich mittlerweile hinter Nikolai gekauert und strich mit einer Hand über seinen Rücken, als könnte sie damit seine Trauer besänftigen. Die Kinder setzten sich von beiden Seiten schweigend dazu. Eine ganze Weile saßen alle wie benommen da und hielten sich bei den Händen. Mit geröteten Augen sah Nikolai Alexej an. Seine Stimme war brüchig, und er nahm seine letzte Kraft zusammen. Er strich ihm mit der Hand übers Haar.

»Alexej, mein geliebter Alexej, sag jetzt bitte nichts.« Wieder traten Tränen in seine Augen. »Du wirst immer mein Sohn bleiben.« Seine Stimme zitterte. »Aber dein leiblicher Vater ist Jasha ...«

Alexej sah ihn mit weit aufgerissenen Augen entgeistert an, als hätte er die Tragweite der Worte nicht verstanden. Lydia begann leise, immer wieder durch Schluchzen unterbrochen, die Zusammenhänge zu erklären. Milla und Alexej begriffen in diesem Moment noch gar nicht, dass der Weg für ihre Liebe wieder frei geworden war.

Nikolai erhob sich mühsam, als läge eine schwere Last auf seinen Schultern. Alexej umarmte ihn.

»Hol deinen Vater«, bat er ihn. »Wir müssen die Großmutter auf ein Bett legen und den Arzt verständigen.«

»Das mache ich schon«, sagte Lydia leise.

Alexej ging wortlos und mit hängendem Kopf hinaus, während die Frauen sich gegenseitig stützten und ihm folgten.

Als Alexej den Salon betrat, saßen Jasha und Sharon immer noch im Sessel.

»Vater«, ging es Alexej noch etwas zögernd von den Lippen. »Hilf uns, die Großmutter in ein anderes Zimmer zu bringen.«

»Mein Sohn«, hauchte Jasha.

Sie umarmten sich und blieben eine Zeit lang einfach so stehen.

Nach einem gemeinsamen Abendessen, bei dem kaum gesprochen wurde, zogen sich alle bis auf Milla und Alexej auf ihre Zimmer zurück. Die beiden blieben im Salon auf der Couch vor dem Kamin. Milla legte ihren Kopf auf Alexejs Brust. Sie hielten sich bei der Hand, lauschten ihrem Atem oder ihrem Herzschlag und schliefen irgendwann ein.

33

In den nächsten Tagen, Wochen und Monaten war nichts, wie es zuvor gewesen war. Nach der schnellen Beisetzung der Großmutter im kleinen Kreis auf dem Friedhof in Narbonne reiste Milla mit ihren Eltern zurück nach Paris. Sie hatte Verständnis dafür, dass Alexej zunächst bei seinem Vater auf dem Weingut bleiben wollte. Er hatte dies ja ohnehin so geplant. Nun wollten sie erst einmal Abstand zu der neu entstandenen Situation gewinnen. Sie vereinbarten, so oft es ging zu telefonieren und sich zu schreiben, um auszuprobieren, wie stark der Wunsch zusammenzuleben werden würde. Das Problem des vermeintlichen Standortes war vorprogrammiert.

Während Alexej ein ruhiges, friedliches Leben auf dem Land bevorzugte, bei dem jetzt auch noch der Aspekt um einen neu gewonnenen Vater hinzukam, war Milla beruflich an die Großstadt gebunden. Einer von beiden würde auf sein Lebensideal verzichten müssen und das versuchten sie mit der Trennung herauszufinden. Natürlich erwogen sie auch ein Miteinander auf Entfernung mit zahlreichen gegenseitigen Besuchen. Doch auch diese Bereitschaft, die gleichzeitig auch Verzicht und Reisestrapazen beinhalten würde, müsste erst wachsen.

Beiden war klar, dass sie erst wieder zueinander finden mussten. Obwohl der Weg jetzt frei für sie war, hatten sie bislang noch nie miteinander geschlafen. Sie waren nicht in der Stimmung, den Schalter einfach umzulegen. Während Alexej zwar durchaus ein körperliches Begehren empfand, war er nicht in der Lage, es in diesen Tagen entsprechend auszuleben. Milla hingegen stellte für sich fest, dass sie Zärtlichkeiten mit ihm austauschen wollte, aber sie vermisste die Begierde, die sie beim Gedanken an Cedric so elektrisierte. Sie hatte sich so daran gewöhnt, Alexej als Bruder zu betrachten, hoffte aber, die Zeit würde in dieser Hinsicht für sie arbeiten.

Seit ihrer Rückkehr nach Paris hatte sie sich ganz bewusst in ihre Arbeit gestürzt, um sich abzulenken von den Gedanken, die sie bewegten. Henry war in seinem Element, auch wenn er die Auflage hatte, sie für Fototermine dosiert einzusetzen, weil sie so viel wie möglich zur Frühjahrskollektion von »Belle de Jour« beisteuern wollte. Er hatte sogar Angebote von anderen Couturiers, die sie für den Laufsteg buchen wollten, was Milla zwar ehrte, sie allerdings strikt ablehnte.

Milla hatte Cedric seit dem letzten Mal nicht mehr in seinem Atelier besucht. Er hatte volles Verständnis für ihre Situation und ging damit zu ihrem Wohlgefallen sehr leger und unkompliziert um. Er bat sie, sich einfach bei ihm zu melden, wenn ihr danach war – und nach Wochen der Enthaltsamkeit war ihr danach, trotz des regelmäßigen Kontakts zu Alexej.

Milla saß an ihrem Schreibtisch, stützte ihren Kopf in beide Hände und seufzte. Sie überlegte, mit wem sie ihr Problem besprechen könnte und kam zu keinem Entschluss. Tita war gerade nicht in der Stadt, und sie bezweifelte auch, dass sie sich neutral damit auseinandersetzen könnte.

Es kamen eigentlich nur Henry, ihre Mutter beziehungsweise ihre Eltern infrage. Sie zwang sich, ihre Entwürfe noch einmal durchzugehen, um sie ihrer Mutter vorlegen zu können, aber ihre Gedanken schweiften ständig ab. Schließlich schlug sie ihre große Mappe zu und ging zu ihrer Mutter.

Lydia saß an ihren eigenen Entwürfen und blickte auf, als sie ihre Tochter sah. »Was, du bist schon fertig?«, strahlte sie, merkte aber zugleich, dass Milla bedrückt war.

»Ja, Mama. Hast du Zeit?«

»Ach Liebes, selbst wenn ich einen Termin hätte, würde ich ihn absagen. Ich freue mich, alles mit dir durchzusehen. Wollen wir ein Glas Champagner dazu trinken?«

»Eine gute Idee. Ich kann ein wenig Aufmunterung gebrauchen!«

Lydia überging die Andeutung. Sie kannte ihre Tochter. Wenn sie sich ihr mitteilen wollte, würde sie das innerhalb der nächsten Stunde tun. Sie bestellten eine Flasche Champagner auf Eis und Kanapees. Es war früher Nachmittag, und beide hatten seit dem Frühstück nichts mehr gegessen. Sie gingen Seite für Seite Millas Entwürfe durch, und Lydia spürte, wie ihre Tochter aufblühte, was nur zum geringen Teil dem Champagner zuzuschreiben war. Immer wieder beobachtete sie stolz, wie Milla in ihrem Metier aufging.

Nachdem sie die letzte Seite besprochen hatten, klatschte Lydia in die Hände. »Milla, meine Kleine. Du bist viel begabter, als ich es jemals war, und ich habe schon Erfolg«, rief sie lachend.

Milla freute sich, denn sie wusste, dass ihre Mutter das nicht sagen würde, nur um ihr einen Gefallen zu tun. Trotzdem reagierte sie verhalten. »Na, warte mal ab, bis wir deine Entwürfe durchgegangen sind! Aber es ist ein gutes Gefühl, wenn sie dir gefallen ...«

»Meine Süße, ich habe mir meinen Erfolg erarbeitet und bewältige mit den Jahren vieles mit Routine. Aber du? Du sprühst nur so vor neuen großartigen Ideen. Ich hätte überhaupt keine Bedenken, die Kollektion nur mit deinen Entwürfen zu machen. Ich hätte nicht gedacht, dass du schon so weit bist.«

Milla wusste, dass sie kreativ war. Aber das Risiko, eine Kollektion nur mit ihren Entwürfen zu gestalten, war ihr dann doch zu groß.

»Danke, Mama. Wollen wir gleich morgen Vormittag deine Mappe ansehen, vielleicht kannst du ein paar Sachen von mir einbauen?«, fragte Milla bescheiden.

Lydia machte die Flasche leer. »Ja, das machen wir. Jetzt trinken wir aber erst einmal auf deine großartige Leistung!«

»Danke, Mama … Mama?«, druckste sie herum.

»Ja?«

»Ich, ich habe ein Problem und weiß nicht, wie ich es lösen soll.«

»Hast du schon mit jemanden darüber gesprochen?«, wollte Lydia wissen. Es war mehr eine rhetorische Frage.

»Nein, ich wollte selbst damit klarkommen, aber ich sehe keine Lösung.«

»Sprich es dir von der Seele, Liebes. Das hilft manchmal schon weiter.«

Milla stützte ihren Kopf in beide Hände. »Alexej wird zur Frühjahrsmodenschau nach Paris kommen ...«

»... und du freust dich nicht auf ihn?«

»Doch! Ich freue mich auf ihn! Ich liebe Alexej! Aber ...« Sie stockte und suchte nach Worten. »... aber ich liebe ihn mehr wie einen Bruder ... ach das stimmt auch nicht ... ich liebe ihn. Aber ich begehre ihn nicht, verstehst du?«

Lydia bestellte bei ihrer Assistentin eine neue Flasche Champagner. Sie verstand ihre Tochter nur zu gut. Sie dachte an ihre unglückliche Ehe mit Anatol und dem brennenden Verlangen nach Nikolai, seit sie ihm zum ersten Mal begegnet war. Doch sie wollte die Situation nicht eins zu eins vergleichen. Sie sah ihre Tochter verständnisvoll an. »Habt ihr miteinander geschlafen?«

»Nein ...«

»Aber mit jemand anderem hast du die Erfahrung schon gemacht?«

»Ja.«

»Und es macht dir Freude? Es tut dir, deinem Körper und deiner Seele gut?«

»Ja«, lächelte Milla verlegen.

»Also, du begehrst diesen Mann, ohne ihn zu lieben, und liebst Alexej, ohne ihn zu begehren?«

»Genau!«, rief Milla erleichtert und glücklich darüber, dass ihre Mutter sie verstand. »Du hast es auf den Punkt gebracht.«

Lydia schenkte Champagner nach. »Und ... bevor du dachtest, er sei dein Bruder, fehlte das Verlangen auch?«, fragte sie vorsichtig.

»Äh ... nein, nein eher nicht«, sagte Milla zögerlich.

»Würde es dich große Überwindung kosten, wenn du mit ihm schläfst, ohne ihn zu begehren? Vielleicht löst sich danach die Sperre, weil es nur eine Kopfsache sein könnte ...?«

»Äh, nein. Darüber habe ich schon nachgedacht. Natürlich ... ich, ich glaube, ich habe Angst davor, dass es danach immer noch so ist ... was mache ich dann?«

»Dann wirst du mit ihm darüber reden. Vielleicht ist dann auch alles anders, als du befürchtest? Du musst es herausfinden, Liebes!«

Milla seufzte tief und war zunächst einmal erleichtert. Der Alkohol hatte sicher auch dazu beigetragen, dass sie sich nicht mehr so verkrampft fühlte. Sie lächelte und nahm die Hand ihrer Mutter.

»Danke, das hat mir gutgetan, und bitte mach dir keine Vorwürfe. Wenn wir füreinander bestimmt sind, werden wir glücklich werden.«

34

Die letzten Tage vor jeder Modenschau waren immer besonders hektisch. Weder Lydia noch Milla konnten sich in dieser Zeit ernsthaft mit etwas anderem auseinandersetzen. Deshalb hatte Milla Alexej mitgeteilt, ihn erst nach der Präsentation sehen zu wollen. Er fand es zwar übertrieben, zeigte sich aber verständnisvoll. Milla hatte sich schon vor einiger Zeit ein kleines Appartement in der Nähe der Firma genommen, das sie leicht zu Fuß oder per Fahrrad erreichen konnte. Zwei Tage vor der Show reisten Alexej, Jasha und Sharon an, um ihr etwas von Paris zu zeigen. Eigentlich wollten sie im »Ritz« absteigen, wo die Schau auch diesmal wieder stattfand, aber Millas Eltern hatten darauf bestanden, sie in ihrem Stadthaus aufzunehmen. Milla war nur noch selten bei ihren Eltern, eigentlich nur, wenn sie keine Lust hatte zu kochen und auch nicht in ein Restaurant wollte, wie sie beschämt, aber ehrlich zugab. Sie fühlte sich in ihrem Heim sehr wohl, hatte einen schönen Blick auf die Stadt und war glücklich mit dem Conciergeehepaar, dass ihr sämtliche Wünsche von den Augen ablas. Auf Wunsch wurde für sie geputzt, gewaschen und, wenn die Zeit knapp war, auch eingekauft. Das Einkaufen erledigte sie jedoch meist selbst, weil sie es liebte, am Vormittag durch die Markthallen zu schlendern, ein Käseomelett mit frischem Weißbrot zu verschlingen und das einzukaufen, wonach ihr der Sinn stand. Meistens ließ sie sich von den herrlichen Auslagen inspirieren.

Der große Festsaal im »Ritz« war wieder zum Bersten voll. Milla sollte mit dem ersten Bild die Show eröffnen. Sie hatte Bammel, einen Blick auf die erste Reihe zu werfen. Vorsichtig lugte sie aus einer der Seitentüren und entdeckte Alexej zwischen seinem Vater und Sharon. Nur wenige Plätze weiter saß Cedric neben Henry. Beide hatte sie seit Weihnachten nicht mehr gesehen. Ihr Herz schlug schneller. Die zwei hatten sie nicht bedrängt, obwohl jeder für sich einen Grund gehabt hätte. Cedric hatte in dieser Zeit nur einmal nachgefragt, ob sie denn nicht in der Lage wäre, sich nur zum Arbeiten mit ihm zu treffen, denn ihr gemeinsames Projekt hatte sich gut entwickelt. Er hatte keinerlei Einwände, als sie ihn bat, ihr einfach Zeit zu lassen. Und mit Alexej war es besprochen, dass er eben erst zur Schau nach Paris kommen würde.

Ihre Mutter trat lächelnd zu ihr, obwohl sie um einiges nervöser war als in den letzten Jahren. Vielleicht sogar unruhiger als vor ihrer ersten eigenen Schau, was sie allerdings hervorragend überspielte.

»Meine Große«, sagte sie und strich Milla über den Arm. »Du hast die gleiche Angewohnheit wie ich, vorher die Lage und die Stimmung da draußen zu prüfen.«

»Ja, Mama, ich wünsche dir, dass deine Mühen belohnt werden!«

»Unsere Mühen, unsere … meine Große!«

Nur im Unterbewusstsein hatte Milla wahrgenommen, dass ihre Mutter sie zum ersten Mal »meine Große« genannt hatte.

Nach den ersten Tönen der Musik betrat Milla unter starkem Beifall die Bühne. Anmutig lächelnd schritt sie den Laufsteg entlang, bis sie auf der Höhe von Alexej war, der etwa in der Mitte saß. Sie drehte sich langsam zur seiner Seite und blickte nur zu ihm. Sie sah die Freude in seinen Augen, und ihr Lächeln wurde stärker. Sie blinzelte ihm mit einem Auge zu und wandte sich dann zu der anderen Seite des Publikums. Auch sie verspürte Freude, ihn wiederzusehen. Sie schritt weiter zum Ende des Laufstegs und gönnte den Fotografen ein wenig mehr Zeit für ihre ersten Aufnahmen. Währenddessen kamen die anderen Mannequins des ersten Bildes auf die Bühne. Milla ging etwas langsamer als sonst zurück, sodass sie der ersten Kollegin auf der Höhe von Cedric begegnete. Sie drehte sich zu ihm und hatte das Gefühl, er zöge sie mit seinen Augen aus. Sie erschrak über sich selbst, als sie das Zucken in ihrem Unterleib spürte. Kaum merklich nickte sie ihm zu, um beim Drehen auf die andere Seite Henrys Blick zu streifen, der den ihren selig aufnahm. Sie spürte das Starren von Cedric in ihrem Rücken. Auf dem Weg zurück schürzte sie leicht die Lippen zum Zeichen eines Kusses für Alexej, der die Geste freudig erwiderte. Sie meinte es ehrlich. Sie empfand Liebe und Zuneigung für ihn. Doch wusste sie von diesem Augenblick an, dass sich an ihrem Dilemma nichts geändert hatte. Ihre Hoffnung, mit dem Wiedersehen der beiden würde sich ihr Problem zugunsten Alexejs erledigen, hatte sich nicht erfüllt. Im Gegenteil. Hatte sie sich die letzten Wochen immer wieder eingeredet, dass sie es überbewertete, war ihr erst jetzt bewusst, dass sie sich damit abzufinden hätte. Sie wusste nur noch nicht, wie sie mit der Tatsache umgehen würde, sich gleichzeitig zu zwei Männern hingezogen zu fühlen – wenn auch aus unterschiedlichen Beweggründen.

Als mit dem Schlussbild der Applaus frenetisch aufbrauste, wusste Lydia, sie hatte alles richtig gemacht. Sie nahm Milla bei der Hand und ging mit ihr durch das Spalier der klatschenden Mannequins bis zum Bühnenanfang. Beide breiteten die Arme aus und verbeugten sich tief nach allen Seiten. Der Beifall ebbte erst ab, als Lydia über ein Mikrofon zu ihrer Dankesrede ansetzte.

»Liebe Gäste, liebe Freunde, liebe Vertreter der Presse …« Sie nahm wieder Millas Hand. »Ich bin überwältigt und überglücklich und danke Ihnen sehr herzlich für Ihren Zuspruch, den ich allenfalls für die Organisation in Anspruch nehmen darf …« Ein Raunen ging durch den überfüllten Saal. »Ich habe meine Tochter Milla gebeten, an der Kollektion mitzuarbeiten …« Erste Bravorufe ertönten. »Moment bitte«, fuhr Lydia fort. »Sie hat mir mit viel Engagement ihre Entwurfmappe vorgelegt, und ich war und bin so überzeugt, dass ich ohne ihr Wissen und Einverständnis die gesamte Kollektion, die Sie gerade gesehen haben, nach Millas Vorgaben anfertigen ließ …« Die letzten Worte Lydias gingen im Jubel des Publikums unter.

Milla schlug die Hände vors Gesicht und schüttelte ungläubig den Kopf. Sie hatte zwar einige ihrer Entwürfe wiedererkannt, aber nicht damit gerechnet, dass ihre Mutter alle ihre Entwürfe übernommen hatte. Ihr war in diesem Moment gar nicht bewusst, welches Risiko Lydia damit eingegangen war. Sie umarmte ihre Mama, während die Gäste begeistert klatschten.

»Mon dieu. Was soll ich sagen? Das ist ja Wahnsinn!« Sie küsste sie auf die Stirn. »Danke, danke! Unglaublich …«

»Ich habe dir zu danken, meine Große! Komm, wir verbeugen uns noch einmal und gehen mit den Mädchen über den Laufsteg.«

Milla vergaß in der Freude und dem Trubel nicht, Blickkontakt zu ›ihren‹ Männern zu suchen. Während Alexej ihr freudestrahlend zuwinkte, lächelte Cedric und machte einen anerkennenden Diener von Künstler zu Künstler. Der Beifall endete erst, als alle die Bühne verlassen hatten.

Dieses Mal konnte Lydia die Presse nicht auf die nächsten Tage vertrösten. Also lud sie alle Vertreter zur Feier nach der Schau ein, die sie in weiser Voraussicht in einem der Restaurants des Hotels geplant hatte. Milla nahm strahlend die neidlosen, herzlichen Gratulationen der Mädchen entgegen, während sie sich frisch machten. Als sie gemeinsam mit ihrer Mutter das Restaurant betrat, wurden sie sogleich von Nikolai und dem engsten Freundeskreis umlagert. Lydia hatte niemanden in ihr Vorhaben eingeweiht, nur Millas Kollektion zu zeigen. Sie hatte sich gänzlich ihrer Intuition hingegeben. Nicht einmal Nikolai und ihre beste Freundin Madeleine hatten davon gewusst. Auch über ihre Absicht, etwas kürzerzutreten, hatte sie geschwiegen. Das Leben schien ihr abends immer häufiger ausgelaugt, sie wollte ihre Pflichten als Frau und Hausfrau gegenüber Nikolai aber nicht vernachlässigen. Sie hatte sich fest vorgenommen, unabhängig vom Erfolg der neuen Kollektion mit Nikolai darüber zu sprechen. Das Tempo dieser Arbeitswelt mit den täglichen Verpflichtungen, den unzähligen Empfängen und Veranstaltungen, die oft bis spät in die Nacht gingen, hatten an ihr gezehrt. Sie wusste, dass Milla jetzt noch nicht die ganze Verantwortung übernehmen konnte und wohl auch nicht wollte, aber sie empfand eine große Entlastung bei dem Gedanken, dass ihre Tochter in Zukunft die Geschicke von »Belle de Jour« würde übernehmen können.

Alexej nahm Milla in den Arm. »Ich bin so stolz auf dich«, flüsterte er in ihr Ohr.

Sie verspürte eine leichte Gänsehaut. Wie um dieses Gefühl bestätigt zu bekommen, hauchte sie: »Sag's noch einmal, Liebster.«

»Ich bin so stolz auf dich, Liebling.«

Ein wohliges Gefühl durchströmte sie. Sie gab ihm einen Kuss auf den Mund und rief in die Runde:

»Dann lasst uns jetzt feiern!«

In den nächsten Stunden war Milla bei Gästen und Journalisten der unumstrittene Mittelpunkt.

Lydia beobachtete stolz, mit welch natürlicher Nonchalance ihre Tochter alles bewältigte.

»Das hat sie von dir«, schmunzelte sie zu Nikolai.

»Was?«, staunte er.

»Schau, diese Lässigkeit, mit allem und allen so umzugehen. Sie wartet nicht, bis die Menschen auf sie zukommen. Sie geht zu ihnen. Ich glaube, wir werden in naher Zukunft wieder mehr Zeit für uns haben ...«

Nikolai küsste ihre Hand. »Wir werden uns die Zeit einfach nehmen.«

Henry wich nicht von Millas Seite und koordinierte die Termine mit der Presse. Sie war ihm sehr dankbar. Bei ihrem Rundgang versuchte sie, nach Cedric Ausschau zu halten, konnte ihn aber nirgends entdecken. Es gefiel ihr, dass er offensichtlich erst gar nicht zur Feier gekommen war. Sie schätzte seine diskrete Art und die Tatsache, dass er sie nie kompromittieren würde. Dabei hätte es ihm nicht geschadet, sich hier zu präsentieren, dachte sie. Die Gesellschaft löste sich erst Stunden nach dem Dinner auf. Wie selbstverständlich hatten sich Milla und Alexej zu ihrer Wohnung fahren lassen, was Lydia, Nikolai und Jasha mit einem zufriedenen Grinsen quittierten.

Sharon stieß Jasha sanft in die Seite. »Ich habe es ihnen vorausgesagt ...«

Alexej inspizierte leicht angetrunken Millas Wohnung. »Was für eine gemütliche Junggesellenfalle«, scherzte er und drückte sie an sich.

»Danke, Liebster. Schön, dass es dir gefällt, sonst müssten wir auf eines unserer Kinderzimmer zurückgreifen ...«, lachte sie. Sie entzog sich ihm mit einem Kuss auf den Mund. »Herzlich willkommen, fühl dich wie zu Hause! Ich gehe mich frisch machen.«

Sie verspürte eine merkwürdige Nervosität vor ihrer ersten gemeinsamen Nacht als Mann und Frau und nahm sich vor, nichts aufgesetzt wirken zu lassen.

Als sie nackt aus dem Bad zurückkam, musste sie über sich selbst schmunzeln. Sie hatte schon immer ein natürliches Verhältnis zur Nacktheit gehabt, aber seit sie Cedric kannte, ging sie noch selbstverständlicher damit um. Als sie sah, wir ordentlich Alexej seine Kleidung über einen Stuhl gelegt hatte, schmunzelte sie erneut. Er lag nackt im Bett und war eingeschlafen, nur halb zugedeckt mit dem Rücken zu ihr. Sie bekam ein schlechtes Gewissen, weil sie wohl zu lange für das Abschminken gebraucht hatte. Aber egal, wie spät es war, sie ging nie mit Schminke zu Bett.

Leisen Schrittes ging sie auf die andere Seite des Bettes und schmiegte sich vorsichtig an ihn, sodass er hinter ihr lag. Schlaftrunken grummelte er etwas, legte seinen linken Arm über ihre Hüfte und fasste mit der Hand wie selbstverständlich zwischen ihre Schenkel, ohne sie an der Scham zu berühren. Es hatte etwas Vertrautes. Sie fühlte sich wohl und war erregt, anders, als sie das bei Cedric empfand, und sie wusste im Moment nicht, was ihr besser gefiel. Sie drückte sich noch näher an ihn und konnte seinen Penis an ihrem Po fühlen. Sein Atem traf in ruhigen Abständen ihren Rücken, was jedes Mal ein angenehmes Schauern bei ihr bewirkte. Mit einem Lächeln um den Mund schlief auch sie bald zufrieden und voller Erwartung ein.

Sie wusste nicht, wie lange sie geschlafen hatten, als er in einer kurzen Wachphase unvermittelt seinen Kopf zwischen ihren Beinen vergrub. Sie genoss es so sehr, dass sie glaubte, auslaufen zu müssen. Er labte sich an ihr wie ein Ertrinkender. Als sie nicht länger auf ihn warten wollte, drehte sie sich auf den Bauch, was sie vorher noch nie gemacht hatte. Sie streckte ihm leicht alles entgegen und hielt dabei die Finger ihrer rechten Hand an ihrer Klitoris. Er glitt in sie hinein und nahm sie animalisch. Als er immer näher kam, packte er sie bei den Haaren und zog ihren Kopf zurück.

»Willst du … willst du, dass ich komme?«, keuchte er schwer.

»Ja, Liebster! Ja!«, winselte sie. »Spritz mich voll!«

Sie schrien beide gleichzeitig so laut, dass sie sich Tage später von der Concierge schmunzelnd anhören mussten: »Kinder, wir haben uns wirklich Sorgen gemacht!«

Nach diesem vehementen ersten Mal drehten sie sich vorsichtig zur Seite und schliefen erschöpft, aber glücklich wieder ein.

Als sie gegen Mittag aufwachten, trieben sie es erneut. Sie waren beide ausgehungert. Milla genoss es fast noch mehr als beim ersten Mal. Danach machte sie ein kräftiges Frühstück, wie sie es von zu Hause gewohnt waren. Sie saßen in Bademänteln an dem kleinen alten Tisch aus Kirschbaumholz, den Milla kurz nach ihrem Einzug bei einer Auktion ersteigert hatte.

»Was hältst du davon, den Rest des Tages gemütlich im Bett zu verbringen und am frühen Abend in ein romantisches, kleines Restaurant hier in der Nähe zu spazieren?«, fragte er lächelnd.

Milla erhob sich, setzte sich seitlich auf seinen Schoß und schlang ihre Arme um seinen Kopf. »Genauso machen wir es, denn es darf nicht zu spät werden. Ab morgen warten die Pressetermine. Da muss ich wieder ran!«, sagte sie pflichtbewusst.

35

Die nächsten Tage vergingen in Windeseile. Milla war tagsüber eingebunden, und abends kochten Alexej und sie entweder gemeinsam oder waren zu Besuch bei ihren Eltern. Auch am Vorabend der geplanten Abreise von Alexej, Jasha und Sharon. Nach dem Essen saßen sie gut gelaunt beim Digestif in der Bibliothek und diskutierten die Entwicklungen der letzten Tage. Das Echo über Millas erste eigene Kollektion für »Belle de Jour« hätte besser nicht sein können, und die ersten Auftragseingänge waren trotz der schlechten Wirtschaftslage mehr als zufriedenstellend. Immer häufiger tauchte die Frage auf, ob Milla mit einer eigenen jungen Linie auf den Mark kommen sollte. Die Angebote von Investoren waren noch interessanter und attraktiver als nach ihrem Laufstegdebüt.

»Wir könnten das Risiko auch alleine tragen«, meinte Nikolai. »Ein Investor würde es nur mindern. Voraussetzung wäre, dass er kein Veto- oder Entscheidungsrecht haben dürfte. Und das Wichtigste wäre die Bereitschaft von Milla, das überhaupt machen zu wollen?«

»Ich habe das mit Mama schon kurz erörtert. Sie hat ja den Wunsch, sich nach und nach mehr zurückzuziehen, und wir glauben, das Beste wäre eine junge Linie unter ›Belle de Jour‹. ›BdJ jeunesse‹ oder ›BdJ Milla‹. Dann könnten wir uns ergänzen, beziehungsweise im Fall des Falles gegenseitig aushelfen ...«

Nikolai schaute überrascht, denn er realisierte, dass es Lydia wohl ernst war.

»Ja, Liebster. Ich möchte in Zukunft mehr Zeit für dich haben«, kokettierte sie. »Außerdem finden wir es besser, wenn alles in einem Haus bleibt, falls Milla das Thema tatsächlich umsetzt.«

»Eine sehr praktikable Idee«, bekräftigte Nikolai erfreut. »Allerdings glaube ich kaum, dass du deswegen mehr Zeit für uns haben würdest, leider. Das wäre nur der Fall, wenn ihr euch die bereits vorhandenen Aufgaben teilt.«

»Du hast recht, Papa«, räumte Milla ein. »Wir werden in Ruhe darüber nachdenken und das Für und Wider diskutieren, nicht wahr, Mama?«

»So machen wir es, mein Kind«, stimmte Lydia zu und war froh darüber, dass ihre Tochter nicht den Anschein machte, als würde sie unbedingt eine eigene junge Linie entwickeln wollen.

Alexej erhob sich. »Vielleicht kann ich mit meiner Absicht etwas zur Entscheidungsfindung beitragen.«

Die anderen reagierten überrascht, was mehr der Tatsache zu verdanken war, dass er dabei so förmlich agierte.

»Nikolai, Lydia, ich habe ja schon viele Tage in meinem Leben mit eurer Tochter verbringen dürfen. Aber erst die letzten Tage … ähm, waren uns als Mann und Frau vergönnt ...« Er lächelte Milla an, die immer tiefer in dem wuchtigen Ledersessel versank, in dem sie saß. »... und diese Tage waren so schön und intensiv ...«, er musste sich räuspern, »… dass ich euch in aller Form um die Hand eurer bezaubernden Tochter bitten möchte.«

Sein Antrag an sich überraschte niemanden. Dennoch waren alle für eine Sekunde perplex, was ihn ein wenig verunsicherte. Er hatte es vorher mit keinem Wort gegenüber seiner Auserwählten erwähnt.

Milla warf sich an Alexejs Hals. »Ja!«, rief sie ihm zu und wandte sich dann zu ihren Eltern. »Ja, ja, ja! Papa und Mama, bitte sagt ja.«

Erst jetzt strahlten alle und beklatschten die Szene. Lydia konnte vor Rührung kein Wort sagen und stieß Nikolai in die Seite. Auch er war ergriffen.

»Alexej … jetzt bist du doch wieder mein Sohn …«, brach es aus ihm heraus.

Auch Jasha hatte einen dicken Kloß im Hals. »Milla, ich freue mich so sehr für euch. Der Bengel hätte keine bessere Wahl treffen können … ich hätte bei keiner anderen zugestimmt.«

Sie umarmten sich alle gegenseitig, und als Milla Sharons Glückwunsch entgegennahm, erinnerte sie sich an ihre Prophezeiung.

»Na, du kleine Hexe«, lächelte sie. »Es darf ruhig mal schwer mit ihm sein, solange wir glücklich miteinander werden.«

Sharon schaute sie gütig an. »Verzeih, aber *du* wirst die Schwere in eure Beziehung hineintragen, doch ihr werdet auch viele glückliche Jahre haben …«

Zu diesem Zeitpunkt konnte Milla sich nichts darunter vorstellen, und da sie sich gerade nicht damit auseinandersetzen wollte, sagte sie nur: »Vielleicht reden wir mal unter vier Augen über deine Vorahnungen, wenn du möchtest?«

»Ja, vielleicht. Doch nun lass uns eure Verlobung feiern«, lachte Sharon, um der Situation die Ernsthaftigkeit zu nehmen.

Sie saßen noch lange ausgelassen zusammen und besprachen alles Mögliche bis hin zum Hochzeitstermin und Enkelkindern.

Zur vorgerückten Stunde wollte Jasha wissen: »Bedeutet das, du wirst das Weingut verlassen und deine großartige Idee, Rennpferde zu züchten, aufgeben?«

Die anderen horchten auf. Die Anregung hatte Sharon Alexej bereits in London suggeriert, weil es eigentlich ihr Traum war, dies umzusetzen, wenn sie den Schritt nach Frankreich wagen sollte. Jasha war begeistert davon, und sie hatten in den letzten Monaten intensiv darüber diskutiert. Milla schaute, bevor Alexej antworten konnte, instinktiv zu Sharon.

Wie entschuldigend sah Alexej in die Runde: »Wir haben es euch bisher nicht erzählt, weil wir noch an den Plänen arbeiten … im Grunde war es Sharons Idee, und wir meinen, dass es nicht nur ein spannender Geschäftszweig werden könnte, sondern mit ein bisschen Glück auch noch ein erfolgreicher … Jetzt muss ich aber wohl meine zukünftige Frau fragen, ob ich daran noch teilhaben darf.«

Bevor Milla darauf eingehen konnte, applaudierte Nikolai. »Eine gute Idee. Lydia, Jasha und ich haben vor Jahren schon darüber nachgedacht, mehr aus dem Gestüt zu machen und uns dann entschieden, das Weingut auf profitablere Füße zu stellen. Nachdem ihm das mit Bravour gelungen ist, bin ich überzeugt davon, dass ihr auch das erfolgreich hinbekommen werdet …« Er machte eine kurze Pause, sah Alexej an und legte seinen Arm um Lydias Schultern. »Alexej, ich glaube, wir würden es gerne sehen, wenn du deiner Milla auf Augenhöhe begegnen würdest. Das würde dich, ohne uns bitte falsch zu verstehen, frei machen von jeglicher Abhängigkeit. Deshalb möchten wir herzlich gerne das Gestüt vom Weingut abtrennen und es mit allem, was dazugehört, auf deinen Namen überschreiben.«

Lydia drückte seine Hand, blickte wortlos und stolz zu ihm auf.

Alexej und die anderen waren überwältigt von Nikolais Großherzigkeit. Während alle klatschten, umarmte er ihn.

»Danke, zukünftiger Schwiegerpapa.«

Nikolai klopfte ihm auf den Rücken. »Danke mir mit Taten, zukünftiger Schwiegersohn, und wenn es Enkelkinder sind.«

Milla spielte die Entrüstete: »Na toll, und ich werde von Beginn an schon nicht gefragt. Wie kann ich mich gegen solche Entwicklungen wehren? Dann werden wir uns wohl arrangieren müssen. Du auf dem Land und ich in der Großstadt. Und wenn wir uns treffen, versuchen wir, Kinder zu zeugen.«

Ihr Vater hatte ihnen eine schwere Entscheidung abgenommen. Sowohl bezogen auf »Belle de Jour« als auch auf ihre gemeinsame Lebensmitte. Sie musste sich eingestehen, dass sie diese Lösung in den letzten Tagen bei ihren Gedankenspielen favorisiert, sich aber nicht getraut hatte, sie Alexej vorzuschlagen, um keinen falschen Eindruck entstehen zu lassen. Sie wusste nicht genau, warum, aber sie hatte nicht vorgehabt, ihre Selbstständigkeit aufzugeben. Beruflich ohnehin nicht, und zwischenmenschlich war ihr die räumliche Trennung in diesem Sinne am liebsten. Sie war der festen Überzeugung, dass es für ihr gemeinsames Glück unerheblich wäre, in welcher Form sie zusammenleben würden. Unbestritten ihrer Fähigkeiten, ihres Talents, ihres Aussehens und ihrer charismatischen Ausstrahlung hatte die eine oder andere Kollegin in letzter Zeit dezent angedeutet, dass sie den ungeheuren Vorteil habe, in einem goldenen Käfig zu sitzen und dadurch den Unwegsamkeiten der Branche nicht ausgesetzt zu sein. Sie war sich dessen von Beginn ihrer Karriere an bewusst, hatte aber den Ehrgeiz, etwas Eigenes auf die Beine zu stellen. In der Zusammenarbeit mit Cedric sah sie eine reelle Chance, ihre Kreativität in einem anderen Metier auszuleben. Sie wusste, dass sie dafür oft und intensiv mit ihm zusammen sein müsste und spürte, dass es schon deswegen besser wäre, wenn Alexej nicht täglich an ihrer Seite sein würde.

Alexejs Kuss riss sie aus ihren Gedanken: »Es gibt doch nichts Schöneres, als eine liebende verständnisvolle Frau zu haben.«

36

Die Wochen nach Alexejs Abreise waren für Milla hektisch und voller Verpflichtungen. Presseinterviews, Fotoaufnahmen, und dann hatte ihre Mutter sie auch noch in die Ordergespräche mit den wichtigen Kunden eingebunden. Sie stellte sehr schnell fest, dass ein guter Name und eine gute Kollektion noch keine Sicherheit boten, um die Auftragsbücher zu füllen. Sie bewunderte ihre Mutter dafür, mit welchem Charme und Geschick auf der einen Seite und welcher Ausdauer und Zielstrebigkeit auf der anderen sie die Gespräche zu lenken wusste. Sosehr sie ihr auch nacheiferte, ihr wurde bewusst, dass dies nicht ihre Stärke werden würde. Weniger, weil sie es nicht könnte, sondern weil sie es nicht wollte. Sie ahnte, wie viel Überwindung und Kraft es sie kosten würde, so zu agieren, und ihr war klar, das Schöpferische in ihr würde unweigerlich darunter leiden. Bei einer dieser Besprechungen glitten ihre Gedanken ab zu Cedric. Sie sehnte sich nach der künstlerischen Herausforderung und nahm sich vor, ihn aufzusuchen, sobald die noch anstehenden Termine abgehandelt waren.

Zehn Tage später stand sie vor Cedrics Haus. Sie war angespannt und stellte fest, dass es ihr ähnlich ging wie vor ein paar Monaten, als sie ihn zum ersten Mal besucht hatte. Sie freute sich auf das Zusammenwirken mit ihm und wusste nicht, wie sie ihm körperlich begegnen sollte. Sie atmete tief durch und nahm sich vor, sich von ihren Empfindungen leiten zu lassen. Nachdem sie an der Tür geklopft hatte, hörte sie ihn rufen.

»Komm herein, ma belle, die Tür ist offen.«

Sie betrat das lichtdurchflutete Atelier, streifte ihre Schuhe ab und legte den dünnen Mantel über einen Stuhl, der am Eingang stand.

»Endlich«, hörte sie ihn sagen und musste lächeln. Er hatte beide Bilder, an denen sie gearbeitet hatten, auf Staffeleien gestellt und betrachtete sie mit gebührendem Abstand, als sie näher kam. »Ich bin gespannt, wie schnell wir nach so langer Zeit wieder reinfinden.« Er trug einen Hausmantel, und sie wusste, dass er darunter nackt war. Auf dem Sofa lag ein zweiter für sie. Wieder musste sie lächeln. Er hatte alles getan, damit sie sich nicht fremd fühlte. Sie genoss das künstlerische Ambiente und umarmte ihn zur Begrüßung von hinten, indem sie ihre Arme unter seine schob und ihre Hände auf seiner Brust verschränkte.

»Schön, wieder hier zu sein … unsere Werke wirken auf mich … nach der unfreiwilligen Pause.« Sie spürte wieder dieses unfreiwillige Zucken im Unterleib. Mein Gott, dachte sie, verzeih mir, wenn es denn Sünde ist. Ihr war bewusst, dass sie ihren guten Vorsatz, Alexej körperlich die Treue zu halten, nicht würde erfüllen können.

Cedric drehte sich, fasste mit beiden Händen ihr Gesicht und hauchte ihr einen Kuss auf die Stirn. Sie spürte seinen halbsteifen Schwanz und wusste, sie hatte nur zwei Möglichkeiten. Sofort zu gehen oder zu bleiben. Sie blieb.

In den kommenden Wochen trafen sie sich, so oft es möglich war, um die Bilder fertigzustellen. Cedric bescheinigte ihr wiederholt, ein Naturtalent zu sein. Er gab ihr Tipps, wie sie an ihrer Technik arbeiten könnte, um ihre Vorstellungen umzusetzen. Milla hatte große Freude an der Zusammenarbeit und hatte das Gefühl, sich nach jeder Sitzung weiterentwickelt zu haben. Bei allem Eifer vernachlässigte sie ihren Aufgabenbereich bei »Belle de Jour« jedoch nicht. Sie fühlte sich zufrieden und ausgeglichen, was, wie sie sehr wohl registrierte, nicht nur den künstlerischen Anforderungen zuzuschreiben war. Sie würde Alexej besuchen, sobald die Werke fertiggestellt waren, um festzustellen, ob das Zusammengehörigkeitsgefühl unter ihrem Lebenswandel gelitten hatte.

Nachdem ihre Arbeit vollbracht war, durchströmte sie beide ein befriedigendes Gefühl.

»Wir dürfen stolz auf uns sein …«, freute Cedric sich beim Betrachten.

»Hm, mir gefällt es auch, aber du kannst es besser einschätzen«, sagte sie, trotz ihres guten Gefühls, ein wenig zaghaft.

»Wenn du möchtest, machen wir im kleinsten Freundeskreis eine Vernissage hier im Atelier, damit du eine Reaktion auf deine Kunst bekommst.«

Milla war einverstanden.

Eine Woche später reiste sie zu Alexej, ohne Cedric noch einmal getroffen zu haben. Sie fand diesen Abstand angemessen und freute sich auf ein paar ausgelassene Tage an der Küste, auf Alexej, seinen Vater und Sharon. Vielleicht ergab es sich ja mal, in Ruhe mit ihr reden zu können.

37

Jasha war bei den Einheimischen im Umkreis des Weingutes sehr beliebt. Nicht nur als überaus sozialer Arbeitgeber, sondern vor allem wegen seiner besonnenen, ausgeglichenen Art, mit den Menschen umzugehen.

Die Strukturen, die er im Weingut geschaffen hatte, ermöglichten es ohne Bedenken, Zeit und Kraft in das Projekt ›Gestüt‹ seines Sohnes zu investieren.

Milla war überrascht und erfreut, was die beiden in verhältnismäßig kurzer Zeit auf den Weg gebracht hatten, als sie gleich nach ihrer Ankunft alle Veränderungen vorgeführt bekam.

Sie standen zwischen einem Haus und dem Ende der Stallungen, das bislang brach gelegen war. Überall waren Arbeiter zu sehen.

»Die neuen Stallungen werden etwa bis hierhin, wo wir stehen, gezogen«, erklärte Alexej überschwänglich.

Sie spürte seine Begeisterung. Gleichzeitig wurde ihr klar, dass er diese Idylle nicht freiwillig verlassen würde. Trotzdem freute sie sich mit ihm, denn schließlich entstand hier auch ihr neues Zuhause, auch wenn sie vorwiegend in Paris leben würde.

»Und das, Liebste, wird unser Heim!«, sagte er inbrünstig und voller Stolz. Das Haus hatte etwa die Größe des Haupthauses.

»Wir lassen es von der gleichen Firma im gleichen Stil renovieren wie die anderen Häuser, wenn du einverstanden bist«, erklärte Jasha.

»Oh ja, das bin ich, ich finde das Weingut wunderschön.« Sie gab Alexej einen Schmatzer auf die Wange. »Und was machen die Arbeiter da hinten?«

»Dort entsteht eine professionelle Rennbahn, mein Engel.«

Milla küsste ihn. Er hatte sie zum ersten Mal ›Engel‹ genannt; auch wenn sie keiner war, es gefiel ihr.

»Und wann kann dein Engel mit seinen Heerscharen einziehen?«, neckte sie ihn.

»So verlässlich, wie die Leute hier sind …«, meinte Jasha, »… bis zum Winter. Sie arbeiten rund um die Uhr.«

»Ach, wie schön«, strahlte Milla. »Dann können wir Weihnachten schon in unserem neuen Heim feiern?«

»So ist es geplant, Engelchen. Lass uns reingehen«, sagte Alexej und nahm sie bei der Hand. »Vielleicht möchtest du etwas ändern? Wir wollen die eine oder andere Wand durchbrechen oder versetzen.«

»Oh, da bin ich aber gespannt. Habt ihr Lust, danach zu den Fischern zu fahren? Ich habe Hunger und so lange keine frischen Austern mehr gegessen.«

»Eine wunderbare Idee«, lachte Alexej. »Wir haben für heute nichts vorbereiten lassen, weil wir damit gerechnet hatten.«

Das Wasser schwappte über die Kaimauern. Wenn das Meer unruhig war, merkte man dies auch in der Lagune. Die Menschen hier waren das raue Klima gewöhnt. Auch wenn es viele Sonnentage im Jahr gab, war der Wind immer besonders kräftig, egal, ob er aus dem Landesinneren oder von der Küstenseite kam. In den Sommermonaten war er ein Segen, die restliche Zeit, für die, die ihn nicht gewohnt waren, eher eine Plage.

Sie entschlossen sich, im Fischerhaus Platz zu nehmen. Es gab ein paar kleinere Holztische, wo eigentlich nur Platz für zwei Personen war. Aber die Einheimischen saßen oft zu fünft oder sechst um einen Tisch, auf dem dann meist eine Platte mit Austern und ein Korb mit Baguette stand. Der Wein wurde aus kleinen Wassergläsern getrunken. Sie liebten diese einfache, ehrliche Atmosphäre und den Geruch von frischem Fisch. Milla strich Butter auf ihr Weißbrot, zerrieb ein Prise Salz darauf und schlürfte genussvoll eine Auster, um sie dann mit einem großen Schluck Wein herunterzuspülen.

»Mmh, ist das lecker«, freute sie sich und stieß gleich wieder mit den beiden auf das Gestüt an. »Ich wollte die ganze Zeit schon fragen, wo Sharon ist.« Sie hatte bis dahin vermieden, Alexej zu fragen, wie er sie kennengelernt hatte und auf die Idee gekommen sei, sie mit nach Frankreich zu nehmen. Dass Jasha und sie dort gut harmonieren würden, konnte er ja nicht vorausgesetzt haben. Mittlerweile wollte sie die Wahrheit gar nicht mehr wissen. Letztendlich hatte ja auch sie ihr Geheimnis.

»Sie ist unterwegs, um Rennpferde zu sichten«, sagte Jasha.

»Aha, hat sie denn so viel Ahnung davon?«

»Oh ja«, meinte Alexej. »Ihre Familie hat Rennpferde gezüchtet, bis ihr Vater bei einem Reitunfall ums Leben kam.«

»Dann sehe ich sie in diesen Tagen gar nicht?«

»Doch«, erwiderte Jasha. »Sie freut sich auf dich und wollte morgen wieder hier sein.«

»Fein, dann werde ich mal einen Frauenabend mit ihr machen. Sie muss mir erklären, warum sie manche Dinge voraussehen kann.«

»Sie ist eine Schamanin«, sagte Alexej lakonisch.

»Hm, dann wird sie uns vielleicht verraten können, wann wir heiraten werden?«, schmunzelte sie Alexej an.

Er küsste sie. »Dafür brauchen wir doch keine Voraussagung, Engelchen. Das können wir doch selbst bestimmen!«

»Jaa?«, legte sie den Kopf schief und sah dabei Jasha an.

Der lachte und gab seinem Sohn einen herben Puffer. »Na Junge, was ist? Soll ich das für dich erledigen?«

»Ähm … tja, was hältst du denn davon, wenn wir hier heiraten, äh, wenn unser Heim fertig ist?«, sagte Alexej irritiert.

»Eine wunderbare Idee, Liebster! Eine romantische Hochzeit auf dem Land, nur im kleinsten Kreis, einverstanden?«

»Sehr einverstanden«, gab er wieder gefasst zurück. »Vielleicht ganz kurz vor Weihnachten? Dann könnten wir ein Doppelfest feiern?«

»Ich will mich nicht einmischen«, meinte Jasha. »Aber das ist eine gute Idee. Dann brauchen die Freunde nicht extra anzureisen.«

Milla strahlte. »Und was haltet ihr vom Heiligen Abend? Es ist doch das Fest der Freude!«

Sie schlugen alle drei mit der Hand ein und bestellten eine Flasche Champagner, den sie auch aus den kleinen Wassergläsern tranken.

»Und unsere Hochzeitsreise machen wir im Frühjahr nach der nächsten Schau … in Richtung Italien, ja?«, freute sich Milla.

»Nach Italien? Warum nicht?«, stimmte Alexej launig zu.

»Ja, ich habe schon so viel über die Geschichte gelesen. Ich liebe die Kultur, die vielen Sehenswürdigkeiten, die Maler, die Mode, die Musik … Ich möchte mich inspirieren lassen. Mailand, Rom, Florenz und zum Abschluss Venedig! Da müssen Verliebte doch hin, um sich ewige Liebe zu schwören!«, begeisterte sie sich.

»Gut essen soll man dort auch können!«, ergänzte Alexej zustimmend. »Es wird sicher eine schöne Reise!«

Es war längst dunkel, als sie zum Weingut zurückkehrten.

Am nächsten Nachmittag ritten Milla und Sharon aus. Der Strand war zu dieser Jahreszeit unter der Woche fast menschenleer, obwohl die Sonne schon sehr stark war. Es ging ein stürmischer Wind, der die wenigen Wolken schnell vorüberziehen ließ. Sie begegneten nur einigen Spaziergängern, die dem Wind trotzten. Nach einem langen, scharfen Galopp gönnten sie den Pferden eine Pause und ritten im Schritt nebeneinander.

»Was meintest du damit, dass ich die Schwere in unserer Beziehung hineintragen werde?«, knüpfte Milla an ein vergangenes Gespräch an.

»Du wirst deine Neigungen und Talente ausleben«, erwiderte Sharon, ohne nachzudenken. »Du wirst viel unterwegs sein, auch im Ausland, und Alexej wird nicht nur unter den zeitlichen Trennungen leiden, auch wenn er dir den Erfolg von Herzen gönnen wird.«

»Im Ausland? Bist du tatsächlich eine Hexe?«, lachte sie. »Oder woher glaubst du, das alles zu wissen?«

»Gott hat mir diese Gabe gegeben, so wie du verschiedene Gaben hast, ohne was dazugetan zu haben«, entgegnete Sharon ruhig.

»Das stimmt«, gab Milla unumwunden zu. »Gott hat mir meine Kreativität in die Wiege gelegt. Wann hast du das erste Mal gemerkt, dass du etwas voraussehen kannst?«

»Mit fünfzehn. Ich hatte ein Lieblingspferd und sagte meinem Vater voraus, dass es bei einem hoch dotierten Galopprennen mit einer Kopflänge gewinnen würde. Es lief wie ein Film vor meinem geistigen Auge ab.«

»Hast du seinen Reitunfall vorausgesehen?«

»Nein«, erwiderte Sharon traurig. »Ich muss mich intensiv auf etwas einlassen, auf einen Menschen und seine Situation. Bei meinem Vater gab es keinen Grund …«

Milla führte ihr Pferd noch näher an Sharons Schimmel heran, damit sie ihre Schulter fassen konnte. »Entschuldige bitte, das war eine törichte Frage, tut mir wirklich leid.«

»Schon gut, Milla«, lächelte Sharon nachsichtig. »Ich bin es gewohnt, dass Menschen an meiner Fähigkeit zweifeln. Es hat in den Augen der meisten etwas Geheimnisvolles, etwas Dunkles. Es ist ihnen nicht bewusst, dass ich erst durch Hingabe und Versenkung zu etwas gelangen und etwas sehen kann.«

»Hm, das kostet gewiss viel Kraft! Ich danke dir, dass du es für Alexej getan hast«, sagte Milla.

»Ich habe es nicht für ihn getan, sondern für euch. Ich habe nicht mit ihm darüber gesprochen und werde es auch nicht, weil es sinnlos ist, einem Liebenden zu raten, er möge den Schritt gut abwägen.«

»Oh Gott!«, erschrak Milla.

»Aber du hast doch gesagt, wir werden viele glückliche, gemeinsame Jahre verbringen?«

»Ich habe gesagt, ihr werdet auch viele glückliche Jahre haben.«

Milla begann zu zweifeln. »Wenn deine Einwände bei ihm sinnlos wären, warum konfrontierst du dann mich damit? Glaubst du, ich sei keine Liebende?«

Nun erschrak Sharon ein wenig. »Oh nein! Versteh es bitte nicht falsch! Es ist uns allen vorbestimmt. Doch du bist diejenige in eurer Beziehung, die das Schicksal in Nuancen beeinflussen kann. Für mehr oder für weniger glückliche Zweisamkeit.«

Milla tätschelte den Hals ihres Pferdes, das mit einem kurzen Schnauben reagierte. »Ich danke dir für deine Offenheit, Sharon. Ich weiß das sehr zu schätzen! Wollen wir ein Rennen machen, bis zum Ende des Strandes?«

»Ja«, rief Sharon.

Sie wendeten ihre Pferde und stoben los. Sharon gewann mit zwei Längen Vorsprung.

Milla genoss die nächsten Tage auf dem Weingut im vertrauten Kreis. Der Abend, an dem Sharon Couscous für sie zubereitet hatte, gefiel ihr so gut, dass sie fragte, ob sie dies im größeren Rahmen wiederholen könnten, wenn sie ihr dabei helfen würde. Sharon willigte freudig ein und nahm auch Jasha und Alexej in die Pflicht, die bereitwillig zustimmten. Die Nächte mit Alexej erlebte Milla besonders intensiv, wobei sie jedes Mal an die Ausführungen von Sharon dachte. Sie vereinbarte mit ihm, dass er weder zur nächsten Kollektionspräsentation noch zu der Vernissage nach Paris kommen sollte, um sich ganz auf den Umbau des Gestüts konzentrieren zu können. Der Anstoß dazu ging von ihm aus, sodass sie nicht einmal ein schlechtes Gewissen hätte haben müssen. Sie ging ohne Umschweife darauf ein, obwohl sie wusste, dass er Cedric irgendwann begegnen musste. Aber es war ihr angenehm, dass dies vor der Hochzeit wohl nicht mehr der Fall sein würde. Sie war sich auch noch nicht einmal im Klaren darüber, ob eine weitere gemeinsame Arbeit sinnvoll wäre, unabhängig davon, ob ihre beiden Werke von Erfolg gekrönt sein würden oder nicht.

38

Während Nikolai mit Cedric einen Rundgang machte und sich jedes Bild erklären ließ, standen Milla und Lydia etwas verloren in der Mitte des größten Hauptausstellungsraumes. Sie waren aufgeregter als vor der »Belle de Jour«-Präsentation, die sie vor drei Wochen wieder einmal erfolgreich hinter sich gebracht hatten. Es war alles perfekt vorbereitet. Die Bilder waren gut ausgeleuchtet, die Maschinerie lief, draußen brannten bereits die großen Fackeln zum Empfang der Gäste. Nur hatten sie keinen blassen Schimmer, wie die Kritiker und das kunstverwöhnte Publikum reagieren würden. Die Mädchen, die für das leibliche Wohl der Gäste zuständig waren, trafen geschäftig die letzten Vorbereitungen und trugen durch ihre Hektik nicht gerade zur Beruhigung bei.

Henry hatte ihre Anspannung bemerkt und gesellte sich mit drei Gläsern Champagner zu ihnen.

»Kommt, ihr Süßen, das wird euch jetzt guttun.«

Dankbar nahmen sie einen großen Schluck. Er trank sein Glas in einem Zug aus.

»Mmh«, schwärmte er. »Tout Paris hat sich angekündigt! Ihr könntet eine Tournee mit der Ausstellung machen«, versuchte er, seinen Schützling aufzuheitern.

»Aber nicht, wenn die Kritiker mich zerreißen«, zweifelte Milla amüsiert. »Mode und Malen sind zwei verschiedene Paar Schuhe.

»Ach«, wehrte er mit einer für ihn typischen Handbewegung ab. »Macht euch keine unnötigen Sorgen. Ich habe natürlich mit einigen gesprochen. Sie kennen die Story, wie die Idee geboren wurde, und sind dir gegenüber unvoreingenommen. Du bist ja nicht als der kommende Star am Malerhimmel angekündigt worden und euer kreatives Duett kann eigentlich nur angenehm überraschen.«

»Ja, aber bei der privaten Vorführung urteilten die Freunde subjektiv und mit wenig Kunstverstand«, wandte Lydia ein. »Ich wette um drei

Glas Champagner, dass sich nur einige trauen werden zu sagen, wer was gemalt hat.«

»Ich wette um fünf Gläser, dass sich davon die Hälfte täuschen wird!«, lachte Cedric, der in diesem Moment mit Nikolai hinzutrat.

Eine Stunde später war die Galerie total überfüllt. Die beiden Türsteher waren angewiesen, nur noch Pressevertretern oder Gästen im Austausch Einlass zu gewähren. Da die Wartenden auch verköstigt wurden, nahmen sie es gelassen auf, zudem Milla und Cedric es sich nicht nehmen ließen, sich zwischendurch für ein paar Minuten unter sie zu mischen, nachdem die Pressefotos gemacht waren. Die Veranstaltung zog sich wesentlich länger hin als geplant, sodass Milla und Cedric vereinbarten, das vorgesehene späte Abendessen mit ihren Freunden abzusagen, wofür alle Verständnis zeigten.

»Wollen wir noch zu zweit bei mir den gelungenen Abend feiern?«, fragte er wie nebenbei.

Sie sah ihn durchdringend an. Sie hatten sich ziemlich lang nicht mehr allein bei ihm getroffen, und es war lange her, dass sie berührt worden war. Der Champagner tat sein Übriges. »Fass mich irgendwo an«, bat sie.

Er strich ihr zärtlich eine Haarsträhne aus dem Gesicht und sah sie lüstern und bittend an.

Ein wohliges Gefühl durchströmte sie. »Ja«, hauchte Milla. »Verabschiede dich zuerst, ich komme nach.«

Lydia hatte die Szene aus einiger Entfernung zufällig beobachtet und machte sich ihre Gedanken.

Die Ausstellung war ein voller Erfolg, nicht nur, was die Resonanz in der Presse betraf. Auf Anfrage, ob sie nun eine weitere Karriere starten wolle, reagierte Milla allerdings sehr zurückhaltend. Sie verwies in allen Interviews auf die künstlerische Leistung von Cedric, der zu ihrer großen Freude mit seiner Kreativität als Maler endgültig den ersehnten Durchbruch geschafft hatte. Alle Bilder wurden verkauft, auch wenn Nikolai, was niemand wusste, durch einen Mittelsmann nicht ganz unbeteiligt war. Das »Duett« erwarb er offiziell, obwohl ein bekannter Kunstsammler ihn hartnäckig zu überbieten versuchte. Er hatte mit

Lydia ausgemacht, es den Kindern als Hochzeitsgeschenk zu überreichen. Cedric und Henry hatten recht behalten. Nur die anwesenden Experten waren in der Lage gewesen, es zu beurteilen. Doch auch sie waren sich nach dem ersten oberflächlichen Blick nicht alle sicher, wer was gemalt hatte.

Als Milla zwei Tage später gegen Mittag ihr Büro betrat, um mit den Vorbereitungen für die Hochzeit zu beginnen, freute sie sich wie ein kleines Kind. Zwischen dem Arbeitstisch und dem Fenster stand eine Staffelei mit ihrem Lieblingsbild aus der Serie, die Cedric von ihr gemalt hatte. Sie hatte schon während der Vernissage schmunzelnd wahrgenommen, dass es als unverkäuflich deklariert worden war. Daneben stand eine riesige Bodenvase mit einem prachtvollen Strauß weißer Rosen. Sie entnahm das kleine Briefkuvert, öffnete es und setzte sich hin, wobei sie die Füße übereinander auf den Tisch legte.

Ein kleines Dankeschön für die angenehmste kreative Phase meines bisherigen Wirkens. Für immer, Dein Cedric

39

»Milla Bellasowa, willst du den hier anwesenden Alexej zu deinem Ehemann nehmen, ihn lieben und treu sein, bis dass der Tod euch scheidet? Dann antworte mit Ja«, fragte der Priester.

Milla lächelte Alexej an. »Ja, ich will!«, flüsterte sie.

Sie küssten sich unter dem Beifall der Familienangehörigen und Freunde. Milla sah bezaubernd aus. Sie trug das champagnerfarbene Brautkleid, das sie bei ihrer ersten Modenschau vorgeführt hatte. Sie wusste damals schon, dass sie es bei ihrer eigenen Hochzeit tragen würde.

Lydia war nicht die Einzige, der Tränen in den Augen standen.

»Was für ein wunderschöner Platz zum Heiraten, danke Jasha«, schluchzte sie.

Er hatte es geschafft, den Mönchen diese kleine Klosterkapelle in der Nähe von Narbonne abzuschwatzen, was zuvor noch niemandem gelungen war.

»Das hat uns eine kleine Spende für die Renovierung des Daches gekostet. Aber ich glaube, ausschlaggebend war, dass ich den Klosterbrüdern eine Kiste Wein pro Monat auf Lebenszeit versprochen habe!«, lächelte er verschmitzt.

Die Kapelle war mit Rosen geschmückt, überall brannten dicke Kerzen. Das Ambiente hätte nicht stimmungsvoller sein können. Während das Brautpaar die Glückwünsche entgegennahm, ertönte das friedvolle Mittagsläuten der Klosterkapelle. Danach sang der Schülerchor ein ›Ave Maria‹, das sich Milla gewünscht hatte.

Tita umarmte ihre beste Freundin. »Milla, wie schön das ist«, sagte sie ehrfürchtig. »So möchte ich auch mal heiraten!«

»Das wirst du ganz bestimmt! Du musst nur fest daran glauben und den richtigen Mann finden, der sich traut!«, lachte Milla ausgelassen.

Robert stand daneben und ergriff verlegen Titas Hand.

»Siehst du, kaum hegst du den Wunsch, schon ist einer da!«, forderte Milla Robert scherzhaft heraus.

»Wollen wir heute Abend unsere Verlobung bekannt geben? Bitte!«, fragte er unvermittelt zu Tita gewandt.

Milla klatschte in die Hände. »Sag ja! Dann haben wir heute Abend sogar drei Gründe, groß zu feiern!«

Tita sah Robert unsicher an. »Blödmann, damit macht man keine Scherze. Das sagst du doch nur wegen der Stimmung, die dich beeinflusst.«

Milla spürte, dass Robert es ernst meinte. »Es ist meistens irgendein Anlass, der einen anregt, etwas zu tun. Hättest du dir das nicht ein bisschen früher überlegen können? Tita und ich wollten immer eine Doppelhochzeit feiern!«

»Milla, bitte«, beschwor Tita sie, bevor Robert antworten konnte.

»Na, dann reicht es vielleicht wenigstens für eine gemeinsame Hochzeitsreise, wenn du mich willst, Tita«, nahm er seinen ganzen Mut zusammen.

Ihr schossen die Tränen in die Augen. »Ja, ich will dich«, brachte sie flüsternd heraus.

»Haaalleluja! Halleluja, Halleluja!«, sang Milla mit lauter, klarer Stimme, sodass alle ihre Köpfe nach ihr herumrissen. »Ihr Lieben«, rief sie freudig, während die beiden sich eng umschlangen, »ich bitte um eure geschätzte Aufmerksamkeit! Ich habe die große Ehre, bekannt geben zu dürfen …« Sie machte eine Kunstpause, und alle blickten gespannt und neugierig zu ihr. »Meine liebste Freundin Tita und unser liebster Freund Robert wollen auch heiraten«, dabei streckte sie die rechte Hand mit dem Zeigefinger nach oben in die Höhe.

Alle klatschten überrascht und freudestrahlend.

Lydia ergriff Madeleines Hand. »Dein Sohn hat eine gute Wahl getroffen.«

»Ich hatte zwischenzeitlich gehofft, dass unsere Kinder sich finden.«

Lydia nickte verständnisvoll. »Ich weiß … ich auch!«, erwiderte sie. »Aber jetzt komme ich aus den Freudentränen nicht mehr heraus.«

»Ja, es ist schön, dass die beiden füreinander da sein wollen. Mein Gott, Lydia, er hat nie ein Wort darüber verloren ...«

Das neue, gemeinsame Heim von Milla und Alexej war rechtzeitig fertig geworden und erlebte zur Feuertaufe ein rauschendes Fest im Freundes- und Familienkreis. Alle waren sich einig, noch nie einen solch fröhlichen Heiligen Abend gefeiert zu haben.

»Das habt ihr großartig gemacht, meinen Glückwunsch zum neuen Zuhause und meinen Dank. Wir werden uns immer wohlfühlen, wenn die Kinder uns einladen«, begeisterte sich Nikolai und klopfte Jasha und Alexej auf die Schultern.

»Wir haben zu danken«, wehrte Alexej ab. »Das Wichtigste ist, dass es meinem Engel gefällt, nicht wahr?« Er schlang seinen Arm um Millas Hüfte.

»Ja, es ist noch schöner geworden, als ich es mir vorgestellt habe, obwohl das Haus dem Weingut nachempfunden ist.« Sie zupfte am Ärmel des Gehrocks ihres Vaters und neigte sich ein wenig vor, um leiser sprechen zu können. »Hört mal, ihr zwei, wir können das Geschenk von Pierre und Madeleine nicht annehmen.«

»Warum nicht, meine Kleine?«, fragte er erstaunt.

»Wir haben das Kuvert eben geöffnet, es ist ein Scheck über 50 000 Francs!«

Nikolai schürzte die Lippen, vermutlich wollte Pierre ihm damit zeigen, dass die hartnäckigen Gerüchte um seine mögliche Pleite nicht zutrafen. Er hatte ihm zum wiederholten Mal vor einigen Monaten eine Anlage mit hoher Verzinsung angeboten, wenn er mindestens eine halbe Million investieren würde. Nikolai hatte derartige Geschäfte immer abgelehnt, weil er sie für unseriös hielt. Vielleicht wollte er ihn auch nur locken, doch einzusteigen, indem er finanzielle Stärke demonstrierte. Aber er hatte sich festgelegt. Die Investoren, die ihre gesamte Einlage mehr oder weniger verloren oder gerade mal einen Gewinn erzielten hatten, waren Warnung genug für ihn. Jetzt, da Pierres Sohn die Tochter seines alten Freundes und Lebensretters Sergej heiraten wollte, machte er sich noch mehr Gedanken um Pierres Privatbank. Sein Sohn Robert sollte schließlich irgendwann den Vater an der Spitze ablösen. Im Falle eines Konkurses beschloss Nikolai, das Geldgeschenk wenigstens für ihn und Tita zu retten. Er wollte seine Kinder jetzt während der Feier mit der ganzen Problematik verschonen.

»Ihr habt recht.« Er nickte nur zustimmend. »Ich bin stolz auf euch! Ich werde euch das, wenn überhaupt notwendig, irgendwann erklären. Vorerst bitte ich euch, den Scheck möglichst bald einzulösen und ein Sperrkonto dafür einzurichten. Vielleicht können wir euren besten Freunden später einen Gefallen damit erweisen. Ich werde das auf jeden Fall bei deren Heirat mit einer entsprechenden Summe ausgleichen, wenn ich das so sagen darf. Das bin ich Tita und auch Robert schuldig.«

Milla und Alexej kannten Nikolai zu gut und hatten grenzenloses Vertrauen, um noch weitere Fragen zu stellen.

Milla gab ihrem Vater einen Kuss auf die Wange. »Danke, Papa, und ganz großen Dank von uns für das ›Duett‹ von Cedric und mir. Auch Alexej konnte auf den ersten Blick nicht feststellen, wer was gemalt hat«, freute sie sich.

»Bedanke dich bei deiner Mutter, es war ihre Idee!«

»Haben wir schon!«, sagte Alexej. »Die Bilder passen hervorragend in die Bibliothek.«

40

Die gemeinsame Hochzeitsreise war von Milla und Tita akribisch geplant worden, was Alexej und Robert sehr recht war. Um jeglichen Diskussionen aus dem Weg zu gehen, hatten Milla und Alexej ihren Freunden den Aufenthalt in Italien als Geschenk gemacht. Weil sie flexibler und unabhängiger sein wollten, hatten die Frauen beschlossen, mit dem Auto zu fahren.

Nach der erfolgreichen Präsentation der Frühjahrskollektion, bei der sich Alexej und Cedric zum ersten Mal zur Freude von Milla ohne Ressentiments begegneten, fuhren sie zunächst für ein paar Tage zum Gestüt. Milla brauchte nach dem Stress ein paar Tage Ruhe. Die vier wurden von Jasha und Sharon gehegt und bei den gemeinsamen, gemütlichen Abendessen wurden alle Anregungen für die Reise bis ins letzte Detail diskutiert, wobei Tita als ›Schriftführerin‹ fleißig Notizen machte. Nach langem Hin und Her war die Route festgelegt. Als erste Station war Venedig einstimmig als Stadt der Liebe favorisiert. Alles sollte zeitlich nach Lust und Laune ablaufen. Der einzige feste Termin war eine Reservierung in der Scala. Den Opernbesuch hatte Milla angeregt, und alle freuten sich darauf. Anschließend wollten die Freunde wieder zurück zum Gestüt, um sich von den Reisestrapazen zu erholen.

Sie genossen die Fahrt entlang der Côte d'Azur und der Riviera mit dem Blick auf das glitzernde Mittelmeer und die blühende Frühlingslandschaft. Alexej und Robert wechselten sich beim Fahren ab, während Milla und Tita im Fond tausend Dinge zu bereden hatten. Sie waren seit ihrer Internatszeit nicht mehr so intensiv zusammen gewesen. In Deiva Marina, der Sommerresidenz des Papstes, machten sie eine erste längere Pause und gönnten sich in der schon starken Frühjahrssonne eine Pasta und leichten Weißwein auf der Piazza. Am frühen Abend erreichten sie Venedig.

Der Concierge im Hotel »Daniele« begrüßte sie überschwänglich, als ob er sie schon seit Jahren kennen würde. »Signorie! Herzlich willkommen in unserem schönen Haus. Das Gepäck wird sofort auf Ihre Suiten gebracht!« Er schnippte zweimal mit dem Mittelfinger und Daumen als Zeichen für den Kofferträger. »Subito.« Dann drehte er sich wieder zu ihnen. »Ähm, Signorie, dürfen wir Sie auf einen typischen Aperitivo einladen, vielleicht Campari mit frisch gepresstem Orangensaft, oder was Sie sonst gerne möchten?«

»Klingt doch nicht schlecht, hm?«, lachte Milla. Alle waren einverstanden.

»Va bene«, freute sich der Portier. »Bitte nehmen Sie in der Lobby Platz. Oder an der Bar, wie Sie möchten! Ich lasse gleich servieren und komme dann zu Ihnen, um Ihre Reservierungen zu besprechen.«

Das Ambiente der Empfangshalle war herrschaftlich. Der edle altrosé Marmorboden ergänzte sich mit den cognacfarbenen schweren Ledersesseln und den Teakholzvertäfelungen. Überall standen Palmen in holzverkleideten Bottichen und große, verschiedenfarbige Vasen aus Muranoglas mit Frühlingssträußen.

Sie entschieden sich für die leere Seite der Bar. Auf der anderen stand eine kleine Gruppe von Männern und Frauen, die sich, wie den Wortfetzen zu entnehmen war, angeregt in verschiedenen Sprachen unterhielt.

Ein gut aussehender Mann mit leicht gebräuntem Teint nickte Milla beinahe unmerklich zu. Sie erwiderte den Gruß dezent lächelnd und hatte den Eindruck, dass seine glutvollen, glänzenden Augen sie auszogen. Als er die Bar daraufhin verließ, blickte sie ihn kurz an, spürte jedoch, dass er sie fixierte. Sie schaute in seine Richtung und senkte ihren Blick. Nach einer Weile drehte sie sich um und sah ihn gestikulierend mit dem Concierge reden.

»Paolo, wer ist diese Frau mit dem mandarinenfarbenen Ensemble?«

»Sie ist eine Contessa. Sie ist die Modeschöpferin von ›Belle de Jour‹ und ein gefragtes Fotomodell, Signore Massimo.« Er schnippte mit den Fingern. »Angelina, bring uns ein ›Harper's Magazine‹, subito!«

»Sind die vier bei der Premiere?«

»Nein, Signore. Wir wussten bei der Anfrage nicht, dass sie verschoben wird«, bedauerte der Concierge.

»Du musst ihnen die kleine Loge direkt an der Bühne anbieten und sie anschließend zur Premierenfeier einladen.«

»Aber, Signore Massimo, das ist unmöglich«, rollte er mit den Augen. »Dort sitzt der Conte mit seiner Gattin, und es gibt nur vier Plätze.«

Massimo nestelte an seiner hinteren linken Hosentasche, zog ein paar Scheine aus der Geldspange und sah ihn zweifelnd an.

»Du weißt doch am besten, dass nichts unmöglich ist. Lass zwei Stühle dazustellen und entschuldige dich beim Conte, es sei mein ausdrücklicher Wunsch. Wenn er sie sieht und sie zudem noch eine Contessa ist, wird er mich verstehen.«

Die Angestellte kam mit dem Modemagazin zurück. Paolo gab es ihm und legte die Geldscheine unter das Empfangsbuch. Auf der Titelseite war ein atemberaubendes Porträt von Milla. Wie elektrisiert starrte Massimo auf ihre ausdrucksvollen Augen. Er klemmte das Journal unter seinen Arm.

»Haben sie einen Privatgondoliere?«

»Ja.«

»Dann arrangiere, dass sie uns beide mit zurücknehmen«, zwinkerte er ihm im Weggehen zu.

Der Concierge rollte wieder seine Augen.

Sie prosteten sich zu. »Auf wunderschöne Tage in bella Italia«, freute sich Alexej.

»Es soll uns nie schlechter gehen!«, grinste Robert.

Der Concierge trat mit einer Liste in der Hand hinzu.

»Alora, Signorie! Ihre Reservierungen sind alle bestätigt. Sie haben für Ihren Aufenthalt einen eigenen Gondoliere, der nur für Sie fährt, wann immer Sie ihn beanspruchen wollen.« Da er nicht wusste, wen er direkt ansprechen sollte, schweifte sein Blick vermeintlich zwischen Alexej und Robert, blieb aber eher an den Augen ihrer Frauen hängen. Die vier nickten zufrieden.

»Wunderbar«, lächelte Tita.

»Ähm, Signorie, Sie haben übermorgen am Abend eine Dinnerreservierung in ›Harry's Bar‹.« Er wand sich ein wenig. »Hmm, wir haben am selben Abend eine Premiere in unserer ›Opera Felice‹. Ähm, es ist schwer, aber wenn Sie Interesse haben, kann ich vielleicht noch mit meinen Beziehungen vier gute Karten organisieren. Ähm, Sie könnten danach zu ›Harry's‹ und an der Premierenfeier teilnehmen.«

Milla war begeistert. »Oh ja, wie schön! Meint ihr nicht auch?«, schaute sie in die Runde.

Alexej entnahm seiner Brieftasche spontan ein paar Scheine, wobei der Concierge schon große Augen bekam und steckte ihm das fürstliche Trinkgeld diskret zu. Der Mann machte eine tiefe Verbeugung und wusste von nun an, wen er anzusprechen hatte.

»Wir freuen uns sehr, wenn Sie das hinbekommen!«

»Oh, das war doch nicht notwendig«, protestierte er, steckte die Scheine unter den Bogen Papier und machte erneut einen Diener. »Grazie, mille grazie, Signore. Subito, ich denke, ich werde das hinbekommen«, lächelte er verschmitzt.

»Was wird denn gespielt?«, wollte Milla wissen.

»Oh Entschuldigung«, fasste er sich schuldbewusst an den Kopf. »Ich glaube, es ist passend für zwei verliebte Paare: ›Don Giovanni‹.«

»Warum wurde uns das nicht bei der Reservierung angeboten?«

»Ähm, die Premiere musste wegen Renovierungsarbeiten verschoben werden, Signora.«

Am nächsten Tag entdeckten die beiden Liebespaare mit der Gondel und zu Fuß die Lagunenstadt. Am frühen Nachmittag standen sie vor dem Dogenpalast auf der Seite der Seufzerbrücke.

»Wer weiß, warum die Brücke so heißt?«, fragte Milla spitzbübisch lächelnd. »Na, weil die Gefangenen auf dem Weg zum Kerker so viel seufzen müssen!«, lachte sie. Dann führte Milla die drei nach links zu einer der vielen Marmorsäulen. Sie musste sie von der Ecke aus abzählen, um die richtige zu finden. Sie sah den etwa zehn Zentimeter hohen, handbreiten, marmornen Bodenring. »So, ihr lieben Männer!«, stemmte sie ihre Hände in die Hüften. »Tita und ich vermuten, ihr habt ständig andere Frauenzimmer im Kopf!«

Die drei lachten verblüfft.

»Niemand hat hier andere Frauenzimmer im Kopf!«, rief Robert.

»Ich schwöre, nein!«, legte Alexej drei Finger auf sein Herz.

»Hm, gut. Wenn ihr es schafft, auf dem Rand um die Säule herumzukommen, sagt ihr die Wahrheit. Solltet ihr aber herunterfallen, seid ihr Herzensdiebe und euch wird die Hand abgehackt.«

Robert versuchte es als Erster. In der Mitte verlor er sein Gleichgewicht und betrat den Boden. »Nein!«, rief er ungläubig. »Bitte, Tita! Lass es mich noch einmal versuchen!«

»Du Schlimmer«, frotzelte Alexej. Doch auch sein Versuch scheiterte. »Das gibt es doch nicht«, schüttelte er lachend den Kopf.

Sie versuchten es unter den Anfeuerungsrufen ihrer Frauen immer wieder, doch ohne Erfolg.

Milla und Tita probierten es natürlich auch, aber vergeblich.

»Der Bodenring hat zur Mitte hin eine leichte Neigung nach unten, sodass allen Dieben, die ihre Unschuld beteuerten, die Hand doch abgehackt wurde ...«, sagte sie mit gespieltem Bedauern.

»Woher weißt du das alles?«, staunte Tita.

»Cedric hat hier eine Zeit lang studiert und meinte, den Spaß müssen wir uns machen!«

Alexej hätte sie in diesem Augenblick gern gefragt, ob sie noch andere Berührungspunkte hatten außer dem künstlerischen Aspekt, aber er verwarf den Gedanken gleich wieder.

Arm in Arm schlenderten sie über den Dogenplatz zu den Cafés, wo die Stehgeiger herzzerreißende Melodien spielten. Bei Mille Feuilles und Espressi genossen sie die liebliche Sonne und die einmalige Atmosphäre dieses historischen Ortes.

Alexej streckte seine Beine aus und verschränkte seine Hände hinter dem Kopf. »Ich bin stolz auf dich, Engelchen ...«, sagte er zärtlich. »Es war eine großartige Idee von dir, unsere Hochzeitsreise in dieses schöne Land voller Kultur zu machen.«

Milla strich ihm liebevoll über sein Haar.

»Und wir freuen uns, dass wir das miterleben dürfen, nicht wahr, Liebes?«, bestätigte Robert.

»Mhm«, seufzte Tita, »es ist wie ein Traum.«

Paolo hatte den Conte zuvor konsultiert und machte die Paare vor dem Betreten seiner Loge bekannt. Jovial überließ dieser die drei vorderen Plätze den Damen, während die Herren dahinter Platz nahmen. Sie tauschten ein paar Höflichkeiten aus.

Milla war froh, nicht involviert zu sein, weil sie außen saß. Sie bewunderte das kleine, aber feine Opernhaus im altbarocken Stil. Alles schien vergoldet zu sein. Neugierig schaute sie den Musikern im Orchestergraben bei ihren Vorbereitungen zu. Seit ihrem ersten Opernbesuch in Paris war sie fasziniert von der Scheinwelt der Bühne. Sie hatte häufig die Augen geschlossen, um die Musik und den Gesang noch intensiver zu empfinden und auf sich wirken zu lassen. Dabei hatte sie in Gedanken oft mitgesungen und konnte mittlerweile einige weibliche Partien auswendig. In ihrer Gedankenwelt stellte sie sich dann häufig vor, selbst auf der Bühne zu stehen und den verdienten Schlussapplaus zu ernten. Mit Beginn des ersten Bildes schloss sie auch diesmal die Augen. Bei einem Solo bewegte sich der Don Giovanni auf der Bühne langsam auf die Seite der Loge, in der sie saß. Sie hatte das Gefühl, die Stimme käme ihr immer näher. Als er den Rand der Bühne erreichte und direkt in ihre Richtung sang, öffnete sie ihre Augen und sah denselben glutvollen durchdringenden Blick des Mannes von der Bar. Wieder neigte er fast unmerklich lächelnd seinen Kopf und streckte seinen rechten Arm vor, als wollte er sie berühren. Milla war überrascht. Sie versuchte, die Geste möglichst unaufgeregt zu erwidern. Kaum hatte er ihre Reaktion wahrgenommen, wandte er seine Aufmerksamkeit dem Publikum im Saal zu, um sich dann wieder in Richtung Bühnenmitte zu orientieren. Nun wusste sie, weshalb sie in die Oper und zur Premierenfeier eingeladen worden war und in dieser Loge saß, nur noch nicht, wie sie mit den gegebenen Umständen umgehen sollte. Sie war gespannt, was sich der schöne Fremde noch einfallen lassen würde, um ihr näherzukommen. Ob ihrer Gedankengänge bekam sie ein schlechtes Gewissen. Instinktiv führte sie ihre linke Hand an der Stuhllehne nach hinten, in der Hoffnung, Alexej würde sie ergreifen. Er tat es.

Der Schlussapplaus wollte nicht enden. Massimo Bellini war der unumstrittene Star des Abends. Er machte Verbeugungen in alle Richtungen und warf Kusshände zum begeisterten Publikum. Bei der Verbeugung zur Seite von Millas Loge, legte er seine rechte Hand flach auf sein Herz. Es schien ihr, als verbeugte er sich besonders tief. Beim Verlassen der Loge wartete Paolo auf sie.

»Signori, würden Sie die Freundlichkeit besitzen, den Conte und seine Gattin in Ihrer Gondola mitzunehmen? Sie werden bei ›Harry's‹ an einem Tisch sitzen!«, fragte er Alexej.

»Aber selbstverständlich!«, wandte er sich den beiden zu. »Es ist uns eine Freude!« Gut gelaunt gingen sie zum Ausgang. Als sie gerade ihre Gondel besteigen wollten, tauchte Paolo, Aufregung vortäuschend, als ob er sie gerade noch erreicht hatte, erneut auf.

»Signori, bitte! Uns sind leider zwei Gondeln ausgefallen! Würden Sie noch zwei Sänger mitnehmen wollen und ihnen dann Ihre Gondel kurz zur Verfügung stellen, damit sie sich vor der Premierenfeier im Hotel noch umziehen können? Es dauert nur ein paar Minuten, prego!«, bat er händeringend um Hilfe.

»Aber ja, sehr gerne!«, zeigte sich Alexej gefällig. »Wir vertreten uns nach dem langen Sitzen gerne die Beine, nur keine Eile.«

Paolo verbeugte sich beflissen. »Mille grazie. Ich bin gleich zurück.«

Sie plauderten über die eben gesehene Darbietung. Milla ahnte, was auf sie zukam und amüsierte sich über die Art und Weise, wie alles eingefädelt wurde. Nach einer kurzen Weile hörten sie vereinzelte Bravorufe und den Beifall, der in der Schlange stehenden Premierengäste, die auf ein Wassertaxi warteten. Paolo trippelte, sich immer wieder umdrehend, vorneweg. Die beiden Opernsänger schwenkten zum Dank ihre zusammengehaltenen Hände vor der Brust. Als sie Milla und die anderen erreichten, wehrten sie den Beifall mit beiden Händen ab. Sie begrüßten zunächst die Contessa mit einer Umarmung, um sich danach Tita und Milla vorzustellen. Titas Hand führte Massimo nur flüchtig zu seinem Mund. Millas Hand berührte er mit seinen Lippen und schaute ihr in die Augen. Sie verspürte dabei das gleiche Zucken im Unterleib wie damals bei Cedric. In der Gondel saßen sie vis-à-vis. Nach kurzer Fahrt unterhielten sich alle durcheinander. Massimo legte seinen Fuß wie unabsichtlich an Millas Schuh und begann das Liebesduett aus »Don Giovanni« zu summen. Milla stimmte zaghaft mit ein.

»Bellissima«, munterte er sie mit blitzenden Augen auf und fing verhalten an zu singen.

Milla sang leise mit. Die Gespräche verstummten. Er hob seine Stimme eine Nuance an und forderte sie mit den Händen auf, auch zuzulegen, wobei er behutsam darauf achtete, sie nicht mit seiner Stimme zu erdrücken. Milla sang wie in Trance und gab ihrer Stimme freien Lauf. Da sie noch zwischen den Häuserfluchten fuhren, kam die Akustik unterstützend hinzu. Er hielt sich geschickt zurück, sodass ihre Stimme ein wenig dominieren konnte. Am Ende des Duetts klatschte er in die Hände. Die Gondoliere johlten vor Begeisterung, die anderen fielen in den Beifall ein.

»Brava! Bravissima!«, war Massimo voller Lob. »So wie Sie singen, gehören Sie auf die Bühne.«

»Grazie … wirklich?«, fragte sie und hoffte, er würde Ja sagen und es tatsächlich so meinen.

Er lächelte. Er wusste genau, was hinter ihrer Frage stand. Er hatte sie auch so gestellt, als seine Gesangslehrerin ihm damals empfahl zu studieren. Er hatte ihr geglaubt, und er hatte an sich geglaubt – und dieser Glaube hatte sein gesamtes Leben verändert.

Die Gondel legte bei »Harry's Bar« an.

»Mein Kompliment, Signore, und danke für Ihre Gondola«, neigte er den Kopf zu Alexej, um sich dann wieder Milla zuzuwenden. »Wenn Sie erlauben«, er machte einen Diener, »würde ich Ihnen später beim Essen gerne Ihre Fragen beantworten.« Er deutete auf seinen Kollegen. »Wir beeilen uns mit dem Frischmachen.«

»Lassen Sie sich Zeit, ich freue mich auf Sie.«

Die Premierenfeier war so exklusiv wie das Restaurant. Sie saßen an einer Tafel für acht Personen, die mit Tischkarten versehen war. Milla war in der Mitte platziert, und auf der Karte ihr gegenüber stand der Name ›Massimo Bellini‹. Die meisten Gäste waren bereits da. Nur die Hauptakteure fehlten noch. Niemand hatte Platz genommen, weil das Essen noch nicht serviert wurde und alle froh waren, ein wenig zu stehen, bevor sie dann wieder etwa zwei Stunden sitzen würden.

»Wie schön, dass du den Concierge so großzügig bestochen hast«, lachte Tita. »Sonst hätten wir diesen herrlichen Abend und das grandiose Duett mit Milla nicht erlebt.«

»Engelchen, das klang wirklich großartig. Du solltest das zu Hause pflegen.« Alexej hatte Millas Ehrgeiz unterschätzt und konnte nicht ahnen, wie sehr er diesen Abend einmal verfluchen würde.

Milla konnte es sich nicht erklären, aber sie fühlte sich plötzlich sehr angespannt. In diesem Moment brauste Beifall auf. Massimo kam herein, ganz in Schwarz gekleidet, mit einem anthrazitfarbenen Seidenschal und gleichfarbigem Einstecktuch im Gefolge anderer Sänger und Sängerinnen. Nach ein paar kurzen Begrüßungen im Vorbeigehen gesellte er sich zu ihnen an den Tisch.

Alexej machte eine einladende Geste, Platz zu nehmen.

»Entschuldigen Sie, ich weiß, wir haben alle Riesenhunger«, lächelte Massimo. »Lassen Sie uns das Essen und den Wein genießen.«

Kaum saßen sie, wurde an ihrem Tisch ein Horsd'œuvre serviert. Massimo hob sein Weinglas und blickte in die Runde. »Auf einen schönen Abend und la bella e dolce vita!«

»A la bella e dolce vita!«, pflichteten ihm alle bei.

Milla konnte es kaum erwarten, bis er ihre Frage beantworten würde. Sie vermied es jedoch tunlichst, sie ihm erneut zu stellen, geschweige den Blickkontakt zu suchen, obwohl sie durchaus geneigt war, ihn ständig anzusehen. Seine dunklen Haare waren mit einer Frisiercreme nach hinten gekämmt, seine Augen lachten und leuchteten, seine weißen Zähne blitzten beim Sprechen. Er war ein attraktiver, charismatischer Mann. Auch er bemühte sich, so gut es ging, seine Aufmerksamkeit weitgehend auf die anderen zu verteilen, was ihm sichtlich schwerfiel. Immer wieder, wenn auch nur kurz, blieben seine Augen an den ihren hängen. Milla hatte nach der Gondelfahrt schon befürchtet, dass Alexej etwas merken könnte, aber er verhielt sich so charmant und gut gelaunt wie meistens. Trotzdem beschloss sie, den Tisch nur gemeinsam mit Tita zu verlassen, um eine mögliche Kompromittierung auszuschließen.

Als hätte er ihre Gedanken gelesen, wandte Massimo sich an ihren Mann. »Signore Alexej! Darf ich Ihrer bezaubernden Frau, nachdem der Hunger gestillt ist, die Wahrheit sagen?«

Milla zuckte unmerklich zusammen.

»Nur zu«, sagte Alexej gelassen. »Ich glaube, wir sind alle gespannt. Wer könnte ihr Talent besser beurteilen als Sie?«

Massimo beugte sich in wenig vor, faltete seine Hände auf die Ellbogen gestützt und sah sie an. Milla glaubte, alles in seinen Augen lesen zu können. Seine Sehnsucht, seine Leidenschaft, sein Begehren, seine Liebe. Sie lehnte sich lächelnd zurück. Er nickte leicht mit dem Kopf.

»Wirklich ...« Er wippte mit seinen gefalteten Händen vor und zurück, als wollte er sein Reden damit unterstreichen. »Wirklich ...«, wiederholte er. Es wirkte etwas theatralisch, aber das passte zu ihm. »Wirklich, prego, Milla! Sie müssen! Sie müssen eine Ausbildung machen! Ich spüre, dass Sie die Musik lieben, die Bühne, den Applaus des Publikums! Prego, Sie haben es im Blut!«

Jetzt meinte Milla, ein Flehen und Bitten in seinen Augen zu lesen. Sie war überrascht von der Vehemenz, mit der er sein Urteil kundtat. Er war zuversichtlicher, als sie zu hoffen gewagt hatte. Sie lehnte sich vor.

»Danke sehr, Massimo«, sagte sie leise und fast ein wenig traurig, obwohl sie innerlich jubelte. »Aber, verzeihen Sie ... ist es nicht schon ein wenig zu spät für mich? Hätte ich nicht vor mehr als zehn Jahren beginnen müssen?«

Er schlug mit der flachen Hand auf den Tisch, sodass die umstehenden Gläser wackelten. »Scusi, es ist spät, ja. Aber es ist nicht zu spät! Sie müssen es wollen mit Ihrem ganzen Herzen. Sie müssen an sich glauben, so wie ich an Sie glaube!« Er sah sie so eindringlich an, dass sie fast erschrak.

»Massimo hat recht«, mischte sich sein Kollege ein. »Sie haben ein außergewöhnliches Talent, wenn Sie bislang noch keinen Unterricht hatten?«

Milla konnte nicht darauf reagieren. Sie hatte das Bedürfnis, den Tisch zu verlassen.

»Nein, den hatte sie nicht«, warf Tita ein.

»Alora«, lehnte sich Massimo entspannt zurück. »Dann müssen Sie herausfinden, ob das Talent reicht«, lächelte er. Er hob sein Glas. »Lassen Sie uns auf die Begabung von Signora Milla trinken«, sagte er und lockerte damit die Atmosphäre auf.

Eine Kollegin trat grüßend hinter ihn und legte ihre Hand auf seine Schulter. »Massimo, an der Bar im ›Daniele‹ gibt es Tanzmusik.«

Milla spürte, dass es ihm unangenehm war. Er ignorierte sie fast.

»Darf ich Sie alle noch auf einen Digestif einladen zum Abschluss?«

»Es war so ein schöner Abend, sehr gerne«, sagte Alexej. »Aber es ist meine Einladung. Wir haben für einen wunderschönen Abend zu danken!«

Milla drückte seine Hand. Sie fuhren gemeinsam mit ihrer Gondel zurück ins Hotel.

Die Bar des »Daniele« war brechend voll. Doch Massimo hatte alles perfekt organisiert. Er hatte eine ganze Ecke reservieren lassen, sodass sie ungestört ihren Digestif einnehmen konnten.

Obwohl Milla gern tanzte, entschuldigte sie sich nach dem Absacker. Sie fürchtete sich vor einem langsamen Tanz mit ihm, der ihr in dieser Situation unvermeidlich schien. Sie sah die ganze Qual und Enttäuschung in seinen Augen, aber auch Verständnis. Sie wusste, sie würde sich nicht zum letzten Mal verabschieden. Sie drückte seine Hand und sagte fast flüsternd. »Danke für alles, Massimo«, um ihn dann laut zu necken. »Ich hoffe, Sie werden von mir hören.«

Er nickte nur lächelnd. »Ich hoffe es auch«, brachte er heiser heraus.

Milla bat Alexej, noch zu bleiben, und ließ sich von Tita aufs Zimmer begleiten.

Sie war froh, allein zu sein. Sie fühlte sich aufgewühlt und konnte keinen klaren Gedanken fassen. Als Alexej etwa zwei Stunden später das Zimmer betrat, war sie noch wach und wusste, dass sie zurück in

Paris als Erstes einen Gesanglehrer aufsuchen wollte. Alexej, der annahm, dass Milla schon schlief, agierte voller Rücksichtnahme. Milla lächelte dankbar und tat, als wäre sie bereits im Reich der Träume. Als er sich vorsichtig auf seine Seite legte, empfing sie ihn mit offenen Armen.

41

Es war ein schöner sonniger Frühsommertag. Milla war angespannt und aufgeregt. Sie hatte sich entschlossen, zu Fuß zu gehen, und hoffte, sich dabei etwas beruhigen zu können. Als sie in der ruhigen Straße mit den vielen Bäumen vor dem Haus stand, schien es ihr ziemlich heruntergekommen. Der Concierge, ein alter kauziger Mann, saß tief gebeugt über einer Lektüre.

»Guten Tag, Monsieur«, sagte sie freundlich. »Ich möchte gerne zu Herrn Barischnikov.«

»Der ist nicht da«, erwiderte der Alte mürrisch und ohne aufzusehen.

»Hm«, meinte sie enttäuscht, »aber ich habe doch eine Verabredung mit dem Professor? Mein Name ist Milla Bellasowa.«

Der Mann drehte seinen Kopf und sah sie über den Rand seiner Lesebrille an. Der Anflug eines wehmütigen Lächelns huschte über sein faltiges Gesicht.

»Ah! Le professeur …«, schüttelte er seinen Kopf. »Treppe hoch und erste Türe links.«

Milla bedankte sich und tippelte die Treppen hoch. Ihr Herz schlug bis zum Hals, als sie an die schäbige Holztür klopfte.

Nach einer Weile öffnete ein kleiner, dicklicher Mann mit langem silbergrauen, nach hinten gekämmtem Haar und wachen Augen.

»Sie sind spät dran, Milla!«, sagte er streng.

Barischnikov war Russe und ein alter Freund von Henry. Sie hatte ihn in dessen Agentur kennengelernt.

»Guten Tag, Herr Professor. Pardon, ich weiß …«, gab sie sich schuldbewusst. »Ich bin zu Fuß ge…«

»Weshalb spielt keine Rolle«, unterbrach er sie barsch. »Disziplin und Fleiß sind das Wichtigste in diesem Beruf, dann kommt erst das Talent!« Er machte eine einladende Handbewegung. »Ich darf vorangehen.«

Sie wusste, dass er ein gefragter Lehrer war, der es nicht mehr nötig hatte, Unterricht zu geben. Er tat es aus Liebe zur Musik, um sich jung zu halten, und beschränkte sich dabei nur auf außergewöhnlich begabte Menschen. Sie hatte den Termin Henry zu verdanken und ärgerte sich jetzt über sich selbst. Disziplin und Fleiß waren ihre Tugenden, und sie nahm sich in diesem Moment vor, ihm das zu beweisen, sollte er sie nehmen.

Die Wohnung war sehr geräumig, sauber, hell und mit vielen Antiquitäten möbliert. Sie empfand sie als sehr angenehm, was sie nach dem ersten Eindruck des Hauses nicht erwartet hatte.

Er setzte sich an den großen schwarzen Flügel, der im Salon stand, und bedeutete ihr, in einem kleinen Sessel Platz zu nehmen.

»Schön haben Sie es hier«, sagte sie.

Er ging nicht auf das Kompliment ein. »Sie hatten noch nie Gesangsunterricht, hat mir Henry erzählt.«

»Das stimmt.«

Sie wusste, dass Henry ihm die Begegnung mit Massimo Bellini wiedergegeben und er daraufhin nur abgewunken hatte.

»Mit welchem Ziel wollen Sie sich ausbilden lassen?«

»Mein Ziel ist es, Opernsängerin zu werden«, versuchte sie, selbstbewusst zu antworten.

Er runzelte die Stirn und zog dabei eine Grimasse. »Und das fällt Ihnen jetzt ein?«

Milla wusste spontan nicht, was sie darauf antworten sollte.

Er stand auf, um das Fenster seitlich vom Flügel zu schließen.

»Es ist ein Traum von mir«, sagte sie etwas verlegen.

»Nur ein Traum? Oder fühlen Sie sich berufen?«, setzte er nach, ohne sie anzusehen.

Sie kam sich vor wie auf einer Anklagebank, begriff aber, dass er sich ein Gesamtbild machen musste. Wenn auch nicht so unwirsch, aber doch mit gleichem Hintergrund, befragte sie schließlich auch die jungen Mädchen, die sich zur Modeschöpferin oder zum Mannequin ausbilden lassen wollten.

»Ich fühle mich dazu berufen«, sagte sie mit trotziger Überzeugung.

»Aus welchem Grund?«, wurde er ungeduldig und schlug scheinbar gelangweilt die Seiten der Partitur vor ihm um.

»Ich singe bei jedem Opernbesuch in Gedanken mit!«, gab sie leidenschaftlich zurück. »Ich sehe mich auf der Bühne stehen! Ich stelle es mir in meinen Tag- und Nachtträumen vor! Nur habe ich bis vor Kurzem nicht daran geglaubt, dass es möglich sein könnte ...«

»Und jetzt glauben Sie an sich?«, wurde er etwas milder.

»Ja! Ich glaube an mich. Ich spüre es! Ich fühle es, und ich habe den festen Willen und die Kraft, es herauszufinden. Ich möchte mir später nicht den Vorwurf machen müssen, es nicht versucht zu haben. Ich möchte es von ganzem Herzen.«

»Das wollte ich hören«, nickte er. »Herz, Kraft und Willen werden Grundvoraussetzung sein!«, lächelte er. »Und ...?«

»Fleiß und Disziplin!«, lächelte sie zurück.

Das Eis war gebrochen.

»Nun gut ...«, sagte er und spielte ein paar Akkorde.

Milla hätte vorher nicht geglaubt, dass man mit solch kurzen, dicken Fingern überhaupt Klavier spielen könnte.

»Treten Sie an den Flügel und atmen Sie ein paar Mal tief in den unteren Rücken. Können Sie Noten lesen?«, fragte er vorsichtig.

»Ja, ich hatte als Kind Klavierunterricht. Bin nur ein wenig aus der Übung.«

»Gut«, nickte er zufrieden. »Ich gebe den Ton an. Sie singen ihn nach. Ich möchte feststellen, welchen Umfang Ihre Stimme hat, alors!« Er schlug an und stellte zu seinem Erstaunen fest, dass Milla ihm problemlos über drei Oktaven folgen konnte. »Das war gut«, lobte er sie. »Singen Sie mir ›Frère Jacques‹ oder einfach irgendetwas vor, worauf Sie gerade Lust haben. Wenn ich es kann, begleite ich Sie. Ich möchte hören, wie Sie die Töne halten.«

Sie überraschte ihn erneut. Er meinte, fast zarte Glockenschläge zu hören.

»Gut, und jetzt etwas Anspruchsvolles, was Sie am liebsten singen.«

»Ave Maria?«, fiel ihr spontan ein.

Er schlug die ersten Töne an. »Wenn Sie bereit sind, setzten Sie ein.«

Milla wurde plötzlich nervös. Jetzt muss ich es ihm beweisen, dachte sie. Sie atmete tief in die Lenden und ließ sich Zeit. Er nickte wohlwollend, zum Zeichen, dass sie sich nicht beeilen musste, und wiederholte geduldig immer wieder den Prolog. Mit dem ersten Ton war ihre Anspannung wie verflogen. Hingebungsvoll kämpfte sie um ihre Chance. Als sie endete, hielt er seine Augen noch geschlossen. Ein merkwürdiges, verklärtes Lächeln lag auf seinem Gesicht. Er sah ganz anders aus, als sie ihn vorher empfunden hatte. Er schlug die Augen auf und fixierte sie.

»Ja«, meinte er zufrieden. »Sie haben eine außergewöhnliche Begabung.«

Milla war den Tränen nahe.

»So außergewöhnlich, dass es eine Sünde wäre, Sie nicht unter meine Fittiche zu nehmen.« Er stand auf und gab ihr die Hand. »Ich heiße Victor, mein Kind! Dreimal in der Woche je zwei Stunden Minimum. Es wird eine harte Zeit für dich, aber ich bin der festen Überzeugung, dass du am Ende dafür belohnt wirst.«

Nun konnte Milla ihre Tränen nicht mehr zurückhalten.

»Weine nur, mein Kind«, tröstete er sie. »Du hast allen Grund dazu. Es ist ein Jammer, dass dein Talent so viele Jahre brachgelegen ist, aber wir bekommen das hin!«

»Danke, Herr Professor! Danke, Victor! Ich habe nur eine Bitte …«

»Ja, welche denn?«, wurde er neugierig.

»Ich habe Henry dazu verdonnert, Stillschweigen zu bewahren. Die Öffentlichkeit soll erst darüber informiert werden, wenn ich so weit bin. Ich verheimliche es selbst vor meinem Mann und meiner Familie.«

»Ah, jetzt verstehe ich, warum du nicht aufs Konservatorium gehst, d'accord. Wenn es nichts Schlimmeres ist, meine Diskretion ist dir sicher.«

»Danke«, lächelte sie. »Wann darf ich wiederkommen?«

»Heute ist Montag«, überlegte er. »Dann sehen wir uns im Turnus von zwei Tagen. Das Wochenende bleibt frei. Am besten für dich wäre der Vormittag, da bist du noch frisch und hast Kraft. Am besten jeweils um zehn Uhr?«

»Einverstanden! Dann habe ich die Nachmittage für meine Arbeit. Perfekt!«, freute sie sich.

»Aber du bekommst ab dem nächsten Mal immer Hausaufgaben mit, die du am besten am Abend, bevor wir uns wiedersehen, erledigen solltest«, mahnte er.

»Kein Problem, ich werde eine gehorsame Schülerin sein!«, lachte sie.

Als sie das Trottoir vor dem Haus betrat, stand der Concierge draußen und fegte ein paar Blätter zusammen. Sie umarmte ihn samt Besenstiel und drehte sich einmal mit ihm um die eigene Achse. Dann breitete sie ihre Arme aus, holte tief Luft und rief: »Ach, Monsieur, ich bin die glücklichste Frau der ganzen Welt!« Sie küsste ihn auf die stachelige Wange und machte sich mit tanzenden Schritten auf den Weg. Der alte Mann griff sich verdutzt an die Stelle, auf die sie ihn geküsst hatte, führte die Hand zum Mund und schüttelte ungläubig den Kopf.

Der Professor hatte die Szene vom Fenster aus beobachtet und nickte zu sich selbst.

»Was für eine ungewöhnliche Frau.«

42

Milla teilte ihren Lebensrhythmus neu ein. Zu Beginn hatte es ihr Umfeld noch nicht richtig wahrgenommen, doch nach und nach ordnete sie alles ihrem neuen Ziel unter. Am meisten darunter zu leiden hatte Alexej. Als ihr klar wurde, dass sie die Sommerferien ausfallen lassen würde, rief sie ihn eines Abends an.

»Mein Liebster, wie geht es dir? Was macht das Gestüt?«

»Alles gut, mein Engel. Wir haben heute den ersten Deckhengst gekauft«, erwiderte er fröhlich. »Ich wollte dich auch schon anrufen. Du musst bald kommen, er wird dir gefallen!«

»Ich kann erst in den Sommerferien und auch nur für eine Woche«, erwiderte sie traurig. Da sie immer vier bis sechs Wochen eingeplant hatten, reagierte er völlig konsterniert.

»Was? Aber wieso denn?«

»Nicht böse sein, Liebling, ich plane eine eigene Kollektion für nächstes Jahr und brauche einfach die Zeit. Du musst mir versprechen, so oft es geht, zu mir zu kommen, bitte!«

»Heißt das, du kommst auch nicht mehr zu den verlängerten Wochenenden?«, wurde er etwas ungehalten.

»Zwei-, dreimal bis Jahresende, Liebster, mehr schaffe ich nicht.«

Es war einen langen Moment ruhig in der Leitung.

»Liebster? Bist du noch da?«

»So war das aber nicht abgesprochen«, meinte er ungewohnt schroff.

»Ich weiß, Alexej, ich weiß. Ich kann dich nur um Verständnis bitten. Sag, wann kommst du?«

»Ich weiß es noch nicht. Ich melde mich …«

»Ich liebe dich, Kuss«, hauchte sie.

»Ich dich auch, Kuss«, sagte er ohne Leidenschaft und legte auf.

Sie rief ihn sofort wieder an. »So kann ich nicht einschlafen«, sagte sie zärtlich. »Ich will einen richtigen Gutenachtkuss!«

Er musste lächeln und freute sich. »Ich auch nicht, mein Engel. Ich träume von dir …«

Doch die Ausrichtung auf ihr neues Ziel hatte auch Vorteile. Sie setzte ungeahnte Kräfte, Energie und erhöhte Kreativität frei. Während sie davor häufig in den Tag hineingelebt hatte, disziplinierte sie sich auch an den unterrichtsfreien Tagen und nutzte die Wochenenden zum Regenerieren oder kreativen Nachdenken. Am meisten Gefallen an dieser Entwicklung hatte Lydia. Da Milla oft erst mittags in die Firma kam, fiel ihr die neue Zeiteinteilung ihrer Tochter überhaupt nicht auf. Sehr wohl aber, dass sie mit ihren Entwürfen für die neue Saison sehr früh dran war.

»Was ist denn mit dir passiert?«, lachte sie, als Milla ihr die Entwurfsmappe vorlegte.

»Och«, wiegelte sie ab. »Es hat sich so ergeben.«

»Wie schön!«

»Mama, wir haben ja schon ein paar Mal eine eigene Kollektion entworfen.«

»Ja.«

»Ist dir bewusst, dass ich im Grunde viel zu wenig von unseren Sachen trage, sondern mir ständig das meiste umändern lasse?«

»Ja, du hast deinen eigenen Stil. Eigentlich kontraproduktiv für uns, aber da es die gleichen Stoffe und Muster sind, fällt es den meisten wohl nicht so auf«, bestätigte Lydia.

»Und was hältst du davon, wenn ich diesen Stil modifiziere und in unsere Kollektion einbaue?«, fragte sie neugierig.

»Hm, wir sollten es wagen. Es würde unsere Gesamtrichtung verändern, uns aber von den anderen abheben.«

»Et voilà«, lachte Milla und ging um den Schreibtisch herum an die Seite ihrer Mutter. »Lass uns die Mappe durchgehen«, drängte sie.

»Das passt ganz gut, Henry ist im Anmarsch. Er hatte mich nicht erreicht. Er tat ganz geheimnisvoll und wollte es dir persönlich sagen.«

Sie sahen sich die Entwürfe an. Die Silhouetten waren wesentlich schlanker. Die Revers viel schmaler, die Röcke viel kürzer, alles in ausnahmslos edlen Materialien. Für den Stand der Mode mutete es Lydia nahezu revolutionär an. Sie klappte die Mappe zu und sah ihre Tochter stolz an.

»Meine Große, das bist du! Mein Gott! Röcke eine Handbreit über dem Knie. Das wird deine eigene Linie! Aber das ist großartig! Das Verwässern wir nicht in der ›Belle de Jour‹-Kollektion!«, konnte sie sich vor Stolz gar nicht beruhigen.

Milla küsste sie auf die Stirn, was sie lange nicht mehr getan hatte. »Danke Mama«, freute sie sich diebisch, weil sie es sich insgeheim so vorgestellt hatte. »Ich werde dir in zwei, drei Wochen die Vorschläge für unsere Kollektion präsentieren!«

Lydia winkte ab. »Das schaffen wir schon, ich habe unsere neue Direktrice gebeten, Vorschläge zu machen, damit sie sich besser eingebunden fühlt.«

Henry kam freudestrahlend herein und winkte mit einem Briefumschlag. »Schön, euch beide zu sehen, ihr Lieben, störe ich euch?«

»Im Gegenteil, wir haben auf dich gewartet«, sagte Lydia.

»Wir haben eine Anfrage aus Hollywood, meine Süße«, fuchtelte er mit dem Umschlag vor Millas Gesicht herum.

»Ach, du lieber Himmel«, lachte sie. »Ich habe leider keine Zeit.«

Er spielte den Beleidigten und gab Lydia das Schreiben. Sie überflog die Zeilen und gab es ihrer Tochter zum Lesen.

»Oh, là, là.« Dann schob sie ihm Millas Entwurfsmappe hin. »Blättere mal schnell durch und sag mir, ob wir den gleichen Gedanken haben«, lächelte sie.

Bereits nach ein paar Seiten grinste er breit. Er schlug sich mit seiner rechten Faust in seine linke Hand. »Volltreffer!«, jauchzte er.

»Perfekt!«, jubelte Milla.

»Champagner!«, rief Lydia und hielt beide Hände dabei wie ein Sprachrohr vor den Mund. »›Mountains Film Productions‹ bietet Milla an, die Garderobe für die weibliche Hauptrolle im nächsten Film zu gestalten!«, strahlte sie. »Und die Aufgabenstellung entspricht genau ihren neuesten Entwürfen!«

»Und seht her«, hielt Milla das Schreiben hoch, »die Premiere soll auch noch in die Zeit unserer Frühjahrpräsentation fallen!«

Die neue hübsche Angestellte brachte den Champagner.

»Das ging aber schnell?«, wunderte sich Lydia.

»Monsieur Henry hatte ihn schon bestellt, als er kam«, entschuldigte sie sich.

Alle mussten lachen.

»Trink ein Gas mit«, sagte Lydia launig. »Wir haben etwas zu feiern!«

»Ich habe noch nie Champagner getrunken, Madame. Vielen Dank!«, tat sie verlegen und holte sich flugs ein Glas.

Henry schenkte ohnehin höchstens zur Hälfte ein, damit er nicht warm wurde. »Auf Ex«, befahl er lachend.

Die junge Frau entschuldigte sich danach mit roten Wangen und verschwand.

43

Vom Café aus ging Milla entlang einer blühenden Allee mit mageren, grünköpfigen Buchen bis zum Haus ihres Gesangsprofessors. Sie freute sich jedes Mal auf den Unterricht und ertappte sich dabei, auf dem Weg regelmäßig an Massimo zu denken. Sie brachte Victor und dem Concierge immer irgendeine Kleinigkeit aus dem Café mit, wo sie vorher meistens ein Buttercroissant mit Orangenmarmelade aß. Die beiden Alten schätzten diese Geste sehr. Victor verriet ihr, dass er sich am jeweiligen Nachmittag auf die Nascherei freute. Ansonsten redete er nicht viel. Er lobte sie kaum, tadelte sie aber auch nicht, was sie nicht weiter bedrückte. Nach dem Singen ging sie wieder in ihr Lieblingscafé und nahm dann hungrig eine Kleinigkeit zu sich. Sie saß an schönen Tagen draußen und genoss die frische Luft. Es war wie ein Ritual. Sie war rundherum zufrieden mit ihrem neuen Leben. Henry hatte den Vertrag mit Amerika perfekt gemacht, unter der Voraussetzung, dass sie nicht vor Ort zu sein brauchte. Alles lief beruflich wie ein Wunschprogramm ab. Einzig ihr Liebesleben machte ihr zunehmend Sorgen. Die Abstände, an denen sie Alexej sah, wurden von Mal zu Mal länger. Während ihres zehntägigen Aufenthaltes auf dem Gestüt in den Sommerferien waren sie jeden Tag über sich hergefallen. Sharon, die Milla prophezeit hatte, dass sie die Schwere in die Beziehung zu Alexej tragen würde, hatte wohl recht behalten. Sie liebte ihr Leben im umtriebigen Paris und ahnte, dass Alexej sein Leben auf dem Land bevorzugte. Sie spürte die Gefahr um ihre innige Zweisamkeit, konnte sich allerdings nicht dagegen wehren, dass sie ihre Karriere unbedingt forcieren wollte, um vielleicht einmal als umjubelter Star auf einer großen Bühne zu stehen.

Milla stand vor der Tür des Professors und freute sich schon vorab auf die vierzehn Tage Auszeit, die sie mit Alexej über den Jahreswechsel verbringen würde. Sie wusste, dass Victor die Zeit zwischen den Jahren immer in den französischen Alpen verbrachte.

Für die Ferien gab er ihr eine Menge Hausaufgaben mit. Da sie auf dem Gestüt, um ihr Geheimnis zu bewahren, kaum etwas üben konnte, bewältigte sie das Pensum auf der langen Hin- und Rückfahrt im Auto, wo sie ungestört singen konnte. Als sie Victor an diesem Spätsommertag verließ, ermutigte er sie zum ersten Mal.

»Ich bin sehr zufrieden mit deiner Entwicklung! Wenn wir so akribisch weiterarbeiten, haben wir uns den Winterurlaub wirklich verdient«, lächelte er. »Du wirst in dieser Zeit nur ein paar einfache Übungen machen müssen, damit nichts einschläft.«

»Danke Victor«, freute sie sich. »Das gibt mir neuen Schwung! Wir werden nicht nachlassen. Bis Montag. Schönes Wochenende.«

»Bis Montag, mein Kind. Dir auch.«

Seitdem sie den alten Concierge einmal geküsst hatte, wartete er wie zufällig im Flur, in der Hoffnung, wieder einmal einen Schmatzer abzubekommen. Heute war es wieder so weit.

Milla drückte ihm im Vorbeigehen einen Kuss auf die Wange und rief: »Sie bringen mir Glück, Monsieur!«

Sie hatte den Eindruck, dass er sich seit dem ersten Mal viel ordentlicher kleidete und auch immer rasiert war. Er griff sich erneut auf die Wange und starrte ihr nach, bis er sie aus den Augen verlor. Er schwang seinen Arm nach vorn, trat mit dem Absatz fest auf den Boden und murmelte zu sich: »Hmm, das nächste Mal muss ich ihr einen Blumenstrauß geben …«

Milla hatte sich mit Cedric in ihrem Café verabredet. Sie rechnete ihm hoch an, dass er sie niemals bedrängt hatte. Vermutlich hat er es nicht nötig, dachte sie. Sie saßen auf der Straßenterrasse, und er zündete sich nach dem späten Frühstück, das sie zu sich genommen hatten, eine Zigarette an.

»Du nicht?«, fragte er verwundert.

Sie hatte seit Beginn des Unterrichts auf Anraten von Victor aufgehört zu rauchen, was ihr nicht sonderlich schwergefallen war. Doch jetzt war ihr danach. Cedric hatte sich vor den kurzen Ferien gemeldet, um zu hören, wie es ihr ging und ob sie denn nicht den Drang verspürte, wieder einmal zu malen. Sie trug sich seitdem mit dem Gedanken, ihn einzuweihen in ihr neues Leben. Sie ging davon aus, dass er als Künstler es am besten verstehen würde, dass sie heimlich eine Gesangsausbildung machte. Dann hätte sie jemanden, mit dem sie darüber sprechen könnte, und es wäre ihm vielleicht plausibel, warum sie nur wenig Zeit zum Malen hätte.

Sie blies den Rauch aufreizend in sein Gesicht. »Ich hätte sogar große Lust zum Malen, aber ich habe im Moment so wenig Zeit.« Im selben Moment wurde ihr bewusst, dass sie auch Lust auf ihn verspürte.

»Dann kann das Verlangen ja nicht so groß sein, wenn du für die schönen Dinge im Leben so wenig Zeit hast«, raunte er.

»Ich überlege die ganzen Tage, ob ich dir ein Geheimnis anvertrauen soll«, wand sie sich auf ihrem Stuhl.

»Dann ist es kein Geheimnis mehr.«

»Doch!«, widersprach sie. »Es wäre dann unser Geheimnis, falls du es für dich behalten könntest.«

»Und das traust du mir nicht zu?«, wunderte er sich.

Sie überging seine Frage und dachte darüber nach, wie sie die Malerei in ihren engen Zeitplan einbinden könnte. »Es würde bei mir nur abends gehen, einmal die Woche und ab und zu an Wochenenden. Würde das Sinn machen?«

»Jede Stunde, in der du etwas tust, was dir Freude bereitet, gibt deiner Seele Nahrung«, sagte er.

Sie drückte ihre Zigarette aus und sah ihn dabei schmunzelnd an: »Ist das so?« Sie erkannte die Begierde in seinen Augen.

»Das ist so, und du brauchst das.«

Ihr wurde heiß. »Ich lasse mich seit meiner Rückkehr von der Hochzeitsreise zur Sopranistin ausbilden«, offenbarte sie ihm und war gespannt, wie er es aufnehmen würde.

Er sah sie eine Zeit lang mit einer Mischung aus Bewunderung und Respekt an. Dann nickte er anerkennend. »Mit wie vielen Gaben hat dich der liebe Gott noch ausgestattet, das ist ja wunderbar! Ich freue mich für dich!«

»Danke«, beugte sie sich lächelnd vor. »Ich bin schon dabei, heimlich Opernkostüme zu entwerfen.«

»Und das alles weiß niemand außer mir, warum?«

»Weil ich alle überraschen will, vor allem die Öffentlichkeit. Ich möchte ausschließen, dass man mir vorwirft, dadurch meinen Beruf zu vernachlässigen oder mich zu verzetteln. Das Gegenteil ist der Fall! Ich sprühe seitdem nur so vor Ideen.«

Er nickte verständnisvoll. »Und weshalb vertraust du dich mir an?«

»Weil du ein kreativer Mensch bist, ein Künstler! Einer, der das nachvollziehen kann! Und …«, sah sie ihn liebevoll an, »weil ich Vertrauen zu dir habe. Und auch weil ich jemanden brauche, mit dem ich darüber reden kann.«

Cedric küsste ihre Hand. Ihr Körper reagierte nach wie vor auf seine Berührung.

»Ich danke dir für dein Vertrauen, ich bin auf deiner Seite.«

»Kannst du dir vorstellen, dass wir Bilder mit Opernmotiven malen?«, fragte sie erwartungsfroh.

»Welch eine zauberhafte Idee!«, verneigte er sich im Sitzen und schwang seinen rechten Arm in einer ausholenden Geste zu Boden.

Sie strahlte über das ganze Gesicht. »Fein!«

»Dann lass uns gleich am Freitagabend beginnen! Wenn du Zeit hast?«

Er wusste, dass sie dann bis zum Morgen bleiben würde. Am liebsten hätte er sie gleich mitgenommen, aber er wusste, dass sie ihm das hätte vorschlagen müssen. »Ich werde die Stunden zählen«, lächelte er.

Sie wäre am liebsten gleich mit ihm gegangen, wollte aber streng an ihren festgelegten Abläufen festhalten.

»Ich auch«, gestand sie lächelnd.

44

Nikolai und Lydia verbrachten schon seit Jahren ihre Sommerferien auf dem Weingut. Sie genügten sich selbst und hatten keinerlei Bedürfnis mehr auf Aufregung und Abwechslung. In der ersten Zeit in Frankreich reisten sie häufig ins Ausland oder besuchten die Gegend um Nizza und die Atlantikküste. Dann stellten sie fest, dass es nirgendwo über mehrere Wochen angenehmer war als in ihrem zweiten Zuhause. Sie luden gern Freunde ein oder genossen Tage trauter Zweisamkeit. Alexej, Jasha und Sharon bekamen sie tagsüber kaum zu Gesicht. An den Abenden lieferten sich Lydia und Sharon abwechselnd genussvolle Kochgefechte, während die Männer sich in dieser Zeit mit Kartenspielen oder Boule ablenkten.

Alexej machte auf Lydia seit der Abreise von Milla einen nachdenklichen, fast traurigen Eindruck. Am letzten Abend saßen sie, wie immer in den letzten Wochen, draußen am großen Tisch in der Abendsonne. Zum Abschluss hatte Sharon gekocht.

»Mmh, ich liebe deine marokkanische Küche«, lobte Lydia sie.

»Meine beide Männer Gott sei Dank auch!«, lachte Sharon.

»Das Gestüt ist prachtvoll geworden! Ich bin stolz auf euch, was ihr drei in der kurzen Zeit hier auf den Weg gebracht habt!«, sagte Nikolai anerkennend.

Sharon sah ihn dankbar an, weil er sie mit eingeschlossen hatte. »Wir haben vor, in den nächsten Wochen ein Rennpferd zu erstehen, dass wir über den Winter trainieren und auf den »Prix de l'Arc de Triomphe« im nächsten Sommer vorbereiten werden«, sagte Sharon nicht ohne Stolz.

»Wir waren abwechselnd etliche Male beim Sichten und haben dann dieses Pferd entdeckt, und zwar für relativ kleines Geld«, bestätigte Jasha.

Lydia fiel auf, dass Alexej abwesend war und sich nicht am Gespräch beteiligte.

»Lass uns ein paar Schritte laufen, magst du?«, forderte sie ihn auf.

Sie gingen zunächst schweigend Arm in Arm Richtung Gestüt, vorbei am Gästehaus, von wo man einen herrlichen Blick auf das Anwesen, die Stallungen und die Rennbahn hatte.

»Warum bist du unzufrieden, mein Sohn? Was betrübt dich so sehr?«

»Ist das ein Wunder?«, brach es aus ihm heraus, dass es selbst sie überraschte. »Schau dich doch um! Ist diese Idylle nicht liebenswert? Ich habe eine Frau, die ich mit jeder Faser meines Herzens liebe und lebe hier mehr oder weniger allein«, schluchzte er im abgehackten Rhythmus seines Weinkrampfes.

Sie nahm ihn in den Arm. »Du hast recht. Nikolai und ich werden in absehbarer Zeit auch hier leben ... Wenn Milla Schriftstellerin wäre, könnte sie hier schreiben, aber der Beruf, der sie ausfüllt, findet in Großstädten wie Paris, London und Rom statt. Dafür braucht sie das Treiben und die Hektik von Metropolen, die Inspiration, die sie sich über die Menschen auf der Straße holt ...«

»Ich weiß, ich weiß«, unterbrach er sie. »Wir haben das alles vorher gewusst und auch so besprochen. Es macht mich trotzdem traurig, gerade nach den letzten gemeinsamen Tagen ... und jetzt hat sie wegen ihrer eigenen Kollektion noch weniger Zeit, hier zu sein.«

»Wie ist es denn mit dir? Würdest du mehr Zeit in Paris verbringen wollen, damit ihr euch häufiger sehen könnt?«

»Das werde ich zwangsläufig tun, aber so war es nicht abgesprochen. Was soll ich tagsüber tun, außer auf die Rennbahn zu gehen? Und wenn sie wegen mir nicht arbeitet, kann sie gleich hierherkommen«, beruhigte er sich langsam.

Sie dachte unwillkürlich daran, dass die Kollektionslinie ihrer Tochter fertig war, und plötzlich hatte sie die zärtliche Geste zwischen ihr und Cedric auf der Vernissage vor Augen. »Ich werde nach meiner Rückkehr mit ihr darüber reden.«

»Das ist lieb von dir, aber das möchte ich nicht. Es würde ja nichts an den Umständen ändern«, sagte Alexej wieder gefasst. »Unsere Liebe ist stark genug, da müssen wir durch.«

Lydia nickte. »Das ist sie, mein Junge, das ist sie. Mach dir keine Sorgen! Was wird passieren, wenn ein Kind unterwegs ist?«

Er grinste lausbübisch. »Tja, dann sieht die Welt gleich anders aus. Wenn die Schwangerschaft unkompliziert verläuft, bleibt Milla bis auf die letzten Wochen in der Firma. Unser Bébé würde hier zur Welt kommen …« Dabei breitete er seine Arme aus und ließ seinen Blick schweifen. »Danach ist abgesprochen, dass wir uns zumindest bis Schulbeginn gemeinsam hier um das Kind kümmern.«

»Dann haben wir doch gute Aussichten, alle wieder zusammen zu sein! Oder glaubst du, wir bleiben in Paris, während unser Enkelkind hier aufwächst?!«, lächelte sie.

»Hm, das wäre wirklich sehr schön«, sinnierte er. »Leider werden wir noch ein Weilchen warten müssen, denn deine Tochter will vorerst noch kein Kind haben.«

Lydia wurde nachdenklich. Mit einem Mal wurde ihr bewusst, dass das unmittelbar mit ihr zusammenhing. »Weißt du«, nahm sie seine Hand und tätschelte sie, »du solltest mich doch mit ihr reden lassen … Ich bin der festen Überzeugung, dass sie es mit Rücksicht auf mich noch nicht will.«

Er schaute verwundert. »Warum?«

»Na ja. Dann würde doch alles an mir hängen bleiben, und sie weiß, dass ich mich lieber langsam zurückziehen möchte.«

»Hmm, dann solltet ihr versuchen, die Firma unabhängiger von euch zu machen?«

»Wir sind gerade dabei, wir haben eine neue junge Direktrice, die sehr gute Anlagen hat. Aber du darfst das in unserer Branche nicht abrupt machen. Sie ist sehr personenbezogen, aber am Ende müssen wir dahin kommen, dass wir nur noch die Kontrollfunktion ausüben, ohne dass es den Käufern auffällt.« Sie hakte sich bei ihm unter. »Es wird sich schon alles finden. Lass uns zurückgehen, sonst machen sich die anderen noch Sorgen um uns.«

An jedem Montag nach den langen Sommerferien gab es ein traditionelles Mittagessen mit den leitenden Angestellten von »Belle de

Jour« im »Bristol«, um sich auf den neuesten Stand zu bringen. Lydia hatte der Gedanke, dass ihre Tochter mit Rücksicht auf sie vorerst auf Nachkommen verzichten wollte, nicht mehr losgelassen. Sie hatte von den Kellnern draußen unter den hochgewachsenen Bäumen aufdecken lassen. Im Wirrwarr der Stimmen war Milla am häufigsten und am lautesten zu hören. Sie machte auf sie einen aufgeräumten, engagierten Eindruck. Sie hat alles im Griff, dachte Lydia stolz, als sie ihre Tochter so agieren sah. Als alle gegangen waren, saßen sie allein bei einem Kaffee, die Schattenspiele der Blätter reflektierten auf ihren Gesichtern.

»Magst du ein Mille Feuilles, Mama?!«

»Was, bist du schwanger?«, entfuhr es Lydia spontan und ohne Absicht. »Wir hatten doch gerade eine Nachspeise?«

Milla lachte. »Nein, keine Bange, Mama. Es ist doch gleich vier!«, schaute sie auf ihre Armbanduhr. »Wir sind heute länger gesessen als sonst! Mir ist einfach danach.«

»Ja, nimm nur. Ich probiere bei dir.«

Milla winkte dem Ober und bestellte zwei, weil sie ihre Mutter kannte.

»Warum bist du eigentlich noch nicht schwanger?«, versuchte Lydia so locker wie möglich zu klingen und war gespannt auf die Reaktion.

»Ach, zu Beginn unserer Ehe wollte ich gleich ein Baby«, gab sie sich ganz entspannt. »Dann hat es nicht gleich geklappt«, lachte sie, »und jetzt passt es mir gerade nicht. Mach dir keine Gedanken.«

»Aber wegen mir nimmst du bitte keine Rücksicht, versprochen?«, tastete sie sich vorsichtig vor.

»Wegen dir?«, war Milla irritiert. »Wie meinst du das?«

»Na ja, weil ich mich doch nach und nach zurückziehen wollte.«

»Wieso? Willst du das denn nicht mehr?«, fragte sie überrascht.

»Doch, doch. Aber ich möchte nicht, dass diese Tatsache deine Pläne um euren Nachwuchs beeinflusst, meine Große! Im Gegenteil, ich würde mich sehr freuen, wenn wir alle auf dem Weingut und Gestüt wieder zusammen wären.« Im selben Moment bereute sie den letzten Satz. Sie wusste, dass ihre Tochter ungern manipuliert wurde.

Milla wurde ganz anders. Ein Kind konnte sie in der jetzigen Phase ihres Lebens gar nicht gebrauchen. Sie war versucht, ihre Mutter in ihre Pläne bezüglich der Gesangsausbildung einzuweihen, ließ es dann aber doch.

»Und was wäre dann mit der Firma? Du würdest alles, was du dir aufgebaut hast, hinter dir lassen, um dein Enkelkind täglich zu sehen?«, fragte sie ungläubig nach.

Lydia hatte das Gefühl, sich ein wenig zurückhalten zu müssen, konnte es aber nicht wirklich. Zu stark war ihr Wunsch, in einer Großfamilie auf dem Land zu leben.

»Was heißt ›hinter mir lassen‹«, tat sie es ab. »Wir müssten die Aufgaben besser verteilen und uns mehr auf die Kontrolle beschränken. Täglich würde ich mein Enkelkind sicher nicht sehen können, aber doch sehr oft!«, lächelte sie.

Milla bekam eine Hitzewallung und versuchte, sich Linderung zu verschaffen, indem sie sich mit der Leinenserviette Luft zufächerte. Ihr wurde bewusst, dass sie seit ihrer Rückkehr auf ihre Periode wartete. Sie konnte nicht glauben, dass ihre Mutter intuitiv etwas spürte. Das Gespräch hatte sich sicher wegen den ›Mille Feuilles‹ in diese Richtung entwickelt. Es hatte immer wieder eine Verzögerung gegeben. Doch dieses Mal hatte sie ein ganz anderes Empfinden. Sie hatte schon für Freitagnachmittag eine Verabredung mit ihrem Arzt getroffen. Sie wollte sich bis dahin die Zeit lassen, über einen Abbruch nachzudenken. Doch eigentlich hatte sie sich nach den ersten Gedanken dagegen entschieden, auch wenn das, was sie vorhatte, mit einem Kind sicher schwieriger umzusetzen war. Nun saß ihre Mutter vor ihr, die für ihren Nachwuchs mehr oder weniger bereit war, ein Modeimperium aufzugeben. Sie konnte nicht anders. Sie musste sich ihr offenbaren.

»Mama, ich bin seit acht Tagen überfällig, vielleicht dürfen wir tatsächlich bald über eine Verteilung der Aufgaben nachdenken«, lachte sie voller Erleichterung. Sie war froh, sich ihrer Mutter anvertraut zu haben. So gab es keine Möglichkeit mehr umzudenken.

Lydia starrte sie mit großen Augen an. »Waaas?«, rief sie. »Und das sagst du mir so en passant? Warst du schon beim Arzt?«

Aufgeregt wischte sie die Frage weg. »Ach, natürlich nicht, sonst wüsstest du ja schon etwas. Lass uns doch gleich zum Arzt gehen! In der Firma würden wir jetzt ohnehin nichts mehr erledigen, was nicht bis morgen warten kann!«

Plötzlich hielt Lydia in ihrem Überschwang inne, von dem Milla sich schon hatte anstecken lassen. Fast wäre sie gewillt gewesen, den Vorschlag in die Tat umzusetzen. »Verzeih, wenn ich dich so direkt frage … aber ist Alexej der Vater? Oder wird meine Tradition fortgeführt?«

Genau diese übertriebene mütterliche Fürsorge, das Sich-in-alles-Einmischen, hatte Milla zu vermeiden versucht. Sie ärgerte sich darüber, dass sie ihr Geheimnis preisgegeben hatte, fühlte sich vor den Kopf gestoßen und ertappt. Wieder wunderte sie sich über die Intuition ihrer Mutter. Es gab allerdings keine Zweifel bezüglich der Vaterschaft, sodass sie es sich nicht verkneifen konnte, mit leiser Ironie zu antworten:

»Bei mir scheinen nur die Gene irgendwelcher Urgroßeltern durchgedrungen zu sein …«

Doch ihre Mutter wollte mehr erfahren. »Es geht mich überhaupt nichts an, aber damit ich besser schlafen kann – hast du Gefühle für den Maler?«

Milla war verblüfft. »Ich habe das Gefühl, dass er ein guter Lehrer ist, und genieße es, mit ihm zusammen zu sein. Aber Gefühle habe ich nur für Alexej, für Papa und für dich – und vielleicht bald für unser Kind«, streichelte sie ostentativ ihren Bauch. Milla wusste, dass es völlig unnötig war, sich in den folgenden Tagen dem Zwiespalt auszusetzen. Sie schämte sich über ihre heimliche Hoffnung, nicht schwanger zu sein, doch wurde ihr von Tag zu Tag bewusster, dass sie in anderen Umständen war. Sie war an diesem Freitagvormittag sehr unkonzentriert beim Gesangsunterricht gewesen und zum ersten Mal froh, als Victor sie entließ. Vor lauter Aufregung bekam sie keinen Bissen mehr herunter, als der Arzttermin näher rückte. Lange vor der anberaumten Zeit erschien sie in der Praxis, lief – unfähig, ruhig zu sitzen – im Wartezimmer auf und ab, bis der Arzt sie endlich in sein Zimmer bat.

Als sie ihn verließ, war sie überglücklich. Sie setzte sich hinter das Steuer ihres Wagens und legte beide Hände auf ihren Bauch. »Herzlich willkommen«, flüsterte sie. Tränen flossen über ihre Wangen. Sie trug das Baby von Alexej unter ihrem Herzen. Sie schnäuzte sich, wischte ihre Augen ab und fuhr los. Es gab für sie nur ein Ziel: ihr geliebter Mann. Er sollte der Erste sein, der es von ihr erfuhr – und nicht am Telefon. Sie wollte ihm dabei in die Augen sehen. Auf der gesamten Fahrt sang oder summte sie sämtliche Wiegen- und Kinderlieder, die sie kannte. Die Fahrt war dadurch für sie so kurzweilig, dass sie das Gefühl hatte, gerade losgefahren zu sein, als sie auf das Gelände des Weingutes einbog. Langsam rollte sie auf ihr Zuhause zu. Von Weitem sah sie Sharon durch das weit geöffnete Fenster in der Küche hantieren und blieb stehen. Jetzt erst merkte sie, welchen Hunger sie hatte.

»Reicht es auch für zwei, äh, für eine Person mehr?«, hätte sie sich beinahe verplappert.

Sharon blickte im gleichen Moment auf, als der Wagen zum Stehen kam und war überrascht und erschrocken zugleich. »Milla! Na klar, wie schön!«, rief sie geistesgegenwärtig. »Alexej hat gar nicht gesagt, dass du kommst!«

»Das konnte er auch nicht«, rief sie fröhlich. »Es ist eine Überraschung!«

»Er … er ist bestimmt auf der Rennbahn, lass uns doch gemeinsam dorthin spazieren«, beeilte sich Sharon zu sagen.

»Das passt gut!«, sagte Milla. »Ich will mich nach der langen Fahrt zuerst ein wenig frisch machen.«

»Gütiger Himmel«, murmelte Sharon vor sich hin und stürzte sofort ans Telefon. Mit zitternden Fingern wählte sie Alexejs Nummer.

Komm, Junge. Geh ran!, sagte sie nervös zu sich selbst. Wo ist dieses blöde Hausmädchen schon wieder? Niemand nahm den Hörer ab. Hätte Milla Gepäck dabeigehabt, hätte sie direkt vor dem Haus geparkt. Da das nicht der Fall war und sie sich die Beine nach der langen Fahrt etwas vertreten wollte, stellte sie den Wagen etwas abseits des Hauses ab.

45

Sie schaute zur Rennbahn, in der Hoffnung, ihren Mann vielleicht zu entdecken, dann schweifte ihr Blick über das schöne Anwesen bis hinüber zum Weingut. Sie seufzte zufrieden und griff sich an den Bauch. Mmh, Bébé. Da wartet ein schönes Fleckchen Erde auf dich. Als sie sich umdrehte, sah sie eine junge schwarze Frau auf sich zukommen, die freudig ein paar Geldscheine zählte.

»Bonjour, Madame!«, grüßte die schöne Fremde herzlich und bestieg ihr Fahrrad.

»Bonjour!«, lächelte Milla zurück, während ihr ein leichter Schweißgeruch in die Nase stieg. Sie ging ins Haus und direkt in die Küche, weil sie Durst hatte. Außerdem wusste sie, dass immer eine Schale mit frischem Obst auf dem Tisch stand. Das Hausmädchen räumte gerade Lebensmittel in die Speisekammer.

»Ah, bonjour, Madame. Ich habe nicht gewusst, dass Sie da sind. Soll ich für heute Abend etwas vorbereiten?«

»Bonjour, Isabelle. Nein danke. Du kannst Schluss machen, wir essen im Weingut.«

»C'est bon, Madame«, ließ sie es sich nicht zweimal sagen.

Milla trank ein Glas Wasser und biss in einen Apfel. »Mmh, lecker«, sagte sie mehr zu sich selbst.

»Das sind Äpfel aus Ihrem eigenen Garten. Bis morgen, Madame«, flötete Isabelle.

Milla hatte den Mund voll, hob nur ihre Hand, streifte ihre Schuhe ab und ging nach oben in Richtung Schlafzimmer. Derselbe Schweißgeruch, wie er von der jungen schwarzen Frau ausgegangen war, lag in der Luft. Die Tür stand weit offen. Auf dem Boden war ein Lager aus Decken und Kissen bereitet. Alexej lag mit geschlossenen Augen rücklings darauf, den Kopf auf einer Nackenrolle, die Füße übereinandergeschlagen. Sein Körper glänzte vor Öl. Milla betrachtete ihn langsam kauend. Die Situation gab ihr einen Stich ins Herz. Nein! Sie wollte weiß Gott keine Moral predigen, wie auch in ihrer Lage … Das wäre menschlich ziemlich ungerecht. Trotzdem war sie enttäuscht. Es ging ihr ähnlich wie ihrer Mutter damals. Warum im eigenen Haus? Warum in ihrem gemeinsamen Schlafzimmer? Warum nicht zu Hause bei dieser Frau? Oder wenigstens im Weingut oder noch besser im Gästehaus? Gut! Am liebsten wäre sie wieder ins Auto gestiegen und stante pede nach Paris zurückgefahren, aber das wollte sie sich nicht zumuten. Sie hatte jetzt Verantwortung. Nach Hause? Das hier war eigentlich ihr Zuhause.

Sie haderte mit sich, wie sie mit der Situation umgehen sollte. Sie war wütend, und sie wusste, dass Wut ein schlechter Ratgeber war. Sie drehte sich um, ging wieder nach unten und verließ das Haus. Draußen warf sie die Reste des Apfels weg, er schmeckte ihr nicht mehr. Sie hatte sich entschlossen, in ihrem alten Zimmer im Weingut zu übernachten und in aller Frühe ohne viel Aufhebens nach Paris aufzubrechen. Auf dem Weg zum Gästehaus verwandelte sich ihre Wut in tiefe Trauer. Sie vermied es, am offenen Fenster von Sharon vorbeizugehen. Sie wollte nur noch ein heißes Bad nehmen, den Kopf auf ein frisches Kissen legen und dann schlafen. Selbst der Hunger war plötzlich wie weggeblasen. Was konnte sie schon tun, außer Abstand gewinnen? Im Gegensatz zu ihrer normalen Gewohnheit stellte sie ihre Schuhe nicht am Treppenabsatz ab, sondern nahm sie in die Hand und stieg erschöpft die Stufen hinauf. So würde niemand merken, dass sie da war. Sie sperrte die Tür hinter sich zu, ließ sich ein Bad ein und legte ihre Kleidung ab. Dann stellte sie sich nackt ans Fenster, öffnete es und betrachtete die Weinberge. Leise summte sie ein Wiegenlied. Die Tränen liefen ihr dabei über die Wangen. Sie nahm alles nur noch verschwommen wahr. Ein kühler Abendwind strich über ihren Körper, sie begann zu frösteln, schloss das Fenster, zündete eine dicke Kerze an und legte sich in das warme, nach Orangenblüten duftende Wasser. Sie schloss die Augen und döste kurz ein.

»Miiiilla, Miiiilla!«

Das laute Rufen ihres Namens holte sie in die Gegenwart zurück.

Alexej, der Millas Wagen vor dem Haus entdeckt hatte, suchte sie seit einiger Zeit. An das Haupthaus des Weingutes hatte er als Letztes gedacht. Er rief unten im großen Salon nach ihr. Auf die Idee, sie könnte in einem der oberen Zimmer sein, kam er nicht.

Milla reagierte nicht auf sein Rufen. Sie stieg aus der Wanne, trocknete sich ab, um sich danach sorgfältig einzucremen. Dann legte sie sich ins Bett. Sie hatte keine Lust auf irgendwelche Erklärungen, auf Streit oder Unterhaltung. Und auch nicht auf Versöhnung. Im Grunde war sie Alexej nicht einmal böse. Sie war enttäuscht, traurig und nur noch müde. Sie wollte schlafen, nichts als schlafen. Mittlerweile dämmerte es.

Jasha und Sharon unterstützten Alexej bei der Suche nach Milla.

»Wir gehen in verschiedene Richtungen«, meinte Jasha. »Ich nehme den Weinberg, weil ich mich dort am besten auskenne.«

Als er zurückkam, nahm er im Badezimmer des Weingutes den flackernden Schein einer Kerze wahr. Wie von einer inneren Stimme geleitet, ging er nach oben. Eigentlich wusste er, dass er Alexej hätte benachrichtigen müssen, doch zur gleichen Zeit wurde ihm klar, dass er Milla seit ihrem dritten Lebensjahr kannte und liebte. Er klopfte vorsichtig an die Tür.

»Milla, hier ist Jasha … bist du da? Mach doch bitte auf!«, rief er.

Milla war gar nicht überrascht. Sie hatte allerdings eher ihren Mann erwartet. Und wenn schon nicht ihn, dann Sharon. Nun war es der Schwiegerpapa. Obwohl sie sich müde gefühlt hatte, war sie nicht über einen Halbschlaf hinausgekommen. Vielleicht war das kurze Dösen in der Wanne schuld, vermutlich aber wohl die tausend Gedanken, die durch ihren Kopf jagten. Nun, da sie wach war, hätte sie es albern gefunden, nicht zu antworten.

»Einen Moment, Jasha. Ich mache dir gleich auf.« Jetzt sah sie, dass sie die Kerze im Badezimmer hatte brennen lassen. Sie zog ihren Hausmantel über ihren nackten Körper und öffnete dem alten Weggefährten. »Komm rein«, entschuldigte sie sich. »Wir müssen ein wenig Licht machen.«

Während sie an dem kleinen Tisch Platz nahmen, zündete Jasha die dicke Kerze an. Trotz des matten Lichtscheines konnte er ihre verweinten Augen erkennen. Er war überwältigt von ihrer Schönheit und ihrer Anmut. Der Hausmantel gab den Blick frei auf die seidige Haut ihres Dekolletés und ihre schlanken langen Beine, die sie übereinandergeschlagen hatte. Sein Sohn durfte diese wunderbare, diese besondere Frau nicht verlieren, und in seinen Augen gab es auch keinen Grund, weshalb es so weit kommen sollte.

»Es ist ein Zufall, dass ich hier bin …«, versuchte er zu erklären. »Wir haben nach dir gesucht. Ich habe auf dem Rückweg vom Weinberg das schwache Licht gesehen«, deutete er in Richtung Badezimmer.

Sie nickte nur stumm, verständnisvoll wie ein scheues Reh »Meine Kleine«, beugte er sich vor und nahm ihre Hand. »Glaube mir. Es gibt keinen Grund für dich zu zweifeln.« Seine Stimme war tief und ruhig.

Sie schüttelte zaghaft ihren Kopf. »Nein?«, schluckte sie. Ihre Augen schimmerten feucht, die Tränen wurden noch von ihren dichten Wimpern aufgehalten.

»Nein«, sagte er bestimmt. »Mein Sohn liebt dich über alles. Ich weiß, dass er dich nicht betrogen hat, was auch immer du vermuten magst.«

»Ach, Jasha«, schluchzte sie. Ihre Tränen hatten sich nun doch ihren Weg gebahnt. »Ich liebe Alexej mehr als alles andere auf der Welt, deswegen bin ich ja hier.«

Er hielt noch immer ihre Hand. »Soll ich ihn holen?«

Sie wischte sich die Tränen von den Wangen und zog die Nase hoch. »Nein, nur nicht!«, schüttelte sie vehement den Kopf. »So aufgelöst, wie ich bin? Habt ihr schon gegessen?«

»Natürlich nicht!«, empörte er sich.

»Dann lass uns doch in dreißig Minuten drüben bei euch treffen! Ich hatte schon bei der Ankunft Hunger für zwei«, sagte sie wieder etwas gefasst. Sie standen beide auf und umarmten sich. »Danke für dein Kommen. Sag deinem Sohn, er soll vor dem Haus auf mich warten. Ich möchte beim Essen nicht darüber reden.«

»Gute Idee. Ich werde die beiden instruieren.« Er tätschelte liebevoll ihre Wange. »Ich bin stolz auf dich, meine Kleine!«, sagte er, nahm er ihr Gesicht in beide Hände und küsste sie auf die Stirn.

Alexej wartete voller Ungeduld auf seine über alles geliebte Frau. Als sie aus dem Haupthaus trat, stürzte er ihr entgegen. Auch Milla begann zu laufen. Auf der Höhe des Brunnens fielen sie sich in die Arme.

»Mein Liebes.«

»Liebster.«

Ihre Lippen berührten sich, verschmolzen zu einem endlos scheinenden Kuss. Eine Zeit lang standen sie einfach nur so da.

»Ich liebe dich über alles, mein schönes Engelchen«, flüsterte er.

»Ich dich auch, schöner Teufelskerl.«

»Du musst dir keine Sorgen machen, ich lasse mich nur massieren.«

Sie legte ihre Finger auf seinen Mund »Schhh, du brauchst nichts zu erklären, Liebster.« Sie wollte in Ruhe essen – nur keine Diskussionen oder sogar Streit. Ihre Konsequenzen aus seinem Verhalten würde er noch früh genug zu spüren bekommen.

»Aber es ist doch wichtig …«

»Schhh«, unterbrach sie ihn. »Wichtig ist nur«, und dabei führte sie seine flache Hand auf ihren Bauch, »dass wir bald zu dritt sein werden«, flüsterte sie zärtlich in sein Ohr.

»Sag das noch mal!«, sagte er leise und küsste liebevoll ihr Ohrläppchen.

»Ja, wir bekommen ein Baby.«

Er kniete vor ihr nieder. »Mein Gott, deswegen bist du hier«, raunte er mehr zu sich selbst. Er legte sein linkes Ohr auf ihren Bauch, als könnte er schon jetzt einen Herzschlag hören. »Ich liebe euch so sehr«, brach es aus ihm heraus.

Sie legte ihre Hände auf seinen Kopf und presste ihn fest gegen ihren Körper: »Wir lieben dich auch!«

Er stand auf, hob sie auf seine Arme und stieß einen fulminanten Jubelschrei in den sternenklaren, tiefblauen Nachthimmel. »Juchuuuh! Wir bekommen ein Baby!«, schrie er so laut, dass Jasha und Sharon es im Haus hören konnten. Er trug Milla Richtung Gästehaus, dessen Tür von Jasha aufgerissen wurde.

»Vater!«, schrie Alexej. »Ich werde Vater!« Er trug Milla über die Schwelle und setzte sie neben dem Esstisch ab.

»Gratuliere, mein Sohn!«

Die beiden Männer umarmten sich, während Sharon Milla beglückwünschte. »Ihr werdet viel Freude an eurem Sohn haben!«

»Sohn?«, rief Milla begeistert. »Liebster, hast du das gehört? Wir werden einen Sohn haben!«

»Na, wenn Sharon das sagt, wird es so sein«, feixte er.

»Wärst du mit Alexander einverstanden?«

»Warum nicht, Liebste? Wie du möchtest. Hauptsache, er ist gesund.«

Milla aß tatsächlich für zwei.

Sharon freute sich darüber, dass es allen schmeckte und nichts übrig blieb. Der Abend verlief weitaus harmonischer und lustiger, als sich das alle vorgestellt hatten.

Als Milla und Alexej nach der Verabschiedung von Sharon und Jasha draußen standen, wurde sie jedoch wieder von dem Geschehenen eingeholt. Die Arme umeinander geschlungen, spazierten sie Richtung Gestüt. Doch vor dem Haus verabschiedete sie sich von ihm.

»Gute Nacht, Teufelchen. Wir werden heute getrennt schlafen«, sagte sie und küsste ihn.

Er fühlte sich vor den Kopf gestoßen und wollte es nicht wahrhaben. »Wie bitte, das ist doch nicht dein Ernst?«

»Doch, ich denke es ist besser so.«

»Aber warum, Liebste? Ich möchte mit dem Kopf auf deinem Bauch schlafen.«

Sie nahm sein Gesicht in beide Hände und sah ihn liebevoll an. »Welch eine schöne Idee, Liebster. Aber ich habe noch den Schweißgeruch in unserem Schlafzimmer in meiner Nase.«

»Verzeih, dann nehmen wir eben das große Gästezimmer?«

»Ich schlafe in unserem eigenen Haus ungern im Gästezimmer, Liebling!«, blieb sie hartnäckig. Ihr Ton hatte sich um Nuancen verändert.

Erst jetzt begriff er, dass sie nicht umzustimmen war. »Na gut«, gab er resigniert auf. »Ungern, sehr ungern«, murmelte er. Er nahm sie und drückte sie fest an sich. »Ich bringe dich zurück und bete, dass durch die dumme Massage unsere Liebe nicht leiden wird.«

»Das wird sie nicht, Liebster. Warum sollte sie?«, gab sie zu seiner Überraschung fröhlich und unbefangen zurück.

Arm in Arm gingen sie zurück, ohne ein Wort zu wechseln. Vor der Tür zum Haupthaus küsste Milla ihn.

»Du wirst noch viele Nächte deinen Kopf auf meinen Bauch legen können. Gute Nacht.«

Er war sich nicht sicher, ob sie recht behalten sollte. Sein Gefühl ließ ihn daran zweifeln. Er empfand den heutigen Abend als Niederlage. Wie gern hätte er ihr erklärt, warum er ab und an Massagedienste in Anspruch nahm. Er fasste zärtlich an ihren Bauch.

»Gute Nacht, ihr zwei. Schlaft gut …«

Sie sah ihm nach, bis er im Mondlicht nur noch als Schatten zu sehen war.

Auf der Höhe des Gästehauses wandte er sich um, doch da war sie bereits hineingegangen. Er überlegte zurückzueilen, sich neben sie zu legen und sich nicht wegschicken zu lassen, doch dazu war er zu stolz. Er weinte still, als er mit offenen Augen im Bett lag. Nicht, dass er ein schlechtes Gewissen gehabt hätte. Er glaubte, irgendetwas verloren zu haben. Er wusste nur noch nicht, was.

Als Alexej in der Früh aufwachte, vernahm er ein Motorengeräusch. Er stürzte ans Fenster und sah, wie Milla ihren Wagen wendete. Er wollte ihren Namen schreien, brachte jedoch keinen Ton heraus. Vor Wut griff er nach der kleinen tönernen Vase, die auf der Kommode stand, und versuchte, sie vor das Auto zu schleudern. Der Winkel war so ungünstig, dass sie geräuschlos auf dem gepflegten Rasen landete. Er fühlte sich mit einem Mal leer und verlassen. Zuerst wollte er ihr hinterherfahren, doch dann erinnerte er sich an ihre gestrige Aussage, dass ihre Liebe durch die Massagedienste nicht leiden würde. Außerdem wusste er, dass sie ihn nicht in aller Herrgottsfrüh wecken mochte. Vielleicht hatte sie eine Nachricht hinterlassen. Er warf sich den Hausmantel über und eilte aus dem Schlafzimmer. Beinahe hätte er das

Kuvert übersehen, das sie unter der Tür durchgeschoben hatte. Er hob den Brief auf, um ihn noch im Hochnehmen zu öffnen. Er überflog die wenigen, aber liebevollen Zeilen:

Mein geliebter Alexej, über alles geliebter Papa,

gräme Dich nicht, weil wir ohne Abschied gefahren sind. Wir sind sehr früh wach geworden und wollten dich nicht aufwecken. Ich verspürte eine gewisse Unruhe und wollte die Zeit nicht überbrücken, bis es das Frühstück gegeben hätte. Ich werde in einem Landgasthof einkehren. Die Rückfahrt wird, wie die Hinfahrt zu Dir, wie im Flug vergehen, denn ich werde wieder die ganze Zeit über Schlaf- und Kinderlieder singen und summen. Wenn meine Sehnsucht nach dir sehr groß ist und ich dich vermisse, lese ich immer einen Deiner liebevollen Briefe. In Zukunft wird der Kleine alles mithören, da ich laut lesen werde …

Wir lieben Dich.

Deine Milla und Dein Sascha

Er legte sich auf das Bett, um den Brief noch einmal in Ruhe zu lesen. Dann stand er auf, duschte, zog sich an und ging in sein Arbeitszimmer. Dort schrieb er einen Brief an Milla, in dem er versuchte, die Sache mit der Massage darzulegen. Er war sicher, Milla würde dafür Verständnis aufbringen. Anschließend schlenderte er zu seinem Vater, um mit ihm und Sharon zu frühstücken. Als sie gerade frisch dampfenden Kaffee einschenkte, klingelte das Telefon. Jasha ging ran. Es war Milla, die die Küstenstraße entlanggefahren war und in ein menschenleeres Strandcafé eingekehrt war. Alexej sprach kurz mit ihr und begriff erst dann, dass sie nicht die Tatsache störte, dass er sich Erleichterung geholt hatte, sondern dass er dies in ihrem gemeinsamen Haus hatte geschehen lassen.

Milla blieb nach dem Telefonat noch eine Weile sitzen und genoss die warme Morgensonne auf ihrer Haut. Sie tat gut daran, denn es war einer der letzten schönen Sommertage. Jedes Mal, wenn sie den endlos scheinenden Horizont betrachtete, bekam sie Sehnsucht nach der

Ferne. Sie fragte sich dann, was wohl dahinter kommen würde. Das Meer lag ganz ruhig da. Es glitzerte, als ob Tausende Sterne darauf gefallen wären. Mit einem Seufzer verließ sie ihren Platz an der Sonne.

»Komm, mein Kleiner, es gibt noch ein paar Kilometer zu fahren«, sagte sie und strich sich über den Bauch. Sie fuhr noch, solange es Sinn machte, die Küste entlang und begann mit ihren Hausaufgaben für den Professor, summte zwischendurch ein Wiegenlied oder hing einfach ihren Gedanken nach. Sie musste in naher Zukunft für zwei denken, aber wollte diesen Umstand so lange wie möglich geheim halten. Außer der Familie sollten es nur wenige enge Freunde erfahren und natürlich zwangsläufig Cedric. Sie nahm sich vor, zuerst ihre Mutter und dann ihn zu informieren. Sie hatte ihn ja gestern Abend versetzt, und er hatte sicher auch damit gerechnet, den heutigen Tag mit ihr verbringen zu dürfen. Sie war sich sicher, er würde Verständnis dafür aufbringen.

»Tja, mein Kleiner, gratuliere. Du hast es geschafft. In den nächsten neun Monaten wird alles nach dir ausgerichtet. Aber das werden wir alles hinbekommen, nicht wahr?«, tätschelte sie mit der rechten Hand ihren Bauch, die linke fest am Lenkrad des Wagens. Sie musste grinsen. Ob Cedric auch in der Lage und willens war, mit ihr zu arbeiten, ohne sie sexuell ›besitzen‹ zu dürfen? Sie traute es ihm zu, war sich ihrer selbst jedoch nicht sicher, ob sie wirklich jeglichen Körperkontakt mit ihm vermeiden könnte. »Hmm«, seufzte sie. »Vielleicht sollten wir die Dinge zunächst einmal auf uns zukommen lassen.«

46

Die Schwangerschaft verlief zum Glück ohne jegliche Komplikationen. Sie war wie geschaffen dafür, Mutter zu werden. Noch im achten Monat stand sie auf dem Laufsteg und nahm die stehenden Ovationen des begeisterten Publikums für ihre neue Kollektion entgegen. Besonders stolz war sie auf die Umstandskleider, um die sie die ›normale‹ Kollektion kurzerhand erweitert hatte. Besonderer Clou: Diese Modelle wurden wirklich ausschließlich von Schwangeren vorgeführt. Die »Mountains Film Productions« zeichneten die Kollektionspremiere auf und waren so zufrieden mit der Kooperation, dass sie Henry das Angebot unterbreiteten, die nächsten drei Filme auszustatten. Selbst die Zusammenarbeit mit Cedric war von Erfolg gekrönt: Bei der Vernissage wurden die beiden für ihre gemalten Opernmotive von Kritik und Publikum hochgelobt. Ihre gemeinsame Arbeit war reibungslos verlaufen – Cedric hatte ihre Forderung, nicht mehr intim zu werden, ohne Wenn und Aber akzeptiert. Es fiel ihnen nicht immer leicht, weil trotz einer tiefen Freundschaft, die sich in den vergangenen Monaten entwickelt hatte, die körperliche Anziehungskraft weiterhin bestand.

Seit der Concierge wusste, dass Milla schwanger war, ließ er es sich nicht nehmen, sie zur Wohnungstür des Professors zu begleiten und sie wieder abzuholen, wenn sie mit ihrer Stunde fertig war. Zum Abschied bekam der Alte jedes Mal einen Kuss auf die Wange gedrückt.

Victor ging heute nicht wie gewohnt mit Milla zum offenen Fenster, um Atemübungen mit ihr zu machen, sondern bat sie, im Salon Platz zu nehmen. Er bot ihr Kaffee und Wasser an.

Sie begnügte sich mit einem Glas Wasser und war gespannt, was es mit dem außergewöhnlichen Beginn ihrer Gesangsstunde auf sich hatte.

Er goss sich etwas umständlich eine Tasse ein und machte auf sie einen ungewöhnlich nervösen Eindruck.

»Milla …«, räusperte er sich. »Wie viel Zeit haben wir noch?«

»In gut vier Wochen soll es so weit sein, Victor«, lächelte Milla und legte beide Hände um ihren kugelrunden Bauch. »Aber das weißt du doch längst«, sagte sie leicht verunsichert.

»Jaja«, beruhigte er sie. »Es ist nur so, ähm … Ich habe einen Bekannten, der die Intendanz an der Mailänder Scala innehat.«

»Jaaa?«, wurde Milla hellhörig.

»Ja!«, räusperte er sich. »Ähm, ich habe ihm gestern von dir erzählt, und er fragte mich, ob ich mit dir zum Vorsingen kommen könnte.«

»Das ist ja fantastisch!«, rief Milla erfreut. »Wann?«

»Wir müssen bis Ende nächster Woche bei ihm sein. Er besetzt nämlich gerade die nächste Saison«, beeilte sich Victor zu sagen.

»Himmel!«, rief Milla. »Aber, Victor«, fuhr sie kleinlaut fort. »Glaubst du denn wirklich, ich wäre schon so weit?«

»Wenn ich nicht überzeugt davon wäre, hätte ich dich wohl nicht vorgeschlagen«, sagte er etwas beleidigt.

»Oh Victor, das darf doch alles nicht wahr sein! Lass uns doch gleich am Wochenende fahren! Wäre dir das recht?«, fragte sie ungeduldig.

»Natürlich! Wann immer du kannst, ich habe sonst kein Rendezvous«, lachte er erleichtert über die Tatsache, dass Milla überhaupt keine Angst vor dem Vorsingen zu haben schien.

Die Mitteilung, dass Milla hochschwanger nach Mailand reisen wollte, um sich neue modische Inspirationen zu holen, spaltete die Familie und den engen Freundeskreis in zwei unnachgiebige Lager. Während die Frauen – bis auf Tita – Verständnis dafür zeigten, dass sie sich in einem kreativen Vakuum befand, waren die Männer strikt dagegen, allen voran Alexej. Er bestand darauf, mitreisen zu dürfen. Es kam zu einer heftigen Auseinandersetzung, die Milla jedoch – im Wissen um ihr Vorhaben – mit den Waffen einer Frau entschärfen konnte. Die Tatsache, dass Mira sie als Krankenschwester und ›Hebamme‹ begleiten würde, beruhigte letztendlich die aufgebrachten Gemüter.

Mira, die zehn Jahre älter als Milla war, hatte sich zu einer aparten Frau entwickelt. In den ersten Jahren in Frankreich war sie für Sergej unentbehrlich geworden. Er hatte sehr wohl ihre Zuneigung gespürt, doch er hatte von Anfang an wegen des großen Altersunterschiedes keine falschen Hoffnungen aufkommen lassen. Durch die Liaison mit Marina, die ihm als Ärztin im OP assistierte, war er dann auch beruflich unabhängiger von der verliebten Krankenschwester geworden. Milla hatte Miras ruhige, überlegene Art immer geschätzt und sich sehr gefreut, dass sie einwilligte, ihre Betreuung während der Schwangerschaft zu übernehmen. Im Übrigen hatten sie vereinbart, dass Mira ihnen nach der Niederkunft als Gouvernante erhalten bleiben sollte. Sergej bedauerte es zwar, diese fähige, loyale Assistentin zu verlieren, konnte Milla und Alexej den Wunsch jedoch nicht ausschlagen. Er war überzeugt davon, dass Mira, die nie mit einem Mann gesehen worden war, die räumliche Trennung von ihm guttun würde.

Obwohl Milla darum gebeten hatte, rührselige Abschiedszeremonien auf dem Bahngleis zu vermeiden, konnte sie es nicht verhindern, dass der besorgte Alexej sie bis zum Abteil bringen wollte. Vorsorglich hatte sie mit Victor ausgemacht, dass er erst im Zug zu ihnen stoßen sollte, nachdem der abgefahren war.

»Mach dir bitte keine Sorgen, Liebster. Wir sind in ein paar Tagen wieder da.«

Alexej nahm Milla in den Arm. »Passt auf euch auf, ja?«, flüsterte er ihr ins Ohr.

»Versprochen«, hauchte sie zurück.

»Lass sie keine Dummheiten machen«, wandte er sich an Mira.

»Keine Angst!«, lachte sie. »Ich bin strenger mit ihr, als ich es damals mit ihrem Vater war, als er aus dem Koma erwachte.« Ihr wurde wieder einmal bewusst, welchen Einfluss die Familie auf ihr persönliches Schicksal genommen hatte.

Alexej küsste Milla noch einmal und verließ dann das Abteil. Der Zug fuhr langsam an, als er auf den Bahnsteig sprang.

Milla schüttelte lächelnd den Kopf. Sie warfen sich Kusshände zu, bis sie sich aus den Augen verloren.

Alexej sah dem Zug noch eine Zeit lang versonnen nach.

Victor klopfte nur wenige Augenblicke, nachdem der Zug den Bahnhof verlassen hatte, an die Tür von Millas Abteil.

»Victor, wie schön, dich zu sehen!«, sagte Milla erfreut. »Mira, bitte entschuldige das Theater, aber ich wollte wegen dieser Reise mein gut gehütetes Geheimnis nicht preisgeben.«

Victor nickte zustimmend: »Eine gute Opernsängerin ist immer auch eine gute Schauspielerin!«

Sie umarmten sich. Dann klärte Milla eine sichtlich verwirrte Mira über die Hintergründe dieser Reise nach Milano auf.

»Ich weiß, dass ich mich ganz auf dich verlassen kann – nicht nur, weil du damals meinen Vater gesund gepflegt hast, sondern auch, weil mein Kind bei dir in den besten Händen wäre, sollte mir etwas zustoßen.« Sie hatte Mira schon als Jugendliche gemocht und in den letzten Monaten der Schwangerschaft als hilfsbereite Freundin erlebt. Sie verstanden sich ohne viele Worte und konnten sich über alles austauschen.

»Danke für dein Vertrauen«, sagte Mira und lächelte. Sie freute sich auf den Kleinen fast so wie auf ein eigenes Kind. Die Fahrt verlief kurzweilig. Vor und nach einem ausgiebigen Mittagessen im Zugrestaurant probten Milla und Victor die Arien, die Milla am nächsten Nachmittag vortragen sollte. Mira hörte fasziniert zu. Sie hatte keine große Opernerfahrung, aber sie spürte, dass ihre Freundin eine außergewöhnliche Stimme hatte. Immer wieder blieben neugierige Mitreisende vor dem Abteil stehen und applaudierten. Als der Zug in den Mailänder Hauptbahnhof rollte, dämmerte es bereits.

Der Intendant Maurizio Gambardi hätte dem Aussehen nach Victors Sohn sein können. Er ließ es sich nicht nehmen, die beiden persönlich auf die Bühne zu dem großen weißen Flügel zu geleiten. Auf dem Weg vom Büro machte er dauernd Scherze, was Millas langsam aufkeimende Nervosität dämpfte. Auch die Tatsache, dass Victor ausnahmsweise seinen Schützling musikalisch begleiten durfte, verringerte ihr Lampenfieber.

»Dann viel Glück!«, sagte der Intendant, klopfte Victor auf die Schulter und tätschelte beruhigend Millas Hand. Die Bühne war nur schwach beleuchtet. Vorsichtig stieg er links von ihnen die seitlichen

Stufen hinab und suchte den Weg zur ersten Reihe des Opernsaals, wo genau in der Mitte ein kleines Licht brannte und sich einige neugierige Mitarbeiter versammelt hatten. Mira hatte auch in diesem Kreis Platz nehmen dürfen, jedoch konnte Milla sie nicht sehen. Der Saal lag vor ihr wie eine große dunkle Gruft, deren Maul bereit war, sie zu verschlingen.

Milla schien es endlos, bis der Intendant seinen Platz endlich eingenommen hatte. Sie hielt die Augen geschlossen, konzentrierte sich auf ihre Atmung und stellte sich dabei vor, das Opernhaus wäre hell erleuchtet und bis zum letzten Platz gefüllt. Auf einmal hörte sie die Musiker im Orchestergraben, wie sie ihre Instrumente einstimmten und das erwartungsvolle Gemurmel des Publikums im Bewusstsein dessen, dass gleich die Musik einsetzen würde.

»Que bella donna« – raunte der Gambardi. »Wenn sie nur halb so gut singt, wie sie aussieht, nehme ich sie«, sagte er zu seinem Assistenten hinter vorgehaltener Hand. Er blickte auf die Bühne und sah Millas marienhafte Gestalt im Gegenlicht. Sie hatte sich eine gehäkelte Stola umgehangen.

»Madonna«, entfuhr es ihm leise. Dann wurde er plötzlich geschäftig. »Alora, Victor!«, rief er. »›La Traviata‹, ›Madame Butterfly‹ und ›Don Giovanni‹, in dieser Reihenfolge!«

Victor wusste genau, was das zu bedeuten hatte. Wenn sein Schützling die ersten beiden Hürden, die Soloparts waren, nicht mit Bravour meistern würde, käme es gar nicht zum Duett mit einem Partner, um diesen für die nachfolgenden Aspirantinnen zu schonen. Er hob nur eine Hand zum Zeichen, dass sie bereit waren.

»Silencio«, hob der Intendant ebenfalls eine Hand. »Et prego …«

Victor schlug die ersten Töne an. »Die Akustik ist gut, versuche dich langsam zu steigern …«, machte er Milla Mut.

Sie hielt die Augen immer noch geschlossen. Das Publikum in ihrer Vorstellung war verstummt. Mit dem ersten Ton öffnete sie ihre Augen und hatte das Gefühl, auf der Bühne eines voll besetzten Opernhauses zu stehen. Sie blieb am Flügel stehen und agierte wie eine erfahrene

Operndiva, die die gesamte Bühne nutzt. Der Intendant, der anfangs entspannt zurückgelehnt mit übereinandergeschlagenen Beinen auf seinem gepolsterten Stuhl gesessen hatte, war längst angespannt nach vorn gebeugt, die Ellenbogen auf seine Oberschenkel gestützt. Millas glockenhelle, reine Stimme erfüllte den Raum. Mit ihrem letzten Ton war sie zum Flügel zurückgekehrt und sah Victors Tränen gefüllte, glänzende Augen. Mit dem letzten Anschlag sprang er auf, um sich tief vor ihr zu verbeugen.

»Grandios«, flüsterte er. »Grandios!«

Milla machte eine Geste in seine Richtung, um zu signalisieren, dass sie ihr Können allein ihm zu verdanken hatte. Dann verbeugte sie sich in Richtung Intendanz. Es war andächtig still im Saal. Milla wusste von Victor, dass es nicht üblich war, beim Vorsingen Beifall zu spenden. Plötzlich, in die knisternde Stille hinein, hörten alle ein Stakkato von zwei klatschenden Händen, das wie Peitschenhiebe langsam schneller werdend von den hinteren Rängen her erschallte.

»Brava! Bravissima!«

Milla konnte nicht erkennen, wer sie da so hochleben ließ. Doch die dunkle Männerstimme kam ihr irgendwie bekannt vor. Sie sah zu Victor, der sich wieder an den Flügel gesetzt hatte und nur mit den Schultern zuckte.

»Va bene!«, rief der Intendant. »Grazie, Signora Milla. Wir machen eine kleine Pause.«

Victor stand auf und umarmte Milla. »Ich glaube, das ist ein gutes Zeichen.«

Schemenhaft sahen sie, wie der Mann mit festen Schritten an den Sitzreihen auf die Bühne zusteuerte. Auf der Höhe der ersten Reihe traf er mit dem Intendanten zusammen. Nach einem kurzen, verhaltenden Wortwechsel kamen die beiden über die seitliche Treppe auf sie zu. Nun war Milla klar, wo sie die Stimme bereits gehört hatte. Sie hatte das Gefühl, dass ihre Knie leicht zitterten.

»Milla«, gab sich der Intendant jovial. »Sie kennen sich ja bereits«, und etwas süffisant zu Victor gewandt: »Victor, das ist Massimo Bellini, der Partner für das Liebesduett.«

Massimo ergriff mit seinen Händen die von Milla. Sie sah die Bewunderung in seinen Augen und wusste nicht, ob sie ihr galt oder ihrem Vortrag. Es war eine Mischung von beidem.

»Milla! Du bist noch schöner geworden«, raunte er. Eifersüchtig blickte er auf ihren schwangeren Bauch. Am liebsten hätte er ihn angefasst.

»Massimo, welch eine Überraschung! Wie schön, dich wiederzusehen!«

Er machte keinerlei Anstalten, ihre Hände loszulassen, und sie entzog sie ihm auch nicht. Ihre Blicke schienen ineinander zu verschmelzen. Milla schämte sich ein wenig, war aber nicht fähig, die Situation aufzulösen.

»Das ist genau die Stimmung, die ihr jetzt brauchen werdet«, sagte der Intendant und begab sich zurück auf seinen Platz.

Massimo schloss kurz die Augen, drückte sanft ihre Hände und wandte sich dann an Victor, der genau wusste, wer ihm gegenüberstand. Er hatte sich sofort an die Anekdote in der Gondel erinnert, die Milla ihm erzählt hatte.

»Signor Victor, ich danke Ihnen von ganzem Herzen. Sie haben eine großartige Stimme aus Milla gemacht.«

Victor freute sich über die Anerkennung. »Ich habe nur ein wenig daran gefeilt, was Sie entdeckt haben«, entgegnete er bescheiden.

Der Intendant klatschte kurz in die Hände. »Wenn ihr so weit seid, können wir beginnen!«

Victor setzte sich und hob die Hand. »Mach es bitte genauso wie damals … singe mit deinem Herzen für die Musik, und vielleicht auch ein bisschen für mich«, zwinkerte er aufmunternd.

Milla schloss wieder die Augen und erinnerte sich an Massimos Auftritt im Theatro Venedig. Sie wollte seiner damaligen Partnerin in nichts nachstehen. Sie war ganz ruhig. Er gab ihr Sicherheit. Mit dem ersten Takt der Arie aus »Don Giovanni« entführten die beiden ihre wenigen Zuhörer in eine Traumwelt aus Klang und Gefühl.

Massimo wusste, dass er voll aus sich herausgehen musste, um mit Milla mithalten zu können. Dennoch war er erfahren genug, sich anfangs etwas zurückzuhalten, um ihr Sicherheit zu geben. Langsam steigerten sie sich in ein gewaltiges stimmliches Fortissimo, das Victor Schauer über den Rücken jagte. Für einen neutralen Betrachter mutete es an, als bildeten die beiden schon seit Jahren eine unzertrennliche Einheit. Am Ende standen sie eng umschlungen da und wussten, dass sie – zumindest für die Bühne – ein Traumpaar waren. Ihre Herzen pochten laut. Sie waren von ihrem eigenen Vortrag elektrisiert.

Massimo war sich in diesem Augenblick absolut sicher, dass er zusammen mit dieser außergewöhnlichen Frau die großen Bühnen der Welt erobern konnte. Sie pressten ihre Körper gegeneinander, soweit es Millas Zustand zuließ.

»Wann ist es so weit?«, flüsterte er.

»Ich habe noch vier Wochen Zeit«, flüsterte sie zurück.

Victor hatte die Klappe des Flügels geschlossen und betrachtete die beiden zufrieden. Er empfand ebenso wie Massimo: Eine neue, große Stimme war geboren.

Der Intendant kam mit Mira auf die Bühne. Diese bedeutete Milla, dass sie total begeistert war.

»Mama mia!«, rief er. »Milla! Wenn wir uns heute Nachmittag mit unserem Finanzdirektor über ein Engagement einigen könnten, würdest du uns allen eine Woche Vorsingen ersparen und wir könnten dein Engagement heute Abend mit einem fürstlichen Essen feiern ...!«

»Wenn du möchtest, kann ich die Verhandlung für dich führen, cara mia«, bot Massimo sich an.

Milla lächelte und drückte dankbar seine Hand. »Ja, gerne.«

Niemand der Anwesenden konnte sich vorstellen, dass es ihr völlig egal war, was dabei herauskommen würde. Niemand konnte auch nur ahnen, dass sie, um auf einer Opernbühne singen zu dürfen, nicht einmal Kost und Logis verlangt hätte. Sie war in diesem Moment die glücklichste Frau auf Erden. Sie löste sich von Massimo und ging mit ausgebreiteten Armen auf Victor zu.

»Victor, wie kann ich dir jemals danken für das, was du aus mir gemacht hast!«

»Danke deinem Schöpfer für diese Begabung! Ich bin nur verantwortlich dafür, dass ich sie erkannt und gepflegt habe.«

Dann wandte sich Milla an Mira und nahm sie in die Arme. »Würde es dir Freude machen, mich ab und zu mit unserem Kind auf meinen Reisen zu begleiten?«

»Wo immer dein Weg dich hinführt, Milla. Ich werde gerne an deiner Seite sein!«

Milla drehte sich zum Intendanten und gab ihm die Hand. »Ich danke Ihnen sehr für Ihr Vertrauen und freue mich darüber, ein Mitglied Ihres Ensembles werden zu dürfen«, sagte sie heiter.

»Die Freude ist ganz auf meiner Seite!«, sagte Gambardi und deutete einen Handkuss an. Dann rief er seine Assistenten zu, die immer noch abwartend in der ersten Reihe saßen: »Pardone. Könntet ihr bitte sämtliche Einladungen zum Vorsingen sofort absagen, wir haben unsere Protagonistin für die kommende Spielzeit gefunden!«

Alle klatschten Beifall und würdigten die Entscheidung mit lauten Bravo-Rufen.

Milla hatte darum gebeten, den Abschluss im Hotel zu feiern. Sie liebte kurze Wege und empfand es als Zeitverschwendung, irgendwohin fahren zu müssen, um dann meistens auch nicht einmal unbedingt besser zu essen. Außerdem wusste sie von ihrem letzten Aufenthalt anlässlich ihrer Hochzeitsreise, dass die Küche im »Palazzo Medici« vorzüglich war.

Es überraschte sie nicht, dass Massimo im selben Haus residierte wie sie. Normalerweise mietet man sich bei längeren Engagements – Massimo war für zwei Spielzeiten engagiert – eine Wohnung an. Aber sie konnte gut nachvollziehen, dass er die Annehmlichkeiten eines Grandhotels einem möblierten Apartment vorzog. Sie selbst würde es, wo immer sie auch sein mochte, auch so halten. Sogar in Paris!

Das Dinner war sehr harmonisch verlaufen, obwohl die Frau des Intendanten zunächst skeptisch Milla gegenüber gewesen war. Sie hatte als Zugpferd neben Massimo eine etablierte italienische Sopranistin favorisiert und war in der ersten Stunde sehr reserviert. Doch Milla hatte sie mit ihrem heiteren, offenen Wesen sehr schnell auf ihre Seite gezogen. Es war ihr sehr recht, dass Massimo sich mit seinen Avancen vor den anderen zurückgehalten hatte. Dennoch hatte er sie fast unentwegt angesehen. Wahrscheinlich im sicheren Bewusstsein, keine Hürde mehr nehmen zu müssen, dachte Milla schmunzelnd, als sie schließlich an der Bar saßen. Alle hatten sich dezent nach dem ersten Digestif zurückgezogen, auch Mira, obwohl sie Alexej versprochen hatte, nicht von Millas Seite zu weichen.

Massimos Augen spiegelten die ganze Sehnsucht wider, die ein Mann hat, wenn er eine Frau begehrt. »Wir sind zum ersten Mal allein, seitdem unsere Blicke sich damals an der Bar im ›Daniele‹ trafen«, sagte er leise.

»Ich weiß«, flüsterte sie.

»Ich verzehre mich seit diesem Augenblick nach dir«, raunte er.

»Ich weiß«, lächelte sie.

»Was wir vorhaben, ist unanständig«, sagte er heiser.

»Ich weiß.«

»Vielleicht sollten wir einfach nur nebeneinanderliegen, um unsere Haut und unseren Atem zu spüren.«

»Vielleicht …«, wisperte Milla.

Massimo lag mit dem Gesicht seitlich auf ihrem unglaublich großen Bauch. Seine Füße neben ihrem Kopf, sah er über ihre üppigen Brüste hinweg in ihre Augen. Er streichelte und liebkoste alle Stellen, die mit seinen Fingern in dieser Position zu erreichen waren. Sie keuchten und spürten, dass sie kurz vor dem Höhepunkt standen.

»Du musst ganz vorsichtig sein«, atmete sie schwer. Er drehte sie zur Seite, und als er zärtlich in sie eindrang, stöhnten beide vor Leidenschaft.

Hingebungsvoll kam sie ihm entgegen und krallte ihre Hände in das frische blütenweiße Laken.

»Komm, bitte, bitte, komm …«

Er ergoss sich in ihrem zuckenden Unterleib. Sie schrien vor Wollust und verharrten nach dem Orgasmus in ihrer Stellung. Danach war nur noch ein zufriedenes Wimmern zu hören.

Milla strich Massimo über sein festes schwarzes Haar. »Danke, Liebling, du warst wirklich sehr behutsam.«

Er saugte zärtlich an ihren noch immer steifen Brustwarzen. »Möchtest du bei mir bleiben?«, raunte er.

»Das kann ich leider nicht. Mira schläft im zweiten Zimmer meiner Suite.«

Er nickte verständnisvoll. Sie verweilte noch ein paar Minuten, stand dann auf, ging ins Badezimmer, kam zurück und wusch ihn sanft, um ihn danach trocken zu reiben.

»Das hat noch nie eine Frau bei mir gemacht, wie schön«, schwärmte er.

Milla lächelte: »Dann wurde es aber höchste Zeit.«

Als sie sich anzog, beobachtete er sie dabei und ergötzte sich an ihrem schönen Körper. Er fand hochschwangere Frauen äußerst erotisch. »Wann plant ihr zurückzufahren?«, wollte er wissen.

»Übermorgen! Ich möchte Mira und Victor die Gelegenheit geben, sich die Stadt anzuschauen und würde selbst gerne noch einmal in Ruhe den Dom sehen.«

Er setzte sich wie elektrisiert auf: »Darf ich mich als Reiseführer anbieten?«

»Darfst du«, freute sie sich.

»Und darf ich mir Hoffnung machen, euch abends zum Essen auszuführen und dich dann wieder genießen zu dürfen?«

»Darfst du«, nickte sie, »wir haben uns um halb zehn zum Frühstück verabredet.«

»Dann bin ich pünktlich unten«, lächelte er.

Sie beugte sich zu ihm und küsste zum Abschied seine Stirn.

Als Milla die Tür zu ihrer Suite aufschloss, sah sie, dass in Miras Schlafraum noch Licht brannte. Sie musste lachen und ging ganz leicht schwankend ins Badezimmer, um Wasser in die Wanne laufen zu lassen. Sie hatte die letzten Monate keinen Tropfen Alkohol getrunken und sich an diesem Abend aus Freude über das Engagement drei Gläser Champagner gegönnt. Und die spürte sie jetzt immer noch. Sie setzte sich nackt auf den Rand der Badewanne, legte die Hände auf ihren Bauch und sah dem fließenden Wasser zu.

»Das musst du vertragen, Bébé, den nächsten Schampus gibt es zu deiner Geburt.«

Entspannt lag sie in dem mit duftenden Essenzen angereicherten, warmen Wasser. Es war für sie der schöne Abschluss eines erfolgreichen Tages. Es wurde ihr bewusst, dass sie eine besondere sexuelle Veranlagung hatte. Sie liebte Alexej – so sehr, wie es sich ein Mann nur wünschen konnte. Sie freute sich auch schon darauf, ihn wieder in die Arme schließen zu dürfen. Trotzdem war sie in der Lage, mit einem anderen Mann ihren Trieb auszuleben. Sie seufzte schwer. Ob es nun gut, richtig, falsch oder schlicht unmöglich war, wie sie sich verhielt, sie konnte, nein, sie wollte sich nicht dagegen wehren. Es wäre gegen ihre Natur. Sie wurde so geschaffen, und es würde sie zu viel Kraft kosten, dagegen anzukämpfen. Ein schlechtes Gewissen hatte sie nicht und nahm es als gottgegeben hin, schließlich war sie, außer mit Alexej, bisher nur mit zwei Männern zusammen gewesen. Hochgerechnet würden vielleicht in ihrem Leben noch ein paar hinzukommen. Na und! Männer tun dies auch, beruhigte sie sich, und einige zudem in Freudenhäusern oder mit Masseurinnen.

Sie dachte wieder an Alexej und die schwarze Frau, der sie vor ihrem Haus begegnet war. Nein, es wäre ungerecht, ihm deswegen gram zu sein. Solange sie das Gefühl hatte, dass er sie liebte, konnte sie mit solchen Eskapaden leben. Ihrer Liebe konnte das nichts anhaben. Was sie ihm nicht verzeihen wollte, war die Tatsache, dass er ihr beider Nest beschmutzt hatte. Wieder seufzte sie und entstieg vorsichtig der Badewanne.

Auf dem Weg zum Bett sah sie, dass Mira das Licht in ihrem Zimmer gelöscht und die Tür leicht geöffnet hatte, damit sie hören konnte, wenn Milla nach ihr rufen würde. Sie musste lächeln. Sie wusste in ihr eine treue, zuverlässige, hilfsbereite Dienerin gefunden zu haben. Milla war dankbar dafür. Sie sah es nicht als selbstverständlich an, nur weil Mira von ihr dafür bezahlt wurde, sich um sie und später vor allem um das Kind zu kümmern. Sie mochte Mira und ihre unaufdringliche und doch behütende, sorgsame Art. Außerdem schätzte sie ihren Verstand und ihr gepflegtes Äußeres mit diesen gütigen, immer strahlenden braunen Augen und dem sonnigen Gemüt. Das alles würde ihrem Sohn auf seinem Lebensweg guttun. Sie lag im Bett – froh über das Engagement und zufrieden mit sich und ihrer Umwelt – und überlegte, wie sie ihren Lieben beibringen sollte, dass sich nach der Geburt ihres Sohnes ihr Leben, ihr Beruf und die damit verbundenen Umstände komplett verändern würden. Eigentlich würde die Veränderung schon mit dem morgigen Tag beginnen. Sie musste sofort mit dem Einstudieren ihrer Partien für drei verschiedene Opern beginnen, sonst würde ihr die Zeit davonlaufen. Sie freute sich auf die Arbeit mit Victor und wusste nicht nur seit heute Nachmittag, dass sie bei ihm in guten Händen war. Stolz erfüllte sie, dass sie sich ihm, ihrem Instinkt folgend, anvertraut hatte. Für die kommende Kollektion hatte sie viel vorgearbeitet. Die nächste würde weitgehend von ihrer Mutter und der neuen Direktrice entworfen werden müssen. Ihre Gedanken schlugen Purzelbäume. Sollte sie die Familie nach der Niederkunft aufklären, oder sie mit der Premiere an der Scala überraschen? Was würden die Zeitungen und Magazine in Frankreich aufgreifen, wenn in Italien über sie berichtet würde? Sie musste gleich morgen früh den Intendanten anrufen. Nein! Sie würde es vorher beim Frühstück mit Massimo, Victor und Mira besprechen. Ein Künstlername! Das hätte ihr gleich einfallen können. Milla Larusso! Hörte sich das auch klangvoll genug an? Mit einem Lächeln auf ihren Lippen schlief sie ein.

47

Milla erwachte im neuen Schlafgemach des Gestüts durch das Schreien ihres hungrigen Sohnes, den Mira zum Stillen hereinbrachte. Sie hatte Alexander dort vor wenigen Tagen – in der Obhut von Mira, Sergej, Marina und der Familie – gesund zur Welt gebracht. Liebevoll nahm sie ihr Bébé in die Arme und legte es an die Brust. Kaum nuckelte der Kleine an ihr, da grummelte er zufrieden vor sich hin. Eigentlich hatte sie ihn – entgegen ursprünglicher Absprachen – in Paris entbinden wollen, doch die Familie probte ob dieser Ankündigung den Aufstand, allen voran Alexej. Das wäre ihr normalerweise egal gewesen, denn sie konnte, wenn sie sich einmal zu etwas durchgerungen hatte, unheimlich stur sein. Letztlich war ihr Sinneswandel dann doch ihm zu verdanken. Denn er allein kannte den wahren Grund ihrer Abneigung. Alexej hatte sich so viel Mühe gegeben. Er hatte den gesamten oberen Trakt des Hauses umbauen und ein neues gemeinsames Schlafzimmer gestalten lassen. Unter diesen Umständen hatte sie dem Druck und dem Wunsch aller nachgegeben. Niemand wusste, dass sie es in letzter Konsequenz nur gebilligt hatte, um keine Kraft zu vergeuden. Kraft, die sie so dringend für ihr Kind und ihren neuen Beruf brauchen würde. Sie wollte die Familie und Freunde mit der Premiere überraschen.

Es war eine leichte Geburt gewesen. Sie war wie geschaffen dafür, Frau zu sein und Mutter zu werden. Mira hatte sie gut vorbereitet. Es war ein Segen, wie sie sich jetzt um sie und den Säugling bemühte. Mira wusste als Einzige, dass Mutter und Kind – wenn beide wohlauf wären – nach zwei Wochen nach Paris zurückkehren wollten. Diese Auszeit hatte sich Milla zugestanden, auch wenn Victor meinte, sie könne ruhig drei bis vier Wochen ausspannen – vorausgesetzt, sie würde in dieser Zeit fleißig die Texte der Arien lernen, die noch nicht saßen. Doch da Milla nur bei einsamen Spaziergängen ihre Stimme trainieren und die Texte lernen konnte, hatte sie sich diese Zwei-Wochen-Frist gesetzt. Auch dieser Kampf, den es noch auszufechten galt, würde an die Substanz gehen. Je schneller sie mit ihrem Lernpensum durch wäre, desto sicherer würde sie sich fühlen. Und nur Sicherheit war eine gute Basis für den Erfolg, den sie sich erhoffte.

Der Concierge machte ein verdutztes Gesicht, als er aufschaute. Milla stand im Flur, ihren Sohn in einer Tragetasche, die sie in seine Richtung drehte.

»Madame Milla!« Er sprang auf und rief: »Mon dieu! Was für ein hübsches Baby!« Er konnte sich vor Freude gar nicht beruhigen.

Nachdem Milla ihm Mira vorgestellt hatte, stiegen sie die Treppe hinauf zu Victor.

Die Abreise vom Gestüt war einfacher gewesen, als Milla es sich vorgestellt hatte. Sie übertölpelte alle beim gemeinsamen Frühstück.

»Ihr Lieben, Mira und ich werden jetzt gemeinsam mit Alexander nach Paris zurückfahren!« Sie sah nur in erstaunte, sprachlose Gesichter.

»Bitte macht euch keine Sorgen und habt Vertrauen! Im Herbst werdet ihr alles verstehen, was euch in den letzten Monaten an meinem Verhalten sicher manches Mal komisch vorgekommen ist.«

Alle dachten natürlich an die neue Kollektionspremiere. Auch Alexej, den sie letzte Nacht mit ihrem Vorhaben konfrontiert hatte. Er wollte sie begleiten, aber Milla hatte ihm behutsam und liebevoll erklärt, dass sie bei dem, was sie vorhatte, keine Zeit für ihn haben würde. Auch abends nicht. Er vertraute seiner Frau.

»Ich weiß, dass ich fast unverschämt egoistisch bin«, lachte sie und hob entschuldigend die Schultern. »Aber ich habe mir ein bestimmtes Ziel gesteckt, und um das zu erreichen, muss ich Prioritäten setzen, die manchmal wehtun. Auch mir, glaub mir.«

Nikolai hatte sie in den Arm genommen. »Gut, meine Kleine, aber bitte versprich uns, dass du dich nicht übernehmen wirst.«

»Das verspreche ich euch, macht euch bitte keine Gedanken darüber; ich habe ja Mira, die Gott sei Dank auf uns achtgibt«, versicherte sie.

Lydia fühlte sich durch Mira ein wenig zurückversetzt. Allerdings war ihr klar, dass dies die beste Lösung für sie und ihre Tochter war. Schließlich konnte sie bei ihrer Verantwortung nicht das Kindermädchen für Alexander spielen, so gern sie das auch gemacht hätte. Sie sorgte sich um Milla und nahm sich vor, mit ihr zu sprechen, wenn sie nach Paris zurückgekehrt sein würde.

Nun stand Milla vor Victors Tür und war aufgeregt und ungeduldig zugleich: Ob ich wohl in den Augen von Victor schon so weit bin mit meinen Partien?

Er öffnete die Tür, begrüßte beide Frauen herzlich und beugte sich dann lächelnd über die Tragetasche. »Mmmh, was für ein hübscher Bengel!«, freute er sich.

»Das muss sich erst noch rausstellen«, lachte Milla.

»Ist es ein Problem, wenn wir bleiben?«, wollte Mira wissen. »Die nächsten Male wird Milla alleine kommen.«

»Pas de problème!«, beeilte sich Victor zu sagen. »Er hat das Singen ja im Blut«, schmunzelte er. Dann setzte er sich an seinen Flügel. Auch er war gespannt, wie weit Milla mit ihrer Arbeit fortgeschritten war.

Sie blieb an diesem Tag länger als sonst üblich. Mira hörte mit Freude und Bewunderung zu, während Alexander im Nebenzimmer schlief.

Als Milla mit der letzten Arie durch war, nickte Victor zufrieden. »Du bist ein sehr fleißiges Mädchen! Ich hätte nicht zu wagen gehofft, dass wir uns bei den nächsten Treffen nur noch um den Feinschliff bemühen müssen. Bravo!«, klatschte er in die Hände. »Darf ich die Damen jetzt zum Essen einladen?«

Milla war glücklich. Sie hatte das gute Gefühl, alles richtig gemacht zu haben. Sie umarmte den alten Mann. Es war das erste Mal, dass er sie einlud. Deshalb wollte sie nicht unhöflich sein.

»Danke, Victor, aber bitte nur dieses eine Mal! Das nächste Mal bin ich dran«, sagte sie mit gespieltem Ernst.

»Ich habe heute Morgen die Probenpläne erhalten. Die können wir beim Essen besprechen.«

Milla riss ihm vor Neugierde den Umschlag aus der Hand. »Bitte entschuldige, aber ich muss wissen, ob sich meine Proben mit der Schau von »Belle de Jour« vereinbaren lassen, wie es mein Wunsch gewesen ist. Bei uns war die Post noch nicht da, als wir zu dir fuhren.« Zufrieden stellte sie fest, dass sie die Möglichkeit hatte, zwischendurch mit dem Zug nach Paris zu fahren und rechtzeitig wieder in Mailand zu sein. Trotzdem spürte sie, dass ihr Zeitplan ziemlich eng wurde. Auf dem Weg zum Bistro, in das Victor sie führte, fasste sie den Entschluss, Henry, Alexej und ihre Eltern über ihre Pläne aufzuklären, bevor ihr alles über den Kopf zu wachsen drohte. Das würde sicher auch zur Entspannung untereinander beitragen. Sie hatte bemerkt, dass die Innigkeit zwischen Mutter und Tochter in der letzten Zeit durch ihr Verhalten ein wenig verloren gegangen war. Es war an ihr, das Vertrauen wiederherzustellen, wurde Milla in diesem Augenblick bewusst. Sie ärgerte sich darüber, es nicht früher erkannt zu haben. Auf einmal ging es ihr nicht schnell genug, mit ihren Lieben zu telefonieren.

3

48

Das Opernhaus in Mailand war bis auf den letzten Platz gefüllt. Alle waren neugierig, wie sich die neue weibliche Hauptdarstellerin an der Seite des anerkannten und beliebten Tenors Massimo Bellini präsentieren würde. Allen voran Millas Familie und Freunde, bei denen eine besondere Anspannung zu spüren war. Die Journalisten, die bei der Generalprobe vor zwei Tagen hatten anwesend sein dürfen, hatten in ihren Artikeln auf den Feuilletonseiten ihrer Gazetten ziemlich übereinstimmend von einem möglichen neuen Stern am Opernhimmel berichtet. Milla hatte ihre Lieben in zwei nebeneinanderliegenden Logen unterbringen lassen. Aufgeregt, wie sie waren, saßen sie schon vor dem ersten Gong auf ihren Plätzen. Alle schauten gebannt auf den sich langsam füllenden Saal oder den Orchestergraben. Jeder hing seinen Gedanken nach, die sich fast ausnahmslos um Milla drehten. In der einen Loge saßen Mira, Tita, Robert, Sergej, Marina und Pierre. Der kleine Alexander wurde derweil im Hotel von einer Nanny betreut.

Mira hatte Milla schon immer bewundert. Jetzt, nachdem sie in ihren Diensten stand und in all den Monaten ihre Entwicklung miterleben durfte, vergötterte sie die Tochter des Grafen Nikolai. Wie wäre mein Leben wohl verlaufen, wenn ich den Grafen nicht durch diese widrigen Umstände kennengelernt hätte?

Tita dachte an die gemeinsame Zeit mit Milla im Pensionat, die jetzt wie ein Film im Schnelldurchlauf vor ihrem geistigen Auge ablief. Sie hatten immer die Köpfe zusammengesteckt und Zukunftspläne geschmiedet. Tita wollte schon damals in die Fußstapfen ihres Vaters treten und war heute, sehr zu seinem Stolz, eine gute Kinderärztin, die sogar im gleichen Krankenhaus praktizierte wie er. Seit dem Tag, an dem sie von der Schwangerschaft ihrer besten Freundin erfahren hatte, suchte sie noch häufiger den Kontakt zu ihrem Mann Robert. Denn sie wollte den Abstand zwischen ihren Kindern nicht zu groß werden lassen. Sie wünschte sich eine Tochter und hoffte, dass – wie bei Milla und Alexej – aus der Sandkastenbeziehung echte Liebe erwachsen würde.

Milla hatte immer davon geträumt, ihrer Mutter Lydia nachzueifern. Das hatte sie mit Bravour geschafft – und jetzt das: eine Opernpremiere als Sopranistin. Mein Gott, staunte Tita, wie viel Energie Milla doch hat. Heimlich, ohne dass es jemand gemerkt hat … und ich habe mich noch beschwert, dass sie unsere Freundschaft vernachlässigt. Wie kleingeistig und ungerecht. Sie freute sich aufrichtig auf das bevorstehende Debüt.

Robert ergriff Titas Hand. Er erinnerte sich an jenen Abend, als Alexej niedergeschlagen und wütend an seine Mansardentür geklopft hatte, um ihm zu eröffnen, dass aus der Verlobung mit seiner großen Liebe nichts werden würde, weil sie anscheinend Geschwister seien. Er hatte seinen Freund damals getröstet, obwohl er selbst insgeheim in Milla verliebt war und sich heimlich Hoffnungen gemacht hatte, ihre Liebe zu gewinnen. Doch als er spürte, dass er für Milla nicht mehr als ein guter Freund sein würde, hatte er sich endgültig Tita zugewandt. Er drückte fest die Hand seiner Frau, die ihn daraufhin liebevoll anschaute.

Sergej saß seitlich hinter seiner ehemaligen Assistentin Mira und seiner geliebten Tochter Tita und betrachtete gedankenverloren deren Profile. Er sah seinen Freund Nikolai vor sich. Mit welcher Vehemenz er ihn damals nach dem Koma davon zu überzeugen versucht hatte, mit seiner Familie nach Frankreich zu gehen oder nachzukommen. Wie liebevoll er damals schon von Milla gesprochen hatte, obwohl er noch gar nicht wusste, dass sie seine Tochter war. Wie gern war er ihr bei ihrer ersten Geburt zur Seite gestanden und mit welcher unglaublichen Leichtigkeit diese schöne junge Frau alles bewältigte, was sie sich vornahm. Wie dankbar war er diesen beiden wunderbaren Menschen, dass er sein Leben umgekrempelt hatte und diesen Abend erleben durfte.

Marina, die neben ihm saß, wusste nicht, ob Milla je von ihrem furchtbaren Fauxpas erfahren hatte. Die peinlichste Szene ihres Lebens, die sie jahrelang verdrängt hatte, war ihr mit einem Mal wieder vollkommen gegenwärtig. Sie war dankbar für die Größe, die Lydia gezeigt hatte, und dafür, hier sein zu können. Milla war ihr immer liebenswert und vorbehaltlos begegnet. Sie wünschte ihr so sehr den Beginn einer neuen großen Karriere. Wie gern würde auch sie solch eine Tochter haben.

Pierre war sich dessen bewusst, dass die lang währende Freundschaft zu Nikolai und dessen Familie seiner Frau Madeleine zu verdanken war. Der tiefere Grund, warum er ihnen behilflich gewesen war, nach Frankreich zu kommen, bestand darin, Nikolais Vermögen in seinem Bankhaus verwalten zu wollen. Nicht ganz uneigennützig hatte er seinerzeit vielen russischen Adligen und gut betuchten Juden seine Dienste angeboten. Sein Respekt Milla und ihrer Mutter gegenüber war groß, auch wenn er ihren Kampf für die Gleichberechtigung der Frau nicht nachvollziehen konnte. Für ihn hatte sich das weibliche Geschlecht um Haus und Herd zu kümmern und dem Mann Untertan zu sein. Deshalb hatte er nie eine Vermählung zwischen seinem Sohn Robert und Milla in Betracht gezogen. Sein Sohn wäre diesem Energiebündel auch nicht gewachsen gewesen. Gleichwohl freute er sich auf den absehbaren Erfolg dieser erstaunlichen Frau, die er jetzt als kleines Mädchen am ersten gemeinsamen Silvesterabend vor sich sah. Schon damals hatte sie sich mit ihrem starken Willen gegen die beiden Jungs beim Schachspielen durchgesetzt. Lächelnd schaute er zur Nachbarloge herüber, in der Lydia und Nikolai saßen. Außerdem Alexej, seine Frau Madeleine, Jasha und Sharon.

Sharon sah sich in ihren Eingebungen bestätigt. Sosehr sie Milla den Erfolg gönnte, sosehr war sie überzeugt davon, dass in absehbarer Zeit die bisher glückliche Verbindung – mit allen Höhen und Tiefen, die ein Eheleben mit sich bringt – schweren Belastungen ausgesetzt sein würde. Der von Milla belächelte und von ihr prophezeite »Auslandsaufenthalt« hatte mit dem jetzigen Engagement in Italien seinen Anfang gefunden. Der vorgezeichnete Weg würde sie noch viel weiter wegführen. Der bittere Kampf um den Verbleib des geliebten Sohnes würde dadurch unausweichlich. Sharon stieß einen langen tiefen Seufzer aus in dem Bewusstsein, dass Millas wundersame Karriere ihr Privatleben bald in eine schwere Krise stürzen würde.

Jasha saß entgegen seiner sonst so souveränen Art stocksteif und angespannt auf seinem Stuhl. Was hatte ihm dieser kleine, immer gut gelaunte Wirbelwind schon in frühester Kindheit für Freude bereitet. Er hatte seither das Gefühl, sich gleichzeitig mit seinem Sohn Alexej in die kleine Milla ›verliebt‹ zu haben. Wie stolz war sie gewesen, dass sie in ›seinem Wald‹ hatte Kräuter sammeln dürfen. Er sah sie salutierend in der offenen Pferdekutsche stehen, als eine Horde Reiter an ihnen vorbeigaloppierten. Nun stand dieses kleine, entzückende Mädchen als schöne Frau und Schwiegertochter vor einem neuen Höhepunkt ihres abwechslungsreichen Lebens. Er wäre für ein solches Dasein nicht geschaffen. Die Hektik der großen Metropolen, diese häufige Reiserei! Auf dem Weingut und dem Gestüt, da war er glücklich .... Jetzt war sein Enkelsohn auf der Welt, und er sorgte sich darüber, ob Milla jemals Erfüllung finden würde, in der liebevoll gestalteten Idylle auf dem Land. Sein Blick wanderte zu Nikolai, dem das alles zu verdanken war, und blieb bei Madeleine hängen, die sich in der Anfangszeit in Frankreich so gastfreundlich und voller Herzenswärme um sie alle gekümmert hatte.

Madeleine war voller Bewunderung für Milla. Sie erinnerte sich an jenen Silvesternachmittag, als die Erwachsenen sich beim Boule mit den Kindern zu zerstreuen versuchten und darauf hofften, dass Nikolai gesund einträfe. Schon damals war das pfiffige, immer liebenswerte kleine Mädchen darauf bedacht, einen Partner fürs Spiel zu finden. Einen, mit dem man auch gewinnen konnte. Milla war eine Gewinnerin, aber bei allem Erfolg immer noch liebenswert geblieben. Sie tätschelte die Hand ihrer liebsten Freundin Lydia, der Mutter dieser außergewöhnlichen Frau, als wollte sie sagen: »Gut gemacht!«, und gleichzeitig, um sie etwas zu beruhigen im Hinblick auf die anstehende Premiere.

Lydia drückte dankbar die Hand ihrer Freundin. Durch die kakofonischen Geräusche des sich einstimmenden Orchesters hörte sie plötzlich wieder das Einfahrtssignal der großen schwarzen Lokomotive, das die Kinder so erschrocken hatte, damals bei der Abfahrt in Kiew, als sie die ersten eigenständigen Tippelschritte in ein bewegtes Leben machten. Sie sah, wie Milla vor lauter Schreck ihre Ärmchen um den kleinen Pappkoffer geschlossen hatte, den sie unbedingt selbst hatte tragen wollen. Sie sah ihre kleine Kinderhand, die sie zum Abschied an das Fenster des Zugabteils drückte und die freudestrahlenden Kinderaugen, die ihr sagten: Mama, mach dir bitte keine Sorgen! Es wird alles gut gehen. Und wie alles gut gehen sollte! Wie viel unsagbare Freude hatte ihr über alles geliebtes Kind ihr bis zum heutigen Abend bereitet, und dieser Abend, so hoffte sie, würde diese Freude noch einmal krönen. Die anstehenden Probleme um den Verbleib ihres Enkelsohnes, wenn Milla unterwegs war, sah sie nicht so dramatisch. Andere Opernsängerinnen haben ja auch Kinder, lautete ihre Standardantwort auf diesbezügliche Nachfragen. Insgeheim hoffte sie, Alexander durch Millas Lebensumstände häufiger sehen zu können, als wenn ihre Tochter ein häusliches Leben führen würde. Die bevorstehende Premiere erfüllte sie mit Mutterstolz. Sie warf einen liebevollen Blick hinüber zu dem Mann, der dazu beigetragen hatte, dass sie jetzt hier voller Erwartung in der ersten Reihe saßen.

Nikolai war der Einzige in diesem Kreis, der dem Ereignis, auch wenn es ein besonderes war, ganz gelassen und entspannt entgegensah. Er ruhte wie immer in sich selbst. Nicht nur, weil er ein Urvertrauen zu seiner Tochter hatte, sondern weil er überzeugt war, dass sie sich niemals auf solch ein Abenteuer einlassen würde, wäre sie ihrer Sache nicht absolut sicher. Zwar hatte sie Risikobereitschaft, aber sie war eine Meisterin darin, die Risiken richtig einzuschätzen. Das hatte sie bei ihrer eigenen Modelinie und auch durch die Zusammenarbeit mit Cedric bewiesen. Er erinnerte sich daran, wie er sie zum ersten Mal gesehen hatte. Ein zweijähriges Mädchen mit blonden Locken, das ihn mit ihren großen blauen Augen fixiert hatte. Während er sich zu ihr herunterbeugte und irgendetwas von »goldig« und »hübsch« murmelte, sah sie ihn nur an. Er hatte sie auf seinen Arm genommen und auf die Pausbäckchen geküsst, und sie hatte überhaupt nicht gefremdelt. Im Gegenteil – sie hatte ihre Ärmchen um seinen Hals gelegt und ihm, bevor er sie wieder abgesetzt hatte, mit ihrem zarten Kindermund flüchtig einen Kuss auf die Lippen gedrückt. In diesem Moment hatte er Milla in sein Herz geschlossen. Irina hatte diese Begegnung zutiefst missbilligt. Und jetzt gleich würde dieses unschuldige, goldige Kind von damals als schöne, erwachsene Frau ihre Feuertaufe auf der großen Opernbühne bewältigen müssen. Ein Schauer lief ihm den Rücken hinunter. Was für eine wunderbare Fügung des Schicksals, dass dieser attraktive Mann neben ihm, den er bis zu seinem zwanzigsten Lebensjahr für seinen Sohn gehalten hatte, seine leibhaftige Tochter so innig liebte. Er klopfte Alexej stolz auf die Schulter.

Alexej hatte ein eher ambivalentes Verhältnis zur neuen Karriere seiner Frau. Er ahnte, dass es zu ernsten Reibungen kommen würde. So stolz er einerseits auf Milla war, so fraglich schien ihm – angesichts Millas Nomadenleben – die gemeinsame Zukunft mit ihrem Sohn. Wieder einmal flimmerte die Gondelfahrt nach dem Opernbesuch in Venedig über seine innere Leinwand. Immer wieder ließ er die Szene Revue passieren und kam im Nachhinein zu anderen Schlussfolgerungen als damals. Warum hatte Massimo ausgerechnet in ihrer Gondel mitfahren müssen? War es nicht etwas übertrieben, als Star dieser Aufführung den gesamten Abend – trotz einer gewissen Verpflichtung den anderen Gästen gegenüber – bei ihnen am Tisch zu verbringen? Dauerten die bewundernden Blicke für seine Frau, die er seinerzeit als Kompliment für sie beide aufgefasst hatte, nicht etwas zu lange? Ja, zugegeben, er war eifersüchtig! Berechtigt oder nicht – er würde ab sofort genau darauf achten, wie die beiden sich in der Öffentlichkeit verhielten, wie nah ihre Zimmer im Hotel beieinanderlagen, ob Milla gesteigerten Wert auf ihre Toilette legte, wenn ein Zusammentreffen mit Massimo anstand. Die Tatsache, dass sie gleich mit ihrem ›Entdecker‹ auf der Bühne stehen würde, behagte ihm ganz und gar nicht. Er schämte sich zwar für diese Gedanken, konnte sich aber nicht dagegen wehren. Alexej hatte feuchte Hände bekommen und war dankbar, als Nikolai ihn leicht anschubste und in die Gegenwart zurückholte. Bald schweiften Alexejs Gedanken wieder ab, nun weit zurück in die Kindheit. Er sah seine kleine Freundin am Brunnen im Hof ihrer Großeltern stehen. Er hörte, wie sie mit glockenheller Stimme Kinderlieder sang. Ein Lächeln huschte über sein Gesicht. Warum hatte er in all den Jahren nicht ihre Begabung entdeckt?

Der dritte Gong beendete die unterschiedlichen Erinnerungen, denen die Menschen in den Logen nachhingen.

Victors Augen glänzten vor Stolz und Freude. Milla hatte durchgesetzt, dass er ihr hinter der Bühne bei ihrem Debüt assistieren durfte.

Das hatte die Kolleginnen und Kollegen in zwei Lager gespalten. Die einen waren voller Ablehnung, die anderen zeigten Verständnis. Besonders erregt war jene Dame, die gegen Ende der Premierenfeier in »Harry's Bar« in Venedig die Hand so besitzergreifend auf Massimos Schulter gelegt hatte, um ihm anzüglich mitzuteilen, dass man sich noch an der Bar im »Daniele« treffen wollte. Schon vor der ersten Probe giftete sie laut: »Wo kämen wir denn da hin, wenn sich jede von uns einen Assistenten hinter die Bühne holen würde?«

Massimo hatte sofort jegliche Diskussion darüber auf seine Art zu ersticken gebracht: »Meine Liebe, vive la différence!« Er sah sie voller Verachtung an und dachte sich: Milla ist eben nicht jede! Der Ärger der besagten Dame war verständlich, denn Milla hatte ihr den Hauptpart vor der Nase weggeschnappt. Zum übrigen Kollegium gewandt, hatte Massimo sachlich, aber leidenschaftlich hinzugefügt: »Und von euch erwarte ich wie bei jedem Engagement Fairness und Kollegialität. Denkt bitte daran, wir alle haben einmal angefangen! Nur waren wir alle jung und hatten ganz andere Voraussetzungen. Wir wussten, wir müssen uns ›hochdienen‹, um vielleicht mal ganz nach oben zu kommen. Milla ist hingegen eine spät entdeckte Quereinsteigerin, die mit Recht die Chance erhalten hat, gleich oben einzusteigen. Macht es ihr bitte nicht schwerer, als es ohnehin für sie ist.«

Am Ende des ersten Probentages war das alles Makulatur. Die meisten gratulierten Milla anerkennend zu ihrer Leistung und hießen sie, wenn sie es nicht schon vorher getan hatten, herzlich willkommen im Team. Die wenigen, die sich nicht dazu durchringen konnten, sie zu loben, waren die ewigen Neider, die allen anderen den Erfolg sowieso missgönnten. Doch auch sie mussten sich insgeheim eingestehen, dass Milla ihren Part voll und ganz ausfüllte. Der Versuch der Eifersüchtigen, Milla zu verunsichern, war komplett fehlgeschlagen.

Milla kannte solche stutenbissigen Verhaltensweisen zur Genüge aus der Modewelt und war sich von vornherein darüber im Klaren, dass auch in der Welt der Oper mit solch harten Bandagen gekämpft wurde.

Heimlich freute sie sich darüber, wie sich Massimo für sie eingesetzt hatte. Und sie war auch heilfroh, dass Victor anwesend war – er gab ihr Ruhe und Sicherheit. Sie bat Massimo, der direkt neben ihr stand, einen kurzen Blick ins Publikum werfen zu dürfen, bevor es losging.

»Weißt du, das habe ich vor meinen Modeschauen auch immer so gemacht! Ich glaube, das bringt Glück!«

»Das ist ein gutes Ritual. Ein Zeichen dafür, dass du keine Angst vor den Zuschauern hast.«

»Warum sollte ich?!«, lächelte sie. »Wir bereiten ihnen doch jetzt ein paar schöne Stunden.«

Er lächelte sie an, nahm sie beim Arm und führte sie zu dem Vorhang aus schwerem, purpurfarbenem Samt. Sie sah einen Teil des sich langsam füllenden Opernhauses und entdeckte Henry, der etwa in der Mitte der ersten Reihe Platz genommen hatte. Er hatte die Augen geschlossen. Beide dachten sie im selben Moment an ihre erste Begegnung in seiner Modelagentur. Er hatte darum gebeten, sich das Spektakel, wie er es nannte, ganz von vorn ansehen zu dürfen. Neben ihm ›thronte‹ Cedric, der es sich auch nicht hatte nehmen lassen, diesem Debüt beizuwohnen. Milla hatte Henry gebeten, sie auch als Sängerin zu betreuen – falls das auf seine »alten Tage« nicht zu viel für ihn wäre. Als begeisterter Opernfreund, der Milla in Paris etliche Male zu Premieren mitgenommen hatte, würde sich Henry schnell in die Materie einfinden, das war ihr klar. Da er sich in den letzten Jahren ohnehin nur noch um ihre Belange gekümmert hatte, überraschte seine Antwort sie nicht im Geringsten. »Aber Chérie, deine Wünsche waren mir doch schon immer Befehl. Ich brauche keine Bedenkzeit. Es gibt für mich nichts Schöneres, als dir zu Diensten sein zu dürfen. Morgen werde ich an die Arbeit begeben. Aber heute feiern wir mit Champagner die Premiere und deine glanzvolle Zukunft als Opernsängerin.« Sie hatten beide gelacht und sich gegenseitig ihrer Sympathie versichert.

Auf dem Rückweg zu ihrem Einsatzplatz bot Massimo Milla galant seinen Arm an. Sie hatten sich darauf verständigt, niemandem einen Anlass für wilde Vermutungen zu geben. Nach außen waren sie nicht mehr als Kollegen, auch wenn die Vorberichte in der Presse unterschwellig anderes nahelegten.

»Versuche, gleich bei deinem ersten Solo auf der Bühne alles zu geben, das Publikum für dich einzunehmen«, sagte Massimo leise. »Ziehe sie in deinen Bann, und du wirst jeglichen Zweifel im Keim ersticken. Bei unserem Duett sollten wir uns dann nochmals langsam steigern. Ich werde auf dich eingehen, cara mia!«

Milla drückte seinen Arm: »Danke, caro, ich bin sehr froh, dich an meiner Seite zu wissen.«

Wenige Augenblicke, nachdem Milla das Opernhaus mit ihrer Stimme erfüllte, ging ein Raunen durch das Publikum.

Victor empfing sie hinter der Bühne mit geballter Faust. »Du hast sie gepackt! Du hast sie alle gepackt, meine Kleine!«, jauchzte er und tanzte wie ein Derwisch im Kreis.

Ihr Abgang wurde von Szenenapplaus und Bravo-Rufen begleitet – eigentlich unüblich an dieser Stelle. Die Geste des sachkundigen Publikums befreite Milla von ihren letzten Zweifeln. Da sie als Russin auch sehr nah am Wasser gebaut war, schlug sie sich auf die erhitzten Wangen. Von Victor kamen leise Hinweise zu ihrem nächsten Einsatz. Milla und Massimo fassten sich bei den Händen. Sie sah das Leuchten in seinen Augen, sein leichtes Nicken. Sie waren auf dem richtigen Weg.

Als sie dann das Liebesduett aus »Don Giovanni« anstimmten, könnte man die Ergriffenheit des Publikums mit Händen greifen. Die ungeheure Intensität ihrer Darbietung schwappte über die Bühnenrampe. Der Kuss, den sie sich aus dramaturgischen Gründen am Schluss geben mussten, war weit mehr als ein Bühnenkuss. Man brauchte kein Opernglas, um das zu sehen. Die Menschen, die diese Szene erlebten, spürten es. Dementsprechend war ihre Reaktion. Tosender Beifall brauste auf, an einer Stelle, wo das Publikum für gewöhnlich nicht applaudierte.

Milla war völlig aufgelöst. Längst hatten ihre Hände die von Massimo umklammert. Die Freudentränen rannen ihre Wangen hinunter. Stolz und dankbar sah sie ihn mit vom Weinen geröteten Augen an.

Alexej beobachtete das Geschehen mit gemischten Gefühlen. Natürlich freute er sich über den Erfolg seiner Frau, aber seine Eifersucht lag wie ein dunkler Schatten über diesem Gefühl. Er bemühte sich krampfhaft, sich nichts anmerken zu lassen, doch sein Lächeln blieb gequält.

Milla war beim Defilee die Vorletzte. Nach ihr kam nur noch Massimo. Während sie sich mit einem gekonnten Hofknicks für den Applaus bedankte, standen die Besucher nach und nach anerkennend auf. Standing Ovations gleich beim Debüt, das hatte es schon lange nicht mehr gegeben. Entgegen der üblichen Gepflogenheiten betrat Massimo die Bühne, bevor Milla sie verlassen hatte, ging mit ausgestreckten Armen auf sie zu, nahm ihre Hände und drückte sie gegen seine Lippen. Wieder brandete ohrenbetäubender Beifall auf. Die Fans wussten aus der Presse, dass er, Massimo Bellini, der Entdecker von Milla Bellasowa, dem neuen Star am Opernhimmel, war.

Massimo verbeugte sich tief vor Milla. Erneut quittierten die Zuschauer diese Geste mit frenetischem Beifall und blieben stehen.

Trotz der Euphorie, die sie durchströmte, vergaß Milla nicht, wem sie – von ihrem Fleiß und Talent abgesehen – diese Jubelstürme zu verdanken hatte. Sie nahm Massimos Hand und hob zum Dank seinen Arm, so, als wollte sie sagen: »Seht her, das ist der Champion.« Mit ihrem freien Arm winkte sie in Richtung der Logen, wo ihre Lieben saßen. Sie versuchte, Augenkontakt mit Alexej aufzunehmen. Es gelang ihr nicht. Dafür begegnete sie dem Blick von Cedric, der – wohl wissend, was da vor sich ging – schmunzelte. »Bravo, Milla! Bravissimo«, tönte es aus dem Publikum. Milla sah in die glühenden Augen von Massimo. Im Moment ihres größten Erfolges empfing sie das ungeteilte Lob der beiden Männer, denen sie körperlich zugetan war. Nur den Mann, den sie liebte, konnte sie nicht erreichen.

Die Gefeierten verließen die Bühne Hand in Hand, um Platz für den nächsten Vorhang zu machen. Der Beifall war in ein Stakkato übergegangen, das nur kurz von höflichen Bekundungen gegenüber den nach und nach erscheinenden anderen Künstlern unterbrochen wurde. Das Publikum verlangte nach Milla und Massimo, die wieder Hand in Hand durch den Vorhang traten. Das Stakkato wurde schneller; die Zuschauer gerieten in eine Hysterie, die ihren Höhepunkt fand, als er beim fünften oder sechsten Vorhang allein heraustrat, um Milla den krönenden Abschluss zu überlassen. Er verbeugte sich nur kurz, um sich danach mit ausgebreiteten Armen in ihre Richtung zu drehen. Milla schlug ob der Ovationen die Hände vors Gesicht und ließ ihren Tränen freien Lauf.

Bei der Premierenfeier saß Milla an einem großen Tisch inmitten ihrer Freunde und Familie. Massimo hatte bei den Kollegen Platz genommen, wie sie es im Vorfeld abgesprochen hatten. Doch was den Argwohn von Alexej besänftigen sollte, erhöhte ihn nur. Massimo ließ sich lange Zeit, um seine Aufwartung zu machen. Die Gäste waren bereits beim obligaten Espresso. Alexej stand sofort auf, als Massimo an ihren Tisch trat, und beobachtete ihn mit Argusaugen.

Massimo verteilte artig Komplimente. Beim Bekanntmachen mit Lydia stockte ihm für einen kurzen Augenblick der Atem.

»Ah, la mama!«, sagte er und versuchte zu überspielen, dass er ihr etwas zu lang und zu tief in die Augen geschaut hatte. »Ihre Tochter ist Ihr Ebenbild!«

Lydia spürte sofort die Gefahr, die von diesem Mann ausging. Bisher hatte sie sich nur Sorgen wegen Cedric gemacht.

Massimo tauschte mit Nikolai noch ein paar Höflichkeiten aus, nahm aber dessen Einladung, an ihrem Tisch Platz zu nehmen, nicht an.

»Grazie, Signore Conte, grazie, aber Sie alle haben es verdient, feiern Sie mal schön alleine mit meiner bezaubernden Partnerin.« Er verabschiedete sich mit einem unaufdringlichen, betont lässigen Augenzwinkern in Richtung Milla.

Alexej empfand, dass Massimo sich bei diesem Intermezzo auffallend wenig um seine »bezaubernde Partnerin« gekümmert hatte. Er selbst beschloss, sich so normal zu geben, wie es ihm eben möglich war, trotz der unangenehmen Gedanken, die ihm durch den Kopf gingen. Immer wieder beobachtete er verstohlen seine Frau, die verständlicherweise vor guter Laune nur so sprühte. Sie verteilte ihre Gunst nach allen Seiten, und er ärgerte sich darüber, dass er an einem solchen Abend nicht wirklich in der Lage war, sich von Herzen mit ihr zu freuen. Dann fing er einen Blick auf, den sie Cedric zuwarf. Alexej wurde richtiggehend wütend auf sich, da er hinter jedem Gebüsch einen Liebhaber vermutete. Er stand auf, um an die frische Luft zu gehen.

Es war eine sternenklare Nacht. Von der mit mannshohen Palmen bestückten Dachterrasse sah man die Silhouette der Kathedrale. Am Geländer der Terrasse stand eine Frau, die Ellenbogen aufgestützt und leicht vorn übergebeugt, sodass die Konturen ihres Körpers sich verführerisch im Mondlicht abzeichneten. Ihre Waden waren wohlgeformt, und sie hatte schlanke Fesseln. Er zündete sich eine Zigarette an, wollte sich abwenden, doch er konnte den Blick nicht von ihr lassen. Er schüttelte den Kopf über sich selbst. Gerade noch hatte er sich Gedanken über die Treue seiner Milla gemacht und jetzt … In diesem Moment drehte sich die Frau um. Ihre dunklen Augen funkelten fast so wie die Sterne über ihnen. Ihr Dekolleté war atemberaubend. Vor ihm stand Eleonora Brandini, die Bühnenpartnerin von Massimo in Venedig, die sich heute wegen Milla mit einer kleineren Rolle hatte begnügen müssen.

»Oh, Conte Alexej«, gurrte sie. »Würden Sie mir mit einer Zigarette aushelfen?«

»Aber selbstverständlich, gerne.«

Als er ihr Feuer gab, berührte sie mit beiden Händen seine ausgestreckte Rechte, als wollte sie die Flamme vor dem Wind schützen. Amüsiert stellte er fest, dass es absolut windstill und ihre Berührung ihm in keinster Weise unangenehm war. Er schüttelte innerlich wieder den Kopf über sich selbst. Sie standen ein paar Züge lang schweigend nebeneinander und starrten auf das Lichtermeer der Stadt. Dann schnippte sie ihre Zigarette achtlos über das Geländer und bemerkte im Weggehen: »Sie sollten besser auf Ihre Contessa achten«, und ließ ihn stehen.

Bis er sich zu einem vagen »Warten Sie bitte« entschlossen hatte, war sie schon verschwunden.

Auf dem Weg zurück zum Tisch, begegnete er nur fröhlichen, ausgelassenen Menschen. Aber er fühlte sich nicht wohl in seiner Haut. Umso mehr, als er feststelle, dass Milla und Cedric nicht anwesend waren. Er bemühte sich um Konversation, doch die Anwesenden lachten für seine Begriffe zu laut und redeten alle durcheinander. Als Milla zurückkam, stand er mechanisch auf, um ihr den Stuhl zurechtzurücken, doch sie streichelte seine Wange und flüsterte:

»Chérie, wollen wir gehen?«

Dankbar nahm er ihre Hand.

Sie betraten das Wohnzimmer ihrer Suite und blickten auf ein Blumenmeer, das auf dem Tisch und dem Boden verteilt war.

»Oh Chérie! Bist du glücklich mit mir?«, warf sie sich selig um seinen Hals. Bevor er antworten konnte, bat sie »Dann trag mich ins Bett! Ich bin glücklich, wenn du glücklich bist, Chérie.«

Er hob er sie hoch und trug sie ins Schlafgemach.

49

Alexej blieb bis auf ein paar Unterbrechungen entgegen ihrer ursprünglichen Absprache und mit Millas Einverständnis in Mailand. Das für beide ungewohnte Zusammenleben auf dem engen Raum einer Hotelsuite stellte ihre junge Ehe auf eine ernste Belastungsprobe. Wenn Milla nachmittags ihre Stimmübungen mit Victor machte, kümmerte sich Alexej um seinen Sohn, damit auch Mira mal zwei, drei Stunden Zeit für sich hatte. Doch auch nachmittags blieb sie – bis auf wenige Ausnahmen – immer in Rufweite. Abends saßen sie alle bei einem leichten Essen zusammen, bis Milla zu den Vorstellungen musste. Jedes Mal, wenn Alexej für ein paar Tage zum Gestüt fuhr, fühlte sie sich wie befreit. Das Zusammensein auf engsten Raum und die ungewohnte Anstrengung, über Monate hinweg fast jeden Abend auf der Bühne zu stehen, zeigten ihr die Grenzen der eigenen geistigen und körperlichen Belastbarkeit auf. Immer öfter sehnte sie sich nach Auszeiten, ließ sich massieren, ging allein spazieren oder machte spezielle Yogaübungen, um ihre Kräfte zu bündeln und die Strapazen durchstehen zu können. Sie machte Alexej keinerlei Vorwürfe, im Gegenteil. Sie allein war für die schwierige Situation verantwortlich, und sie konnte sehr gut nachvollziehen, dass Alexej in der Nähe seiner Frau und seines Babys sein wollte.

Ebenso gut wusste sie aber, dass diese Art von Miteinander auf Dauer nicht die Lösung sein konnte. Sie erwog, ihm anzubieten, ein paar Wochen mit Mira und dem Baby auf dem Gestüt zu verbringen, verwarf den Gedanken jedoch wieder. Sie konnte nicht absehen, ob und wie sie die Trennung von Alexander verkraften würde. Noch mehr ängstigte sie die Vorstellung, ihr Mann könnte bei den nächsten Engagements darauf pochen, mit ihrem Sohn auf dem Gestüt zu bleiben. Sie fürchtete sich davor, Alexander könnte sich ihr entfremden. Sie wollte alles: Ihre neue Karriere vorantreiben und auch eine gute Mutter sein. Das würde ein schweres Unterfangen werden. Sie war sich sicher, dass alle Beteiligten nur deshalb stillhielten, weil es das erste Mal war und alle versuchten, ihre Konzentration nicht zu stören. Jedes Mal, wenn sie in Massimos Augen sah, spürte sie, dass auch er sich die Nächte anders vorgestellt hatte, als ein paar Suiten neben ihr vor Sehnsucht zu vergehen, während sie mit ihrem Mann im Bett lag.

Alexej, der keine Vorstellung versäumt hatte, gab es jedes Mal einen Stich ins Herz, wenn er sah, wie gut sich die beiden auf der Bühne verstanden. Doch bei den wenigen anschließenden gemeinsamen Essen konnte er nicht erkennen, ob mehr als nur Kollegialität zwischen ihnen herrschte. Jedes Mal bat Henry um die gemeinsamen Dinner, denn er ließ es sich nicht nehmen über den neuesten Stand der Engagements persönlich zu berichten. Auch Victor war stets zugegen, sodass Alexej nicht mehr spürte, wie nah sich Milla und Massimo tatsächlich waren.

Henry brachte bei seinen Besuchen regelmäßig Illustrierte und Zeitungen mit, in denen die sensationelle Karriere Millas besprochen worden war. Der Tenor war stets der Gleiche. Wann würde der Liebling der Modeszene an der Pariser Oper debütieren, und würde sie es mit ihrem Traumpartner tun? Doch die Bestrebungen Henrys, Milla und Massimo gemeinsam zu vermitteln, erwiesen sich als äußerst kompliziert. Massimo war vertraglich eine weitere Saison an die Scala gebunden. Milla hatte das Glück, durch Massimos Intervention für eine erkrankte Kollegin einspringen zu können. Die Intendanz erwog sogar besagte Dame ins zweite Glied zurückzustufen, aber das wollte Milla gar nicht.

»Ich habe keinerlei Interesse daran, mir das Image einer Kollegen-Töterin einzuhandeln«, seufze sie.

»An der Pariser Oper ist ein gemeinsames Engagement von euch beiden frühestens möglich, wenn Massimo wieder frei ist, unabhängig von seinen Vorverträgen«, sagte Henry resigniert. »Verschiedene Gastauftritte in halb Europa wären möglich. Falls das dein Vertrag zulässt.«

»Ich denke, man wird mir keine Steine in den Weg legen«, erwiderte Massimo. »Ich werde das schnellstmöglich klären.«

»Ihr solltet euch über euren Erfolg freuen, anstatt über laufende Verträge zu verhandeln«, mahnte Victor. »Ich sehe die Entwicklung mehr als positiv. Milla ist gut beraten, eine Kunstpause einzulegen und zu regenerieren. Die Zeit hier hat dich viel Substanz gekostet«, sagte er zu seinem Schützling. »Das hat sich in den letzten Vorstellungen bemerkbar gemacht, auch wenn du zum Finale noch einmal dein Bestes gegeben hast.«

Sie stimmte ihm zu.

»Henry, wenn du drei, vier Gastauftritte an den besten Häusern realisieren kannst, ist das vollkommen ausreichend, um Milla im Geschäft zu halten. Ich bin davon überzeugt, dass es sogar besser ist, als gleich ein festes Engagement einzugehen.«

Henry hatte sein Lächeln wiedergefunden. »Meine alte Masche, Chérie.« Seine Augen blitzen. »Wir lassen das Wasser sieden, um es zum richtigen Zeitpunkt kochen zu lassen.«

Milla lächelte zufrieden. »Außerdem muss ich weiter hart an mir arbeiten, um noch besser zu werden. Vorausgesetzt, Victor hilft mir dabei?!« Sie sah ihn mit gespielter Koketterie an.

»Das kommt noch erschwerend hinzu«, lachte er.

»Das ist die einzig richtige Einstellung, meine Kleine. Nur so kann aus dir einmal eine große Operndiva werden!«

Alexej hatte sich während der Fachsimpelei bewusst zurückgehalten. Die gemeinsame Karriereplanung von Milla und Massimo machte ihm Sorgen, gleichwohl er die Strategie dahinter durchaus verstand. Dennoch war er froh, Milla und ihr Baby in nächster Zeit auf dem Gestüt zu wissen. Er nahm Millas Hand und küsste sie.

»Was hältst du davon, Liebes, wenn wir Victor für eine Zeit lang auf unser Weingut bitten, nachdem du dich erholt hast?«

Milla streichelte zärtlich seine Wange. »Eine schöne Idee, Liebster, danke«, stimmte sie ohne Umschweife zu. Obwohl ihr klar war, dass er sie mit dieser sympathischen Geste eigentlich nur an ihr Zuhause binden wollte. Sie bemerkte Massimos traurig gesenkten Blick.

»Herzlichen Dank«, sagte Victor erfreut. »Ich war noch nie im Languedoc. Ich nehme die Einladung gerne an, auch wenn meine Boulefreunde nicht so begeistert sein werden, dass ich sie – kaum zurück – wieder verlassen werde«, lachte er.

»Wir haben so viel Platz«, meinte Milla, »lade sie doch einfach für eine Woche ein, während du bei uns bist.«

Alexej nickte.

»Oh, ich glaube, damit würdet ihr den Herren eine große Freude bereiten«, sagte Victor dankbar.

Alexej wusste nicht, welcher Teufel ihn ritt, aber er fühlte sich dazu bemüßigt, seinen ›Widersacher‹ durch eine überraschende Finte zu foppen. »Massimo … uns würde es eine große Freude bereiten, wenn du auch einmal ein paar Tage bei uns ausspannen würdest«, sagte er freundlich.

Milla war irritiert und wusste nicht, wo sie hinschauen sollte.

Massimo setzte sich etwas aufrechter hin und versuchte, seine Verblüffung zu unterdrücken. »Herzlichen Dank, Alexej. Ich werde gerne darauf zurückkommen, vielleicht zu der Zeit, wenn Victor bei euch ist.« Er wusste im selben Moment, dass er der Einladung niemals folgen würde.

50

Milla und Alexej verbrachten herrlich entspannte Wochen auf dem Gestüt. Zum ersten Mal seit Alexanders Geburt fühlten sie sich wie eine richtige kleine Familie. Den halben Tag blieben sie oft mit dem Kleinen im Bett und genossen es, wenn er zwischen ihnen lag oder auf ihnen herumkrabbelte. Mira war zwar da, brauchte sich jedoch nur manchmal nach seinem Mittagsschlaf um den Kleinen zu sorgen. Jeden Abend kochten sie gemeinsam mit Jasha und Sharon abwechselnd auf dem Weingut oder dem Gestüt und saßen oft bis nach Mitternacht zusammen, um über alles Mögliche zu diskutieren.

Milla war erstaunt, wie schnell sie regenerieren konnte. Victor hatte ihr empfohlen, die Stimme zu schonen, um dann wieder unter seiner Ägide mit den notwendigen Gesangsübungen zu beginnen. Doch Milla wurde bereits nach einer Woche unruhig; es machte ihr einfach zu viel Spaß, ihre Stimme zu schulen. Da kam es ihr sehr zupass, dass Victor bald darauf, von ihren Eltern in Paris eingesammelt, auf dem Land erschien und mit ihr arbeiten konnte. Jeden Nachmittag ertönte nun ihre glockenhelle Stimme, die sich durch Koloraturen wand, die gebunden oder staccato ausgeführt wurden.

Durch Victor und ihren Vater wurden die abendlichen Diskussionen zusehends politischer. Die Männer machten sich Gedanken um die Entwicklung im Nachbarland Deutschland. Sharon gab dazu eine düstere Prognose ab, was die ausgelassene Stimmung merklich drückte.

»Ich würde dir nicht raten, ein Engagement in einem solchen Land anzunehmen, dieser Hitler ist ein Monstrum«, warnte sie Milla.

»Wieso«, fragte Alexej gereizt, »hast du etwa eine Anfrage von dort?«

Milla spürte, dass sich die idyllische Zeit mit Alexej dem Ende neigte. Sein Tonfall war ihr eine Nuance zu aggressiv. Sie hatte das anstehende Gespräch darüber, wie sie ihr familiäres Miteinander gestalten sollten, in dieser trügerischen Harmonie immer wieder verschoben. Wie viele Frauen wären glücklich und zufrieden gewesen, mit einem wunderbaren, aufmerksamen, liebenden Mann und ihrem kleinen Wonneproppen hier leben zu dürfen, dachte sie. Bin ich etwa undankbar? Doch der tiefe Drang, auf der Bühne zu stehen und die Herzen der Zuschauer zu erobern, war stärker als alles andere. Sie hatte diesen Zwang schon bei ihrem Debüt auf dem Laufsteg gespürt. Sie überlegte kurz, ob sie das Thema vor den anderen anschneiden sollte, besann sich jedoch eines Besseren und wollte es unter vier Augen mit ihm besprechen.

»Ähm, ja, da gibt's ein Angebot aus Deutschland ...«, entgegnete sie sachlich. »Henry hat heute angerufen. Es gibt mehrere Anfragen. Er kommt morgen, dann können wir es gemeinsam erörtern. Falls es euch interessiert.«

Während alle neugierig nachfragten, was sie denn schon wisse und wohin sie tendiere, hielt Alexej sich auffallend bedeckt.

Es war schon nach Mitternacht, als sie mit offenen Augen nebeneinander im Bett lagen, ohne einschlafen zu können. In den Wochen zuvor hatten sie sich – kaum, dass sie im Bett lagen – aneinandergekuschelt. Jetzt schien es, als läge eine unüberwindbare Barriere zwischen ihnen. Unter der Decke ergriff sie Alexejs Hand.

»Liebster«, hauchte sie.

Er entzog ihr seine Hand zwar nicht, erwiderte aber auch nicht ihren Druck. »Warum hast du mir nichts von Henrys Anruf erzählt?«, fragte er schroff.

Milla drehte sich zu ihm und strich ihm zärtlich übers Haar. »Ach, Alexej, sei doch nicht kindisch.«

Er blieb reserviert, lag steif wie ein Stock da. »Was heißt kindisch«, brauste er auf. »Würde es dir etwa gefallen, wenn du von jemand anderem erfahren würdest, wie es beruflich bei mir weitergeht?« Er war aufgesprungen und ging in Richtung Bad.

»Du bist ganz schön albern, Liebling«, sagte sie sanft.

Er kam im Bademantel zurück, zündete sich fahrig eine Zigarette an.

»Wir hatten doch vereinbart, im Schlafzimmer nicht zu rauchen«, protestierte sie zaghaft.

»Vereinbart, vereinbart«, höhnte er. »Wir haben Wichtigeres ausgemacht, doch du hast es ja nicht nötig, dich daran zu halten. Das haben Diven wohl so an sich!« Wütend verließ er das Zimmer und knallte die Tür hinter sich zu.

»Alexeeejjjj!«, rief sie ihm nach.

Sie blieb eine Weile ruhig liegen. Tränen traten in ihre Augen. Sie machte sich bittere Vorwürfe, das klärende Gespräch so lange hinausgezögert zu haben. Aber die Umstände in Mailand waren so strapaziös gewesen, dass sie ihn mehr als einmal hatte bitten wollen, sie allein zu lassen. Immer wenn Alexej zwischendurch auf dem Gestüt nach dem Rechten gesehen hatte, konnte sie sich entspannen und wieder Energie tanken. Spätestens zu diesem Zeitpunkt war ihr klar geworden, dass sie für ein normales Eheleben nicht geschaffen war. Sie brauchte einfach ihre Freiräume. Die letzten Wochen hier auf dem Land hatte sie sehr wohl genossen, doch immer in dem Bewusstsein, dass irgendwo da draußen das große Abenteuer auf sie wartete. Seufzend stand sie auf, zog sich einen kurzen Kimono über und folgte Alexej nach unten.

Er saß in einem Sessel, ein Glas Whiskey in der Hand, und rauchte. Er sah sie bedächtig die Treppe herunterkommen. Sie sah betörend aus. Ihre langen Beine kamen in dem kurzen dünnen Seidenmantel voll zur Geltung. Ihre üppigen Brüste wippten bei jedem Schritt.

Heiser fragte er: »Soll ich dir auch einen Drink machen?« Der Alkohol hatte ihn ein wenig beruhigt.

»Danke, Liebster, ich bediene mich schon selbst.« Sie entschied sich für Wodka, goss das Glas zwei Drittel voll und setzte sich ihm gegenüber. Als sie die Beine übereinanderschlug, sah er für den Bruchteil einer Sekunde ihre Scham. Ich könnte jetzt so über sie herfallen, dachte er. In diesem Moment beugte sie sich nach vorn, um sich eine Zigarette anzuzünden, und gab den Blick auf ihre Brustwarzen frei, die durch das sanfte Reiben des Seidenstoffes steif geworden waren. Ihre Blicke begegneten sich, und sie beide mussten schmunzeln.

»Entschuldige bitte«, raunte er. »Ich ertappe mich in letzter Zeit dabei, auf alles und jeden eifersüchtig zu sein. Das ist sehr egoistisch, ich weiß. Eine Frau wie dich kann man nicht nur für sich haben. Die Welt will was von dir hören.«

Zum zweiten Mal in dieser Nacht stiegen Tränen in ihre Augen. Sie prostete ihm zu, nahm einen großen Schluck, als wollte sie sich Mut antrinken und sog tief an ihrer Zigarette.

»Alexej, Liebster«, ihre Stimme war belegt. »Ich werde unabhängig von einem Engagement in ein paar Tagen mit Henry, Mira und unserem Kleinen nach Paris fahren.«

Zuerst sah er sie entgeistert an, doch dann wurde sein Blick kalt und abweisend.

»Du kannst gerne nach Paris fahren, wenn es für dich wichtig ist, du kannst auch Mira mitnehmen, aber unser Sohn bleibt hier! Er wird kein Nomadenleben führen!«

Sie spürte, dass er es ernst meinte und ihnen eine hässliche Kraftprobe bevorstand. Sie nippte an ihrem Glas, zog an ihrer Zigarette; sie wollte sich für ihre Antwort etwas Zeit verschaffen.

»Ich dachte, Rauchen sei schlecht für deine Stimme? Bist du etwa nervös?«, sagte er triefend vor Ironie.

»Jaaaaaa, verdammt noch mal!«, schrie sie unvermittelt. »Ich bin nervös! Das ist normal bei einer Mutter, der man das Kind wegnehmen will. Ich stille den Jungen, er braucht mich! Ich weiß nicht, wer dir diesen Unsinn eingebläut hat, ein Baby müsse an einem Ort bleiben, damit es sich wohlfühlt.«

»Mir hat niemand etwas Derartiges eingebläut«, entgegnete er ruhig. Er fühlte sich ihr auf einmal überlegen. »Wir waren uns doch darüber einig, die ersten Jahre mit unserem Kind hier zu verbringen.«

»Ja, Alexej«, sagte sie wieder gefasst, »wir waren uns einig, und ich hoffe, wir sind es noch immer. Dinge verändern sich nun mal. Ich werde das Gefühl einfach nicht los, dass du mit meiner neuen Berufung nie wirklich einverstanden warst. Kannst du mich denn nicht verstehen? Begreifst du nicht, was das alles für mich bedeutet?«

Er betrachtete sie wie eine Fremde. »Wenn deine Karriere dir mehr bedeutet als unser Sohn, als ich und deine Familie, dann begreife ich es nicht.«

Sie zog die Augenbrauen hoch: »Mein Gott, wie theatralisch, andere Opernsängerinnen haben auch Familien, aber die geben ihnen Kraft, aus der sie schöpfen. Du hingegen scheinst sie mir nehmen zu wollen.«

Er schüttelte den Kopf. »Ja, aber die waren schon Opernsängerinnen, bevor sie eine Familie gründeten.«

Sie sah ihn verständnislos an. »Wie armselig, daraus willst du mir einen Strick drehen?« Sie merkte, dass das Gespräch zu keinem guten Ende führen würde und versuchte, wenigstens einen Kompromiss herbeizuführen, mit dem sie leben konnte. »Liebster, lass Alexander bei mir, solange ich ihn stille. Bei späteren Engagements bleibt er mit Mira hier bei dir, und ihr besucht mich ab und an, oder wir mieten für die Zeit eine große Wohnung. Noch einmal Monate auf engstem Raum wären nicht gut für uns, was meinst du?«

»Ich werde darüber nachdenken«, sagte er unentschieden.

»Lass uns zu Bett gehen ...«

Er steckte sich erneut eine Zigarette an und blies den Rauch gegen die Decke. »Geh schon vor, ich komme gleich nach.« Damit war das Gespräch beendet.

Er beobachtete, wie sie mit wiegenden Hüften die Treppe hinaufstieg. Sie wirkte zerbrechlich und erotisch zugleich – wie gern wäre er ihr nachgestiegen, doch er blieb wie gelähmt sitzen. Zum zweiten Mal nach dem Massage-Debakel verbrachten sie die Nacht zwar unter einem Dach, jedoch nicht im gemeinsamen Bett.

51

Am darauffolgenden Morgen rief Milla in aller Früh bei Henry an.

»Ich bin es«, sagte sie kleinlaut, als er sich verschlafen meldete.

Sofort war er hellwach. »Mein kleiner Liebling, was ist passiert?«

»Ach«, wiegelte sie ab, »Meinungsverschiedenheiten unter Eheleuten.«

»Sehr schlimm?«

»Das wird man sehen, ich komme heute mit dem Kleinen, Mira und Victor nach Paris zurück.« Ihre Stimme klang gedrückt.

Henrys große Stärke war es, heikle Situationen sofort besänftigen zu wollen. »Geh nicht im Zorn, mein Kleines. Alexej tut sich momentan schwer, mit deiner Entwicklung umzugehen. Er hat ganz andere Vorstellungen von eurem Zusammenleben. Du musst ihm vergeben und versuchen, auch seine Position zu verstehen. Dann wirst du dich gleich wieder besser fühlen.«

»Du hast recht«, sagte sie zaghaft.

»Bleib doch noch ein, zwei Nächte bei ihm, du wirst in der nächsten Zeit genug allein sein, Chérie!«

»Ich werde es versuchen, danke Henry.«

»Nicht dafür, Kleines, nicht dafür! Melde dich, wenn du zurück bist, bonne chance und Kopf hoch!«

In der kommenden Nacht schliefen Milla und Alexej wieder miteinander, doch sie empfand ihr Liebesspiel nicht wie gewohnt. Es wirkte auf sie gestellt. Sie war verkrampft, so, als würde sie sich und ihren Körper verkaufen – nur um ihren Sohn bei sich haben zu können. Noch bevor sie einschlief, schwor sie sich, nie mehr mit einem Mann zu schlafen, nur um dadurch etwas zu erreichen. Am nächsten Tag verließ sie direkt nach dem Frühstück zusammen mit Alexander, Mira und Victor das Gestüt.

Milla, Victor und Henry saßen bei Kaffee und Eclairs zusammen in seinem Büro.

»Wenn du nicht nach Berlin willst, kann ich das nachvollziehen, ma petite«, sagte er verständnisvoll. »Dann bleiben uns für dieses Jahr die Gastauftritte in Brüssel und Wien.«

»Und was ist mit Paris? Mmh, der Kuchen ist köstlich.«

»Tja, die tun sich schwer. Ich habe das Gefühl, sie wollen sich nichts von der Presse aufzwingen lassen, die dich dauernd nach Paris schreibt ...«

»Und nächste Saison?«, hakte sie nach.

»Da sind sie noch vertraglich gebunden, aber Mailand will dich definitiv für die kommende Spielzeit. Da ist Massimo ja bereits engagiert. Außerdem liegen Anfragen aus Madrid und London für nächstes Jahr vor, jeweils für dich allein.«

»Also mir gefällt die Entwicklung sehr gut«, mischte sich Victor ein. »Brüssel und Wien reichen vollkommen aus, um sich weiterzuentwickeln. Wenn ich eine Empfehlung aussprechen darf, dann solltest du wieder an die Scala. Da kennst du die Umstände, hast deinen Traumpartner, ideale Voraussetzungen für deine erste volle Saison.«

»Ja, so machen wir es«, sagte Milla kurz entschlossen. »Dann habe ich hier sogar noch die Muse, Mama zu helfen und mit Cedric zu malen«, schmunzelte sie.

Die beiden Männer nickten zufrieden.

»Versuche für das Jahr darauf, London für die beiden abzuschließen, Henry«, sagte Victor. Der schaute ihn fragend an. »London ist das beste Sprungbrett, um in die Staaten engagiert zu werden.«

»Auch gut«, freute sich Milla, »und dann machen wir Paris eine lange Nase.« Sie legte dabei den Daumen auf ihre Nasenspitze, bewegte ihre Finger und lachte.

»Du darfst dich deswegen nicht grämen, Chérie. Dann wirst du eben eines Tages als weltweit gefeierter Star an die Seine zurückkehren«, rief Henry.

»Apropos Weltstar«, warf Victor ein, »wie wär's, wenn du mich nach Hause bringst und wir noch ein, zwei Stunden an deiner Stimme feilen?«

»Prima, ich habe mir nichts vorgenommen«, stimmte Milla zu.

Auf der Fahrt zu Victors Wohnung beschäftigte sie sich in Gedanken abwechselnd mit Cedric und Massimo. Sie erschrak über sich selbst und redete sich ein, das hätte rein berufliche Gründe. Doch sie musste sich eingestehen, dass dies nur bedingt der Fall war. Als sie direkt vor seiner Haustür ausstiegen, kam der Portier aufgeregt herausgelaufen, um sie zu begrüßen.

»Madame Milla, Madame Milla, wie schön, Sie wiederzusehen! Sie müssen sich meine Kammer anschauen!«

Milla begrüßte ihn herzlich. Sie warf einen Blick durch das Concierge-Fenster und lachte erfreut. »Ach, Jacques, wird Ihnen das nicht zu viel? Überall, wo Sie hinsehen, schaue ich Ihnen entgegen.« Er hatte die Wände mit allen Berichten über ihren Erfolg tapeziert.

»Nein, überhaupt nicht! Ich, wir … wir sind alle so stolz auf Sie.«

Als Milla nach etwa zwei Stunden das Haus verließ, stand er mit seinen Boule-Kumpanen Spalier. Alle klatschten in die Hände. Jacques übergab ihr einen kleinen Strauß Blumen.

»Von uns, für die schönste und beste Opernsängerin auf der ganzen Welt.«

Milla war gerührt und hatte das Gefühl zu erröten. Freudig strahlend bedankte sie sich und gab jedem die Hand.

»Ich freue mich sehr über eure Geste.«

Jacques ließ es sich nicht nehmen, ihr die Wagentür aufzuhalten. Sie winkte zum Abschied und sah im Rückspiegel, dass ihr alle nachschauten, bis sie um die erste Ecke bog. Niemand sah die Tränen in ihren Augen. Sie nahm sich fest vor, ihre erste kleine Fangemeinde bei passender Gelegenheit zu einer ihrer Aufführungen einzuladen. Gedankenlos fuhr sie weiter. Nach einer Weile stellte sie fest, dass sie in der Straße, in der Cedric wohnte, gelandet war. Sie musste über sich selbst lachen und bremste das Auto langsam ab. Während sie überlegte, ihn spontan aufzusuchen oder ihn anzurufen, konnte sie aus einiger Entfernung sehen, wie er gerade in Begleitung einer jungen Frau sein Haus betrat. Sie war sich nicht sicher, glaubte aber, Tita erkannt zu haben.

Konsterniert blieb sie stehen und starrte auf die Eingangstür, hinter der die beiden verschwunden waren. Eine unerklärliche Eifersucht stieg in ihr auf. Sie schüttelte den Kopf, um einen klaren Gedanken fassen zu können. Er kann tun und lassen, was er will. Es geht mich nichts an, versuchte sie, sich zu beruhigen. Doch es gelang ihr nicht. Sie wollte einfach weiterfahren. Stattdessen stieg sie aufgekratzt aus. Es war wie ein Zwang. Was tue ich nur?, fragte sie sich und ging wie ferngesteuert etwa fünfhundert Meter zurück, um ihn aus einem Bistro anzurufen. Noch während sie seine Nummer wählte, legte sie auf. Sie bestellte einen Pernod und bat den Barmann um eine Zigarette. Der Alkohol tat ihr gut. Nach ein paar hastigen Zügen wollte sie nach Hause fahren, doch die Neugierde war stärker. So wählte sie erneut.

»C'est Cedric«, meldete er sich fröhlich.

Sie brachte keinen Ton heraus.

»Hallo, wer ist denn da?«, hörte sie seine Stimme.

»Hallo, Cedric, hier ist Milla«, versuchte sie, locker zu klingen.

»Milla!«, rief er. »Du bist wieder da?« Er klang erfreut.

War er ein guter Schauspieler oder war seine Freude echt? Sie hatte sich durch seine herzliche Art jedenfalls wieder gefangen.

»Ja, und zufällig ganz in deiner Nähe.«

»Na dann komm doch zu mir«, unterbrach er sie.

Milla war erstaunt. »Ähm, ich möchte dich nicht stören.«

»Aber, meine Schöne, du störst mich doch nicht! Du inspirierst mich. Deine Freundin Tita ist übrigens auch da! Vielleicht schaffst du es, ihr die Scheu zu nehmen, sich von mir malen zu lassen.«

Also doch! Milla war voller Zwiespalt.

»Milla, wie schön, komm vorbei«, hörte sie Tita aus dem Hintergrund.

»Na schön, dann bis gleich«, antwortete sie mechanisch. Sie trank noch einen Pernod und rauchte eine weitere Zigarette. Dann rief sie zu Hause an und sagte Mira, es könnte später werden und sie solle nicht mit dem Essen warten. »Gib dem Kleinen einen dicken Kuss und sag ihm, dass er morgen früh zu seiner Mama ins Bettchen darf.«

»Mach ich, Milla«, sagte Mira wie immer gut gelaunt. »Mach dir keine Sorgen und hab viel Spaß!«

Milla war unsicher, ob sie den haben würde, obwohl sie gleich zwei Menschen treffen sollte, die sie in ihr Herz geschlossen hatte. Mit mulmigem Gefühl stieg sie langsam die Treppe zu Cedrics Wohnung hinauf und versuchte, sich von ihren eifersüchtigen Gedanken freizumachen. Es gelang ihr nicht. Am besten ich kehre um, ging es ihr durch den Kopf, als sie vor seiner Tür stand. Sie ärgerte sich über sich selbst. Einem inneren Instinkt folgend wollte sie sich gerade abwenden, doch da öffnete sich die Tür wie von Geisterhand.

»Hereinspaziert!«, sagte Cedric fröhlich.

Sie nahmen sich in die Arme. Milla durchströmte jenes behagliche Körpergefühl, das sie immer hatte, wenn sie sich berührten. Plötzlich waren ihre Vorbehalte verflogen.

»Na, habe ich euch erwischt«, frotzelte Tita. Sie trat lachend hinzu und umarmte ihre Freundin.

»Ja, genau!«

»Wo warst du denn den ganzen Tag? Ich konnte dich nicht erreichen. Ich wollte dich bitten mitzukommen, um mir bei der Bilderauswahl für unsere neue Wohnung zu helfen.« Sie rieb sich dabei mit der flachen Hand ihren Bauch.

»Neeeein!«, rief Milla erfreut.

»Doch!«

»Seit wann weißt du es?«

»Seit heute Vormittag.«

»Weiß Robert es schon?«

»Ja klar, leider musste ich es ihm am Telefon sagen, er ist geschäftlich in Marseille.«

Die Freundinnen umarmten sich innig und tanzten mit kreisenden Schritten bis zur Mitte des Ateliers. Milla schämte sich einerseits für ihre Gedankengänge und fragte sich andererseits, ob vielleicht die geistige Verbindung zu Tita sie hierhergeführt haben könnte.

»Wir haben allen Grund zu feiern, meine Damen. In diesem Stadium darf man doch noch einen guten Roten trinken, oder?«, wollte Cedric wissen.

»Es darf auch Champagner sein«, meinte Tita ausgelassen.

»Ich könnte etwas für uns kochen, während ihr euch die Bilder anseht, die für die Wohnung infrage kommen, d'accord?«

»Du hast die besten Ideen, ich habe nämlich großen Appetit«, freute sich Milla.

»Und ich erst, ich habe vor Aufregung den ganzen Tag nichts gegessen.«

Die beiden Freundinnen diskutierten gerade über ein Bild, das Tita sich im Schlafzimmer vorstellen konnte, da rief Cedric schon zu Tisch.

»Mesdames, bitte Platz zu nehmen. Es wird jeden Moment serviert.«

Beide klatschten in die Hände.

»Mmh, ich rieche Rosmarin«, sagte Milla.

»Du bist ein Schatz«, freute sich Tita, als er mit einer Pfanne brutzelnder Lammkoteletts aus der Küche kam. Er hatte schon Rotwein eingeschenkt und sie prosteten sich gut gelaunt zu.

»Oh, wie köstlich«, schwärmte Tita, als sie das gute Weißbrot in den Bratensaft tunkte.

»Du musst ein Restaurant eröffnen«, pflichtete Milla ihr bei. »Klein, gemütlich, nur mit zwei, drei Tagesgerichten, was der Markt eben hergibt, und alle Wände voll mit deinen Bildern, deine ständige Galerie! ›Chez Cedric‹.«

Er schaute sie erstaunt an. »Meine Kreative, welch hübsche Idee! Was willst du dafür haben?«, begeisterte er sich.

»Wenn Tita und ich kommen, sind wir immer eingeladen«, lachte sie.

»Das seid ihr sowieso. Ich werde mich nach einer guten Lage umsehen. Was meinst du dazu, Tita?«

»Ich werde Stammgast sein. Nein, im Ernst, das ist eine Superidee. Du musst ja nicht immer selbst hinter dem Herd stehen, oder?«

Sie waren bei der zweiten Flasche Rotwein. Nach dem gemeinsamen Abräumen rauchten sie eine Wasserpfeife.

Milla sah Cedric mit glasigen Augen lüstern an. Sie stand auf, zog Tita Richtung Chaiselongue und begann sich auszukleiden. »Wenn er mich malt, ist er auch immer nackt«, kicherte sie. »Komm, wir stehen ihm gemeinsam Modell.« Sie nestelte an Titas Bluse.

Die war angetan von der Atmosphäre und machte bereitwillig mit, ohne sich groß etwas dabei zu denken.

Cedric war schon erregt, während er den Frauen zusah, wie sie sich gegenseitig auszogen. Er stellte seine Staffelei vor das Sofa und begann, sich dahinter ebenfalls zu entkleiden. Die Freundinnen nahmen eine bequeme Position ein. Nach einer Weile streichelten sie sich, wie früher in ihrer Internatszeit. Zunächst sanft, dann immer intensiver. Er traute seinen Augen nicht. Beide gaben sich voller Wollust ihren schönen Körpern hin und atmeten immer schneller. Milla kniete sich hin und ließ ihren Kopf in Titas Schoß versinken.

»Nicht aufhören«, stöhnte die vor Begierde.

Cedric konnte sich nicht mehr zurückhalten. Er kniete sich hinter Milla, die ihn bereitwillig aufnahm. Sie erreichten alle drei fast gleichzeitig ihren Höhepunkt. Cedric und Tita sahen sich dabei in die Augen. Zum ersten Mal erlebte sie den verzerrten Gesichtsausdruck eines Mannes, der gerade einen Orgasmus hat.

52

Milla hörte das herzhafte Lachen der Kinder nicht, die vor ihren Augen auf dem Deck der ersten Klasse des großen Passagierschiffes tollten. Sie spürte auch nicht die scharfe Brise, die in ihr Gesicht blies. Ihr Sohn Alexander und Fabienne, die Tochter von Tita und Robert, waren ein Herz und eine Seele. Sie fühlte sich zurückversetzt in ihre eigene Kindheit, die sie mit Alexej verbracht hatte. Es war ein guter Zeitpunkt, die letzten Jahre Revue passieren zu lassen. Sie war ganz oben angekommen. Die Fahrt führte nach New York. Sie hatte einen Jahresvertrag für die Metropolitan Opera mit Option für ein weiteres Engagement erhalten. Die Deutschen hatten inzwischen Paris besetzt, und sie war heilfroh, den Kriegswirren in Europa entfliehen zu können. Seit ihrem Debüt in Mailand hatte sich ihre Karriere äußerst vorteilhaft entwickelt. Victors Prognose hatte sich bestätigt. Ihr erstes Jahr an der Scala schaffte die Grundlage für alle späteren Erfolge. Überall, wo sie auftrat, wurde sie gefeiert. Schon zu Beginn ihres Gastspieles in London hatte die Met Kontakt zu ihr aufgenommen. Sie hatte Henry gebeten, auf die sonst üblichen Verhandlungsspielchen zu verzichten und schnellstmöglich zum Abschluss zu kommen. Gewieft, wie er war, hatte er trotzdem ein paar Bonbons für sie und Massimo ausgehandelt. Sie musste lächeln. Massimo – ihr Entdecker, ihr Förderer, ihr Liebhaber, ihr Berater. Ein guter Freund fürs Leben, das sie in allen Zügen genoss. Ein kleines bisschen hatte sie sich dankbar erweisen können. Sie war in London zunächst allein gebucht und hatte ihn zur Bedingung für das Engagement gemacht. Davon wusste er allerdings nichts und sollte es auch niemals erfahren. Zu sehr würde ihn das in seinem Stolz kränken.

Sie bemerkte das Zupfen an ihrem Ärmel erst einmal nicht, doch Fabienne ließ nicht nach. Sie neigte ihr blondes Lockenköpfchen mit den blauen Augen, um Milla ansehen zu können, und zupfte erneut an ihrem Arm.

»Tante Milla?«

Lächelnd hob Milla die Kleine hoch und setzte sie auf ihren Schoß. »Was ist denn, meine Süße?«

»Ich muss Kacka«, flüsterte sie.

Milla küsste ihre Augen. »Soso, und warum gehst du nicht zu deiner Mama oder zu Mira?«

Fabienne zog eine Schnute und schüttelte langsam ihr Köpfchen. »Weil ich lieber mit dir gehen will.«

Milla lachte und erhob sich mit der Kleinen auf dem Arm. »Na, dann wollen wir niemanden verraten, wohin wir gehen«, sagte sie leise.

Sie gingen an den anderen vorbei, die in ihren Liegestühlen lagen. Alexej döste vor sich hin. Mira las in einem Buch, und Tita winkte ihnen nach. Massimos Stuhl war leer. Milla drehte sich um und sah ihn an der Reling stehen, den Blick auf das offene Meer gewandt – er machte Atemübungen. Sie konnte erkennen, wie sich sein unterer Rücken leicht wölbte und wieder zusammenzog. Er arbeitet ständig an sich, dachte sie.

»Mama, wo gehst du hin? Kann ich mit?«, rief Alexander.

»Nein, mein kleiner Liebling, wir gehen zur Kosmetik«, lachte sie.

Er schüttelte verständnislos den Kopf und widmete sich wieder seinem Spielzeug.

Fabienne kicherte an Millas Ohr. »Was ist Kosmetik?«

»Da gehen Frauen hin, um sich schöner machen zu lassen, meine Süße.«

Fabienne nickte und schlang zufrieden ihre Ärmchen um Millas Hals.

Die Überfahrt verlief harmonischer, als Milla vermutet hatte. Die Männer spielten häufig Schach und Backgammon oder philosophierten über Gott und die Welt. Manchmal schlossen sie sich den Frauen beim Kartenspielen an. Außenstehende konnten den Eindruck haben, sie wären gute Freunde, und in der Tat entwickelte sich zwischen allen mehr als eine Zweckgemeinschaft. Milla registrierte das mit großer Genugtuung, vermied es aber, darüber zu sprechen.

»Massimo hat mich auf das Gestüt eines Freundes eingeladen, der auch Pferde züchtet«, eröffnete Alexej Milla, während sie sich für ein weiteres Kapitänsdinner zurechtmachte. »Stell dir vor, er wusste von unserem Erfolg beim letzten ›Prix d'Arc de Triomphe‹.«

»Er hat nur dich eingeladen?«, tat Milla entrüstet und bürstete kopfüber ihr Haar.

Er umschlang sie von hinten. »Wenn du die Zeit dafür hast, darfst du mitkommen.« Zärtlich küsste er ihren Nacken. Ein wohliger Schauer durchlief ihren Körper. »Ich habe ihn im Gegenzug mit seinem Freund zu uns eingeladen.«

»Glaubst du, dass Sharon auf dem Gestüt allein zurechtkommt?«

»Mit Jashas Unterstützung auf jeden Fall, Chérie.«

Eigentlich wollte der Rest der Familie die beiden, so bald es ging, in New York besuchen. Aber daraus wurde nichts. Lydia, Nikolai, Jasha und Sharon hatten für die wochenlange Überfahrt keine Zeit. Außerdem konnte man Weingut und Gestüt nicht so lange unbeaufsichtigt lassen.

Milla plagte immer noch ein schlechtes Gewissen, weil sie ihre Mutter bei »Belle de Jour« nicht mehr hatte helfen können, obwohl diese ihr immer wieder versichert hatte, wie glücklich sie war, dass Milla sich auf ihre neue Karriere konzentrierte. So oft es ging, hatte Milla sich bei »Belle de Jour« eingebracht. Nicht, weil sie sich schuldig fühlte, sondern weil es ihr nach wie vor Freude bereitete. Im Zuge ihrer Gesangskarriere hatte sie sich auf das Entwerfen von Bühnenkostümen verlegt. Henry hatte bei den Verhandlungen stets darauf bestanden, dass Milla für ihre Garderobe verantwortlich zeichnete.

Kapitän Sörensen, ein großer hagerer Norweger mit kurzem grauen Haar und gebräuntem Teint, machte keinen Hehl daraus, am liebsten mit Milla und ihrem Tross zu dinieren. Sein Sohn Tore war sein zweiter Offizier. Ein blendend aussehender, sportlicher, junger Mann, der Tita unverhohlen den Hof machte. Unter normalen Umständen hätte sie sich womöglich darauf eingelassen, doch zu diesem Zeitpunkt war sie unzugänglich. Robert war zum Kriegsdienst einberufen worden und einige Monate danach gefallen. Pierre hatte sich mit Madeleine gerade noch rechtzeitig nach Israel absetzen können.

Man konnte über Pierre geteilter Meinung sein, dachte Milla, aber seine große Stärke war jedenfalls die Weitsicht, mit der er politische Entwicklungen einzuschätzen wusste.

Tita hatte sie gebeten, mit in die Staaten gehen zu dürfen. Dank Massimos Kontakten und entsprechendem Bakschisch waren sie alle in Genua an Bord gegangen. Für die Einreise in die USA hatte Massimo auf Begleitpersonen aus seinem Umfeld verzichtet und Tita als seine Lebenspartnerin sowie Fabienne als gemeinsames Kind deklariert. Allein dieses uneigennützige Verhalten hatte dazu beigetragen, dass Alexej eine andere Einstellung zu ihm bekommen hatte.

»Wann werden wir in New York ankommen, Käpitän?«, wollte Milla wissen.

»Wenn nichts Unvorhergesehenes dazwischenkommt, werden wir ziemlich genau High Noon in zehn Tagen im Hafen einlaufen.«

»Was könnte denn passieren?«, fragte Tita.

»Nun, wir fahren auf dem offenen Meer«, erklärte Tore beflissen. »Da können Naturgewalten immer eine Rolle spielen, aber ...«, beruhigte er die Gesellschaft, »die Großwetterlage sagt relativ ruhige See voraus.«

»Wie lange bleiben Sie in New York?«, fragte Massimo.

»Normalerweise würden wir nach einer Woche wieder in See stechen, aber wegen der Situation in Europa habe ich noch keine neue Order.«

»Wir möchten Sie und Ihre Offiziere zum Dank für die vielen Annehmlichkeiten, die Sie uns bereitet haben, herzlich zu unserer Premiere einladen, wenn Sie noch da sein sollten.«

»Oh, vielen Dank. Da kann ich nur hoffen, dass wir nicht vorher ablegen müssen. Es wird uns eine Ehre sein. Ach, übrigens, Sie brauchen sich keine Gedanken wegen der Einreiseformalitäten zu machen. Ich habe etwas arrangiert und kurz vor dem Dinner grünes Licht erhalten. Es ist ein wenig kostspieliger geworden, aber das ist in solchen Zeiten völlig normal.«

Alle atmeten auf.

»Wir danken Ihnen sehr herzlich, Kapitän Sörensen«, hob Alexej sein Glas. »Die Kosten sind sekundär. Ich glaube, wir werden die nächsten Tage mit Ihnen jetzt erst richtig genießen können. Auf Ihr Wohl!«

Es war ein strahlender Sonnentag mit nur wenigen Schäfchenwolken am blauen Himmel, als das Schiff allmählich die Fahrt drosselte. Alle standen gespannt an der Reling. Die Skyline von New York verschlug ihnen den Atem. Natürlich kannten sie den Anblick von Fotos, aber alles in natura zu sehen, war doch etwas ganz anderes. Nachdem ein Großteil der Passagiere der ersten Klasse bereits bei der Zollabfertigung war, kam Kapitän Sörensen lächelnd die Gangway hinauf und winkte mit ihren Pässen. Milla und den anderen fiel ein Stein vom Herzen. Zusammen mit seinem Sohn begleitete er sie zu den beiden schwarzen Limousinen, die am Kai bereitstanden.

»Machen Sie sich bitte keine Sorgen um Ihr Gepäck. Wir lassen es umgehend in Ihr Hotel bringen«, sagte Sörensen.

Milla umarmte ihn. »Vielen Dank für alles, was Sie getan haben. Ich hoffe, wir können wieder mit Ihnen reisen, wenn wir die Staaten verlassen.« Sie küsste ihn auf beide Wangen.

»Es war mir eine Ehre – solch angenehme Passagiere hat man selten!«, erwiderte er augenzwinkernd.

Alexander umfasste einen Oberschenkel von Alexej. »Papa, warum sind die Autos hier so groß?«

Er nahm ihn hoch und schob ihn auf den Rücksitz. »Weil in Amerika halt alles größer ist, die Autos und die Häuser. Hast du sie gesehen, mein Sohn?«

Er nickte eifrig und presste dabei seine Lippen aufeinander.

53

Das »Essex House Hotel«, das ihnen ein Londoner Agent empfohlen hatte, lag direkt am Central Park, nicht allzu weit von der Metropolitan Opera entfernt, und war auf Dauergäste spezialisiert. Der Direktor, der mit drei Mitarbeitern seines Führungsstabes zum Empfang bereitstand, kam aus der französischen Schweiz. Er war ein großer, breitschultriger, attraktiver Mann mit wachen Augen und grau melierten Schläfen. Er gewann nicht nur aufgrund seiner eleganten Erscheinung, sondern wirkte auf Milla auch wie ein Schutz bietender Patriarch.

»Meine Damen und Herren«, sagte er und beugte sich ein wenig vor, »und natürlich auch die beiden Kleinen ...« Alexander und Fabienne hingen an den Röcken ihrer Mütter. »... mein Name ist Bernard Colombin. Ich heiße Sie herzlich willkommen im ›Essex House‹ und freue mich, Ihnen den Aufenthalt in New York so angenehm wie möglich zu gestalten. Bitte scheuen Sie sich nicht, bei allen Belangen direkt auf mich zuzukommen. Wenn ich nicht im Haus bin, wenden Sie sich bitte an diese Herrschaften hier.« Er zeigte auf seine engsten Vertrauten, die er ihnen namentlich vorstellte. Nachdem sich alle bekannt gemacht hatten, ergriff der Direktor noch einmal das Wort.

»Wie Sie wissen, ist die gesamte obere Etage für Sie reserviert. Ihre Suiten sind alle mit einer Küche ausgestattet. Wenn es Ihnen recht ist, möchte ich Sie jetzt gerne zum Lunch einladen, damit Sie sehen, was unser Haus kulinarisch zu bieten hat. Bei der Gelegenheit könnten wir uns alle auch ein kleines Stück näher kennenlernen.«

Die Gäste waren beeindruckt.

»Ich glaube, ich spreche für uns alle«, sagte Massimo, »wenn ich mich für diesen herzlichen Empfang bedanke. Und die Einladung zum Lunch kommt genau richtig, ich bin jedenfalls ausgehungert.«

»Gibt es hier auch Poulet, Mama?«, fragte Alexander frei heraus.

»Au ja«, rief Fabienne, »ich auch!«

Alle mussten lachen.

Colombin tätschelte Alexanders Kopf. »Coq au Vin ist eine Spezialität des Hauses, Alexander. Für dich und deine Freundin Fabienne macht der Küchenchef dieses Gericht auch gern ohne Wein.«

»Was ist Cocovin?«

Wieder lachten alle.

»Lass dich überraschen, Alexander.«

»Und wieso kennst du unsere Namen?«, fragte er den Hotelchef.

»Weil ihr auf meiner Liste ganz oben steht, kleiner Mann.«

Das Restaurant hatte riesige Panoramafenster, die den Blick auf den Central Park freigaben. Ein Tisch für zehn Personen und zwei Kinderstühle waren vorbereitet.

»Wenn Sie einverstanden sind, würde ich meine Leute gerne zwischen Ihnen platzieren. Auf diese Weise können wir uns etwas besser kennenlernen.«

Während Milla ob der Umsichtigkeit des Hotel-Patrons sehr angetan war, war das für Alexej des Guten etwas zu viel, aber er sagte nichts. Nach dem Essen kam ein kleiner dicklicher Mann mit schwarzen Locken und makelloser Kochuniform an den Tisch.

»Darf ich vorstellen«, sagte Colombin. »Unser Chef de Cuisine, Lambert, ein Landsmann von mir.«

Alle klatschten anerkennend, weil nach diesem exquisiten Mahl klar war, dass sie hier kulinarisch bestens aufgehoben waren.

»Dein Poulet war wirklich lecker«, sagte Alexander, zur Belustigung aller, trocken. »Nicht wahr, Fabienne?«

»Ja! Lecker«, kicherte sie.

»Das freut mich! Was wünscht ihr euch denn zum Nachtisch, ihr beiden?«

Alexander schaute zum Direktor. Der lächelte ihn und Fabienne augenzwinkernd an. »Ich würde mich an eurer Stelle überraschen lassen.«

Die Kleinen nickten freudig.

Milla gefiel es, wie er mit den Kleinen umging.

»Haben Sie selbst Kinder, Bernard?«

Er sah sie zum ersten Mal bewusst an. Gerade so lang, dass sie meinte, eine gewisse Sehnsucht zu erkennen. Aber nicht lange genug, dass sich jemand angestoßen fühlen konnte. Bedauernd hob er beide Hände. »Dafür habe ich bisher noch nicht die richtige Frau gefunden.«

»Dann suchen Sie weiter! Es wäre schade«, lächelte sie.

»Vielen Dank«, sagte er höflich und vermied es, ihr weiter in die Augen zu sehen.

»Milla hat uns erzählt, dass Sie einen Kindergarten für Ihre kleinen Gäste eingerichtet haben«, mischte sich Tita ein.

»Ja, das stimmt.« Er war heilfroh über diesen Einwurf. »Wenn Sie sich nach dem Essen die Beine vertreten möchten, würde ich Ihnen gerne das Haus zeigen. Danach geleiten wir Sie zu Ihren Suiten. Bis dahin sollten auch Ihre Schränke eingeräumt sein. Ihr Gepäck ist nämlich inzwischen eingetroffen.«

»Das ist ja ein perfekter Service. Das machen wir gerne«, sagte Alexej, der ebenso wie Massimo registriert hatte, dass Milla diesen Colombin wohl sehr sympathisch fand. Keiner von beiden konnte ihm jedoch auch nur den geringsten Vorwurf in seinem Verhalten machen. Er war bislang einfach nur ein hervorragender Gastgeber gewesen.

Milla und Alexej hielten sich im Arm und sahen vom Salon ihrer Suite auf den Central Park.

»Denkst du, wir werden uns hier wohlfühlen?«, fragte er und küsste ihre Schläfe.

»Oh ja, Liebling, absolut! Du etwa nicht?«

»Doch, doch«, sagte er eilfertig. »Das hier«, er machte eine ausladende Handbewegung, »hat schon eine andere Qualität als Mailand.«

»Der Vergleich ist ungerecht«, protestierte sie. »Im ›Medici‹ gab es solche Räumlichkeiten gar nicht. Hier haben wir neben Wohn- und Esszimmer noch zwei Gästeräume, und wenn ich in der Küche bin und du im Schlafzimmer, müssen wir laut rufen, um uns zu hören.« Sie schmiegte sich an ihn. »Die Kleinen sind im Kindergarten geblieben«, bemerkte sie vielsagend.

Er trug sie ins Schlafgemach. Das Himmelbett war hoch, riesengroß und aus tiefbraunem glänzendem Holz.

Milla stand mit Tita in ihrer neuen Küche, in der sämtliche Grundnahrungsmittel zu finden waren. Gemüse, Obst, Fisch, Fleisch oder sonstige Lebensmittel konnten sie über die Hotelküche bestellen – und das zu marktüblichen Preisen. Sie mussten also nicht einmal zum Einkaufen das Hotel verlassen und freuten sich, nach Wochen wieder selbst gemachte Hausmannskost verzehren zu können. Die Kinder schliefen in einem der Gästezimmer, die Männer spielten Backgammon. Milla deckte den großen Tisch im Speisezimmer. Sie hatten sich bereits jetzt akklimatisiert.

»Ich bin sehr glücklich über die Voraussetzungen hier«, sagte Milla zufrieden.

»Ja, ich auch – ich wünschte nur, Robert könnte hier sein.« Titas Stimme war von Tränen erstickt.

»Komm her, mein Kleines«, sagte Milla und nahm sie in den Arm. »Er lebt in Fabienne weiter, du brauchst deine ganze Kraft für sie.«

Mira kam herein, um zu helfen, doch Milla bedeutete ihr mit einem leichten Kopfschütteln, dass es gerade ungelegen war. Mira machte auf dem Absatz kehrt.

»Entschuldige«, schluchzte Tita und zog die Nase geräuschvoll hoch.

Milla strich mit der flachen Hand über ihren Rücken. »Sei doch nicht albern, Kleines, dafür brauchst du dich doch nicht zu entschuldigen«, sagte sie behutsam.

Tita schnäuzte in ein Küchentuch und stieß einen tiefen Seufzer aus. »Ach, Milla, ich bin so dankbar, dass wir hier sein dürfen.«

»Und ich bin froh, dass ihr dabei seid. Für unsere Kleinen ist das doch ideal ...«

»Ja, gar nicht auszudenken, was wäre, wenn ich jetzt mit der Süßen allein in Paris herumsitzen würde. Ich schnibbel jetzt Zwiebeln, dann hat's einen Grund für meine verheulten Augen«, lächelte sie schon wieder.

In den Tagen bis zu den Proben an der Met zogen sich Milla und Massimo regelmäßig nach einem ausgiebigen späten Frühstück für circa vier Stunden auf seine Suite zurück. Sie nahmen sich diese Auszeit, auch wenn sie meistens nie länger als zwei Stunden intensiv trainierten. Wann immer eine Leitung zu Victor zustande kam, hörte er – zusammen mit Henry – eine Zeit lang zu, um danach seine Kommentare abzugeben. Die meisten fielen lobend aus. Die beiden Männer waren auf der Basis ihrer Arbeit für Milla Freunde geworden und planten – zusammen mit Lydia und Nikolai – zur Premiere nach New York zu kommen.

»Ihr braucht euch überhaupt keine Sorgen zu machen«, krächzte Victor erkältet ins Telefon. »Reduziert das Programm auf die Hälfte und schont eure Kraft für die Bühne.«

»Danke, Victor, wir melden uns dann gleich nach der ersten offiziellen Probe.«

Milla legte den Hörer auf. Sie war äußerst erregt. Massimo hatte es zur Gewohnheit gemacht, sie während ihrer Telefonate intim zu berühren. Danach hatten sie Sex: im Salon, im Stehen, auf dem Tisch, auf der Couch oder auf dem Boden. Manchmal hockte sie sich mit den Füßen auf den Rand der Badewanne und er nahm sie von vorn. Das Bett im Schlafzimmer war tabu, ohne dass sie jemals einen Satz darüber verloren hatten.

Die Eröffnung der neuen Opernsaison an der Met war in New York ein gesellschaftliches Ereignis. Wie immer in Kriegszeiten gierten die Menschen nach Ablenkung. Dieser Stimmung verdankte Milla – abgesehen von ihrem Können und ihrer attraktiven und charismatischen Erscheinung – den durchschlagenden Erfolg an der New Yorker Oper. Immer wieder musste sie am Premierenabend auf die Bühne. Noch nie hatte es zuvor so viele Vorhänge gegeben. Die Zuschauer feierten sie enthusiastisch. Völlig aufgelöst und entkräftet sank sie in Massimos Arme.

»Nein«, rief sie, »das gibt's doch gar nicht!« Sie schüttelte ungläubig den Kopf. Der Beifall im Saal wollte nicht enden.

»Doch«, sagte Massimo, »du hast die Herzen der Zuschauer im Sturm erobert. Sie liegen dir mit Recht zu Füßen.«

Seine neidlose Anerkennung war ihr das Wichtigste. Sie küsste ihn spontan und überglücklich auf den Mund.

Das Foto zierte am nächsten Tag die Titelseite der »New York Times« mit der Überschrift: »Die sinnliche Stimme«. Mit ihrem ersten Auftritt in den Staaten hatte sie ihren Markennamen erhalten.

»Im Feuilleton steht es schwarz auf weiß«, sagte Alexej am nächsten Morgen beim Frühstück stolz, auch wenn er über das Titelfoto nicht gerade begeistert war. »Ihre Stimme ist noch runder, sinnlicher, weicher, ja tragender geworden. Sie ist ›the sensual voice‹«, las er vor. »Jetzt wissen wir endlich, warum ihr jeden Tag so lange geübt habt«, versuchte er, lustig zu sein.

Doch erst als Alexander fragte, »Mama, kannst du wirklich so gut singen?«, mussten alle schmunzeln.

»Deine Mama macht viele Sachen ganz toll, Alexander, und singen kann sie ganz besonders gut!«, warf Massimo gut gelaunt ein. Auch wenn sich alles auf Milla zuspitzte, war auch er im Pressespiegel durchwegs mit Lob bedacht worden.

Diese Antwort hätte eigentlich von Alexej kommen müssen, dachte Milla. »Danke, caro mio«, rutschte es ihr raus.

Alexej sprang auf. Im selben Augenblick wurde sie sich der Tragweite ihrer Antwort bewusst.

»Alexej, bitte, das war doch rein kollegial gemeint«, versuchte Massimo zu beschwichtigen.

»Das habe ich bei dem Foto auch zuerst gedacht, aber alles lässt sich offenbar nicht so einfach unter den Teppich kehren«, sagte er betont leise und verließ wutentbrannt Titas Suite.

Milla war jetzt froh, dass ihre Eltern und die anderen den Besuch verschoben hatten. Die Kinder können zum Glück noch keine Schlüsse daraus ziehen, ging es ihr durch den Kopf.

»Ich will auch Opernsängerin werden, Tante Milla«, flötete Fabienne in die Stille hinein und sorgte für einen kurzen Lacher.

Alexander verdrehte die Augen: »Mädchenkram!«

Milla strich beim Aufstehen über Fabiennes Locken: »Das würde ich mir noch mal schwer überlegen, meine Süße.«

Massimo erhob sich: »Soll ich ...?«

»Nein, das muss ich alleine richten, danke«, wehrte Milla ab. »Wenn der Haussegen schief hängt, kann ich nicht singen, und die Presse wird mich zerreißen.« Ihre Intuition täuschte sie nicht.

Im Salon ihrer Suite standen einige Blumengrüße von wildfremden Gratulanten. Sie schaute flüchtig auf die Begleitkarten, öffnete den Umschlag von Bernard Colombin, der an einem besonders schönen Strauß befestigt war, und überflog die Zeilen.

Erlauben Sie mir bitte, einer Ihrer glühendsten Verehrer sein zu dürfen, Ihr ergebener Bernard.

Unter normalen Umständen hätte sie sich gefreut, jetzt huschte nur ein hastiges Lächeln über ihr Gesicht. Sie steckte die Karte wieder ins Kuvert und versteckte es in einer Handtasche. Sie hörte, dass Alexej sich frisch machte.

Als sie den Salon betrat, läutete das Telefon. Sie wollte es zunächst ignorieren, entschloss sich dann aber, im Schlafzimmer abzuheben.

»Oui ...?«, meldete sie sich etwas ungehalten.

»Bernard Colombin«, hörte sie seine markante Stimme. »Sie waren einfach wunderbar.«

»Oh, vielen Dank, auch für Ihren herrlichen Strauß und die Karte. Darf ich Sie später zurückrufen? Ich muss gerade etwas Wichtiges besprechen«, unterbrach sie ihn.

»Aber ja, wann immer Sie Zeit haben. Nur ganz kurz, das Management der Met sucht aufgrund der vielen Anfragen um eine Pressekonferenz nach, und in der Lobby lungern zwei windige Sensationsjournalisten herum, soll ich die beiden abwimmeln und auf die Konferenz verweisen?«

»Das wäre sehr freundlich. Ich mache grundsätzlich keine Interviews ohne vorherige Absprache und ohne die Pressereferentin der Met, da mein Agent nicht hier ist.« Zum ersten Mal bereute sie, dass

Henry nicht mitgereist war. »Und darf ich Sie bitten, Massimo zu verständigen, er möge den Pressetermin koordinieren.«

Er spürte, dass sie sehr angespannt war, und versuchte, sie zu beruhigen. »Keine Sorge, ich nehme das in die Hand. Ich bin den Umgang mit der Presse gewohnt. Wenn Sie einverstanden sind, werde ich für morgen oder übermorgen hier im Haus etwas arrangieren.«

»Vielen Dank, Bernard, ich weiß das sehr zu schätzen. À bientôt …«

»À bientôt.«

Sie legte mit einem guten Gefühl den Hörer auf.

Alexej kleidete sich gerade an. Sie stellte sich in den Türrahmen und beobachtete seine hektischen Bewegungen. Er nahm keine Notiz von ihr.

»Liebling, ich brauche deine Hilfe«, sagte sie betont ruhig.

»Ich wüsste nicht, wobei ich dir helfen könnte«, erwiderte er kühl und ohne aufzuschauen.

»Würdest du mich bitte ansehen, wenn wir miteinander reden, oder hast du jeglichen Respekt mir gegenüber verloren?«

»Respekt, Respekt«, wiederholte er verächtlich. »Wie steht's denn mit deinem Respekt mir gegenüber?«

»Mein Gott, sei doch nicht so furchtbar spießig«, entfuhr es ihr. »Wenn du hinter der Bühne gewesen wärst, hätte ich dich geküsst! Ich war aufgelöst und überwältigt, und Massimo war nun mal die einzige Bezugsperson, die dastand! Kannst du das denn nicht verstehen?«

»Und dein caro war so überrascht von deinen Emotionen, dass er alles klaglos über sich ergehen ließ, oder ist er gar schwul?«, reagierte er ironisch. »Ich habe noch nie eine Frau an seiner Seite gesehen.«

»Mein einziger caro bist du! Und nur du!«, sagte sie jetzt wieder ruhig und ernst. »Häng dich doch bitte nicht an einem Wort auf, ich musste es dauernd auf der Bühne zu ihm sagen. Es ist mir aus Gewohnheit rausgerutscht. Das kann immer wieder passieren! Aber es hat im wirklichen Leben keine Bedeutung! Da liebe ich nur dich«, verteidigte sie sich.

Wie betörend sie dasteht, dachte er.

»Spürst du das denn nicht, Liebster?«, setzte sie nach.

Er war geneigt, ihr zu glauben. »Zieh dich an, lass uns eine Stunde durch den Park gehen«, lenkte er versöhnlich ein.

»Zieh du dich lieber aus«, gurrte sie, ihren Bademantel öffnend. »Unten sitzen zwei Sensationsreporter, das brauche ich jetzt gar nicht.«

Er ging auf sie zu und zog sie fest an sich. »Und wie kann ich dir helfen?«, raunte er aufgeheizt.

»Indem du mir ein für alle Mal vertraust, so wie ich dir«, sagte sie und sank vor ihm auf die Knie. »Oder soll ich glauben, du warst in die Hure verliebt, die du in unser Haus bestellt hast?«, flüsterte sie, indem sie mit ihren Lippen seine Eichel berührte.

Dem Argument hatte er nichts entgegenzusetzen. Es wurde ihm bewusst, dass sie ihn damit immer schlagen würde, solange er ihr nichts nachweisen konnte.

»Nein, das war ich nicht«, keuchte er erregt und nahm sich fest vor, seine Eifersuchtsanfälle in Zukunft zu unterdrücken.

Milla war sich im Klaren darüber, dass sie sich auf einem Drahtseil bewegte – so eng, wie sie alle zusammenlebten. Alexej hatte sich bei Massimo für seinen Ausbruch entschuldigt, und dieser verhielt sich gewohnt souverän. Trotzdem nahm Milla sich vor, auch mit ihm ein klärendes Gespräch zu führen, sobald es sich ergab. Sie befürchtete, dass er sie liebte. Auch wenn er das bisher nicht offenbart hatte. Natürlich war auch ihr längst aufgefallen, dass – zumindest während ihrer gemeinsamen Engagements – keine andere Frau im Spiel war.

Am übernächsten Tag ergriff sie die Gelegenheit beim Schopf. Eine halbe Stunde vor dem Briefing zur Pressekonferenz war sie mit ihm allein. Wie bringe ich ihm nur bei, dass er auf mich keine Rücksicht zu nehmen braucht, ohne seine Gefühle zu verletzen und ohne, dass danach unsere Harmonie auf der Bühne zerstört ist, grübelte sie, während er ihnen in dem kleinen Nebenraum ein Glas Champagner einschenkte.

»Wir sollten uns im Beisein der anderen weiterhin so verhalten wie bisher, sonst wecken wir vielleicht schlafende Hunde«, begann sie vorsichtig.

»Und wenn wir alleine sind?«, fragte er und schaute ihr in die Augen.

»Dann nicht«, lächelte sie vielsagend. Sie konnte seine Erleichterung spüren, obwohl er nur schmunzelte und kaum merkbar nickte. »Und versteh das jetzt bitte nicht falsch, caro, aber vielleicht solltest du mal in Begleitung einer Frau auftreten«, tastete sie sich weiter vor.

Er zog die Brauen hoch. »Als Staffage oder als Geliebte?«

»Hmm«, versuchte sie, ungezwungen zu klingen, »wie es sich ergibt ...«

Seine Augen verdunkelten sich.

»Ähm, vielleicht nicht sofort, das wäre zu auffällig«, ruderte sie zurück.

Doch er hatte verstanden. »Va bene«, nickte er. »Wie es sich halt ergeben wird, carissima.«

54

Es klopfte. Bernard Colombin hielt lächelnd die Tür für seine Begleiterin auf. Margo Kempinski, eine Pressereferentin polnischer Abstammung, war eine äußerst gut aussehende, gepflegte Frau in Millas Alter. Sie ging freudestrahlend auf Milla zu. Die beiden Frauen fühlten auf Anhieb, dass sie sich gut verstehen würden, und begrüßten sich mit Wangenküssen wie gute alte Freundinnen. Es überraschte Milla nicht, als Bernard es Margo gleichtat. Aus den Augenwinkeln sah Milla dabei dieses verräterische Blitzen in Massimos Augen, als Margo auch ihm ihre Wange anbot. Nachdem sie am Tisch Platz genommen hatten, füllte Bernard die Gläser mit Champagner.

»Auf eine gute Zusammenarbeit«, freute sich Milla und hob ihr Glas. Es kam ihr vor, als würden sich die Anwesenden in diesem Raum schon ewig kennen.

»Die werden wir haben – und hoffentlich mehr.« Margo sah zuerst Milla an, dann Massimo und Bernard. Die Atmosphäre knisterte vor Erotik.

So ist das also, wenn es zu einem klassischen Vierer kommt, ging es Milla durch den Kopf.

Margo sah auf ihre Armbanduhr. »Prima«, stellte sie fest. »Wir haben eine knappe Stunde, um alles in Ruhe durchzusprechen.« Sie blickte abwechselnd zu Milla und Massimo. »Da draußen erwarten uns zu achtzig Prozent brave Journalisten. Und dann auch kritische Fachpresse. Die habt ihr aufgrund eurer grandiosen Premiere auf dem Habenkonto, wie der Pressespiegel zeigt. Man könnte annehmen, dass das reicht, aber die restlichen zwanzig Prozent sind Boulevardhaie. Denen genügt nicht, dass ihr gut ausseht und hervorragend singen könnt. Das verkauft sich vielleicht einmal. Wir sind im Land der unbegrenzten Möglichkeiten, im guten wie im schlechten Sinne. Es zählt nur die Auflage. Da zählen nur Sex und Sensationen. Die meisten Amerikaner geben sich nach außen prüde und sauber, in Wirklichkeit sind sie

Heuchler mit einer ätzenden Doppelmoral. Und diese Schmierfinken sind angehalten, die sensationslüsternen Massen zu bedienen, und dabei geht es ihnen weiß Gott nicht um die Wahrheit.«

»Einen Vorgeschmack davon haben wir in London erlebt«, unterbrach Massimo ihren Vortrag.

»Ja«, lächelte Margo, »ich hab's gelesen, es war ein Appetizer gegen das, was euch hier erwartet, und darauf solltet ihr vorbereitet sein.«

»Wo ansetzen?«, fragte Milla.

»Überall, wo sie etwas wittern«, sagte Bernard.

Margo nickte. »Beruflich seid ihr nicht angreifbar. Sie werden ausschlachten, dass er dich spät entdeckt hat und damit deine Traumkarriere beginnen konnte. Das reicht mit deinem seriösen Background als Designerin, Malerin, Model und dazu noch Gräfin für zwei bis drei Ausgaben. Das ist alles positiv! Dann aber werden sie anfangen zu kramen und zu sticheln: Warum treten die beiden stets gemeinsam auf? Sind sie ein Liebespaar? Betrügt Milla ihren braven Ehemann, der sich so liebevoll um den gemeinsamen Sohn kümmert? Warum hat Massimo keine Frau?«

Die beiden mussten schmunzeln, obwohl ihnen eigentlich nicht danach war.

Margo schmunzelte ebenfalls, wenn auch aus anderen Gründen. »Auch wenn dem nicht so ist, sie werden bohren. Solange bis sie etwas finden oder glauben, etwas gefunden zu haben. Und wenn sie nichts zutage fördern, werden sie Gerüchte in die Welt setzen. Die einzige Gegenmaßnahme: Ihr bietet ihnen etwas Plausibles an.«

»Das kommt ja einem Horrorszenario gleich«, entrüstete sich Milla.

»Tja, leider ein Preis des Berühmtseins«, warf Bernard ein. »Deswegen habt ihr ja auch die oberste Etage, wo außer euch und ausgesuchtem Personal niemand hinkommen kann.«

»Aber das ist keine Gewähr – vielleicht verschonen sie euch ja, weil ihr so sympathisch seid?!«, lächelte Margo. »Aber bei den Tatsachen. Auf der Bühne habt ihr euch richtig leidenschaftlich geküsst, was ich toll finde. Aber es ist der zweite Aufhänger. Das Foto ist von einem Journalisten der ›New York Times‹, der keine Genehmigung hatte, backstage zu fotografieren. Wir haben es gekauft, deshalb war es nirgendwo sonst abgebildet. Auf alle diesbezüglichen Fragen müssen wir gute Antworten haben.«

Milla und Massimo bliesen gleichzeitig die Wangen auf.

»Puh, darauf sollten wir noch einen Schluck trinken«, sagte Milla. Sie hob das Glas. »Auf dich, Margo! Vor zwei Tagen habe ich mir noch Vorwürfe gemacht, dass unser Agent nicht hier ist, und jetzt bin ich happy darüber, dass du diesen Job hast! Könnte die Met dich nicht ganz für uns abstellen, solange wir hier sind?«

»Danke für das schöne Kompliment, Milla, aber ihr werdet schon nicht zu kurz kommen, was meine Aufmerksamkeit angeht ...«, zwinkerte sie ihnen zu.

Milla musste sich über ihre eigenen Gedankengänge wundern. Wieder knisterte es vor Erotik, und wieder konnte man Margos Kommentar zweideutig auslegen.

»Ich werde zwischen euch sitzen und Bernard rechts neben Milla«, wurde sie erneut sachlich. »Er ist sehr erfahren in diesen Dingen. Er hat schon etliche Stars beherbergt und wird mir – wenn ihm etwas auffällt – entsprechende Notizen zuschieben. Ich werde den Ablauf bestimmen, sodass der erste Teil der Show problemlos verlaufen wird, wir beschränken die Pressekonferenz auf fünfundvierzig Minuten, es gibt kein Open End.«

»Lasst uns jetzt gemeinsam eure Antworten durchgehen und daran feilen.«

Milla erzählte, wie sie das Foto Alexej gegenüber erklärt hatte.

»Das ist wunderbar«, lobte Margo sie. »Bleib dabei, Alexej als deinen geliebten Ehemann zu bezeichnen, und darüber hinaus hätten ebenso gut dein Gesangslehrer Victor oder der Bühnenbildner in diesem Moment dastehen können. Und du wärst jedem vor Freude um den Hals gefallen. Geht freundlich auf ihre Fragen ein und gebt ihnen Futter zum Schreiben.«

Eine halbe Stunde später saßen sie vor der versammelten Presse. Die Fragestunde verlief in etwa so, wie Margo es vorausgesehen hatte.

Milla musste zunächst häufiger antworten, dafür stellte man Massimo die erste heikle Frage.

»Mr. Bellini, Sie sind nicht verheiratet, haben keine Frau an Ihrer Seite. Sind Sie verliebt in Ihre Partnerin?«

Massimo lächelte. »Lassen Sie es mich so ausdrücken ...«, er schaute Milla an, »ich liebe dieses bezaubernde Geschöpf.«

Milla lächelte tapfer. Ein Raunen ging durch die Reihen der Journalisten.

»Allerdings nur als meine Bühnenpartnerin! Sie ist die beste und professionellste Sängerin, mit der ich jemals das Vergnügen hatte zusammenzuarbeiten.«

Die Schreiberlinge schmunzelten.

»Zum ersten Teil der Frage: Ich habe noch nicht die Richtige gefunden, aber ich kann Ihnen versichern, ich arbeite permanent daran. Auch heute – schauen Sie sich meine entzückende Nachbarin an. Margo, darf ich Sie heute am Abend zum Dinner ausführen?«, sagte er, nahm galant ihre Hand und küsste sie.

Die Lacher waren auf seiner Seite.

»Bravo«, flüsterte Margo, um sich dann laut an die Frauen im Raum zu wenden. »Ladys, würdet ihr bei einem solchen Mann Nein sagen?«

Die Stimmung war mit einem Schlag entspannt, den Schreibern gefiel der lockere Schlagabtausch.

»Miss Baxter?«, rief Margo und zeigte auf eine Dame.

»Mr. Bellini, Sie küssen Ihre Partnerin ja richtig auf der Bühne! Ist das nicht eher unüblich?«

Massimo zuckte mit den Schultern und lächelte gewinnend. »Woher wissen Sie das?«

»Ähm, ich habe das gespürt! Oder zumindest glaubte ich, es zu spüren, stimmt das etwa nicht?« Sie war ein bisschen verlegen.

»Aha, genau das wollte ich hören! Die Zuschauer müssen die Emotionen auf der Bühne spüren! Sie müssen zu ihnen rüberschwappen. Nur dann werden sie gefesselt. Ich liebe Ihre Filme aus Hollywood, aber die meisten Kussszenen langweilen mich, weil sie nicht echt sind. Dabei sollen sie eigentlich das Salz in der Suppe sein, oder?«

Die Frau nickte zufrieden.

»Brillant«, flüsterte Margo und gab einem anderen Pressemann das Wort.

»Mrs. Bellasowa, Sie haben Ihren Partner auch richtig geküsst, allerdings hinter der Bühne! Ist das nicht nun wirklich unüblich?«

Millas Lachen klang herzhaft. »Mein über alles geliebter Ehemann Alexej wollte das auch wissen!«

Wieder lachten die meisten, wenn auch etwas verhalten.

»Ich war einfach emotional so überwältigt vom Zuspruch des Publikums, dass ich meiner Freude irgendwie Ausdruck verleihen musste, und Massimo stand als Erster da. Es hätte auch Victor, meinen Professor, oder Ben, den großartigen Bühnenbildner, oder auch Sie ...«, sie zeigte mit dem Finger auf ihn, »... treffen können.«

Der Mann hielt sich in gespielter Entrüstung seine Hände vor den Mund – und alle lachten.

Margo gab Bernard das Zeichen zum Abbruch.

»Meine Damen und Herren, wir bedanken uns für Ihr Interesse. Die fünfundvierzig Minuten sind sehr kurzweilig gewesen. Wie Sie wissen, gibt es heute keine Einzelinterviews. Ich freue mich auf Ihren nächsten Besuch und wünsche frohes Schreiben. Nebenan werden Erfrischungen und Häppchen gereicht. Vielen Dank.«

Die vier gingen zurück in den Raum hinter der kleinen Bühne, auf der sie gesessen hatten. Ein guter Geist hatte eisgekühlten Champagner und köstliche Kleinigkeiten auf dem niedrigen Tisch bereitgestellt.

»Die erste Schlacht ist geschlagen! Ihr wart großartig, meinen Glückwunsch für diese Performance!« Margo umarmte zunächst Milla und dann – einen Tick zu lang – Massimo.

Er ist ein Filou, dachte Milla amüsiert und ließ sich in einen der Sessel fallen. »Ihr beide habt einen Superjob gemacht«, rief Milla zufrieden. »Das haben wir alles nur deinem akribischen Briefing zu verdanken, Margo!«

»Die besten Anweisungen bringen nichts, wenn sie nicht richtig umgesetzt werden«, wiegelte sie ab und setzte sich, von Massimo geleitet, vis-à-vis von Milla.

Bernard war froh, neben Milla Platz nehmen zu können. Wie unter Zwang suchte er ihre körperliche Nähe. Er ergriff ihre Hand, die auf der Armlehne ruhte, wie um das, was er sagte, zu bekräftigen. »Ihr habt das ganz hervorragend gelöst.«

Milla entzog ihm ihre Hand nicht. Seine Berührung erotisierte sie.

»Vielleicht sollten wir das heute Abend zu viert feiern, oder wollt ihr lieber für euch sein?« Sie wusste, dass sie mit dem Feuer spielte, aber sie konnte nicht anders.

55

Die Saison nahm einen für alle Beteiligten mehr als zufriedenstellenden Verlauf. Milla wurde innerhalb weniger Monate zum Liebling des Big Apple und landesweit bekannt. New York-Besucher verbanden ihren Aufenthalt häufig mit einem Besuch in der Metropolitan Opera. Es dauerte nicht lange, bis die ersten Hollywoodproduzenten in den vorderen Reihen saßen, um diese charismatische Frau auf der Bühne zu beobachten. Der Erfolg und die allgemeine Beliebtheit machten Milla übermütig – sehr zur Sorge von Alexej und Tita. Selbst wenn keine Aufführung war, entschuldigte sie sich häufig mit dem Hinweis auf »wichtige Businessmeetings«. In Wahrheit besuchte sie zusammen mit Margo Privatpartys in den Häusern der besseren Gesellschaft auf Long Island oder in deren Penthousewohnungen in der Stadt. Anfangs kam sie anstandshalber gegen Mitternacht ins Hotel zurück. Doch wenn sie am nächsten Abend nicht auf die Bühne musste, blieb sie bis in die frühen Morgenstunden weg. Sie schlief zwar nicht länger, gab sich am Tag dann allerdings oft griesgrämig und ging abends verhältnismäßig früh zu Bett. Margo, die diese Art zu Leben gewohnt war, hatte Millas harmonische kleine Gemeinschaft ziemlich durcheinandergebracht. Doch die hatte sich bereitwillig auf dieses Jetset-Leben eingelassen. Milla bedauerte es zwar, dass sie Tita nicht ab und an mitnehmen konnte, aber auf diesen Partys passierten Dinge, die nicht für Titas Augen bestimmt waren. Millas neuer Lebenswandel hatte zur Folge, dass Alexej und Tita zwangsläufig viele Abende allein verbracht hatten und sich dadurch ungewollt immer näher kamen.

»Warum sprichst du nicht mal mit ihr darüber?«, fragte Tita ihn, während sie beim Abendessen saßen.

»Das macht den Eindruck, als sei ich eifersüchtig«, entgegnete Alexej.

»Das hat doch nichts mit Eifersucht zu tun! Eure Zweisamkeit leidet doch unter ihrem Verhalten.«

»Na ja, ihre ehelichen Pflichten vernachlässigt sie jedenfalls nicht«, schmunzelte er. In der Tat kroch Milla meistens unter seine Decke, selbst wenn es sehr spät geworden war.

»Und Alexander kommt auch nicht zu kurz?«, fragte Tita etwas schnippisch.

»Hey, du fällst deiner besten Freundin nicht etwa in den Rücken, oder?«, lachte er.

»Hm, scheint so. Wahrscheinlich leide ich mehr unter dem Milla-Entzug als du.«

»Tore Sörensen ist doch wieder in der Stadt, solltest du nicht ...?«

»Kein Interesse«, unterbrach sie ihn und senkte ihren Blick. Sie konnte Alexej nicht sagen, dass sie sich seit der Überfahrt mehr und mehr zu ihm hingezogen fühlte. Sie sprang plötzlich auf, nahm seinen Kopf in beide Hände und drückte ihre Lippen kurz auf seinen Mund. »Komm, hilf mir beim Abräumen, bevor wir einen Drink nehmen.«

Er fühlte ihren flüchtigen Kuss noch auf seinen Lippen, dachte sich aber nichts weiter dabei.

»Ach, weißt du, wenn ihre Eltern und die anderen kommen, wird sich alles wieder normalisieren, oder etwa nicht?«

»Doch, doch, bestimmt«, sagte sie hastig. Ihr Hals war wie zugeschnürt. Tränen rollten über ihre Wangen. Alexej bemerkte es. Er führte ihre Stimmung auf den Verlust von Robert zurück. Tröstend umarmte er sie von hinten.

»Schhh, es wird alles gut, du hast doch uns.«

»Entschuldige«, brachte sie leise hervor und drehte sich zu ihm um. Er wusste nicht, warum er es tat, aber er küsste zärtlich die salzigen Tränen auf ihrem Gesicht weg. So lange, bis sich ihre Lippen berührten, sich langsam öffneten und ihre Zungen sich vorsichtig trafen.

Zu Ehren von Millas Eltern und ihrer überaus erfolgreichen ersten Saison an der Met hatte Bernard im kleinen, intimen Restaurant »The Essex Room« ein russisches Fest arrangiert. Er hatte dazu ein paar reiche Juden und Aristokraten eingeladen, die in den letzten drei Jahrzehnten in die Staaten emigriert waren. Lydia und Nikolai fühlten sich sehr geschmeichelt und in die gute alte Zeit zurückversetzt. Die Tische waren üppig eingedeckt – mit sämtlichen Köstlichkeiten der russischen Küche. Auf jedem Tisch stand eisgekühlter Wodka, von dem an diesem Abend unvorstellbare Mengen weggetrunken wurden. Es herrschte ein babylonisches Stimmenwirrwarr. Jeder hatte etwas ganz Besonderes zu erzählen, und jeder glaubte, seine Stimme noch etwas mehr erheben zu müssen als der Nachbar, damit er Gehör fand.

Bernard, eingerahmt von Victor und Henry, saß Milla gegenüber. Die amüsierte sich köstlich darüber, wie ihre Freunde aus Paris sich verhielten: Der eine war so aufgekratzt, wie sie ihn noch nie erlebt hatte, der andere – der russischen Sprache nicht mächtig – wirkte etwas verloren und war froh, neben Bernard zu sitzen. Milla würde ihm schonend beibringen müssen, dass Margo seine Aufgaben für die Staaten übernehmen würde.

Margo war in ihrem Element. In einem Kauderwelsch aus Polnisch und Russisch trug sie zur Heiterkeit der anderen Gäste am Nachbartisch bei. Tita hielt sich zu Millas Befremden ungewohnt zurück. Was ihrer guten Laune jedoch keinen Abbruch tat. Strahlend warf sie Bernard Handküsse zu.

»Mmmmmuuaah! Danke für die Idee und dieses wunderschöne Fest!«, rief Milla ihm zu.

Er hätte liebend gern eine Kusshand zurückgeworfen, vermied es aber wegen Alexej, der in seinem Blickfeld saß und beide Daumen gehoben hatte.

»Danke, es ist das erste Mal, dass ich so etwas mache. Ich wusste nicht, was mich erwartet, aber es ist einfach wunderbar«, rief er zurück. Seine Augen leuchteten.

Just in diesem Augenblick stürzte einer seiner Assistenten auf ihn zu und flüsterte ihm etwas ins Ohr. Bernards Augen, die eben noch gestrahlt hatten, starrten den Mann ungläubig an.

Milla erschrak. Es muss etwas passiert sein, vielleicht ist Feuer ausgebrochen, schoss es ihr durch den Kopf.

»Sind Sie absolut sicher?« Bernard war aufgesprungen. Er fasste den jungen Mann an den Schultern und schüttelte ihn.

Der nickte mehrmals heftig. »Ja, Sir. Mit so etwas mache ich doch keine Witze! Alle Radiostationen melden es ununterbrochen.«

Milla war aufgestanden. Außer ihr hatte niemand der Szene Beachtung geschenkt.

Bernard hatte seine Arme gehoben und schrie. »Ruhe bitte, meine Herrschaften! Ruhe!« Dabei hob und senkte er beschwörend die Hände. Es dauerte eine Zeit, bis die großteils alkoholisierten Gäste ihre hitzigen Debatten einstellten. Bernard war in der Mitte des Raumes und drehte sich nach allen Seiten. »Der Krieg ist aus!«, schrie er. »Der Krieg ist aus!«

Es vergingen zwei, drei Sekunden, bis die Nachricht bei den Gästen ankam. Dann brach grenzenloser Jubel aus. Wildfremde Menschen lagen sich in den Armen, küssten sich, tanzten zwischen den Stühlen und auf den Tischen. Alexej, Milla und ihre Eltern bildeten Arm in Arm einen Kreis.

»Meine Lieben«, sagte Nikolai feierlich, »jetzt wird klar, warum Lydia und ich die Rückreise immer wieder aufgeschoben haben! Jetzt können wir uns endlich in Frieden auf unser Weingut zurückziehen.«

»Und das so schnell wie möglich«, freute sich Alexej. Und zu Milla gewandt: »Nicht wahr, Liebling?«

Milla machte gute Miene zum bösen Spiel. Sie wusste, dass sie gar nicht direkt nach Europa zurückkehren wollte. Margo hatte nämlich seriöse Anfragen aus Hollywood erhalten. Genau das hatte sie mit ihrer Familie in den nächsten Tagen besprechen wollen. Sosehr sie sich auch über das Kriegsende freute, für ihre Gedankenspiele machte das keinen Unterschied. Sie blieb Alexej eine Antwort schuldig und war froh darüber, dass Tita, Massimo und dann auch Henry, Victor, Mira, Bernard, Margo und sogar wildfremde Menschen zu ihrem immer größer werdenden Kreis stießen. Das Thema Rückreise hatte auch noch ein paar Tage Zeit, dachte sich Milla und bewegte sich tanzend in die Mitte des Kreises. Zum rhythmischen Klatschen der Gäste drehte sie sich immer schneller und schneller.

Unter ihnen stand auch Isaac Silverstein, ein lettischer Jude, der Milla schon den ganzen Abend beobachtet hatte. Er war der erfolgreichste Rechtehändler der Traumfabrik.

Noch aus dem Hotel rief er im Morgengrauen seinen Freund Ed Turner, den mächtigen Boss von »Mountains Film Productions« in Los Angeles an. Er war einer jener Menschen, mit denen es der liebe Gott besonders gut gemeint hatte. Attraktiv, intelligent, vital und mit einer feinen Nase für Talente. Die Frauen fanden ihn zum Niederknien. Zu allem Überfluss war er auch noch charmant und hatte jede Menge Geld gemacht. Er war einer der begehrtesten Junggesellen Amerikas.

»Ed Turner«, meldete er sich mit seiner sonoren Stimme.

»Ed, hier Isaac, pack deine Reisetasche und komm sofort nach New York!«

»Bist du krank? Was soll ich in New York?«

»Du musst unbedingt Milla Bellasowa kennenlernen!«

Ed horchte auf. »Die singende Gräfin?«

»Ja, ich habe mit ihrer Agentin gesprochen, allein die wäre es schon wert, sich in den Flieger zu setzen.«

»Du bist doch vollkommen krank! Warum packst du die Mädels nicht ein und bringst sie mit, ich mach eine schöne Party.«

»Es geht nicht um Party, du sollst sie groß rausbringen!«

Ed lachte. »Dann muss sie erst recht zu mir kommen. Bei dir ist es fünf Uhr morgens. Bist du wirklich okay?«

»Ja, verdammt noch mal, wenn du sie nicht rausbringst, machen es die anderen! Paramount und MGM haben sich schon angemeldet, aber die liebäugeln mit Musikfilmen. Das will sie nicht.«

»Woher weißt du das alles?«

Isaac wurde ungeduldig: »Na, von ihrer Agentin.«

»Hast du die etwa ge...?«

»Herrje, nein! Ich arrangiere die Probeaufnahmen, du musst deinen Arsch nur in den Flieger setzen.«

»Probeaufnahmen in New York? Schlaf deinen Rausch aus und melde dich, wenn du nüchtern bist.«

»Komm endlich runter von deinem hohen Ross! Du hast zwei Jahre keinen Hit mehr gelandet. Du bist der Erste, den ich anrufe, weil wir befreundet sind, und ich bei ›Mountains‹ die Weltrechte besitze. Wenn du nicht willst, mache ich es eben mit ›Globe Enterprises‹ und investiere zur Not selbst. Die Lady ist in Europa ein Superstar.«

Nun wurde Ed hellhörig. Er wusste, dass es Isaac im Gegensatz zu ihm immer nur um Geld ging. »Okay, Buddy, wo bist du abgestiegen?«

»Im ›Plaza‹, wo sonst?!«

»Okay. Kannst du für morgen Mittag ein Lunch arrangieren? Ich will sie bei Tageslicht sehen.«

»Das mache ich, bis dann, mein Freund.«

Ed Turner ließ sich von seinem Büro alles verfügbare Material über Milla zusammentragen, damit er sich auf dem Flug nach New York ein Bild von ihr machen konnte.

Ed saß am nächsten Morgen mit Isaac in der Lobby des »Plaza Hotels«, das nur einen Steinwurf vom »Essex House« entfernt war. Ein Page geleitete Milla und Margo quer durch die Halle. Es entging Ed nicht, dass sowohl Männer als auch Frauen die Köpfe nach den beiden umdrehten. Isaac machte die drei bekannt und stellte amüsiert fest, dass Ed zum ersten Mal eine Frau mit Handkuss begrüßte. Milla und Ed sahen sich aufreizend lange in die Augen. Sie waren direkt fasziniert voneinander. Er spürte, dass er – im wahrsten Sinne des Wortes – einem Vollweib gegenüber stand. Sie war beeindruckt von seiner vor Macht strotzenden Ausstrahlung und Männlichkeit.

»Gräfin, wollen Sie nicht Platz nehmen?!«

»Danke, sehr gern. Wie schön«, lächelte Milla und setzte sich. Wenn er mich jetzt bei der Hand nehmen und fortführen würde, ich würde mit ihm gehen, dachte sie.

»Wie gut, dass Isaac mich gezwungen hat, nach New York zu kommen«, sagte ein sichtlich aufgewühlter Ed Turner. Er, der es gewohnt war, schöne Frauen reihenweise zu erobern, fühlte sich wie ein Collagestudent beim ersten Rendezvous.

»Gezwungen?«, fragte Margo erstaunt.

»Ja, er drohte mir, Milla an eine andere Filmproduktion zu vermitteln, wenn ich nicht kommen würde.«

»Wie gut, dass er solch eine Intuition hat, das erleichtert die Verhandlungen«, lachte Margo.

Ed öffnete seine lederne Aktentasche, entnahm ihr ein dickes Drehbuch und schob es zu Milla. »Das habe ich seit gut zwei Jahren in der Schublade, und du bist die perfekte Hauptdarstellerin dafür.« Er lehnte sich entspannt zurück. »Ich möchte gar nicht verhandeln. Du nennst mir deine Bedingungen, und ich werde sie akzeptieren«, sagte er zur Überraschung aller. Er erkannte sich selbst nicht wieder.

Margo und Isaac waren perplex.

»Aber Ed«, protestierte Isaac, »du hast noch nie eine Katze im Sack gekauft?!«

Ed hob beschwichtigend beide Hände. Er konnte den Blick nicht von Milla lassen.

Sie lächelte ihn wissend an und nickte unmerklich. »Ich mache mit Freunden immer faire Geschäfte, ich beteilige mich zu fünfzig Prozent an den Kosten und erhalte die Hälfte des Gewinns. Die Garderobe kommt von ›Belle de Jour‹. Wir einigen uns gemeinsam auf den Protagonisten, den Regisseur, und Margo erhält jeden Monat ohne Aufforderung das Zahlenwerk. Niemand erfährt von meiner Beteiligung.« Sie beugte sich ein wenig vor und sagte im Flüsterton: »Und wir werden, so schwer es uns auch fallen wird, nicht miteinander schlafen, bis der Film angelaufen ist.«

»Halleluja!«, entfuhr es Isaac.

Margo lächelte. »Meine Güte«, sagte sie voller Bewunderung.

Beide starrten gespannt auf Ed und Milla. Die lächelten sich weiterhin an.

Dieses Mal nickte er bedächtig mit dem Kopf. »Ein fast perfekter Deal … Ist ein Kuss – zur Besiegelung der mündlichen Vereinbarung unter Zeugen, die zum Stillschweigen verdonnert sind – erlaubt?«, fragte er verschmitzt und erhob sich dabei.

Milla stand ebenfalls auf. Sie umarmten sich wie zwei Liebende und küssten sich leidenschaftlich.

Isaac saß mit offenem Mund da und begann zu klatschen. Margo tat es ihm gleich.

»Ist ja gut«, lachte Milla. »Und jetzt habe ich Hunger! Wann hattet ihr die Probeaufnahmen geplant?«

»Ganz entspannt nach dem Essen, in der Nähe von hier!«, beeilte sich Isaac zu sagen.

»Das passt ja wunderbar – ich will nämlich sehen, ob die Kamera mich liebt und wie ich auf der Leinwand wirke ...«

»Eine sehr kluge und professionelle Entscheidung«, lobte Ed. »Wenn der Vorschlag nicht von dir gekommen wäre, ich hätte dir spätestens beim Essen genau dazu geraten.«

»Na, dann ist doch alles bestens, komm«, sagte sie und hakte sich bei ihm unter.

56

Das kleine Filmstudio befand sich auf der anderen Seite des Central Parks. Die Crew hatte schon bei mehreren Produktionen Turners mitgewirkt, war eingespielt und eigens für diese Aufnahmen von Los Angeles eingeflogen worden.

Ed klatschte in die Hände. »Okay, Leute! Mrs. Bellasowa wird die Hauptrolle in ›Am Ende des Tages‹ übernehmen. Sie ist zwar eine Quereinsteigerin beim Film, hat aber auf der Bühne ihr außergewöhnliches schauspielerisches Talent bereits bewiesen. Ihr kennt ja meine Einstellung. Das kann man nicht lernen, dazu muss man geboren sein. Also bereitet ihr am Set die gute Atmosphäre, für die ›Mountains Film Productions‹ bekannt ist.«

Die Crew nickte.

Ed wandte sich an den Regisseur. »Arthur, fühl dich bitte nicht zurückgestellt, aber ich werde die Proben selbst leiten. Bitte weise Milla in die vier Einstellungen ein, die du vorbereitet hast. Ich gehe mit John die Kamerapositionen durch. Maske, bitte sofort zu uns.«

Der Regisseur zuckte missbilligend mit den Schultern: »Du bist der Boss.« Ohne Milla richtig anzusehen, ging er an ihr vorbei und grummelte »Kommen Sie bitte mit.« Er führte zur bereits ausgeleuchteten Position des ersten Bildes ...

»John«, sagte Ed, »sie hat zwar keine Falten, aber ich will, dass du sie trotzdem so weich wie möglich aufnimmst. Bring sie ganz groß raus, verstanden?!« Er klopfte dem erfahrenen Kameramann auf die Schulter.

»Du kannst dich auf mich hundertprozentig verlassen, Ed!«, brummte er.

»Tracy, schau sie dir genau an, und dann schminke sie so dezent, wie es geht. Betone die Augen, mach die Wangen schmal, du weißt schon ... Die Haare mal zusammengesteckt, mal Pferdeschwanz, zweimal offen, okay?«

»Alles klar! Kein Problem, Boss!«

Als alles für die erste Klappe bereit war, sah Ed durch den Sucher auf Milla. Der Backdrop der ersten Einstellung bestand aus einem schneebedeckten Bergpanorama; Milla sollte aus einem Fenster Richtung Gipfel schauen … Ed war mehr als zufrieden mit dem, was er sah.

»Bravo, Leute, guter Job!«, motivierte er seinen Stab. »Milla, wenn du dich damit besser fühlst, parliere einfach aus deinen Opern, egal in welcher Sprache«, rief er ihr aufmunternd zu.

»Okay, mach ich«, lachte sie.

»Eine geniale Idee!«, flüsterte Isaac Margo zu. »So haben wir ihren Originalton, ohne dass sie eine Textvorgabe hat!«

Milla spielte, als ob sie nie etwas anderes in ihrem Leben gemacht hätte.

»Glückwunsch, Ed!«, brummte John. »Sie ist ein echtes Naturtalent!«

»Ja, das ist sie, John. Mein Gott, das ist sie!«, raunte Ed Turner überglücklich. Nach der dritten Szene hatte er genug gesehen. »Komm mit, John«, ging er klatschend auf Milla zu. »Du warst einfach großartig, Baby!«, rief er freudestrahlend und nahm sie in den Arm.

Unter dem Beifall der anderen gab John ihr die Hand. »Meinen Glückwunsch, Mrs. Bellasowa«, sagte er anerkennend.

»Danke, John, vielen Dank«, freute sich Milla.

»Wann können wir die ungeschnittenen Muster sehen?«, fragte Ed den den Kameramann.

»In etwa vierzig Minuten, okay?«

»Bist du einverstanden, Baby?«

»Klar, ich bin so neugierig!«

»Ja, ich auch!«

»Macht der Schnitt denn so einen großen Unterschied bei den Mustern?«

»Na ja, es sind halt auch die Klappen drin, die vermeintlich weniger gut waren.«

»Das Problem sehe ich nicht«, brummte John. »Sie war nämlich jedes Mal gut!«

Ed drehte sich um. »Okay, Leute. Wir sind sehr zufrieden. Die letzte Szene schenken wir uns. Drehschluss für heute. Danke an alle!«

Erneut klatschten alle Beteiligten und gingen nacheinander zu Milla, um ihr zu gratulieren – selbst der zu Beginn so skeptische Regisseur machte da keine Ausnahme.

Milla, Margo, Ed und Isaac saßen bei kaltem Bier und Popcorn in dem kleinen Kino des Filmstudios und warteten gespannt auf die Vorführung der Muster.

»Wo werden die Dreharbeiten stattfinden?«, wollte Milla wissen.

»Theoretisch könnten wir den Film überall drehen, also auch in Paris. Es ist fast ein Kammerspiel, das mehr oder weniger in zwei Wohnungen stattfindet, die durch einen Hof getrennt sind«, antwortete Ed.

»Dann nehmen wir doch New York, und ich kann in meiner Suite bleiben, das wäre mir sehr angenehm.«

»Warum nicht, die Stadt würde vom Charakter her passen. Du spielst eine verheiratete Krankenschwester, die einen an den Rollstuhl gefesselten Nachbarn, der vis-à-vis wohnt, versorgt und pflegt. Der im Krieg verletzte Marineoffizier sitzt tagein, tagaus am Fenster und schreibt seine Memoiren. Wenn er eine Pause einlegt, beobachtet er durch ein Fernglas die Nachbarn. Du hast es ihm ganz besonders angetan.« Ed lächelte Milla liebevoll an: »Er ist verliebt in dich. Das begreift jeder Kinobesucher, wenn er dich auf der Leinwand sieht.« Er nahm ihre Hand und küsste sie.

»Wie geht's weiter, Ed? Das klingt ja total spannend«, sagte Margo.

»Das hoffen wir doch sehr, sonst wäre das Drehbuch sofort im Papierkorb gelandet!«, lachte Isaac.

»Der Offizier weiß, dass ihr Mann sie quält. Irgendwann vertraut sie sich ihm an, schätzt seine ruhige, überlegene Art und fühlt sich schließlich auch zu ihm hingezogen. Ohne ihr Wissen plant er, den Ehemann zu töten. Die Zuschauer werden sich leicht damit identifizieren können, weil der Ehemann ein echter Fiesling ist. Die beiden hingegen sind ein wunderbares Liebespaar.«

»Wow«, sagte Milla. Ihr gefiel die Story, und sie konnte sich sehr gut in die Rolle hineinversetzen. »Wer schwebt dir für die männliche Hauptrolle vor?«

»Für den Guten hatte ich Cooper und Holden im Kopf. Noch ist nichts entschieden. Der Schurke ist leicht zu besetzen. Was uns bislang fehlte, war die passende Frau«, sagte er. »Aber jetzt haben wir die Idealbesetzung mit dir und müssen nur noch einen Kerl für dich finden.«

»Wir wären dann so weit«, sagte Arthur, der mit John hereinkam.

Milla nahm Ed bei der Hand. »Ich möchte bitte, dass du mir andere Regisseure vorstellst.«

Ed nickte. »Ich hab's mir schon gedacht, die Chemie mit Arthur stimmt wohl nicht?«

Sie zuckte mit den Schultern. »Er hat so blöd reagiert, als du seinen Job übernommen hast. Das gefiel mir nicht!«

Sanft strich er ihr mit den Fingerkuppen über die Wange. »Okay«, sagte er zu ihr und rief dann: »Film ab!«

Im nächsten Moment erschien Millas Gesicht im Close-up auf der großen Leinwand. Ed war überwältigt. Er wusste, er hatte das große Los gezogen. Aus den Augenwinkeln beobachtete er Millas Reaktion, sie war ergriffen. Ihm wurde klar, dass sie vom Hollywood-Virus infiziert war. Ich werde ihr nach Drehschluss einen Heiratsantrag machen, und das wird ihr erster und letzter Hollywoodstreifen sein, dachte er. Seine Gedanken spielten verrückt. Sie machten Liebe auf der Terrasse in seinem Haus am Meer, spazierten Arm in Arm am endlosen Strand entlang, liefen nackt den schäumenden Wogen entgegen und stürzten kopfüber ins salzige Nass. Die dunkle Leinwand riss ihn abrupt aus seinen Tagträumen.

Alle bis auf Milla klatschten überwältigt Beifall. Milla rutschte etwas verlegen in ihrem Sessel hin und her, freute sich aber innerlich.

»Wahnsinn, das ist Wahnsinn, wie gut du auf der Leinwand wirkst, meine Süße«, rief Margo in die Stille hinein.

Alle lachten, nur Milla war weiterhin angespannt. Sie wusste, dass das Urteil ihrer neuen Freundin nicht ausschlaggebend war.

»Okay«, erhob sich Ed und stellte sich vor die anderen. »Manöverkritik«, er schaute Milla lächelnd an. »Möchtest du dabei bleiben oder lieber mit Margo draußen warten?«

Milla war überrascht.

»Es ist ein ungeschriebenes Gesetz, dass die Protagonisten nicht dabei sind«, lästerte Arthur.

»Ja, aber das Gesetz hier bin ich«, entgegnete Ed trocken. Er hob die Brauen und schaute Milla fragend an. Sie war beeindruckt von seiner Geradlinigkeit.

»Ich bin sehr gespannt auf eure ungeschminkte Meinung«, lächelte sie.

Ed zwinkerte ihr zu. Von seiner zukünftigen Frau hatte er nichts anderes erwartet. »Okay, Arthur, schieß los!«, gab er zunächst seinem Regisseur das Wort.

»Na ja, für das erste Mal bin ich ganz zufrieden. Sie kann noch nicht mit der Kamera spielen, wie sollte sie auch, aber ich denke, das bekomme ich schon hin.«

»John …?«, nickte Ed aufmunternd.

»Die Kamera liebt Milla, und sie liebt die Kamera. Besser geht's nicht, sie ist die größte Wildkatze, die ich je vor meine Flinte bekommen habe, und ich bin schon ein paar Jährchen auf der Pirsch«, brummte er in seiner unnachahmlichen Art.

»Isaac?«, fragte Ed, ohne eine Regung zu zeigen.

»Phänomenal! Oscarreif! Oh, ich bin ja so stolz auf mich«, rief er begeistert.

Ed wusste genau, was er meinte. Trotzdem fragte er scheinheilig: »Wieso auf dich?«

Isaac schaute verdutzt. »Weil ich dir in den Hintern getreten habe, damit du herkommst und Milla kennenlernst!«

Ed grinste. »Ja, das hast du, weiß Gott. *Ich* bin stolz auf dich. Ich werde dir auf ewig dankbar sein, Buddy!«

Dann drehte er sich zum Regisseur: »Arthur, du bist raus aus der Nummer. Dein Urteilsvermögen hat dich im Stich gelassen oder du warst nicht ehrlich, was noch schlimmer ist.«

Arthur machte keinerlei Anstalten, um seinen Job zu kämpfen. Er wusste, es wäre ein sinnloses Unterfangen. »Ich wünsche euch viel Glück und Erfolg bei dem Projekt«, sagte er und verschaffte sich damit einen halbwegs würdigen Abgang.

Milla stand auf. »Küssen ist doch erlaubt, oder?« Sie stand auf und ging auf Ed zu.

Die anderen verließen den Vorführraum auf Zehenspitzen.

»Wollen wir heute Abend allein dinieren, Baby?«, raunte er.

»Dazu werden wir noch oft genug Gelegenheit haben«, flüsterte sie. »Es haben doch alle verdient, dabei zu sein, oder?«

»Du hast recht.« Mal abgesehen von seiner Mutter fügte er sich zum ersten Mal in seinem Leben den Wünschen einer Frau. Und zu seinem Erstaunen fühlte es sich auch noch gut an.

57

Weit nach Mitternacht kehrte Milla in ihr Hotel zurück und betrat leise die Suite. Sie ging davon aus, dass Alexej schlief, und zog sich in eines der Gästezimmer zurück. Nach dem, was ihr widerfahren war, konnte sie sich nicht einfach neben, geschweige denn zu ihm legen. Nach einer ausgiebigen Dusche lag sie auf dem Bett und starrte zur Decke. Sie ließ die Ereignisse des langen Tages Revue passieren und versuchte, ihre aufgewühlten Gefühle zu ordnen. Sie bemerkte nicht, dass Alexej im Türrahmen stand und sie beobachtete. Erst als er sich auf den Bettrand setzte, nahm sie ihn wahr.

»Geht es dir nicht gut, Chérie?«, fragte er leise und legte seine Hand dabei über der Decke auf ihren Bauch.

»Nein, Liebling«, sagte sie mit tränenerstickter Stimme, indem sie seine Hand ergriff. »Es geht mir gar nicht gut.«

»Ist Hollywood anstrengender als deine geliebte Opernbühne?«

Sie nahm den höhnischen Unterton gar nicht wahr. »Ich weiß es nicht, Alexej, ich weiß es nicht«, sagte sie schwach. Sie entzog ihm ihre Hand. Eine bleierne Müdigkeit nahm sie in Besitz. »Bin zu groggy, um zu diskutieren, erzähle dir morgen alles.«

»Eben warst du noch hellwach«, sagte er barsch. »Sonst schlägst du dir doch auch die Nächte um die Ohren! Ist das ein Grund, dich nicht neben mich zu legen?«

»Bitte, Alexej«, versuchte sie einzulenken.

»Ach ja, ich vergaß«, sagte er wütend und stand abrupt auf. »Madame geht's ja nicht gut.« Er warf die Tür hinter sich zu. Ohne es zu ahnen, hatte er es ihr mit seinem wütenden Auftreten leicht gemacht, eine folgenschwere Entscheidung zu treffen.

Sie lag noch lange leise weinend wach in dieser Nacht. Dann stand sie auf, ging in Miras Suite und steuerte auf Alexanders Zimmer zu. Ihr Sohn lag quer in seinem Bett und hatte sich komplett freigestrampelt. Sie zog die Decke über ihn und kuschelte sich an ihn.

»Mein Herz«, flüsterte sie und küsste seine Wange, »verzeih mir, bitte, verzeih deiner Mama.«

Wieder füllten sich ihre Augen mit Tränen. Alexander murmelte etwas Unverständliches und drehte sich um.

Am Nachmittag saß Milla mit Alexej, Henry, Margo und ihren Eltern im Salon. Es gab nur ein Thema: Millas berufliche Zukunft. Obwohl sie in der letzten Nacht bereits ihre Entscheidung gefällt hatte, war sie neugierig zu erfahren, was ihr Umfeld dazu zu sagen hatte. Henry bereitete es keinerlei Schwierigkeit, Margo in den Staaten das Feld zu überlassen.

»Also«, begann Henry, »uns liegen mehrere Angebote aus Europa vor. Selbst Paris konnte nach deinem Erfolg an der Met nicht umhin, dir ein Engagement anzudienen. Wobei wir nicht gleich zusagen sollten, nur weil sich die hohen Herren endlich bequemt haben, sich zu bewegen.«

»So ein Blödsinn! Jetzt könnten wir alle nach Hause und dann diese Ressentiments«, ereiferte sich Alexej.

Milla seufzte laut. »Sei doch bitte nicht immer gleich so aggressiv«, sagte sie auffallend leise. »Wenn wir alle deiner Meinung wären, hätten wir uns die Diskussion ja gleich sparen können.«

Es kochte in ihm, aber er verbiss sich einen weiteren Kommentar.

Lydia spürte, dass es zwischen den beiden nicht mehr stimmte. »Ach, Kinder, warum macht ihr es euch so schwer? Milla, was willst *du* denn am liebsten? Ich dachte, du bleibst ein weiteres Jahr hier?«

Milla war froh, dass Margo einsprang: »Ich bin Henrys Meinung – Milla sollte wieder nach Europa gehen. Denn nach einem erfolgreichen ersten Jahr wird das zweite erfahrungsgemäß sehr stressig. Wenn da nicht das Angebot aus Hollywood vorläge ...«

»Hollywood, Hollywood, wieso Hollywood?«, sagte Alexej konsterniert. »Was willst du denn *noch* alles machen?«, fragte er wütend und setzte hämisch nach: »Ich dachte, die Opernbühne ist dein Leben. Der Krieg ist aus! Lass uns endlich nach Hause zurückkehren!«

»Hör endlich auf rumzuplärren«, entgegnete Milla ruhig. »Solange der Krieg tobte, warst du glücklich, hier zu sein, jetzt ist dir alles nicht mehr gut genug.« Er widerte sie an.

»Die Situation ist jetzt eben verdammt noch mal eine andere«, blieb er laut. »Wenn du hierbleiben willst, bitte! Ich gehe mit Alexander zurück, mit oder ohne Mira.«

»Kein Richter in New York würde dir das genehmigen«, sagte sie nur.

»Richter, du drohst mir wirklich mit einem Richter?!«, stellte er fassungslos fest. Das Tuch zwischen ihnen war zerschnitten. Das merkte auch Nikolai.

»Also nun mal langsam. Wie lange würden die Dreharbeiten denn dauern?«, versuchte er zu schlichten.

»Alles in allem etwa vier Monate«, erwiderte Margo.

Nikolai sah abwechselnd zu Milla und Alexej. »Hört mal, ich kann euch beide verstehen. Aber wäre es, falls Tita auch mit nach Europa geht, nicht das Beste, wenn die Kinder zusammenbleiben?«

»Tita will zurück«, entfuhr es Alexej. Er bereute es in der gleichen Sekunde.

»Ach, das ist ja interessant«, lehnte Milla sich angriffslustig zurück. »Woher weißt du so genau, was meine beste Freundin will?«

»Na ja«, wurde Alexej ein bisschen kleinlauter, »sie hat das mal vor ein paar Tagen so nebenbei fallen lassen.«

»Ist Massimo mit von der Partie in Hollywood?«, fragte Lydia in der Hoffnung den tieferen Grund für Millas Entscheidung herauszufinden.

»Nein, das wird kein Musikfilm«, warf Margo ein.

»Sind Milla und Massimo nicht immer im Doppelpack gebucht, Henry?«, bohrte Lydia weiter.

»Nein, keinesfalls! Die meisten Anfragen beziehen sich nur deshalb auf beide, weil wir das so arrangiert haben.«

Milla hatte genug gehört. Auch wenn meine Eltern es nicht ausgesprochen haben, am liebsten wäre ihnen, wenn ich mit zurückgehen würde, ging es ihr durch den Kopf. Doch sie konnte nicht anders.

»Gut, ihr Lieben. Wir wollen uns nicht länger quälen. Ich danke euch. Das Gespräch ist zwar nicht so erfreulich verlaufen, aber du warst wenigstens ehrlich, Alexej. Ich werde den Film machen«, sagte sie entschlossen.

Niemand wagte es, etwas einzuwenden.

»Ob Alexander bei mir bleibt oder mit dir und Mira nach Europa geht, machen wir von Tita abhängig, einverstanden?«, sagte sie zu Alexej gewandt.

»Einverstanden!«, stimmte er auf einmal ohne Umschweife zu.

Milla und Lydia spürten, dass er nicht den leisesten Zweifel daran hegte, zusammen mit seinem Sohn nach Frankreich zu reisen.

Am nächsten Tag wurden Nägel mit Köpfen gemacht: Ihre Lieben buchten eine Überfahrt auf dem Schiff von Kapitän Sörensen. Es blieben ihr noch vierzehn gemeinsame Tage. Milla telefonierte mit Ed Turner und bat ihn, die Dreharbeiten nach hinten zu verschieben, denn vor der Abreise war sie einfach nicht in der Lage, sich mit dem Drehbuch zu beschäftigen.

»Kein Problem, Baby! Du hast alle Zeit der Welt. Ich habe über zwei Jahre gewartet, dann kommt es doch jetzt nicht auf ein paar Wochen an«, beschied er ihre Bitte.

Es tat gut, seine warme, beruhigende Stimme zu hören. »Wir werden uns leider bis zur Abreise meiner Familie nicht sehen können. Ich möchte die verbleibende Zeit mit meinem Sohn verbringen.«

»Das kann ich gut verstehen, auch wenn ich selbst keinen habe. Mach dir bitte keine Sorgen. Ich fliege dann schon einmal nach Los Angeles, um alles vorzubereiten. Wenn du möchtest, kannst du ja nachkommen. Vier, fünf Wochen in meinem Haus am Strand würden dir bestimmt helfen, Kraft zu tanken und in Ruhe den Text zu lernen.«

Milla lächelte: »Das hört sich sehr verlockend an. Ich werde darüber nachdenken, versprochen!«

Die Zeit bis zur Abreise war für Milla eine einzige Qual. Die Tage verbrachte sie mit Alexander und Fabienne. Zwei-, dreimal war Tita auch dabei. Sie tauschten nur Belanglosigkeiten aus. Die beiden Freundinnen wussten, dass sie sich verloren hatten. Die Abendessen nahmen sie alle zusammen ein, meistens im Restaurant des Hotels. Die Gespräche verliefen zäh und mühsam. Auch wenn sich alle die größte Mühe gaben, Heiterkeit zu simulieren. Nachts lag sie wach, starrte gegen die Decke und kämpfte mit ihren Zweifeln: Tu ich wirklich das Richtige? Soll ich den kleinen Alexander wirklich alleine lassen mit seinem wütenden Vater? Bin ich ungerecht und eitel? Sie hatte Angst vor dem Trennungsschmerz und dem Abschied. Sie fand, obwohl sie krampfhaft nachdachte, keine Lösung für dieses heikle Ereignis. Ihr war klar, dass sie am Kai stehen würde, bis das große Schiff am Horizont verschwände. Und dann kam der Tag: Ihre Tränen wollten nicht versiegen. Während die »Sea Goddess« unter lautem Tuten der Schiffssirenen abgelegte, hielt Margo sie tröstend im Arm. Gestützt von ihrer Freundin und wie in Trance ging Milla zum Auto zurück.

»Jetzt fahren wir erst einmal zu mir, meine Süße. Wir können, glaube ich, beide einen Drink vertragen.«

Hinter dem Schleier ihrer Tränen nahm Milla überhaupt nicht wahr, was Margo sagte und wohin sie fuhren.

58

Das Appartement ihrer Agentin auf der Madison Avenue war klein, aber fein. Milla stand am Fenster und schaute in die Straßenschluchten hinunter, durch die sich der New Yorker Verkehr quälte. Sie hatte sich wieder ein bisschen gefangen.

»Margo, ich bleibe die gesamte Zeit über auf Produktionskosten in der Suite. Bernard gibt sie uns zum halben Preis. Was hältst du davon, wenn du dein Büro dort einrichtest und bei mir bleibst?«

»Ja, warum eigentlich nicht? Wir werden sowieso dauernd zusammen sein, oder?«

»Das denke ich auch! Ich brauche dich ja jeden Tag zum Text abhören«, lachte Milla. »Oder ...«, sie dachte an Eds Angebot, »... was hältst du davon, wenn wir die nächsten vier Wochen in einem Haus direkt am Strand verbringen?«

»Eds Haus?«

»Ja, er hat es mir angeboten.«

»Ich dachte, du wolltest nicht mit ihm schlafen, bis ...«

»Will ich auch nicht! Er wird es uns einfach überlassen.«

Fünf Wochen später landeten die beiden Freundinnen gut erholt und bestens gelaunt in New York. Milla kannte das Skript in- und auswendig. Sie fieberte dem ersten Drehtag entgegen. Margo richtete sich in der Suite ein.

»Wir haben zwei Leitungen, Kleines, sodass wir auch völlig unabhängig telefonieren können«, rief Milla aus dem Schlafzimmer, während sie auf die Verbindung nach Frankreich wartete.

Seit Alexander wieder in Narbonne war, hatte sie täglich mit ihm telefoniert. Selbst während der Überfahrt konnte sie mithilfe von Kapitän Sörensen immer Kontakt zu ihren Lieben halten. Er hatte ihr nämlich mehrmals telegrafiert, dass ihr Sohn wohlauf sei. Endlich hatte der Operator sie durchgestellt, und der vertraute Klingelton war zu hören.

»Françoise? Ich bin's, Milla …«

»Hallo, Madame, ça va? Alexandre ist noch draußen mit seinem Vater auf der Rennbahn. Tut mir leid, Madame.«

»Und Mira, wo ist Mira?«

»Die ist auch bei ihm.«

»Na gut, ich versuch es später noch einmal oder morgen um die gleiche Zeit.«

»Bien sûr, Madame. Ich werde es ausrichten.«

Für neun Uhr war eine Besprechung mit Isaac anberaumt, der auf ihren Wunsch hin die Produktionsleitung übernommen hatte. Er war einer der Besten für diesen Job, weil er so sparsam mit dem Geld der Produzenten umging, als wäre es sein eigenes. Eigentlich war Isaac längst Rechtehändler, da man damit viel mehr Geld machen konnte, aber Milla zuliebe ließ er sich noch einmal auf seinen alten Job ein.

»Ich verstehe nicht«, mokierte sich Milla, »warum beim Film nicht auch am Wochenende gearbeitet werden kann?! Ich stehe doch auch samstags und sonntags auf der Opernbühne.«

Isaac lachte. »Du hast ja recht, aber die Gewerkschaften haben in Hollywood alles fest im Griff und den Achtstundentag durchgesetzt.«

Sie schaute auf die Drehpläne und schüttelte missbilligend den Kopf. »Das kostet uns doch alle nur Zeit und Geld – und warum sind pro Tag nur zwei Szenen vorgesehen? Das ist ja Wahnsinn, acht Uhr Drehbeginn. Eine Szene, Mittagspause, nächste Szene, 18 Uhr Drehschluss, oder wir fangen mittags an und haben eine Nachtszene!«

»Den Darstellern und der Crew gefällt das, die haben ja keine Kosten zu tragen.« Isaac grinste von Ohr zu Ohr.

»Und hier«, monierte Milla, mit Blick auf einen Kostenplan, »wir zahlen das Mittagessen, obwohl es an diesen Tagen erst um 14 Uhr losgeht. Warum versorgen sich die Leute nicht selbst und kommen erst zur angegebenen Zeit?«

»Ich sehe schon«, freute sich Isaac, »du wärst eine gute Produktionsleiterin geworden. Hollywood wird von dir ganz neu aufgemischt. Wir müssen das alles gleich mit Ed besprechen, wenn er da ist. Am Achtstundentag wird er nichts ändern können. Aber bei den anderen Dingen kann er uns vielleicht helfen«, lächelte er.

Auch an den nächsten Tagen bekam Milla ihren Sohn nicht an die Strippe. Mira erzählte ihr, dass Tita mit Fabienne eingetroffen sei und sie im Gästehaus des Gestüts untergebracht seien.

»Aha, wie lange wird sie bleiben?«

»Das weiß ich nicht. Aber sie kam mit sehr viel Gepäck. Das sieht nach einem längeren Aufenthalt aus.«

»Okay«, sagte Milla gedehnt. »Mira, halte alles zusammen und mich auf dem Laufenden.«

»Das mache ich doch gern!«

»Gut ...« Milla wollte schon auflegen. »Ähm, wo schläft sie nachts?«

»Im Gästehaus?«

»Und er?«

»So weit ich es mitbekommen habe in eurem Schlafzimmer. Aber ich werde mal darauf achten.«

»Danke, meine Kleine, bis bald.« Sie legte enttäuscht den Hörer auf. Dann ist das Miststück ihrem Traum, auf einem Weingut zu leben, ja ein Stück näher gekommen, dachte sie verbittert.

Noch am selben Tag erreichte sie Alexej. Immer noch voller Wut fuhr sie ihn ohne Begrüßung an. »Wie kommst du dazu, mir meinen Sohn zu entziehen?«

»Du hast dich deinem Sohn selbst entzogen, meine Liebe«, sagte er abweisend.

»Ah ja? Und warum muss ich von Mira erfahren, dass Tita bei euch lebt, und nicht von dir?«

»Wie du weißt, lebt deine Freundin allein. Ich dachte, es ist das Beste für die Kinder und habe ihr vorgeschlagen, ins Gästehaus zu ziehen. Leider haben wir dich bis jetzt nicht erreichen können«, sagte er unaufgeregt.

»Das habt ihr aber geschickt eingefädelt, meinen Glückwunsch!« Sie legte ohne Abschiedsgruß auf.

In den folgenden drei Tagen rief Tita bei Milla an. Die wies den Operator an, er solle ausrichten, sie sei nicht erreichbar und Tita solle eine Nachricht hinterlassen.

Nach der ersten Drehwoche wusste Milla nicht, ob sie weitermachen oder aufhören sollte. Bei den Probeaufnahmen war alles ziemlich schnell im Kasten gewesen, weil das Licht bereits gesetzt war, es keine Gegenschüsse, keine Versprecher oder störende Geräusche gegeben hatte. Sie versuchte, diszipliniert zu sein, aber die ständige Warterei machte ihr noch viel mehr zu schaffen als bei Fotoaufnahmen.

Ed, der entgegen sonstiger Gewohnheiten täglich am Set erschien, merkte bald, dass seine Herzdame genervt war. Er sehnte das Wochenende herbei, weil er wusste, dass sie beim Anblick der Muster die Strapazen und die Warterei vergessen würde.

»Drehschluss! Danke und schönes Wochenende!«, rief Sam Peckman, der Regisseur. Die Crew klatschte Beifall.

Milla blies die Wangen auf. »Puhhh.«

Jess Harper, ein junger aufstrebender Mime, der die Rolle des Marineoffiziers erhalten hatte, stellte sich zu ihr. »Es tut mir leid, Milla, dass wir wegen meiner Versprecher so gehangen haben.« Er war zwar die passende Besetzung, aber es war seine erste Hauptrolle, und da war es okay, nervös zu sein.

Milla wollte ihren Frust nicht auf ihm abladen und winkte ab. »Schon gut, Jess, vielleicht muss ich mich nächste Woche entschuldigen«, zwang sie sich zu einem Lächeln.

Ed, der hinzugetreten war, klopfte Jess aufmunternd auf die Schuler. »Bis morgen zur Manöverkritik, Jess!«

»Bis morgen, Mr. Turner.«

»Na, Baby, ein wenig genervt, was?«

»Es geht«, sagte sie tapfer. »Nachher koche ich für euch, da kann ich am besten Stress abbauen.«

Ed sollte recht behalten. Nach Sichtung der Muster erkannte Milla die hervorragende Arbeit, die das Team vor und hinter der Kamera geleistet hatte. Dennoch – auch in den nächsten zwei Wochen brodelte es in ihr, was Ed nicht verborgen blieb.

»Die Muster sind zwar erstklassig, aber nach drei Wochen sind wir gut fünf Tage in Verzug! Wo soll das bei den Kosten hinführen? Außerdem wird Sam jeden Tag cholerischer«, brach es aus ihr heraus.

Margo stand an der Bar der Suite und mixte ihnen Drinks. Ed und Isaac nickten zustimmend.

»Ich werde mit Sam mal ein ernstes Wort reden, Gott sei Dank liegt es nicht an dir, Baby. Ich bin sehr, sehr stolz auf dich«, versuchte Ed, die Wogen zu glätten.

»Danke Partner«, lächelte sie, setzte jedoch nach: »Ich bin zwar neu im Filmmetier, doch diese Kostenexplosion müssen wir unbedingt stoppen.«

»Das ist mein Mädchen«, jauchzte Isaac. »Eine Novizin, die den vollen Durchblick hat!«

Margo zündete die Kerzen an, die überall im Salon standen, und servierte die Sundowner. »Hier, die Drinks haben wir uns verdient«, und wie beiläufig: »Warum übernimmst du nicht die Regie, Ed?«

»Das ist die Lösung!«, rief Milla und nahm einen kräftigen Schluck.

Isaac nickte spitzbübisch.

Ed sah die drei an, als wären sie einer Klapsmühle entsprungen. »Danke für die Blumen, aber erstens ist es immer schlecht, die Pferde mitten im Fluss zu wechseln, und zweitens habe ich noch nie Regie geführt.«

»Du hast doch beim Casting bewiesen, dass du es mehr als drauf hast«, spornte Isaac seinen Freund an.

»Das könnt ihr doch nicht vergleichen«, meinte Ed. »Da war doch alles vorbereitet, das Licht gesetzt und so weiter ...«

»Dann rufst du halt John, der korrigiert auch Sam, wenn er anderer Meinung ist«, überraschte ihn Milla mit diesem fachkundigen Einwand.

»Es ist bewundernswert, Baby, mit wie viel Sachverstand du dich bei deinem ersten Dreh einbringst«, lächelte er.

Sie winkte ab. »Vergiss nicht, dass wir auf der Opernbühne auch von gutem Licht abhängig sind, und darauf hat der Chefbeleuchter mehr Einfluss als der Regisseur. Da steht das Telefon«, sagte Milla und strich mit ihren Fingern zärtlich durch sein langes Haar.

Ed nahm den Hörer und wählte eine Nummer. »John?«

»Ed, bist du das?«

»Ja – kannst du dir vorstellen, die Dreharbeiten mit mir fertigzustellen?«

»Warum nicht, kein Problem, Ed. Ich habe mir schon so etwas gedacht«, brummte John. »Wir werden ein gutes Team abgeben!«

»Danke, alter Junge, dann bis Montag!«

Danach rief Ed Sam an und einigte sich mit ihm darauf, dass er offiziell wegen Krankheit zurücktreten würde.

Alles entwickelte sich mehr als zufriedenstellend. Die Dreharbeiten unter Eds umsichtiger Führung verliefen harmonischer, und er blieb – ohne Qualitätsverlust – exakt im Zeitplan.

Milla wurde von Tag zu Tag ruhiger. Auch weil es ihr gelungen war, wieder regelmäßigen Kontakt zu Alexander herzustellen.

»Leute, das war die letzte Klappe! Ich möchte mich ganz herzlich bei euch allen bedanken! Ihr habt einen super Job abgeliefert«, schrie Ed durch das Megafon.

Alle Beteiligten klatschten und johlten.

»Die Abschlussfeier findet heute Abend wie geplant im ›Essex House‹ statt, also bis gleich!«, rief Isaac.

59

Als Milla am nächsten Morgen die Augen aufschlug, schaute sie in Eds Gesicht. Er hatte sie schon eine Zeit lang liebevoll beobachtet.

»Guten Morgen, Baby«, flüsterte er heiser.

»Guten Morgen«, sagte sie auf Russisch.

»Was bedeutet das?«

Sie schmiegte sich zärtlich an ihn. »Du musst nicht alles verstehen.«

»Möchtest du meine Frau werden?«

»Ja«, hauchte sie, »das will ich, aber nur, wenn Alexander bei uns leben darf.«

»Das wäre wunderbar! Ich habe auch eine Bedingung.«

»Ja?«

»Du wirst keinen Film mehr drehen.«

»Okay«, sagte sie nur und küsste ihn. »Die Warterei ist mir sowieso auf die Nerven gegangen ...«

»Und wie ist es mit einem gemeinsamen Kind?«

»Okay, dann sollten wir gleich mal anfangen ...«, grinste sie.

Bis Mittag blieben sie im Bett und kamen viel zu spät zum verabredeten Frühstück mit Margo und Isaac.

Ed wurde etwas feierlich: »Isaac ...?«

»Ja, was gibt's?«

»Würdest du mein Trauzeuge sein?«

Margo und Isaac schauten verdutzt drein. »Klar, aber nur, wenn du Milla heiratest.«

»Na, da bin ich aber froh«, lachte Ed. »Sag es nicht weiter, aber mein Baby muss sich ja erst noch scheiden lassen.«

»Herzlichen Glückwunsch«, freute sich Margo.

»Und wer meine Trauzeugin wird, ist doch wohl auch klar, oder?«, sagte Milla schmunzelnd.

»Danke! Herzlich gerne«, lachte Margo. »Champagner für alle?« Sie holte eine Magnumflasche Roederer und schenkte die Gläser voll.

Ed sprach einen Toast aus: »Auf die Liebe ...«

»L'chaim«, sagte Isaac freudig.

Am nächsten Tag beim Frühstück fragte Ed seine Zukünftige: »Wollt ihr Mädels während der Postproduktion wieder in unser Haus am Meer?«

»Wie lange wird diese Postproduktion dauern?«, wollte Milla wissen.

»So etwa vier bis fünf Wochen«, meinte Isaac.

»Darf ich denn ab und zu beim Schnitt dabei sein?«

»Klar, wann immer du willst, Baby.«

»Und wo wird die Premiere stattfinden?«, hakte Margo nach.

»Ich würde sie gerne zeitgleich in Los Angeles und New York machen.«

Zwei Tage vor der Premiere musste Ed zu Ben Sullivan, einem Anwalt der Familie, nach San Francisco. Er nahm Milla nach dem Frühstück in den Arm.

»Ich fliege mit meiner Cessna und bin am Abend wieder bei dir, Baby«, sagte er.

»Kannst du das nicht nach der Premiere erledigen?«

»Mach dir keine Sorgen, der Termin ist wichtig.«

»Na gut, gib acht auf dich«, küsste sie ihn hingebungsvoll.

Auf dem Rückflug nach Los Angeles steckte Ed zufrieden den Vertrag in seine lederne Aktentasche und schloss zur Entspannung kurz die Augen. Er sollte sie nie wieder öffnen. Die Maschine geriet über dem Meer in schwere Turbulenzen und stürzte ab. Der Tod des begehrten Junggesellen verbreitete sich wie ein Lauffeuer im Land.

Milla kochte gut gelaunt mit Margo das Abendessen, als das Telefon läutete. »Das wird Ed sein«, freute sie sich. Sie nahm den Hörer ab. »Wir bereiten schon deine Lieblingsessen vor.«

»Du weißt es noch nicht?«, fragte Isaac mit Grabesstimme.

Ein ungutes Gefühl beschlich sie. »Was weiß ich noch nicht?«, fragte sie mit plötzlicher Panik.

»Es tut mir so unendlich leid, Milla.«

»Was?«, sagte sie lauernd.

»Ist Margo bei dir?«

»Ja, ja«, sagte sie ungeduldig, »was tut dir verdammt noch mal leid, Isaac?«

»Ich bin so schnell es geht bei euch. Milla, du musst jetzt tapfer sein.«

»Was ist passiert?«, schrie sie.

»Ed ist tot, Milla, seine Maschine ist abgestürzt.«

»Ich wusste es«, sagte sie wie abwesend, »ich wusste es!« Dann gaben ihre Beine nach, sie brach auf dem Küchenboden zusammen.

Als Isaac eintraf, lag sie apathisch in einer Liege auf der Terrasse und starrte auf den Ozean hinaus.

Am nächsten Morgen beschloss sie, dass die Premiere wie geplant stattfinden sollte. Sie war sicher, dass diese Entscheidung in Eds Sinn gewesen wäre. Jeder, selbst hart gesottene Presseleute, hatten Verständnis dafür, dass sie selbst nicht anwesend sein würde. Eds Eltern, die sie bei dieser Gelegenheit kennenlernen sollte, hatten ebenfalls abgesagt. Am Ende des Tages gab es für den Film – in Abwesenheit des Produzenten und der Hauptdarstellerin – Standing Ovations. Publikum und Kritik feierten Eds letzten und Millas ersten Film gleichermaßen.

Am Morgen der Beisetzung begegnete Milla Eds Eltern und Ben Sullivan zum ersten Mal. Eds Vater nahm sie behutsam in die Arme. Milla erschrak über die Ähnlichkeit mit seinem Sohn. Sie hatte das Gefühl, von Ed umarmt zu werden.

»Mein Sohn hat mir von dir erzählt, mein Kind. Du warst die Frau seines Lebens.« Er hatte die gleiche sonore Stimme, die sie an Ed so geliebt hatte.

Schluchzend sah sie ihm in die Augen. »Du erinnerst mich sehr an ihn.«

Er musste sie stützen.

Nachdem sich der kleine Kreis der Trauergesellschaft aufgelöst hatte, nahm Ben Sullivan sie zur Seite. »Mrs. Bellasowa, sind Sie in den nächsten Tagen in der Lage, mich aufzusuchen, sonst komme ich gerne auch zu Ihnen?«

Obwohl es keinen sachlichen Grund dafür gab, hatte sie eine Aversion gegen diesen Mann, der ihrer Meinung nach schuld daran war, dass Ed nach San Francisco hatte fliegen müssen.

»Ich wüsste nicht, was ich mit Ihnen zu besprechen hätte«, sagte sie abweisend.

Er reagierte verständnisvoll. »Ich bin nur der Familienanwalt; Ed war für mich immer wie ein eigener Sohn. Er hat Sie als Erbin für seinen gesamten Nachlass eingesetzt. Ich riet ihm, Sie erst näher kennenzulernen, doch er bestand darauf, und jetzt kann ich ihn verstehen.«

Sie sah in seine gütigen Augen und revidierte ihr Vorurteil. »Danke sehr, geben Sie mir bitte ein paar Tage Zeit«, bat sie ihn im versöhnlichen Ton.

»Er hat dir sein Haus, seine Filmproduktion, sein gesamtes Vermögen nach solch kurzer Zeit hinterlassen?«, fragte Margo ungläubig.

Die beiden Freundinnen gingen barfuß den Strand entlang. Die leichte Brise tat ihnen nach der flimmernden Hitze des Tages gut.

»Mein Gott, was muss er dich geliebt haben«, schwärmte sie.

»Ja, das hat er«, pflichtete Milla ihr bei. »So wie ich ihn auch.«

Schweigend liefen sie noch eine Zeit lang nebeneinander her und ließen ihre Füße immer wieder von der Brandung bis zu den Waden umspielen. Auf der Höhe des Leuchtturmes machten sie kehrt und gingen der untergehenden Sonne entgegen, die wie ein brennender Feuerball am Horizont stand. »Ich möchte so schnell wie möglich zu meinem Sohn, Margo.«

»Das kann ich gut verstehen.«

»Ed hat verfügt, dass ›Mountains Film Productions‹ eine Stiftung werden soll, würdest du die Geschäftsleitung übernehmen? Du könntest auch vorerst weiter hier im Strandhaus leben, ich weiß noch nicht, was ich damit machen werde.«

Margo sah ihre Freundin dankbar an. »Ja, Milla, das mach ich gerne, wenn du es willst.«

Sie nahm im Weitergehen ihre Hand, als wollte sie diesen Pakt besiegeln. Ohne ein weiteres Wort zu wechseln, gingen sie zum Haus zurück.

60

Als Milla früh morgens in Paris landete, war der Himmel wolkenverhangen. Ein nasskalter Nieselregen verwandelte die sonst so freundliche Seine-Metropole in eine graue Wüste. Sie hatte niemandem ihre Ankunft mitgeteilt, nicht einmal ihren Eltern. Der Gepäckträger verstaute ihre Koffer und die Reisetasche im Taxi, von dem sie sich zu ihrer Wohnung fahren ließ. Zwei Stunden später saß sie mit gemischten Gefühlen am Steuer ihres Wagens und fuhr Richtung Languedoc. Um endlich mal ein bisschen schlafen zu können und die tieftraurigen Gedanken zu verscheuchen, hatte sie eine Schlaftablette genommen. Jetzt fing die Marter in ihrem Kopf erneut an. »Am Ende des Tages« hatte am ersten Wochenende das beste Einspielergebnis in der Geschichte von »Mountains Film Productions« erreicht. Isaac hatte es nie zuvor so einfach, einen Film in Europa zu vertreiben. Die Verleger rissen sich um das Werk. Wehmütig dachte sie an Ed, an ihre bevorstehende Begegnung mit Alexej und ihrem Sohn Alexander. Die Tränen, mit denen sie ständig kämpfte, zwangen sie einige Male, am Straßenrand zu halten. Doch als sie in den Weg zum Weingut einbog, erfasste sie eine merkwürdige Ruhe. Sie hielt an und stieg aus. Langsam schritt sie an den Rebstöcken vorbei. Ohne es vorgehabt zu haben, lief sie den ganzen Weg bis zum Haus. Das tat ihr nach der lange Fahrt gut. Sie ging am Gästehaus vorbei und sah Sharon in der Küche hantieren, ohne von ihr bemerkt zu werden. Das Gelände des Gestüts lag vor ihr. Sie hielt inne, um das Bild der Ruhe und des Friedens in sich aufzunehmen. Ein Kinderlachen riss sie aus ihren Gedanken. Sie folgte dem Klang und gelangte in den Garten hinterm Haus. Als sie Alexander sah, wäre sie am liebsten auf ihn zugestürmt und hätte ihn in die Arme genommen. Doch sie setzte sich leise auf eine Holzbank und betrachtete die spielenden Kinder.

»Wenn wir einmal groß sind, werden wir heiraten, nicht wahr, Fabienne?«, hörte sie ihren Sohn sagen.

Tränen schossen Milla in die Augen.

»Ja, Alexander, aber das bleibt unser Geheimnis«, antwortete die Kleine leise. Sie drehte dabei ihren blonden Lockenkopf nach links und rechts, als wollte sie sichergehen, dass auch niemand zugehört hatte. Anschließend rief sie mit heller Glockenstimme: »Tante Milla! Tante Milla!« und rannte Richtung Holzbank.

»Mama! Mama! Mama!«, schrie Alexander und setzte seiner Freundin nach.

Milla ging in die Hocke, als beide Kinder in ihre Arme flogen. Das Herz wollte ihr zerspringen, als sie die Wärme der beiden spürte. Abwechselnd küsste sie die Gesichter der Kleinen. »Soso, ihr zwei wollt später also einmal heiraten«, lachte Milla. Freudentränen rannen ihr die Wangen hinunter in Erinnerung an ihre eigenen Kindertage.

»Ja«, rief Fabienne etwas verlegen. »Aber du musst das Geheimnis für dich behalten, Tante Milla!«

»Ähem«, räusperte sich Alexej, der die Rufe der Kinder gehört hatte und unbemerkt hinzugeeilt war.

»Und du auch, Papa«, beeilte sich sein Sohn zu sagen.

»Na gut, und meine Mama auch«, willigte Fabienne fröhlich ein. »Aber ihr dürft es niemandem weitersagen.«

»Hm, ihr beiden könntet aber zu Sharon laufen und ihr verraten, dass wir ein Gedeck mehr brauchen, oder weiß sie es etwa schon?«

Milla und Alexej sahen sich an und spürten, dass sie einander vermisst hatten.

Milla schüttelte langsam den Kopf.

»Au ja, wir machen ein Rennen!«, rief Alexander.

»Ich bekomme Vorsprung bis zum Olivenbaum!«, verlangte Fabienne.

Sie sahen den Kleinen nach.

»Bald wird sie keinen Vorsprung mehr brauchen, so wie du damals. Erinnerst du dich?«

»Ja«, nickte Milla, »ich erinnere mich ganz genau.«

»Würdest du mich heute auch noch heiraten wollen?«, fragte er leise.

»Ich bin mit dir verheiratet …«

»Wärst du bei ihm geblieben?«

Milla schaute ihn an. Es tat ihr unendlich weh, ihm zu antworten, und es tat ihr unendlich leid, ihm die Wahrheit sagen zu müssen. Aber sie wollte ihre Zukunft nicht mit einer Lüge beginnen. »Ja«, sagte sie nur. Ihr Herz zog sich zusammen.

Er war ihr dankbar für ihre Offenheit.

»Und du?«, fragte sie ängstlich.

»Auch ich habe gefehlt, aber dein Platz in unserem Bett ist immer leer geblieben.«

Auf ihren Gesichtern lag der Anflug eines Lächelns.

»Wollen wir es noch einmal miteinander versuchen?«, fragte Alexej vorsichtig.

»Wenn du mir sehr viel Zeit lassen würdest … dann ja.«

»Du wirst alle Zeit bekommen, die du brauchst.«

Sie lehnte ihren Kopf an seine Brust. Er traute sich nicht, sie zu umarmen, bis sie seine Hände um ihre Hüften legte. Zaghaft streichelte er ihren Rücken.

»Lass uns mein Auto holen. Es steht an der Einfahrt zum Weingut.«

Hand in Hand gingen sie schweigsam die schmale Baumallee hinunter.

Fin

Danksagung

Meinen besonderen Dank an meine liebe Freundin
Ludmila Mikhailova,
die mich durch ihren faszinierenden beruflichen Werdegang
inspiriert hat, diesen fiktiven Roman zu schreiben.

Meinen herzlichsten Dank an meine lieben Freunde, die Menschen,
die an mich geglaubt haben und mir bewusst oder unbewusst
die Kraft gegeben haben, meine Inspiration in die Tat umsetzen
zu können.

I.D. Prinzessin Madeleine zu Bentheim und Steinfurt
Doris Brugger
Peter & Anke Erlacher
Hans-Peter & Marianne Frericks
Katharina Haupt
Peter Herm
Gabriele Koch
Rita Reich
Harald & Gabriela von Scharfenberg
Michael Sturm
Claudia Wälder
(In alphabetischer Reihenfolge)

Stefan Masseck & Teddy Hoersch, der trotz gesundheitlicher
Probleme in wochenlangen stündlichen Sitzungen gemeinsam mit
mir das Skript Korrektur gelesen hat.